THE
TRANSYLVANIAN
TRILOGY

They Were Divided

奥匈帝国命运三部曲
分 道 扬 镳

（匈）米克洛什·班菲——著

夏星——译

化学工业出版社
·北 京·

THEY WERE DIVIDED

Original text © Miklós Bánffy 1940

English Translation © Patrick Thursfield and Katalin Bánffy-Jelen 2001

This edition arranged with Arcadia Books Ltd.

through Andrew Nurnberg Associates International Ltd.

北京市版权局著作权合同登记号：01-2018-5519

图书在版编目（CIP）数据

奥匈帝国命运三部曲. 分道扬镳／（匈）米克洛什·班菲（Miklos Banffy）著；夏星译. --北京 ：化学工业出版社，2024. 8

书名原文：The Transylvanian Trilogy

（The Writing on the Wall）：They Were Divided

ISBN 978-7-122-45680-9

Ⅰ. ①奥… Ⅱ. ①米… ②夏… Ⅲ. ①长篇小说—匈牙利—现代 Ⅳ. ①I515.45

中国国家版本馆CIP数据核字（2024）第099076号

责任编辑：李 壬　　　　　　　　　　内文排版：蚂蚁王国

责任校对：边 涛

出版发行：化学工业出版社（北京市东城区青年湖南街 13 号　邮政编码 100011）

印　　装：三河市双峰印刷装订有限公司

880mm×1230 mm　1/32　印张 14¼　字数 500 千字　2025 年 1 月北京第 1 版第 1 次印刷

购书咨询：010-64518888

售后服务：010-64518899

网　　址：http://www.cip.com.cn

凡购买本书，如有缺损质量问题，本社销售中心负责调换。

定 价：68.00 元　　　　　　　　　　版权所有　违者必究

简·莫里斯	最著名、最宏伟的一部匈牙利文学经典。

查尔斯·莫尔 《每日电讯报》	本书不亚于我读过的任何一本小说，它将《安娜·卡列尼娜》和《战争与和平》融为一体，爱恋、情欲、城镇、国家、金钱、权力、美貌以及社会走向必然灭亡的悲怅在其中应有尽有。

亚当·纽维 《卫报》评选 "1000本必读小说"	一部关于奥匈帝国末日时期的托尔斯泰式巨著。本书以两位表兄弟——政客阿巴迪和赌徒/酒鬼耶若菲——的迥异命运为主线，将各种情节一一道来，既有腐败堕落、阴谋诡谲的布达佩斯宫廷，也有注定成为悲剧的凄美爱情；既有奢侈豪华的舞会和决斗，也有面对即将永远消亡的上流社会却选择了鸵鸟政策的特权精英们，读来令人不忍释卷。身为匈牙利伯爵的班菲用细致生动的笔触，淋漓尽致地描绘了故乡特兰西瓦尼亚的自然之美。《山雨欲来》与随后出版的《曙光乍现》以及《分道扬镳》被并称为《奥匈帝国命运三部曲》。

弗朗西斯·金 《旁观者》	充满引人入胜的描述、令人浮想联翩的秀丽风光、睿智而深刻的政治与道德见解。

简 · 莫里斯
《观察家报》 "年度好书"

一段别样的阅读体验。一本颇具高尔斯华绥风、秉承全景式写作风格的佳作，详细描述了走向没落的哈布斯堡王朝生活图景。非常适合我这样喜欢旧式浪漫小说的人深夜阅读。

《卫报》社论

本书描绘了一个看似光鲜亮丽、实则不断沉沦的世界。书中的政治家曾试图提醒匈牙利统治阶层，改变与和解迫在眉睫，最后他却空余失意和悔恨。出身高贵、浪漫多情的班菲伯爵在当时也算一名激进分子，他将自己的政治事业与艺术事业结合在一起——既参加过匈牙利加入国际联盟的谈判，也管理过国家剧院，还推广了同时代作曲家贝洛 · 巴尔托克的作品。

迈克尔 · 亨德森
《每日电讯报》

这是一部重见天日的杰作，快跳进这净化之水吧。无论用哪种语言表述，本书都无疑是一部名著。

朱利安 · 埃文斯
《每日电讯报》

跟约瑟夫 · 罗特和罗伯特 · 穆齐尔一样，米克洛什 · 班菲也是最擅长描述奥匈帝国的小说家之一。这几位了解内情、才华横溢的记录者用讽刺又哀伤的笔触，详细记录了王朝崩塌的全过程。他们知道，阶级和国家的命运会在二十世纪初开始风云突变。但奇怪的是，三人都是在逝世很久后才得到应有的肯定。这或许是因为一九一八年的中欧已经失去太多。王朝一夕倾覆，仿佛一艘巨轮裹挟着一代人的理念和延续性，随着强大的气流不断下沉。作为自己的时代最优秀的见证者，班菲在这三部回忆录式的小说中，精准再现了人们在这一非常时期的经历。

W. L. 韦布
《卫报》

令人神往。他笔下既有古怪的边民乡绅，也有特兰西瓦尼亚的崇山峻岭、缥缈林壑，还带着几分痛楚——切斯瓦夫·米洛什在思考失去的乐园时所感到的那种痛楚。

艾伦·马西
《苏格兰人报》

一场无比愉悦的阅读体验，简直令人手不释卷。正是作者敏锐的政治智慧和拒绝自欺欺人的写作态度，让本书显得如此与众不同。在纯粹为了享乐快速阅读时，这部小说会令人无法自拔，但很多人会忍不住放慢速度，再次重温，细细品味书中语言的精妙，咀嚼作者的睿智之处。

西蒙·詹金斯
《卫报》

非常动人。

露丝·佩维
《新政治家周刊》

班菲饱含深情地描绘了一种生活方式，在他写作本书之际，这种生活方式已经开始走向末路，并注定要在他逝世前彻底消亡。他的描绘太过客观，因此本书并不仅仅是在怀旧，而是同样包含着失落的痛楚。拉斯洛自幼便是无家可归的孤儿，巴林特也年幼丧父，与此同时，整个国家都在忍受失去尊严的苦痛。尽管人们难免会将该书与兰佩杜萨的小说《豹》相比，但班菲作品的文风，或许更接近约瑟夫·罗特的《拉德茨基进行曲》。毕竟，二者哀悼了同一个帝国的衰落。

献给
我亲爱的孩子们。
正是为了他们，
我才开始翻译他们外公的这部巨著，
希望他们能借此更了解他。
外公若还在，
一定会非常爱他们。

————————

卡塔林·班菲-耶伦

纪念

帕特里克·瑟斯菲尔德

（1923—2003）

┃帕特里克·利·弗莫尔┃

(1915—2011)

20世纪英国著名游记作家，1991年当选为英国皇家文学学会荣誉院士，2004年获得英国旅行作家协会终身成就奖，并被授予骑士爵位。BBC将其誉为"融合了印第安纳·琼斯、詹姆斯·邦德和格雷厄姆·格林三种特质的综合体"。

一九三四年夏，时年十九岁的我第一次亲历本书描绘之地。当时，我正从荷兰长途跋涉前往土耳其。和很多旅行者一样，我立刻爱上了布达佩斯和匈牙利人。当我靠着一匹借来的马，终于抵达特兰西瓦尼亚旧公国时，我对这里的热爱甚至更深了。

除了一次空位期，面积是威尔士三倍大的匈牙利被马扎尔人统治了一千年。第一次世界大战后，匈牙利战败。和平条约将特兰西瓦尼亚从匈牙利帝国划给罗马尼亚。从此以后，该地的大部分人口都为罗马尼亚人。我曾试图在一本名为《林水之间》（*Between the Woods and the Water* ❶）的书中，努力整理和解释该事件中的一个热点问题。谢天谢地，

---

❶ 作者注：约翰·默里出版公司1980年版。

我不必在这样一篇简短的序言里再将其回顾一遍。匈牙利的旧地主们深感陷入困境，遭到历史的错待。没人喜欢强加于身的新国籍，更别提因征用而失去的产业了。毫无疑问，这正是特兰西瓦尼亚旧封建地主后裔们面临的遭遇。

我在布达佩斯和匈牙利大平原结识了一些朋友。在他们的帮助下，我有幸得以逐一游览这些古老封地上的城堡。

一个外国人几乎无法察觉到此处人民遭遇的苦痛。对我来说，印象最深刻的反而是当地人毫无保留的善意。

虽然规模已经大大缩减，但这些古老产业的遗迹依然存在，有时似乎还令人觉得一切都未曾改变。已经褪色的室内装饰和仍旧藏书颇丰的图书室，依然散发着香甜的生活气息❶和无尽魅力。而户外的一切，也是令人欣喜的。匈牙利人孤立无援地生活在罗马尼亚人中，民族和宗教信仰都与占人口大多数的罗马尼亚人不同：匈牙利人都是天主教徒或加尔文教徒，罗马尼亚人则多信奉东正教。而且，失去主权的阴霾始终笼罩着他们。无处不在的忧伤氛围，带着他们所有的悲伤和魅力，不由得让人想起沃特福德或戈尔韦那些正在逐渐衰败的英格兰和爱尔兰地产。他们无比怀念昔日岁月，眼里却只看得见附近产业上的同类和少数在那里劳作的农民。他们生活在一个落后、宗谱观念浓重，还几乎带有儒家色彩的迷梦中，很多话语，最后都只能化为一声叹息。

来到特兰西瓦尼亚中心——一个曾经被称为科洛斯堡（现名为克

---

❶ 此处原文为法语。——译者注（如无特殊说明，后文注释均为译者注。）

卢日 - 纳波卡）的古老省会城市后，我才第一次听说班菲这个名字。其实，到了这里，想忽视这个名字都难。他们的府邸是城中最宏伟的建筑，正如班菲家族的邦齐达堡也是当地的骄傲一样。两幢建筑都是巴洛克风格的佳作。自从十世纪前马扎尔人抵达此处，该家族就成了领导匈牙利和特兰西瓦尼亚各项事务的权贵大家之一。很多面墙上都挂着该家族成员的肖像——他们身穿有背带的斗篷式短外衣和锦缎短袖束腰外衣，拎着宝石短弯刀，而他们头上羊皮大毡帽的羽毛，则宛如流泻而出的缕缕蒸汽。

　　十九世纪九十年代，任何祸事都还未发生之前，米克洛什·班菲伯爵的一位堂兄曾担任奥匈帝国匈牙利王国首相五年。本书的故事便从一九〇五年，此人卸任之后开始。作者描绘的大世界是英王爱德华七世时代的中欧。当时，无论多么近视的人，也会丢掉普通眼镜，改用单片眼镜。他们是绰号"间谍"的英国画家莱斯利·沃德与后来杜·莫里耶讽刺画中，那些时髦的上流社会人士。他们的妻子和宠信之人必定做过博尔迪尼和埃勒的模特。首都的生活就是一连串派对、舞会和赛马大会，乡下的生活则是无数盛大的狩猎会❶。狩猎会上用的枪都是普德莱枪。烟雾缭绕的空气里满是各种流言和崇英思想。各个小团体聚在一起，对莫奈、邓南遮和里尔克的作品评头论足。铁道牌牌桌上，一夜之间，就能输掉数百英亩林地。黎明时分，恋人离开凌乱的四柱大床，从暗门溜走。决斗四起——我在那儿时，仍然有人决斗。政治在这里扮演的角色，让人想起特罗洛普或迪斯雷利书中的场景。远方的大平原上，总有缥缈的幻景、

---

❶此处原文为法语。

野马和间或飞过天空、迁徙而去的白鹳。即便这里的森林里满是熊、狼、山洞、瀑布、水牛和野生紫丁香，但说来也怪，特兰西瓦尼亚的乡村风光仍会让我想起哈代。

　　班菲天生就是个讲故事能手。书里有阴谋诡计、谋杀、政治纠葛和热烈的爱情。尽管书中城乡对比的部分或许听起来很像情景剧里的老套情节，偶尔会有安东尼·霍普之风，事实却并非如此。本书的戏剧性是毋庸置疑的。帕特里克·瑟斯菲尔德和卡塔林·班菲-耶伦极其出色地完成了这部长篇巨著的翻译，作者的生活和缜密的思想都跃然纸上。班菲以恰如其分的视角，刻画笔下人物的种种偏见和愚昧之举，辅以适当的批评，并用幽默和荒谬感为之弥补。他的爱国之情完全不带任何沙文主义色彩，而仅仅是一种鼓吹本宗族责任感的本能反应，不带半点虚荣成分。这种反应总是卓有成效地促使他做出他认为正确的事（他曾在二十世纪二十年代的关键时期出任外交部部长）。对这样一位极其文明的人来说，处在这段充满凶兆的时代，即便书中偶有伤感之意，或许也是在所难免的。

于查茨沃斯

一九九八年节礼日

They Were Divided

THE TRANSYLVANIAN TRILOGY

PART ONE | 第一卷

They Were Divided

巴林特·阿巴迪悄悄走进科洛斯堡剧院的家庭包厢。像本地区其他那些古老的家族一样，阿巴迪家每年都会租下同一个包厢，所以巴林特对这里非常熟悉，不过他还是得在黑暗中摸索着将外套挂起来。舞台上的灯光照得他仍有点睁不开眼，他在面向舞台的最好位置坐了下来。他母亲留在德内斯托亚的家中没有来，巴林特自己也是驱车从乡下赶来的，只打算在城里待一个晚上，因为他想看《蝴蝶夫人》的演出，尤其想看蝴蝶夫人本人——扮演者是著名的花腔女高音歌手伊冯娜·德·特雷维尔，她常常从喜歌剧院到科洛斯堡来演唱。

他来晚了，第一幕结尾那段重要的爱情二重唱刚刚开始。音乐中充

---

❶ Opéra Comique，位于法国首都巴黎的一座歌剧院。——译者注（如无特殊说明，后文注释均为译者注。）

满了激情、爱恋与欲望，小提琴音色甜美，奏出普契尼的飞扬旋律，比之更加高亢的则是法国女歌唱家那纯净圆润的嗓音。

就在巴林特即将沉醉于音乐之际，一种焦虑不安的奇怪感觉排山倒海般向他袭来，就像周围有股压倒一切的力量，甚至比眼前舞台上那情感爆发的表演更加摄人心魄。他仿佛神经系统或是哪里遭到一记电击，鬼使神差地转过身来。

阿德里安娜·米洛特坐在隔壁的包厢里，几乎就在他身后。

看到她，他大吃一惊，因为他听说她带着女儿去了瑞士，没想到这么快就回来了。今晚，他看见她和妹妹玛吉特受邀坐在好心的加拉古赛老伯爵夫人包厢里。她坐在那儿，虽然近在咫尺，看起来却像幽灵般虚幻。

只有舞台上的月光照着她的脸，将她那精致的鹰钩鼻、两颊和丰润红唇照得微微发亮。她的颈肩渐渐没入银色衣裙的低领之中，肌肤泛着浅浅的光泽，巴林特能看见的就只有这些，其余一切都隐在剧院的黑暗处。

她目视前方，一动不动，安静得好似一尊大理石雕像。在舞台上巧妙设计的月光映照下，阿德里安娜的双眼闪着翡翠般的绿色光芒，她僵着身子坐在那儿，纹丝不动，可他很难相信她没看见他进来，因为他就坐在她前头。他俩挨得很近，稍微一动，胳膊就会碰到一起。

巴林特觉得一刻也待不下去了，因为他做不到——他俩谁也做不到——明明坐在一起却仿若陌路。这音乐充满激情，诉说着欲望、爱情与不顾一切的思慕，如此具有说服力，可他们怎么能够一同聆听呢？不！不！不！他不能留下！他没法留下！

忆起他俩的爱恋，他竟不知所措地颤抖起来。他默默站起身，溜出包厢，有些踉跄地走着，仿佛遭受了一记重创。

尽管他没法坐在她身旁，却还不能离开她所在的剧院，于是他走下主楼梯，来到观众席另一边，穿着外套穿过其中一扇门，站在楼座阴影处的正厅前座旁边。他觉得在这里不会被人看见，于是就留下来看完这一幕，直到亮灯前再悄悄走出去。在这儿他还能凝视着已经一年多未见的阿德里安娜，哪怕只是遥遥一瞥。

她似乎还是老样子，也许脸庞消瘦了一点，或许嘴角带有一丝苦涩，可她依然那么美丽，方方面面都可爱动人，一如他们当初打算结为夫妇时那样——那时的她于他而言既是爱人也是朋友，是他肉体与精神上的伴侣，可无情的命运却将他们拆散。

他想象自己看见她脱去那身像金属一样闪亮、如盔甲一般耀眼的礼服，赤身裸体站在他面前——漫长的五年前，在威尼斯，她第一次这样站在他面前，后来，在他们的林中小屋、在乌兹迪大宅、在梅索-沃尔尧什她父亲家里、在布达佩斯、在他们那无家可归的爱情所能找到的任何避风港，她也曾许多次这样。巴林特又一次想起自己如何被迫弃她而去、想起她如何命令自己去娶莉莉·伊雷什瓦里——那是她亲自为他挑出的人选，这种苦涩让他心里一紧。

当时阿德里安娜提出的条件是：他俩的私情必须到此为止，在他结婚并以此在两人之间画下界线之前，她甚至不会再在社交场合与他见面。可他发现自己无法遵从她的命令，于是他们就再也没有见过面。

爱情二重唱还在继续，愈加热烈，愈加激昂，然而在管弦乐织体深处却有两个简短的回声，那是神道教祭司在诅咒二人不得幸福，从而给二重唱所传达的爱情与欲望蒙上了一层阴影。听到此处，巴林特伤心欲绝，觉得这正象征着他们自己那注定无望的爱情故事。不过他并未久久沉浸于悲哀的深思，因为那渴望的歌声从舞台上流淌而出，比以往任何时候都要强烈，无法抵挡，充满胜利的气息，仿佛这一整个广阔的世界尽是由春色、月光、繁花与绝妙的音律而组成。当音乐达到狂风骤雨般的高潮，巴林特感觉自己好像也被爱情的高潮打动，击得粉身碎骨。这音乐讲述的是他们的过往，如今却再不可求。

幕布落下，掌声雷动，巴林特悄悄走了出去。

十月的夜晚，空气已经很冷。夜空一片晴朗，下午曾下过小雨，所以人行道上水光闪闪。巴林特不假思索地向城中心走去。他随意地走着，全无目标，谁也不想见，只想独自忍受今天晚上困扰他的种种想法所带来的折磨。他看了一眼手表，发现才刚过九点一刻，午夜时分他要去地方长官府上吃夜宵，这就意味着他有近三个小时的自由时间。地方长官身为科洛斯堡各家剧院的总监，将要在演出结束后举行宴会，以向法国红伶表示敬意。巴林特刚才看见阿德里安娜坐在离他这么近的地方，一阵苦涩涌上心头，这三个小时，他可以试着走路散散心，将这痛苦压制下去。

他漫无目的地游荡在黑漆漆的条条街道上，纷乱的桩桩往事如一股洪流向他猛烈袭来，他感觉自己就像被命运在追杀，躲都无处躲。可他不躲还不行！去年夏天也是一样，自他和阿德里安娜分开之后，除了今天，他就只在那一次见过她。

那天他带德内斯托亚的一位马夫去医院，刚从医院出来，他就透过高高的铁栅栏看到了阿德里安娜，于是他退回到门口的阴影处，免得被她发现。他站在那儿，目光却一直追随着她，只见她昂首挺胸，目不斜视，坚定地迈开大步走在通往疯人院的小路上，多数人都委婉地将那里称作青顶楼。

她去看望发疯的丈夫了，巴林特痛苦地想，她从没爱过那个人，他也从没爱过她。

他一下子激动起来，就像流亡分子从远处瞥见了自己不得踏足的家园。

此刻他也像当时一样，只不过当时他是藏了起来，现在他却觉得必须要逃跑，逃出剧院，悄悄在城里游荡。不知不觉中，他来到中央广场，在这里他有种奇怪的倦怠感，几乎筋疲力尽，仿佛将他赶出剧院的那股冲动已经耗尽了他所有的精力。

他继续走着，并未留意自己在去向何方，走到市场的角落时，他差点撞倒了烤栗子老妇人的木炭烤架。他心怀惭愧地停下脚步，试图打起精神来。为了弥补自己笨手笨脚闯下的祸事，他买下了老妇人递来的一纸筒栗子。等到开始心不在焉地剥栗子时，他才想起有人邀请自己去吃夜宵，最好还是别把手指弄得脏兮兮的去赴宴，于是猛地将热乎乎的纸筒深深塞进外套的一个口袋里，决定一看到孩子就把这个送给人家。可尽管铁桥附近或是电影院前头都有几个孩子在闲逛，他从他们身边走过时却已经完全忘了栗子这回事。

他经过深思熟虑以后意识到，自己当然应该跟莉莉·伊雷什瓦里结婚。那样一切都会不同。他可以和阿德里安娜见面，无拘无束地谈起两人那已经模糊的过去，即使被人听到，也不会招致闲言碎语。他们起码可以像老朋友那样见见面，这至少意味着他会时不时见到她，还能在亲吻她手指时碰到她的手。而且他会有自己的家，成为一个有家可归的人，而不是漫无目的地闲逛，连个想去的地方都没有。这才是他应该做的，即便这样一场婚姻带给他的幸福并不圆满，可就连这个也被他随手丢弃了。如今他一无所有，没有爱情，没有家庭，什么都没有！

这完全是他自己的错。十二月中旬在亚布兰卡，机会就在那儿摆着，如果他没抓住这个机会，那也只能怪他自己。可他什么都没做。

主人安塔尔·圣捷尔吉和儿子们一如既往地热烈欢迎他，但并没有过分表露感情——在这个家里，大家认为这种举动是很不得体的。玛格达表妹在问候他时倒是略微热情了一些，她对他揶揄一笑，又捏了捏他的手，力道比平日稍重一点。至于他姑姑埃莉斯——圣捷尔吉伯爵夫人——接待他时则像母亲一般热情亲切，她虽然没有明说，却设法让他知道，对于他和莉莉结婚一事，她非常赞同，而且还鼓励他这样做。巴林特明白，他们全都知道他正是为此才来到亚布兰卡，而且大家都支持此事。圣捷尔吉的故交齐布尔卡神父——他在这个家里被大家起了个绰号叫"普法夫卢斯"——在跟巴林特第一次握手时，用他那对浓眉做出一个触角似的特别动作，以此来慎重地表达他对这桩婚事的赞许。普法夫卢斯来到亚布兰卡好几天了，因为今年的狩猎聚会举办得太迟，而降临节❶已经开始，所以他天天都会从瑙吉松博特过来，在城堡的小教堂

---

❶ 基督教教会的重要节期，亦可算是教会的新年。

里做弥撒。神父的默许让巴林特心里一暖，他由此感觉到这个家里人人都知道他打算向莉莉求婚，而且乐见其成。

不过他直到宾客到齐时才见到她。圣捷尔吉这栋乡间大宅原本是一所修道院，僧侣们原先的食堂如今成了客厅，这里屋顶很高，墙上涂抹着灰泥。宾客们齐聚在此，巴林特看见她从房间另一端的图书室走进来，看上去简直像是身轻如燕地在锃亮的木地板上滑行。她身穿一袭飘逸的白色薄纱礼服，一举一动既安静又自信——在上流社会长大的女孩子自然都有这种气质。她一边从房间里穿堂而过，一边向所看见的其他客人点头致意，又走上前去跟两位刚刚从维也纳到来的贵宾打招呼。阿巴迪又一次露出了微笑，他很欣赏她的绰约风姿，她与周围气派的环境何其般配，这宽敞的房间如同一座白色大厅，其间摆放着深红与金色的家具，精致的画框里是一幅幅巨大的家族成员肖像，这一切为她充当了多么完美的背景。尽管这女孩看上去很柔弱，可当她身着薄如轻纱的乳白色长裙，迈着如蝴蝶一般轻盈的步伐在这奢华的房间里缓缓四处走动时，人们还是能够感觉到她骨子里的钢铁意志，这便是她这个种族的特征。

巴林特心想，这个女孩就要成为我的妻子了！她教养极好，身上流淌的血脉已延续无数代，这种家庭的儿女们一向富足独立，从来无须为了嫁妆娶个丑小鸭或是为了钱财屈尊下嫁。现在她就快走到他面前了，但她既没有加快步伐，也未曾有一刻变了风度，她对他伸出柔荑，轻柔顺从地握住他的手，矢车菊一般的蓝眼睛闪着喜色，这一举一动仿佛都别具深意。

巴林特立刻便有所察觉，而且完全明白这是什么意思。

在为期三天的狩猎当中，他常常会看见莉莉在自己身边。第三天的围猎是重头戏，巴林特发现自己又一次被分配在猎手队伍最右边的尊贵位置上，这天莉莉一直跟他在一起。他们似乎在一起度过了好几个小时，即便在午后远足时也是如此，尽管他俩从不曾独处，身旁必定一直有另外几个年轻人相伴，可他俩似乎常常落在后面，和其他人隔开二三十步的距离。到了这时，平素里活泼健谈的莉莉便沉默下来，交由他去决定两人要谈论什么话题。她指望他会求婚；他也的确该在此时求婚，要么是在长长的鹅耳枥大道上，要么就是在参观完纯种母马回来的路上。

回想起那一刻，巴林特脑海中浮现出当时的情景：薄薄一层雪粉覆于冰冻的地面上，在他们脚下噼啪作响，其他人在围场的栅栏边徘徊，而他本该这时开口的。他本该在此处说出那几句陈词滥调，因为这正是谈婚论嫁的传统形式。可不知为什么，他却退缩了，什么也没说。他傻乎乎地保持了沉默。难道他是觉得，身处冰天雪地之中，自己的声音听起来会显得太过平淡、太过冰冷、太过公事公办、太不自然？可他那时当然和现在一样心知肚明，他怎么说出口并不重要，因为那姑娘只是在等他开口罢了。

❧

他来到磨坊河上的小桥，停住脚步，一时间想要去公园，这个时候那儿肯定空无一人。可他走出几步才反应过来，自己还要去地方长官府上参加聚会，要是在那之前让脚上这双漆皮晚宴鞋沾满泥巴，那可真是蠢透了。最好还是去别的地方，他可以一直走在人行道上，下午下过雨，地面微微有些潮湿，不会在鞋子上留下多少痕迹。于是他继续沿着马路向前走，这条路通向火车站。

❦

　　巴林特在夜里漫无目的地闲逛，不由回想起一年前，当时他也曾如现在这般，在一条条大街上游荡，就这样度过了许多个秋夜。那时他在等阿德里安娜的来信——在这封信里，她总算要宣布自己已经开始办理离婚了，他觉得，只要能让自己别停下，并且能平复他那日益焦虑的心情，做什么都行。这封信到来之前，她所寄来的每一封短笺都只是又一个拖延的借口："……现在不成""还不行，我们得等待、等待、等待！"她就是这么写的，可那时他却不懂她的进退两难，她丈夫已经病了，她害怕做出任何举动都有可能将他彻底逼疯，可他还是疯了，永远毁掉了他们的希望。

　　他在想，不知道阿德里安娜是依然坐在加拉古赛伯爵夫人的包厢里看歌剧呢，还是也已经像他一样伤心欲绝地离开了剧院。命运如此无情，先是让他两分离了这么久，如今又让两人近在咫尺，似乎在和他们玩一场残酷的游戏，她是否也已被击垮？

　　他觉得，自己必须设法做好安排，让这种事永不再发生。明天他就离开科洛斯堡，实际上，要不是为了参加那场无聊的晚宴，他今晚就已经走了。

　　明天一早他就回德内斯托亚，回到母亲身边，回到那个老家——那是世上唯一能让他平静下来的地方。他想，我的家园古老而美丽，仿佛有种魔力，尽管总是笼罩着一层愁云惨雾——偌大的屋子，只有他和老母亲二人在其中漫步徘徊。以后也只有他们二人了。没有别人，也永远不会有别人。没有未来，也不会有年轻的生命。

如果当初在亚布兰卡他向莉莉求婚的话，那么起码他还能对此抱有希望。是何种疯狂阻止了他？

❦

显而易见，圣捷尔吉一家一如既往地低调周到，已经确保不会有任何情况妨碍这桩婚事。他们甚至连宗教方面的差异都考虑到了，所以煞费苦心地让他知晓，尽管他是一名新教徒，但这完全不是问题，在这件事上他们的做法非常巧妙，简直堪称艺术。

许是因为这一切太过令人意外，他突然之间忆起此事，仿佛历历在目。

❦

狩猎聚会的次日下午，巴林特刚刚换好衣服，正准备去客厅和其他人会合，却在走廊里遇到普法夫卢斯，他当时就觉得，神父似乎是在等他。

"我刚好要去小教堂，"齐布尔卡神父微微带着斯洛伐克口音说道，"如果你还没去参观过，也许愿意跟我同去？那儿真的很好，非常值得一看。"

他俩一起向小教堂走去。这里从前是一座修道院，小教堂就位于回廊庭院的后半部分，面对着大门，下方则是由原先的食堂改建而成的主会客厅。庭院四周有一圈走廊，二楼走廊中央是一扇巨大的石门，门柱周围的框缘雕刻着装饰图案，一对大门紧挨门柱，门上镶嵌有多种名贵木材，正是富丽堂皇的教会巴洛克风格。

普法夫卢斯推动大门，门悄无声息地开了，他俩走了进去。

小教堂跟礼拜堂差不多大，祭坛后面的几扇窗户形成了一个半圆形，巴林特这才想到，这几扇窗户一定是朝着山坡伸出去的。尽管天就快黑了，傍晚的光线却依然很亮，散发出柔和神秘的光辉，在这光辉前面，祭坛上方华盖的道道纹路十分醒目，仿佛黑色线条蚀刻在灰色背景上。普法夫卢斯打开枝形吊灯的开关，小教堂里顿时灯火通明。这里确实很美。

两侧墙边摆放着一条条精雕细刻的靠背长凳，从前僧侣们就坐在这里做礼拜。一根根圆柱将墙上的镶板分隔成一块一块，圆柱上撑起一面雕花帷幕，仿佛向着祭坛的方向卷曲而去，近似伴随着音乐的节拍。祭坛边缘安放着一圈带着翅膀的天使头像，而最为华丽的当数象征修道会的那只鸟——嘴衔面包的乌鸦，它体形硕大、通体镀金，就像一个有力的感叹号，飘浮在华盖那古色古香的褐色木构件上方。几根涡卷圆柱支撑起神龛上的檐篷，檐篷周围饰有金色流苏，上方支起一幅圣母画像，四周环绕着日出时的金光万丈，两侧的天使都身穿同样的蓝色和金色衣服，翅膀镀金，跪姿夸张，正是巴洛克时期人们所喜爱的风格。

地面的石板上铺着厚实的印花地毯。

"很美，是不是？"普法夫卢斯说道。他带着巴林特四处参观，给他看长凳上雕刻的图案，对他解释浮雕的含义，这些纪念的全都是隐士圣保罗一生中的某项奇迹或某件小事，修道会便是以他的名义所创立。

从祭坛前走过时，他迅速地屈膝施礼，随后将修道院院长的长凳和著名画家们创作的一系列圣像指给巴林特看。就在他俩快要走回到教堂门口时，神父却停下脚步坐了下来，表情丰富的优雅面庞若有所思，仿佛刚刚忆起什么往事。

巴林特向他道谢，他点头表示赞许之后便抬起头望着这个年轻人，似乎回忆来势汹汹，有些话不吐不快，于是他抓住巴林特的胳膊，拉他在自己身旁坐下，同时开口道：

"你知道这座小教堂于我有何意义吗？我爱它，就像爱一个活生生的人，不仅仅因为它的美丽，还因为我曾在这里遇到许多事情。"

他解释说，自己的职业生涯正是始于亚布兰卡，起初是安塔尔·圣捷尔吉伯爵的家庭教师，后来去罗马学习了几年，又回到这里担任城堡的常驻神父。尽管伯爵捐助了好几个薪水丰厚的职位，并力劝他接受其中最好的一个，他却从未拥有自己的教区。他对巴林特说，自己宁愿静静地留在这里，继续研究教会法规。

这时他露出尤为和蔼的一笑，接着说道：

"还有一件事情，我也难以忘怀。在这座教堂里，我曾为安塔尔伯爵的另一个妹妹——夏洛特伯爵夫人——主持过婚礼，她嫁给了瑞典的奥拉夫·勒文谢纳伯爵。"说到这里，普法夫卢斯那尖细的鼻子仿佛变得更长了，他意味深长地扬起眉毛，"对我来说，这是个大胆之举，因为新郎毫无疑问是一名新教徒，如果他没有承诺将孩子们作为天主教徒抚养长大，那我就不该为他俩证婚。可我能怎么办呢？老伯爵下了命令，说勒文谢纳的先祖是古斯塔夫二世[1]的一名将军，我们不能向这个家族

----

❶ 古斯塔夫二世（1594—1632），瑞典国王，欧洲杰出的军事家、军事改革家，1630 年出兵参加"三十年战争"，亲征德意志，在胜利进军中受伤去世。他是历代瑞典国王中唯一被封为"大帝"殊荣者。

的人提出这样的要求；再者说了，如果这个年轻人抛弃自己的家族传统，他也会看不起他的。他这个慈父身为天主教徒都不作要求，那我也不该提出要求。我自然是照他的意思做了。"

说到这里，身材圆滚滚的小个子神父倾身向前，对着巴林特的耳朵说起悄悄话来。

"我当然是犯了一个错误，也许甚至可以说是犯了罪，没错，犯了罪。不过这是我的罪过，别人都是无辜的，因为在这种情况下，只有神父会犯错。婚礼过后我随即去面见红衣主教——当时在任的是希莫尔阁下——向他忏悔我的错误、我的罪过。我跪在他面前，他狠狠责骂了我，又罚我进行几项严苛苦修以弥补罪过。随后他邀我与他一起进餐，后来他说：'你是个聪明人，我的孩子，你并没有寻求指引，因为绝不会有人允许你这么做。是的，你做得很明智、很巧妙。几个世纪以来，圣捷尔吉家族为我们教会贡献良多，他们很特别，不可与其他人一视同仁。我相信罗马教廷对此也是同样看法。'"

齐布尔卡说完便凝视前方不再言语，好似沉浸在自己的回忆之中。随后他站起身，看着阿巴迪，仿佛想为自己拿如此私人的旧事烦扰这个年轻人而辩解。

"请你务必原谅我这番无谓闲谈，"他说，"这些事情跟你一点关系也没有，我却絮絮叨叨说个没完。但是你瞧，这间教堂对我确实意义重大。"

说完他朝着祭坛再度飞快地屈膝一礼，然后关上灯，陪着巴林特走了出去。他们一起回到客厅，大家都聚在这里喝茶。

❧❧❧

他们想尽了办法，给他鼓励，打消他的顾虑，所以一切都取决于他，只取决于他一个人。可他却任由时光白白流逝，错失一次又一次机会，就算错过的不是爱情，起码也错过了一位善良可爱的妻子、一个家庭和一处可以回归的安乐窝。

在逗留的最后一晚，他连最后的机会也错过了。

他早早便更衣准备晚餐，走进客厅时，里面还空无一人。透过敞开的图书室大门，他看见了莉莉，不知为何，她也赶在其他人前头更衣完毕。屋子中央有张长桌，一把椅子被拉到桌旁，她就跪在椅子上，俯身看着一大本版画集，每当她翻页时，光洁的木质桌面便映出她赤裸的手肘。她似乎完全沉浸在眼前的图画中。

这一刻，直觉告诉他，她提早下楼来到图书室只有一个目的，那就是尽可能再给他最后一次机会，让他好开口求婚。之所以说最后的机会，是因为他这次本是受邀来参加狩猎聚会的，今晚就是聚会的最后一晚。

"你知道这本画册吗？"莉莉问道，巴林特已来到她身边，也在桌旁俯下身来，"它可难得一见，记录了福雷伯爵的埃及之旅，他是个匈牙利人。这些彩色版画是不是很好看？看哪！看这一幅！很美吧？"她抬眼望着他，紫蓝色的眼睛睁得大大的，可她眼里的疑问却跟桌上这些图画毫无关系。

他俩一起慢慢地翻过一页又一页，有时会碰到彼此的胳膊或是手指，有时也会说上一两句话："这一定是马耳他！""看那个赶骆驼的人！""郝迪夫❶的宫殿……"两人说的都是些没什么意义的废话，只是为了没话找话而已。

巴林特有好几次觉得时机到了，自己可以把她一直等待的那些话说出来。他只需牵起她的手，嘀咕短短几句话，只消这么一个简单的动作，他就能将过去一笔勾销，开启人生的新纪元。阿德里安娜希望事情如此发展，也期待他去这么做，可不知为什么，该说的话总是说不出口，他只能说些陈词滥调，点评一下面前这本集子里的版画。然而，他嘴上明明在说卡纳克❷的神庙，说神庙的一块块石头有多大，心里却在想自己是不是该在此时撒谎说"我爱你"，又或者只需要说一句"你愿意嫁给我吗？"。他就这样一直纠结到时机错过，其他客人陆续到达，他俩必须要起身进客厅了。

莉莉从刚才跪着的椅子上下来，慢慢挺直身体。巴林特记得自己当时在想，她会不会是以为——尤其在她径直走向其中一个深深的斜面窗洞时——他也许是因为头顶的水晶灯光线太耀眼才不好意思开口。窗洞处的古老墙壁非常厚实，这样另一个房间里的客人们就看不见他俩了。她直接走到窗边，脸庞紧挨着玻璃，显然在为此举寻找又一个理由，她喃喃地说道："看这霜花，就像用冰做成的花！"说完她便转过头回望着他。

巴林特跟在她后面，却并没有走进深深的窗洞，而是站在窗洞的入

---

❶ 1867—1914 年间土耳其苏丹授予埃及执政者的称号。

❷ 位于埃及卢克索东北，是古埃及帝国遗留的一座壮观的神庙，其中的阿蒙神庙为世界最美古建筑物之一。

口处，眼睛依旧望着偌大的图书室。

　　墙边摆放的一个个木制书架几乎有天花板那么高，精雕细刻的镀金装饰品在书架上弯曲盘旋，各种珍贵木材制成的涡卷圆柱将书架分隔开来。精美的檐板上方有金属的海螺壳和镀金的丘比特裸像——这些小天使手里还挥舞着色彩斑斓的纹章盾牌，全都是复杂至极的维也纳巴洛克风格，奢华之气扑面而来。望着莉莉那纤瘦的少女身影迈着优雅的步伐走过镶嵌的拼花地板，巴林特突然觉得这一切才是最适合她的背景，是她真正的归宿。这种奢华虽有异国情调，本身却是地道的奥地利风格，正是她生来就拥有的东西，在他这种土生土长的特兰西瓦尼亚人眼里反倒显得既陌生又奇怪。他怎么能让她背井离乡、将她带到他那天差地别的家里？他想，即便她爱他，但她会不会觉得自己被迁移到了一片陌生——甚至含有敌意——的土地上？尽管德内斯托亚堡占地广大、壮观宏伟，可它那简单的匈牙利风格与这种精致辉煌完全不可同日而语，就好像特兰西瓦尼亚的生活方式也很难与莉莉习以为常的这种生活相提并论。巴林特站在那儿看着她时，这些想法从他脑海里一闪而过，仿佛一阵冷风突然吹在他脸上。这只是让他又多了一重顾虑而已。

　　"外面一定结冰了。"

　　"傍晚时是零下六度。"

　　"多么皎洁的月光！"

　　"所以才会这么冷。这会儿天放晴了。"

　　两人就用这样那样的空洞废话填补着空白，对话之间的停顿对他俩来说仿佛永无止境。最后莉莉从窗前转过身来，有那么一会儿，她直视着巴林特的脸庞，如同在地板上滑行一样走过来，回到客厅里，再也没有说一个字。

巴林特明白，自己终于失去了她，他跟在她身后慢慢地走，心里充满悲伤。但这悲伤只是淡淡的，他脸上带着一抹讽刺的微笑——因为他不得不放弃了从未曾真正奢望拥有的快乐。

他是有多傻才会将这一切全都抛弃！

想到过往，巴林特一时火起，他重重地加快步伐，没一会儿便不知不觉来到车站前的广场上。从布达佩斯开来的快车刚刚抵达，这儿熙熙攘攘、人声嘈杂。几辆满载行李的汽车从他身旁经过，向市中心驶去，这突如其来的一阵忙乱让巴林特停下脚步。他犹豫了片刻，无法决定究竟是在仓库前的泥泞人行道上继续走呢，还是穿过更加泥泞的马路到对面去。无论选哪一条路，似乎都不明智。

他一动不动地在原地站了一会儿，卖报的男孩们向前跑来，送上首都的午间报纸。巴林特想着报上也许有什么内容能分散自己的注意力，让他别再自我折磨，于是拦下一个卖报男孩，随便买了份报纸，将一个硬币塞进这孩子手里，又将报纸塞进自己的大衣口袋，也不等对方找钱便转身开始向着市中心的方向往回走。我去找一家咖啡馆，在那里看看报，度过余下的时间，他对自己说。可是还没走出几步，他便忘了自己刚才的决定。

他在亚布兰卡逗留的最后一天，大家在晚宴上讨论起克罗地亚问题。

本月初——也就是十二月，弗里德永审判在维也纳的法庭举行，当天下午，奥地利的报纸就送到了城堡。所有的报纸都报道了这个案子，报上写的几乎全是令人生厌的批判性内容。

这一切的始作俑者是弗里德永教授，他写了一篇极具争议的文章，刊载在一九〇九年三月末的《新自由报》上。文章的主题是关于波黑兼并一事，教授指名道姓地点出五十来位克罗地亚政客，控诉他们属于某个民族统一主义组织，而该组织受到塞尔维亚政府的支持。此事从一开始就显而易见，是奥地利外交部授意弗里德永揭露内情的，因为撰写文章所需的资料只可能来源于巴尔豪斯广场❶。这些指控以这种方式昭告天下，表明整件事情都是某个阴谋的一部分，奥匈帝国由此被迫向贝尔格莱德发出最后通牒，提的都是对方不可能接受的条款，塞尔维亚必然拒绝遵从，于是奥匈便宣战了。

为了让国际社会对这些事态发展在外交上做好准备，各国可是颇费周折。德国已经证实她和维也纳站在一起；俄国尽管不情不愿，但也勉强承诺不插手干预，欧洲其他各个强国也对贝尔格莱德说得清清楚楚，塞尔维亚不会从国外得到任何支持。

《新自由报》上这篇文章是三月二十五日登出的，这一天刚好也是奥匈计划发出最后通牒的日子，不过这个计划并未实现，因为就在同一天，塞尔维亚王储乔治·卡拉乔治维奇辞去了主战党派首领的职务。几天以后，塞尔维亚表示，无论奥匈提出什么条件，都愿意接受。尽管如此，

---

　　❶ Ballplatz，全称是 Ballhausplatz，为维也纳市中心的一处广场，内有一栋建筑，奥地利联邦总理府就在其中，1918 年以前奥地利外交部也在此办公。

这篇煽动性的文章还是见报了，各种事件后来表明，无论贝尔格莱德发生什么事，弗里德永这篇文章都一定会登出来，维也纳对此蓄谋已久，这是它长远计划的一部分。一个月后，奥匈帝国的检察总长控告另外一伙五十四名克罗地亚人全部犯有叛国罪。联合政党任命的克罗地亚总督劳赫男爵对此事起到了推波助澜的作用，他急于见到民族统一主义从萨格勒布被一扫而空，就像奥地利政客迫切希望塞尔维亚民族统一主义者在维也纳的活动受到制止。萨格勒布审判持续了五个月，到十月才结束，有三十一名被告罪名成立，他们提起了上诉，明眼人一看便知，他们很可能胜诉，因为这次起诉从头到尾都是以最无权威性的案例为基础。萨格勒布审判在国外激起极不友善的反奥情绪，法国报纸写道，在维也纳"公正已死"。海外反响强烈，加之萨格勒布审判的结果也尚不明确，被弗里德永在文章里抨击的那些人重又自信起来，指责他诽谤。

审判于十二月初开始，弗里德永教授立即宣称他可以证明自己在文章中所述全部属实，还提交了文件支持自己的指控。这些当然是巴尔豪斯广场提供的，并秘密地送到了这位正派的著名历史学家手中。可是，审判进行到第二周，问题开始出现了：其中有些文件被证明是伪造的。

在亚布兰卡的最后一晚，大家谈的主要就是这个话题。审慎的看法是，教授所言大体上都对，他所指控的那些人——尤其是阜姆决议的作者苏皮诺——肯定是塞尔维亚的间谍，可奥地利外交部也大意了，未能对自家密探提供的全部资料加以核实。遗憾的是，这显然不仅仅是有人犯了糊涂，这样的人为失误也毫无道理可言。此次暴露出来的问题就是故意弄虚作假。大家普遍认为，发生这种事也并不意外，因为可以依赖的只有寻常间谍，这些人往往两边收钱，特别是在这个案子中，有些特务是塞尔维亚人，他们肯定是从贝尔格莱德拿到了伪造的文件，而塞尔维亚政府对此也是完全知情的！

在亚布兰卡为期三天的狩猎当中，大家自然常常谈起此事，但无论何时提及这桩丑闻，从不会有人情绪激动，他们消息灵通，绝不会夸大其词，总是说一半藏一半，在圣捷尔吉的圈子里，人们都有这么良好的教养。最后一天晚上，巴林特觉得大家似乎再没有别的话题可说，尽管在一年前他还对表亲家里的政治讨论饶有兴致，可如今他自己心里乱作一团，对他们所说的一点兴趣也没有。最后这天晚上，他觉得自己不能再跟那帮人围着客厅的炉火谈论政治了，所以大家刚一喝完咖啡，他便离开房间去看望姑妈。他这么做是理所应当的，因为他黎明时分就要动身去乘坐布达佩斯快车，所以没有其他的机会道别了。可他之所以匆匆忙忙逃去埃莉斯·圣捷尔吉自己的那间起居室，其实是因为他无法忍受再和小莉莉待在同一个房间里，毕竟他刚才狠狠地伤了她的心。要去往他姑妈的房间，他就必须再次穿过图书室，福雷那本旅行画册依然摊在桌上，稍稍有些歪，早先莉莉就是这样把它往旁边一推，然后走到了窗前。头顶的枝形吊灯光线刺眼，野蛮地照着这本红色和金色皮革精装的大册子，在他眼里，这就像是他方才犯罪的证据——他既对自己犯了罪，也对她犯了罪。因而看到这本书躺在眼前，他心里不由得一紧。

埃莉斯姑妈一直坐在她常坐的那把椅子上，用一面琉璃屏风挡着穿堂风，她面前坐着两位从维也纳来的女客。在他进屋之前，她们谈的就只是一些无关紧要的维也纳社交八卦，可是巴林特走进来时，她们便住了口。埃莉斯伯爵夫人抓住他的手，迫着他在她椅子旁边的沙发上坐了下来。姑侄二人一时间都没有说话。那两位奥地利来客立刻明白女主人是想要和阿巴迪伯爵单独谈一谈，她俩又随便说了几句——这只是为了显得她们不是因为他来才走的，否则就失礼了——然后便告辞，说希望伯爵夫人恕她们失陪，大家还等着她俩打桥牌呢，说完就离开了房间。

巴林特的姑妈出生在遥远的特兰西瓦尼亚，婚前本姓耶若菲。"谢谢你这么早就来找我，"她边说边用那对棕色的大眼睛仔细打量着他，"我喜欢跟你聊天。你在这儿的时候，我就觉得离家没那么远了。"

她微微一笑，将手放在巴林特的胳膊上，他立刻抬起她的手放到唇边。姑侄俩沉默了片刻，接着埃莉斯·圣捷尔吉便问起她那些故交和亲戚的情况，第一个问的就是巴林特的母亲。她问起已经二十多年不曾见过的那些人，对侄儿讲述他们的小趣事，讲述她少女时代发生的事情，讲述乡村舞会、五月节以及到拉德娜的森林里野餐郊游的情形。她问起奥尔温齐四兄弟的父亲，因为他曾是她最喜欢的舞伴——她说他那时非常英俊，并且承认自己在念书时一度迷上了他；她还问起丹尼尔·坎迪老伯，尽管那会儿他就已经嗜酒如命，但年轻姑娘们全都对他爱慕得紧，因为他英俊帅气、风度翩翩，大家听说他在欧仁妮皇后❶的宫廷里大出风头，所以算是他们遇到的第一位社交红人。

她就这样回忆着自己的青春年华和曾经的家园，向巴林特问起她那些旧相识都发生了什么事，叫他将所记得的一切都告诉她。她时不时会稍停片刻，虽然不易察觉，但这小小的停顿却越来越长。巴林特有种感觉，表面上她是真的对一切都很感兴趣，可他看得出来，真正的原因

---

❶ 法国皇帝拿破仑三世的皇后，在政治上发挥着积极作用，曾三度摄政，普法战争（1870—1871）失败后逃亡英国，于 1920 年去世，享年 94 岁。

是另有其事，但她一直在翻来覆去地思量，也许是不知该如何提起这个话题。

巴林特以为她大概是想问问另一个侄儿拉斯洛·耶若菲的情况，可这一次她想的并非此事……

过了一小会儿，埃莉斯伯爵夫人沉默下来，似乎陷入了沉思。随后她突然开口道："你不会明白，听到这些事我有多开心！"说完她再次转头看着侄儿，抓起他的手握在自己手中，眼睛却好似在望着远处。

"你知道吗，"她柔声接着说道，仿佛在向他倾吐一个小心保守的秘密，"你知道吗，过了这么多年，我依然觉得自己真正的家在特兰西瓦尼亚，而不是在这里，在匈牙利北部。那儿才有家的感觉，这里没有！那儿的人跟我才是同一类，这里的人总有点像外国人，像奥地利人、像维也纳人。你不要误会，我在这儿很幸福，有安塔尔在身边，我的生活很美满。但这是因为我始终如此深爱着他。我们是因为爱情而结婚的，不管他多穷，也不管他过的是哪种日子，我都会嫁给他，而不是嫁给别人。"她暂停了一下才继续说道："……可是这一切……"她用手比画一个大大的圆圈，设法将一切都包含进来——亚布兰卡这座城堡、这偌大的庄园、他们稳固的社会地位——一如她从嘴里说出来一般清楚明白，"这一切……这依然不是真正的我，总有种陌生感。这个世界不属于我，也从不曾真正属于我。如今回首前尘，我才明白，是因为我们深爱彼此，婚姻才会如此美满，只有这一个原因。不仅仅是我爱他，他也爱我。我俩的一切正是因此才会恰到好处、和睦融洽。是爱情。只有爱情——真正的爱情——才能让我们承受一切、宽恕一切。如若不然，我们的生活将会充满分歧，两个人都会痛苦不堪。"

说到这里她又沉默了，就像先前开口时一样突然。过了一会儿，她轻笑一声，说道："哎呀，我怎么说个没完了！絮絮叨叨的……废话连篇。聊起过去，你的老姑妈想起了……哎……很多事情。"

这就是她想要对他说的，她刚才就是在酝酿这些话。她之所以这么说，仅仅是为了帮助他、安慰他、让他放心，尽管她一眼就看出他没能向莉莉求婚，也看出他为此感到内疚，但起码她是同情他的，不会怪罪于他。她已经设法对他表明，她明白他那些理由，也许比他自己还要明白，而且她不仅知道他心里依旧爱着别人，还知道他本能地觉得迷人的莉莉是来自另一个世界的异类。巴林特被姑妈的体贴入微和巧妙策略深深打动，更让他感动的是，姑妈说出这番话，显然是因为她爱他并且心地善良。他刚才很痛苦，需要帮助与关爱。他感觉到，圣捷尔吉伯爵夫人对他透露了生活方面的隐私，还将绝不会对他人承认的感受告诉了他，而且只告诉了他一个人；她这么做只是因为她知道他需要帮助。这让他尤为感激。

姑侄俩在这间温馨怡人的小客厅里待了许久。埃莉斯伯爵夫人命人摆放了许多靠垫，椅子上也都装着软衬垫；地毯又厚又软，家具虽简朴却很舒适；墙壁上贴着深色的墙纸，和城堡其余部分的豪华风格截然不同——白色和金色的巨大房间里摆满精致的巴洛克式家具，其中多数还镀了金。亚布兰卡的一切都完美无瑕，而且宏伟壮丽……但是——兴许——也有点冷。女主人将这间小小的私人客厅打造成了自己的安乐窝，这儿的每一样东西无论大小，都纪念着她在特兰西瓦尼亚度过的少女时代。这里有很多照片，大多是她从绍莫什 - 科扎尔德的旧居带来的，甚至有两小幅油画画的是她哥哥改建之前的庄园老宅。水彩肖像画上有她的父母、祖父母、叔舅姑姨等等；数不清的孩子画像（多数都是亲戚）散落在房间各处——桌上、窗台上和挂架上，还有无数的小物件、照片和袖珍画，全都能让她忆起久远的昔日时光和分离多年的表亲们。这一切向巴林特明白无误地表明，姑妈对家乡的一腔深情无法磨灭……而她的真实自我和这个浮华的西化世界之间始终存在着精神隔阂，尽管她已在其中生活多年，隔阂却从来不曾真正消除。这天晚上，巴林特第一次了解了这个小房间有着何种象征意义。

亚布兰卡那晚已经过去一年了，此刻他冒着毛毛细雨游荡在一条条漆黑的街道上，却依然能在脑海中看见那一切，重温当时发生在自己身上的点点滴滴。他又一次看见他们姑侄二人坐在那间暖气有点过足的房间里——它和那所房子里的其他一切都是如此不同。他突然想到，那个房间就像一座小岛，土生土长在特兰西瓦尼亚，有一天被命运连根拔起，安放在远离故土的地方。

巴林特在漫无目的闲逛的几个钟头里重温了这些苦涩往事，内心的痛苦丝毫不曾得到缓解。这痛苦如此强烈，他觉得以自己目前的情绪无法去面对欢乐的社交聚会。有一会儿他在想，能不能找个什么借口，干脆就不去了，也许可以派人传话说他头疼得厉害，或者扯个类似的谎言，可随后他又想，要怎么传话呢？他不能径直走到地方长官宅邸的大门口去，说自己不舒服所以来不了，看门人肯定会向主人报告说是阿巴迪伯爵本人亲自来捎的口信！街上倒是有些咖啡馆还没关门，可要是他在其中一家派个侍者去传话，那人们很快就会知道有人曾在那里见过他。回家派他的贴身男仆带着名片和便条去也许会比较好？他看看表，现在已经过了十一点半，阿巴迪宅邸里所有的仆人肯定都上床就寝了。他得喊起来一个，这人还得更衣，这要花费的时间就太多了。现在去参加聚会也已经迟到了，这会儿其他客人以及那位著名的法国女歌手肯定都在等他。因为他法语说得好，人们肯定希望吃夜宵时他坐在女歌唱家身旁，要是他再等下去，大家很可能就入席了，到时候他的座位——就在贵宾旁边——则会是空着的。他要尽快赶到那里，哪怕多耽搁一分钟也是严重的失礼。

他一面想着这些，一面向主人家走去，脚步比先前迅速了一些。他知道歌剧结束已经有一会儿了，因为他曾在街上与载着其他客人离开剧院的那些马车擦肩而过，此刻街道已经再度安静下来，空无一人。大家想必已经到达地方长官的宅邸了。巴林特加快步伐，几乎跑了起来，因为他意识到，无论想不想，他都必须去参加这个聚会。

地方长官的宅邸灯火辉煌，外面的街道却冷冷清清，只有一辆单马马车等在大门一侧。

阿巴迪正从马车旁匆匆走过，亚当·奥尔温齐——玛吉特的丈夫——那高大的身影从车上跳下来一把抓住他的胳膊。

"我一直在等你，"他激动地说，"是玛吉特派我到这儿来截住你的！"

不知为什么，巴林特并不吃惊，他感觉到与阿德里安娜的这次偶遇必然会引发无人可以预知的事情。

"嗯？"他问，"什么事？"

"我们知道你会来这里。玛吉特叫你马上就去……家里出了点事，所以她才派我来。我们走吧！赶紧的！"

他俩上了车，亚当高声吩咐车夫立刻赶回乌兹迪大宅。

巴林特觉得喉咙一紧，几乎说不出话来。不过他还是设法问了一句到底发生了什么事。

"我也不知道。"亚当说道，"我只能告诉你，我们看完歌剧回到家，阿德里安娜就直接冲进自己的房间锁上了门。玛吉特担心极了，一直没有走远，就待在隔壁的浴室里，不敢丢下她一个人。"

两人沉默下来。马车出了城，朝着莫诺什托路上的乌兹迪大宅驶去，车里只能听见马蹄踏在铺路石上的撞击声，虽然只有五分钟的路程，他俩却都觉得似乎远远不止这么久。一路上巴林特脑子里就只有一个念头——那把小小的勃朗宁左轮手枪。这个致命的小巧武器是当初阿德里安娜请他替她买的，甚至在那时她就已经想到用这把枪自杀，可是却小心翼翼地对他隐瞒了这一点。打从那一天开始，左轮手枪这事就一直困扰着他，等到过了一小段时间，他就更担心了——因为那时他们曾在威尼斯共度一个月，随后分了手，也许永远不会再相见——他了解她有多么强硬，也知道让所有烦恼一了百了的恐慌令她多么不安。

如今这恐慌卷土重来，也许他一直担心的事情终于要发生了。他本能地知道她最想做的是什么，因而痛苦不已，生怕晚了一步来不及阻止她……

马车在隔开大宅花园与马路的锻铁栏杆前停下，亚当用自己的钥匙打开少有人走的侧门，叫车夫在这里等着，随后他和巴林特匆匆走了进去。屋子的厢房只有一层，但是很长，都快要延伸到绍莫什河的岸边了，屋里黑漆漆的，阿德里安娜自己的套间也在这一侧。在主入口庭院那一边，屋子外面有个玻璃游廊，他俩绕过厢房，从游廊进了屋。但亚当并没有马上右转走向阿德里安娜的起居室房门，而是来到左边的另一扇门前，里面是她的浴室。

他们尽量轻手轻脚地走进去，看见玛吉特蹲在一条狭窄的长椅一端，耳朵贴着门上的锁孔，门后就是阿德里安娜的卧室。要不是怀孕晚期的身材表明她是个成年女子，别人看见她像这样弓着身子，没准会以为她还是个小姑娘。他俩刚一走进房间，玛吉特就转过脸站起身来。她将巴林特拉到身边，声音很轻，语气却非常坚定地说道：

"谢天谢地你来了！现在可不许走了。我知道你应该去参加夜宵聚会，不过没关系，亚当替你去，他会解释说你很不舒服。人人都看见你提前离开了剧院，所以这话听起来一点都不奇怪，而且他们会觉得你还派人替你来真是考虑太周到了。谁都不会为难的。"说完她转头对丈夫说道，"你没让马车走掉，对吧？最好现在赶紧去。我相信你一定会很好地应付过去……哦，你最好把马车还派回来，我们没准要用。叫那个人等着，把小门的钥匙给他。"

玛吉特显然已经提前计划好一切，不论她心里多么焦虑，头脑却很冷静，给出的命令简单明了。

亚当刚一离开，她就转过头，用隔壁房间听不到的音量小声将今天的情况告诉了巴林特。阿德里安娜是当天早上从洛桑回来的，她把女儿安置在那儿的一所寄宿学校里。加拉古赛伯爵夫人听说她回来了，就邀请她晚上和其他人一起到她的包厢里来。她说不太想去，又说不是很喜欢歌剧。"……我们以为你在德内斯托亚……"

"我今天晚上才来。"

"是的，可当时我们并不知情。不过这不是重点。我在包厢里就坐在她旁边，所以能看到她的脸。她脸色很差，因为我对她太了解了……不过其他人什么都没看出来。我很为她担心，但是又无能为力。那时我们不可能走，再说我看她也不想走。最后歌剧结束了，我们才走的。我们用马车把她带回家，她一句话也没有说。我们跟她一起进了屋，不过她显然不想要我们进来；实际上她想尽了一切办法要让我们马上走人。亚当等在外头，可我不肯离开她。她看起来很可怕，很可怕。我以前只有两回见过她这样……但都没有这么极端、这么决绝。我是真的担心她，她面无表情、眼神呆滞……两只手都在颤抖。我一直设法跟她待在一起，可是她换上便服以后突然把我推出房间，然后锁上了门。我就是那会儿派亚当去找你的，因为无论当时还是现在，我都已经无能为力了。我不知道她在里面做什么。有一两次我听见她在四处摸索，接着好像有一些小东西掉到地板上，然后就什么声音也听不到了……这样已经过了很久了，我敲过好多次门，但她不开，我知道她没睡……她肯定没睡。现在只有你能帮忙了！"她停了下来，片刻后才继续说道：

"我知道她有一些佛罗拿❶，如果现在说还不算太晚的话。"

巴林特站起身，向阿德里安娜的卧室走去，他握紧拳头在她门上敲了两下，大声说道："是我，AB。请让我进去！"

浴室里这两人只等了二十秒左右，却有度日如年的感觉，他俩什么也听不见，没有说话声、没有脚步声，什么都没有。随后钥匙在锁孔里转了两转，阿巴迪立刻抓住门把手——门开了。他快步走进房间，顺手

---

❶ 巴比妥类药物，一种催眠剂和镇静剂。

关上了门。屋里漆黑一片，不过巴林特对这里再熟悉不过，不需要开灯。他对一切了如指掌，甚至包括那股暖香——那也许是康乃馨或是别的花瓣散发出来的，但绝不是人造的香水味，它和商店里出售的香水全都不一样，更像是一种慢性隐秘毒药的香气，虽轻淡却醉人……这是他所爱之人的亲密气息。他两步便跨到她床边，静静地坐了下来。

"真的是你吗？"一个闷闷的声音从枕头深处问道。

"是我。"

他用手摸到她的肩膀，开始抚摸起周围松散的卷发。随后他又开了口，声音却沙哑得仿佛说不出话来：

"这没有道理，一点道理也没有。"

她没有回答。过了一会儿，她用双臂紧紧拥住他，就像溺水的游泳者紧紧抓着救她的人。他俩双唇相接，如饥似渴地亲吻了很久。

他那浆得笔挺的晚礼服衬衫在两人之间发出轻微的噼啪声。

❧

巴林特想要打开灯，可阿德里安娜依然心烦无比，不让他开灯。

"玛吉特在外面等着，我得告诉她你没事了。"巴林特说，"再说，我得确保头发没有弄乱……还要把领结摆正……我需要开灯才能看见。"

"不，不要！还不能开灯！你不用开灯也可以整理的……反正这也没关系！"

"可是玛吉特也许想要进来。还是把灯打开比较好。"

"不，千万不能让她进来！现在不行！跟她说她可以回家了，回头再来……但我不许你开灯，现在不能开！"

他说服不了她，于是用手抚平头发，又尽量将衣领和领结整理好，随后回到浴室里。

玛吉特躺在墙边那张狭窄的长椅上，头枕着柔软的手臂正在酣睡，就像一位忠实的守卫者，危险刚一过去便放松休息了。她似乎睡得很沉，巴林特感觉把她叫醒有点残忍。

"没事吧……？"她嘟哝道，还没完全清醒过来。

巴林特什么也不必说，玛吉特看到他的脸就知道一切安好，于是立刻说道："我这就回家。"她咧开小嘴，打了个大大的呵欠，然后麻溜地穿上裘皮晚装大衣，二话不说地和阿巴迪道过别就不见了。如果她走时顺手锁上门又带走了钥匙，那阿巴迪要怎么离开这间屋子，她可没有说。至于这是因为她依然昏昏欲睡呢，抑或是可能还有其他理由，这就没人知道了。小玛吉特从不解释，除非绝对必要，否则多一句话她都不说。

巴林特关上浴室的灯，回到漆黑的卧室里。

❧◆❧

隔壁修道院的钟敲了三下，钟声在黑暗中回荡，简直就像在房间里敲响的。

这声音吵醒了他们。刚才二人紧紧相拥着睡去，身体曲线习以为常地紧密贴合在一起，十分自在，就像一对大型猫科动物——比如美洲狮或是美洲豹——舒舒服服地蜷在一起睡着了。阿德里安娜找到自己习惯的位置，脑袋抵着巴林特的肩膀，她浓密的卷发将他的口鼻都遮住了一部分，可他却丝毫不觉烦扰，反而睡得更加深沉。多年以来，她这一绺绺乱发就像一根魔法链条上的一个个链环，始终将他俩维系在一起。这对恋人只要拥有彼此就够了，他们都在对方身上找到了所需的一切，欢爱时每一个姿势、每一个动作，无论是否熟悉，全都得到了信任与平和的接纳，就连两人达到高潮、合而为一时也不例外；过去他们一有机会相聚，就会沉醉在彼此怀抱里，今天也还是老样子。

"已经三点了，我得穿上衣服了。"他对着她纠结的浓密卷发喃喃低语道。

"你冷吗？"她问道，但是并没有动。

"不冷！可我不能一直待在这里……我真的必须开灯了。"

"如果非开不可，那就开吧，但你要答应我，不许东张西望！答应我！"

"我答应你。"

巴林特打开床头的一盏小灯，阿德里安娜拿出自己的一件披肩给他。

尽管巴林特本想信守诺言，可他刚一把阿德里安娜的丝质晨衣往身上穿，就不由自主地看见那把小小的勃朗宁左轮手枪躺在床边桌上，附近的地板上有几个没用过的小弹匣、几颗小小的黄铜子弹以及一个黄色的硬纸盒——枪和子弹什么的原本就装在纸盒里。他这才明白，她先前一定是想给左轮手枪装弹来着，可是情绪太过激动，失手弄掉了盒子，所以才碰巧保住了性命。阿德里安娜注意到他的脸色阴沉下来，于是双手捧住他的脑袋，让他转回头看着自己，开始用丰润的双唇亲吻他的眼睛。她没有放开他，而是再一次拉低他的身体，仿佛要把他囚禁在床上那些柔软的枕头与靠垫之间。后来，当他们又能直视对方的眼睛时，她露出略带歉意的表情，微微笑着抬眼望他，笑容里却有些愧色。两人都心知肚明他看见了什么，但谁也没有提起。

他们谈天说地，什么都说，最后现实地说到一个事实，他俩都饿了。

"家里什么也没有，因为我们都到玛吉特家去吃饭。这下糟了。"阿德里安娜假装伤心地哭着说。

这时巴林特想起自己昨天晚上一个人痛苦地走了很久，曾在路上买过栗子，尽管他当时也不知道自己为什么要这么做。他的衣服都扔在阿德里安娜床边的地板上，他找到外套，一个一个口袋地翻，找到了栗子和后来买的报纸。

"我有一包栗子，不过已经凉透了。也许我们可以热一下吃？"

"那得花许多时间呢，火已经熄灭很久了。"阿德里安娜说着笑了起来，"我太饿了！我们就这么吃吧！味道还是会一样好的。"

为免栗子壳弄脏阿德里安娜的床单，他们把报纸当作桌布铺在大床中央，从两边探过身来，津津有味地吃着早已冰凉的栗子。两人一边吃，巴林特一边说起自己如何差点撞倒那个烤栗子的老妇人，又是如何不假思索地在车站广场上从卖报小贩手里买了报纸。他把这两件事讲得就像幻想出来的趣闻，仿佛已是前尘往事，如今与他们几乎毫不相干，甚至好像并不曾真的发生过。

过去一年半两人经历的那些痛苦仿佛也不是真的。在乌兹迪的疯病由早期慢慢发展到顶峰的那几个月里，他们饱受折磨，尝尽苦涩与辛酸；乌兹迪的彻底崩溃带来了灭顶之灾；阿德里安娜放弃了这份爱情，并下令两人不得再度相见；他俩日夜沉浸在悲伤与自责之中，这样的日子仿佛没有尽头。可是如今，这一切如同清晨的雾气，从二人脑海中消散得无影无踪。他们不仅不再考虑此事，甚至几乎不再去想之前遭受的磨难是否确有缘由。他俩不记得了，因为这缘由已不复存在，他们又在一起了，在对方的怀抱里找到了归宿，他们属于彼此，是天造地设的一对，任何与他们无关的事现在都虚幻得像一个幽灵。

于是，他裹着她的丝质披肩，她则穿着稍稍撕破了一点、滑下一侧肩膀的睡衣，两人一起在大床上不客气地大嚼着黑乎乎的栗子，饿归饿，心情却很愉快。

"幸好你买了栗子！"阿迪说。

第二章

　　九一〇年一月，库恩-海代尔瓦里·卡罗伊组建了新政府，几乎没有人——尤其是一直沉浸在联合政党政治这一梦幻世界里的那些人——相信它会比前几届政府有更大的作为。到处都有人在说，新政府很快就会遭遇费耶尔瓦里将军政府五年前的命运，因为人们依然相信，政府要是由议员之外的人组成，那它的基础可不牢靠，因而也就跟不上节奏。实际上，人们对待新政府毫无热情、相当冷淡，当库恩-海代尔瓦里宣布议会将暂时休会时，议会立即对他提出"不信任"动议。

　　但如今时移世易，一九一〇年的政治气候与五年前已经截然不同。民众不再抱有幻想，没多少人会去操心政府更替这样的琐碎小事。

---

　　❶ 库恩-海代尔瓦里·卡罗伊（1849—1918），匈牙利政治家，曾任克罗地亚-斯拉沃尼亚总督（1883—1903）及两届匈牙利首相。匈牙利语人名顺序为先姓后名，本书部分真实历史人物译名遵从此顺序，其余人物则参考英译本的人名顺序。——编者注

在一九〇五年，大家普遍很乐观，真的相信匈牙利即将迎来一个全新的黄金时代。组成联合政党的各个党派曾做出响亮承诺——会改革、会提高，并且将这些承诺作为竞选口号大肆炫耀，比如像拆分军队指挥权、建立独立的海关总署等，大家普遍以为这些目标已经实现，或者就算还没有完全实现，那起码也只是暂时被耽搁的，都怪他们那些不爱国的政敌施展了阴谋诡计。人们觉得，一旦联合政党大权在握，邪恶奸党所造成的祸害就会被一扫而光。当时很少有人停下来反思，工会分子们永远不会真的与任何其他团体合作，他们只是和大家一起呼吁推翻现有政府，因为他们自己并未想过会被要求面对政治力量的种种现实；也很少有人想到，在管理一个伟大国家的过程中，有一些力量远比激进报刊上那些诱人段落里所承认的更加强大、更加复杂。大多数人从未想过，真正的国家利益在于合理管理农业、工业与商业，在于保卫国家、维护法律和秩序，在于对少数族裔与弱势群体一视同仁。奥匈帝国的威望及其作为大国的地位正是取决于如何处理这类事务，而个体的持续繁荣则取决于奥匈帝国的大国地位。尽管这个道理看起来简单明了、合乎逻辑，但它似乎依然超出了普通百姓的理解范围。

在费耶尔瓦里政府当政时期，联合政党的诸位领导人开始明白过来，自己的斗争毫无希望，因为正是他们说服自己陷入了大错特错的境地，联合政党的激进派也正是因此才与皇帝❶签下了那个著名的契约。

如今他们已犯下第一个无可挽回的错误：公开宣布妥协即是胜利。

----

❶ 弗朗茨·约瑟夫的头衔在奥地利称皇帝，在匈牙利则称国王，此处原文为"Emperor"，故译为皇帝。后文中不再一一注释，皇帝与国王均是同一人。

这个赤裸裸的谎言就像原罪之本，将他们统治的五年搞得一团糟——每个问题都要争吵一番，互相指责对方不称职、没本事，直到彻底分裂，联合政党一败涂地。这一次，广大民众搞清楚了情况，于是不再支持他们，带着厌烦与鄙夷转身而去。库恩-海代尔瓦里立刻认清形势，巧妙地将其扭转成对自己有利的局面。

新政府很明智，在制订初始方案时，它故意采用了平淡无奇的笼统表述。唯一的例外是声明支持实行普选，但措辞非常含糊。实际上，这份文件通篇都语焉不详，无论是保守分子还是激进分子，人人都能从中解读出它支持自己所求的意思。

新政府采取的第一项实际行动是改正联合政党一些最明显的错误。克罗地亚总督劳赫的统治非常失败，他被免了职，萨格勒布叛国罪审判的裁决也撤销了。有些少数族裔代表被控犯有煽动叛乱罪，正在等候判定，新政府立即放弃了对他们的起诉。

过去这段时间各项鲁莽举措所造成的后果被撇到一边，举国上下也松了一口气。这一切虽然有些灰暗平淡，但显然人们是遵循着简单的常识在处理事务，眼看大选不可避免，大家都急切地做起准备来。议会就是在这种气氛下休会的。

人人都很满意，除了独立党的一些党员，他们提出一种奇谈怪论，声称鉴于他们已经当选，而预算案又尚未表决，那就不能举行新的选举。当库恩-海代尔瓦里站起来提议休会时，这些人就制造噪声，让别人压根听不见他说话。

库恩便一直站在桌旁，等着骚乱平息下去，可他刚一再次开口，那伙人就又吵闹起来。这种情形怕是要无休无止了。最后，库恩别无他法，于是决定离速记员近一些，这样起码他们能听到他的话并记录下来。还没等他走下自己的位子，坐在最左边的几名议员便跳将起来，他们公然反叛，无论拿到什么都用来攻击他，像是书本啦，墨水瓶啦，裁纸刀啦。一个重重的墨水瓶砸中他的前额，他立刻便血流满面。尽管如此，在这场突如其来的风波里，库恩 - 海代尔瓦里自始至终都像平日一样和善冷静。

　　这骇人听闻的一幕令公众十分愤慨，就连作恶者所在的党派领导人也对此事进行了谴责。第二天，报上登出这些不守规矩的党员为自己找的借口——他们以为首相要从讲坛上过来亲自殴打他们——这话可没人相信。想想简直荒唐，一位身体虚弱的老人打算以武力攻击几百名身强力壮的议员，而且这帮人还一起坐在会议厅最左边的席位上？在一九〇四年的十二月十三日，差不多就是这帮人在会议厅里攻击警卫们。当时公众相信了他们的说辞，可民众不知道而议员们心知肚明的是，警卫们曾接到明确命令，即使遇到挑衅也不许还击。如今可没人相信这种幻想了。大家都认为，他们与其试图为自己开脱，倒不如承认错误，只解释说那会儿是一时冲动昏了头，这样反而来得更加体面，起码还算诚实，或者能显得诚实，说明当时是情有可原。事实是，闹事的党员及其所属的政党彻底失去了人们的尊重；这场骚乱也并未被人遗忘，到了举行选举的时候，选民们便开始衡量起联合政党的功过来。

　　结果立竿见影：在组成联合政党的三个主要党派当中，只有不到一百名候选人当选为新一届议员。另一方面，库恩 - 海代尔瓦里的支持者们获得了绝大多数席位，大家普遍认为，如今可以开始一些建设性的工作了。

开始？没错，但是否能够做得成，这又是另一回事了。

以往议会每次努力推行改革措施的时候，都会遇到阻挠，这是匈牙利议会的毒瘤，过去十年的历届政府都因它而瘫痪，如今不听话的左翼已经习惯了以此为武器，甚至拿它去对付自家的领导人，他们很有可能会再次用它来打击新政府。这个毒瘤随时可能冒出来，流行什么口号它就喊什么口号，而且它总能获得新闻界的支持，因为有些报刊似乎就只效忠于那些捣乱分子。隐患可能还有其他来源，不那么明显、不那么熟悉，然而政府的支持者及其政敌目前都还不曾发现。

政府宣布它的第一个目标是选举改革，但因为只是粗略一提，所以人人都可以表态支持，无论他们希望只是小打小闹地改一下还是想要对选举资格进行大刀阔斧的变革。绝大多数人都声称支持内阁，可是谁也不知道哪一种立场更强，即便是在执政党内部。独立党分裂为两派已经有一段时日了。科苏特及其追随者采取的立场比较温和，而尤斯特则率领着他那一派越来越左，几个月后和社会主义者联合了起来。正是后来的这一举动使得局势令人大跌眼镜，蒂萨和科苏特并肩站上同一个讲台，而由拉斯洛·卢卡奇领导的执政党另外一派则跟尤斯特以及左翼人士亲近起来。

这一切都证明了一句古话：在涉及选举的情况下，尽量还是让这种重要问题保持不确定性为好。

有些明眼人一看便知，库恩之所以没有将自己的政策宣布得更加明确，原因之一就是他无意引起蒂萨的反感，如果没有蒂萨和追随他的自由党人给予支持，库恩就注定无法进行任何改革。库恩的首要目标是在宪法的两大支柱——国王与议会——之间重新建立起和谐的关系，为此任何其他考虑因素都得往后排，只要有助于达到这个目的，无论谁来投靠，他都欢迎，哪怕此人既不是盟友也不是支持者。因此，一九一〇年这届议会并非完全由心胸狭隘的政客所组成，这还是多年来头一回。以前那些议员都被自己那没头脑的忠心给蒙蔽了，要么忠于一八六七年奥匈折衷方案，要么忠于一八四八年革命党人的独立原则；所以，这也是头一届对王国以外局势予以关注的议会。

那些传统的政党标语如今为许多人所厌恶，因而投票给无党派候选人的地区数目多得惊人——总共有三十一个。这种情况前所未有。而另一个意外后果是，许多新当选的议员虽然名义上属于这个党派或那个党派，但绝不会始终盲从于该党的官方路线。这在讨论选举改革的方案时便一目了然了。事情始于保守派在维加多大楼召开的一次会议，大家在会上发现，伊斯特万·蒂萨和极端独立人士卡罗伊·米哈伊❶看法一致。就在同一天，前首相兼新教领导人德若·班菲与保守党的两位栋梁——帕尔·桑多尔和久洛·兰齐——在市政厅会面，到会者还有基督教民主党的吉斯魏因以及民主人士瓦若尼和雅兹❷，他们商定了彻底修改投票权的联合方案。

此时还有另外一个问题也超越了传统的党派路线，那就是特兰西瓦尼亚运动。

---

❶ 卡罗伊·米哈伊（1875—1955），匈牙利政治家，本书作者的表弟，出身于匈牙利最富有、最著名的罗马天主教贵族家庭之一。哈布斯堡王朝颠覆后，于1919年任匈牙利民主共和国总统。

❷ 奥茨卡尔·雅兹（1875—1957），匈牙利社会科学家、历史学家和政治家。

　　这个问题之所以出现，是因为特兰西瓦尼亚人普遍感觉，布达佩斯的中央政府对特兰西瓦尼亚特有的传统与历史及其独特的精神认可度越来越低，更别提尊重了，他们倾向于将特兰西瓦尼亚仅仅看作一连串无足轻重的小地方之一。无论是它在历史上的丰功伟绩还是丰富的文化底蕴，抑或是那些实际存在的问题，都没有被首都给予真正的重视。特兰西瓦尼亚精神流进匈牙利人妄自尊大的无底洞中渐渐枯竭，充其量也只是被置之不理。而特兰西瓦尼亚实际存在的问题如此微妙、如此隐晦，只有学识渊博、经验丰富的人才懂得该如何处理。可是当中央政府真的出手干预时却又蛮不讲理、漠不关心，往往是弊大于利。

　　巴林特·阿巴迪将这些看在眼里，越来越担心，所以他也参与发起了此项运动，目的在于鼓励人们对他心爱的家乡给予进一步的了解和更公正的对待。他先是起草了一项计划，并于三月开始将自己的想法提出来讨论，希望唤起特兰西瓦尼亚同胞的支持。他最先去找的就是身在布达佩斯的蒂萨本人，并且通过律师提米森试图引起罗马尼亚少数族裔的兴趣。他自欺欺人地认为，自己只是在履行职责，然而现实是，像这样投身于代表特兰西瓦尼亚的工作，以及又一次埋头于合作社运动的发展，对他而言不过就是一种麻醉剂，以减轻伤心欲绝和自我折磨给他带来的痛苦。

　　尽管蒂萨赞同巴林特的想法，但他依然命令自己的追随者们不要参与此项运动，因为这太容易让人想起排他主义了。蒂萨礼貌地听着，面上习惯性地带着平静却有些嘲弄的微笑。他对巴林特说，这一切很有意思……但并没有提供任何支持。

❧

第一次公开会议就很不顺，巴林特大失所望，他虽然在继续执行自己选择的任务，但既没有喜悦，也没有期待。

三月十二日，在瓦沙尔海伊一家高级酒店里，特兰西瓦尼亚运动的旗帜就此树起。

与巴林特一同出席会议的还有该运动其他几位最初创始人：伊斯特万·拜特伦、米克洛什·班菲、佐尔坦·德希、焦佐·伊谢库茨以及其他许多人——但这些人事先并不知道在会上会听到什么，其中许多并非土生土长的特兰西瓦尼亚人，但由于联合政党时期的选举气氛尤为狂热，所以他们已经渐渐成为该省各个地区的代表。

阿巴迪带来自己关于该运动方案的具体建议，在演说中他着重讲了三点：即将到来的选举改革、特兰西瓦尼亚特殊的商业利益，以及少数民族的存在所带来的诸多问题。

对于前两个问题，几乎没有人提出意见或是反对，但第三点立刻引发了各种争议。巴林特希望获得支持，制定一项关于少数民族权利的新法律。听到这里，塞克勒人的代表开始犹豫了，主要是那些并非土生土长在塞克勒而是从布达佩斯或是匈牙利大平原来到特兰西瓦尼亚参政的人，这些人之所以受到邀请，仅仅是因为他们有公职在身。大家立刻展开激烈讨论，而巴林特坚持自己的主张不肯让步，争论有愈演愈烈之势。主持会议的伊斯特万·拜特伦这时决定休会片刻，以便找个机会私下和阿巴迪详细谈一谈此事。拜特伦完全理解巴林特提出这个建议有何深意，也同意他所说的一切。不过，看到那些反对者的情绪，他建议巴林特不要提及实际拟议法律的具体条款，免得进一步讨论会导致会议中断，从而使得此项运动尚未开始便告中止。他提议阿巴迪可将演讲稿大致保留原样，但少数民族法草案的细节应当留待以后再议——也就是说，等到该运动已牢固确立，此事便可旧话重提，并公开要求实施该项法律。

阿巴迪不太愿意，可是又别无选择，于是将讲稿修改后在次日于郡总部举行的大会全体会议上进行宣读。三十多名代表一致同意了他的提议，其中既有副部长、地方行政长官和议员，也有其他民选官员，在场的还有大量观众。真正重要的内容全都包含在这篇题为《告特兰西瓦尼亚各族人民书》的演说当中。他先做了一个简短介绍，在其中提到即将到来的选举，随后说道：

"有些事情影响到我们的家乡，影响到我们目前以及将来的和平生活，在这些事情上，我们大家现在应当不分党派，联起手来。如今的局势对我们不利，政府在未征求我们意见的情况下就做出涉及我们的决定，这种情况该结束了。这是大错特错。现在我们不是提出请求，而是要求议会在制定与我们有关的法律时考虑到我们的特殊情况。最终，在关系到我们自己家园福祉的所有事务上，我们必须拥有发言权。

"从历史的角度来看，这个要求是合情合理的。当初特兰西瓦尼亚成为王国的一部分，我们无私地交出了几百年来所享有的自治权，而且没有强加任何条件作为回报。我们曾世代独立，因而拥有不可或缺的物质利益与个人利益，却并不曾因为担心这些利益可能受损而犹豫退缩。然而……然而这种无私的爱国行为理应得到回报，中央政府对于特兰西瓦尼亚内部事务，应当像我们一样表现出特别的理解、热爱与关心，这是他们在道义上的责任。可不幸的是，今时今日毫无这样的迹象。

"同样不幸的是，在绝大多数情况下，我们发现自己常常被当作继父母不想要的孩子，他们不尊重我们、不重视我们、懒得为我们操心！我们的社会存在许多争议，就算他们曾漫不经心看了一眼这些争议及其引发的种种问题，却从没有人试图去了解这究竟是怎么一回事。

"这种冷漠和无知让我们深受其苦。尤其是我们被迫见证了少数族裔处境恶化、中产阶级毁灭消亡以及工商业持续衰退。

"国策对涉及我们少数族裔的问题既不关心，也不了解，眼下正日益危险地激起民族统一主义和煽动叛乱的倾向——如果受到不公正对待，那么人们有这些倾向倒也能说得过去。我们必须直言相告，数百年来，特兰西瓦尼亚人民一直安居乐业，不分民族，不分信仰，不分语言，为此我们需的不仅仅是生搬硬套其他地区和其他民族那些粗制滥造的舆论与标语，这些只会毒害我们的体制。

"在充分了解我国国情的情况下，为了整个匈牙利的利益，显然，我们必须消除不信任的隔阂，否则它就会分化我们。我们必须拆毁将各族人民人为隔开的那些屏障，我们必须不顾语言和宗教的一切差异，但最重要的是，我们必须努力确保统治者与被统治者之间存在信任——相互信任。对于待在本国或是想要待在本国的每一个人，我们都必须欢迎，而且要让他们觉得轻松自在，确信任何形式的歧视在这里都无处可寻，因为只要存在歧视，我们这片土地就永远不会拥有和平、安逸与繁荣。只有通过协商和互信，政府才能有所作为。

"正是基于这些因素，我们才提出了要求，只要有人希望为我们这片土地的和平发展而努力，无论其种族、语言或宗教为何，我们都会向其施以援手。"

关于少数族裔的问题，巴林特就说了这么多，随后他讲起经济学这个话题：

"我们要求中央政府履行其对我们的道德义务，首先就表现在对特兰西瓦尼亚的文化福利与物质福利给予合理投资，现如今，交给布达佩斯的一切都有去无回。

"国家几乎没有采取任何措施促进我们的贸易，过去十年来显然只有涉及塞克勒和林业事务的委员会算是例外。然而，将这里的经济与本国其他地区人为地分隔开来导致了本地区经济萧条、人员闲散。我们有丰富的矿藏，有矿山和林地，还有发电站，这些所产生的利润以及高税收所累积的收入却一点也没有回到这里，我们自己的土地与居民并未从中获益。

"所以，乞求无济于事，抗议沉闷乏味，是时候到此为止了。我们必须明确提出，只有答应我们的要求，国家才能保障普通土地所有者的未来，才能确保富足的中产阶级稳固立足。为了实现共同繁荣，我们必须鼓励人们建立中小型农庄，不论土地所有者的信仰与民族。我们社会与文化秩序的进步有赖于此，最重要的是，我国农业人口的生存与尊严有赖于此。我们的人民不仅要有自由和权利去工作、糊口，还要有自由和权利拥有土地、获得尊重、兴旺发达，和本国的其他公民一切平等。

"工商业的各种工具，该有的我们都要有，所以我们要求国家铁路公司提供的服务能够配得上我们土地真正的重要性——迄今为止，它为我国所起的作用简直小得可笑。我们坚决要求，中央政府应当全力支持我们发展工业潜力。

"我们有责任向特兰西瓦尼亚全体人民指出，加入此项运动是对他们有利的，这依然和种族、语言、信仰或是党派无关。而他们的责任则是现在就行动，因为我们即将迎来大选，这可能会影响到我们的整个未来。"

最后他谈到了选举改革。

"在所有政治活动中，首要问题就是建立起人人皆有投票权的公正体系。

"普选制度在原则上是正确的，我们无意阻挠解放的进程——即便我们可以。该项法规旨在扩大选民基础，而选民选出的人则负责为我们制定法律，故而我们必须谨慎行事，决不能做出有碍该项法规实行的事情。与此同时，如果所选择的路线在我们看来是错误的，那我们就必须大声抗议。我们必须告诉全国人民，如果做法不对，如果我们无视立法时考虑不周所埋下的种种危害，那就不会有进步。请记住，这项改革一旦成真，它就将一直存在，不会轻易变更或修改。我们必须保持警惕，一步也不可走错。

"如果以能够正确读写说匈牙利语作为取得投票权的先决条件，那未免过于简单，恕我们无法接受任何像这样的方案。无论是用来衡量是否爱国，还是有没有明智投票的能力，这都不是个有效标准。我们坚信，即将出台的法律首先必须避免撤销人们现有的权利，因为这样只会激起新仇旧恨；其次，它必须基于以务实的态度来看待个人权利，使其在任何情况下都能够选择那些正直、体面、具有爱国精神、政治上足够成熟的人，让这些人有资格在立法机构中占有一席之地。

"我们必须为保持理智与平衡大声疾呼，如果我们对自己认为有欠考虑或是不够成熟的建议全都予以反对，那一定只是因为我们力求让影响万民福祉的一切事务都安宁和谐，如果哪项法律只有利于我们社会中有限的一部分人，那我们是坚决反对的。在捍卫匈牙利主权的同时，我们也在保全财产与文化。"

在演说进入尾声之时，他列举了该运动的目标和要求，随后用铿锵有力的几句话结束了演讲：

"作为个体，我们散落在这片大地上将一事无成。所以让我们联合起来，不论忠于哪个党派，不论政治信念为何，尽自己所能为我们的国家服务。让选民们握手言欢、并肩而立，为我们所选出来的立法者服务。不要忘记，我们的先祖值得敬仰，一个世纪又一个世纪以来，他们为维持特兰西瓦尼亚的荣耀与声望发挥了重要作用，无论声名显赫还是默默无闻，而我们就是他们的接班人！"❶

---

❶ 英译者注：这篇演讲的正文概括了米克洛什·班菲本人在议会第一次演讲的大部分内容，此前他以无党派候选人的身份参加了一九一○年夏季选举。班菲毕生都在为维护各种信仰、各种阶层人民之间诚实、正派、宽容与合作的原则而努力奋斗，尤其是为了他深爱的特兰西瓦尼亚得到公正与公平的待遇而奋斗，无论他身为议员、外交部长还是一介平民。

第三章

刚过中午，巴林特便动身返回德内斯托亚，当时他脑子里想的就是这些事情。

令他感到鼓舞的是，有这么多人合力支持他的呼吁，支持他所提议的特兰西瓦尼亚运动。这当然只是一个开始，但大有希望，如果议会每次提出涉及特兰西瓦尼亚的动议，都要再举行一次会议、再进行一次讨论、再达成一次共识，那么过不了多久，这项运动就会成为不容忽视的一股力量，它本身的影响也将愈加深远和广泛。坐在方向盘后面，巴林特挺得笔直，感觉自己又一次变得年轻力壮、充满期待。这辆车仿佛也感染了些许主人的愉快心情，好似发出充满喜悦与力量的呼噜声，起步驶上费莱克的山坡。

巴林特一面驾车，一面回想起一年多以前，当时他决定等阿德里安娜恢复自由身就立刻与她结婚，可母亲却不同意，于是他便同母亲断绝了一切关系，随后也是乘坐这辆车驶离德内斯托亚的。后来阿德里安娜的丈夫发了疯，她的婚离不成了，萝萨伯爵夫人刚一听说此事，便原谅了儿子。所以他那次离开后也曾回来过几次——去亚布兰卡看望过表亲们就几乎直接回来了，然后春天和夏天各回来一次，最后一次回来就是几天前，他从那里来到科洛斯堡歌剧院观看《蝴蝶夫人》——但只有今天这次，他才真正有了回家的感觉。以前回来，他并不开心，也没什么感觉，仿佛回来只是出于责任和习惯，那时他悲伤自责，日夜痛苦，始终无法摆脱由此产生的沉重沮丧之情。

在今天之前，他所做的一切仿佛都是不由自主为之，但此刻他觉得又活了过来，怀着既愉快又幸福的心情思考着摆在他面前的那些工作。他已经定好计划——极好的计划——工作更多，责任更大。这就是重新找到阿德里安娜并拥有她对他所造成的影响。

工作，更多的工作！他简直感觉自己无所不能。

今年春天，有人邀请他担任消费者委员会的主席，可他犹豫不决，此事便搁置下来。现在他决定接受这个职位，但这仅仅是为了特兰西瓦尼亚，很快他就满脑子想着要提出哪些革新措施以及如何尝试改善乡村市场供应的商品种类和质量。他记起曾在荷兰见过宽刃的长柄大镰刀，他觉得跟人们在蒂罗尔用的那些十分相似。也许可以通过合作社引进这种镰刀？他还打算引入改良过的新种子，比如像豌豆……也许还有大豆。这些事情他得跟农业专家讨论讨论，以确保提出的建议最有可能获得成功并且最为有利——阿龙·科兹马最清楚村民们的需求，也懂得他们那些难以捉摸的情绪，他得去问问他。

他在想，如今上哪儿能找到科兹马？随后他记起茹克的狩猎刚刚开始，于是决定亲自去一趟。去年他就没能参加，因为如果去科洛斯堡，就免不了要冒着遇到阿德里安娜的风险。他当然可以待在茹克，住在狩猎俱乐部里，但是那会儿即便母亲将德内斯托亚马厩里最好的马匹提供给他，他也没有心情打猎。当时他极度消沉，什么事都懒得做。可情况现在完全不一样了，他想去哪儿就去哪儿，一切都妙不可言、美不胜收，喜悦与快乐在等待着他，生活重又充满乐趣。哎呀，他打算每个白天都骑马外出，晚上赶回城里……还有夜里……

　　他已经开始考虑要挑选带哪几匹马去了——英俊当然是要带的，艾薇也带去——再带谁呢？梅尼耶特很有前途，可她才四岁，还是太年轻了。也许可以带乔玛去，她很强壮，动作有点慢，但还是挺可靠的。他要把这些都想清楚，回头再商量。

　　一个个念头在他脑子里翻着筋斗，他满怀希望与期待，冒出一个又一个新点子。这会儿他即将驶过费莱克的最后一个山口，此处被马夫们戏称为"马见愁"，山路开始下坡，路旁有零星的几栋房屋。

　　这时他却出其不意地踩下刹车，将车给停住了。

　　一大群绵羊将马路堵得严严实实，它们的数量如此之多，巴林特认为应该在五百头到一千头之间，这就意味着他得等上一阵才能继续走。他知道得很清楚，绵羊是不会让路的，只会挤在领头羊后面，而领头羊也是不会走的，除非牧羊人带它走。再说它们也无路可走，因为这条路从村子里穿过，两边都有牢固的栅栏，而且还是一条陡峭的下坡路。羊倌们知道，羊群要是受了惊吓，很可能会惊慌失措，如果它们乱窜起来，没准会把有些羊给踩死，于是赶紧对巴林特喊道："停车，老爷，停车！ **❶**"

巴林特停下车，给引擎熄了火，因为他立刻就意识到，羊群要走上好一会儿才能走出村子到达草地。他曾经听说过，很大很大的一群羊将近一天也只能走一英里左右，巴林特觉得，如果它们本能地避免损伤自己的蹄子，那恰恰说明它们还不算蠢到家。不过羊们有时也不是这样，这些养在山上的牲口吃苦耐劳，而且适应性很强，在去市场的路上，牧羊人还是可以赶着它们走快一些的。此刻羊倌正带领它们从一块放牧地转移到下一块，领头羊走得晃晃悠悠，简直就像在表演某种慢舞动作，其他羊则一边走一边不慌不忙地嚼着嘴里的草。有些老板以前会利用这一点，将夏季牧场和冬季牧场租在两处，其间相隔两三百公里，从一个牧场走到另一个牧场需要花上两三个礼拜，这段时间里羊群就吃路边不要钱的草。

于是巴林特也只能等着。这一次他没有觉得不耐烦，甚至一点也没有不高兴，而是立刻大声答道："别着急！慢慢来！慢点！"因为他心里爱意满满，对谁都爱——好几个礼拜才换一次衣服、满身尘土的牧羊人，气味难闻、羊毛油腻，如同河流从他面前缓缓流过的羊群，殿后的牧羊犬，还有驮着挤奶罐和羊倌们那点家当、负重前行的老驴子。这些全都是我们骨子里的一部分，他心想，只属于我们，别人都没有，也许有点奇怪，但正是因为有了这种种独特之处，我们的家园才会与别处不同。

---

❶ 此处原文为罗马尼亚语。

❧

　　道路终于恢复通畅，巴林特踩下油门，继续穿行在大大小小的树林里，林中秋色缤纷，水边的湿草地却依然翠绿欲滴。在他看来一切都很美，就连山坡上偶尔一处光秃秃的黄土也在傍晚的阳光下熠熠生辉。汽车向着家的方向疾驰而去，劲风扑面而来，他深深地吸了一口气。

　　快要到达下比克什的村子时，他看见有个人骑着马刚刚从附近峡谷里的小道来到大路上。原来是高日·卡达乔伊，他自己的庄园离此不远。看到他，巴林特很是吃惊，人人皆知高日从未缺席过一天狩猎活动，而茹克的狩猎季节已经开始了。他刹住车喊道：

　　"你好啊❶，高日！这个时候你在家干什么呢？狩猎缺了你肯定不行吧？"

　　高日策马向着汽车慢跑而来，说话时异乎寻常的严肃，跟他惯常插科打诨的态度截然不同。

　　"那纯属胡说八道，我的朋——朋友。没有我，他们也能做得很好。"

　　接着，仿佛想要换个话题，他急忙继续说道：

　　"你是要去德内斯托亚吗？要是你打算在那儿住一阵，我就骑马来看你。有件事我想和你商量一下。"

　　"你想什么时候来都行，我母亲见到你总是很高兴……我也是，我想听听你的建议，今年应该带哪些马去茹克。"

　　"马——马儿！当然，一直都是马——马儿！"高日难过地说，他

---

❶此处原文为德语。

笑起来的样子很怪，脑袋歪向一侧，长长的鼻子看起来又像是某种忧郁猛禽的鸟嘴了。"可我不能马上就去，我有些家事，必须到西拉吉的姐姐家去一趟。四五天回来行吗？这样不算太久吧？"

"当然不算，我等你来。"

两人又说了几句，随后卡达乔伊大声说了句"再见！❶"便让胯下的老马调转方向，慢慢地走开了。

巴林特一面开车，一面思忖着这位老友的变化之大，他猜想高日也许是有一些金钱上的麻烦，所以才看起来这么沮丧。过了一会儿，他就把这一切忘到九霄云外了，因为他自己是如此快乐、如此幸福，别人可能遇到的困难没法影响到他。

❦

在德内斯托亚马厩前那宽敞的马蹄形庭院里，萝萨·阿巴迪坐在一张小小的长椅上。五只雄马驹已经被挑选出来，这就是今年最佳了，眼下正值秋季，她总是在这个时候做出决定，哪些马配成一对去拉车，哪些马留着骑。不久之后，所有的马匹都要进入过冬场所，骑用马要等到春天才开始训练，但对于将来拉车的马，萝萨伯爵夫人却认为，要趁着它们反应最敏捷的时候尽早开始教导才好。她知道，如果它们的头几堂课足够轻松、足够稳定，而且不让它们负重，那是不会有什么坏处的。另一方面，通过精心控制的上路工作来增强肌腱和腿部肌肉也很重要。

马夫首领西蒙·耶格尔站在她右边。他大约五十岁，身材矮小，站

---

❶ 此处原文为德语。

得笔直，仿佛骑在马上一般，弯曲的双腿微微分开。差不多三十年前，他曾在骠骑兵部队服役，如今依然蓄着尖尖的短须，还打了蜡。他的脸颊光滑红润，尽管出身农家，双脚却小得出奇。他有个庄园，大小约二十英亩，这是他自己的土地，但他依然以在德内斯托亚为萝萨伯爵夫人效力而自豪——当地人互相之间称此为"在府里"，这不仅仅是因为这份工作让他在村里极有声望，同时也是因为他喜欢干这个活儿。在他之前，他的父亲与祖父也曾从事过同样的工作，而他的曾祖父则为曾任特兰西瓦尼亚总督的那位阿巴迪担任过猎场看守人首领。他的姓氏耶格尔正是由此得来，这个词在德语里的意思就是猎场的专业看守人。当时许多农民家庭还不用姓氏呢，而他家这个姓氏就这样一代代传了下来。

　　站在伯爵夫人左侧的是盖尔盖伊·绍卡奇（他这个名字的意思是"厨子"），是西蒙之前的一任马夫首领，比西蒙年长二十岁。他也来自同一个地区，如今已经退休领养老金了，但是他见多识广、判断力强，萝萨伯爵夫人十分赏识，所以在这种场合，她总是喜欢把他请来。他也乐意来（尽管他的养老金有时拿得到有时拿不到，因为阿巴迪家的地产办公室是律师奥兹拜伊在管理），他喜欢从前的这位女主人，知道她心地善良，而他自己又心高气傲，不肯抱怨。况且他也不是真的需要这份养老金，经过一辈子的辛勤工作，他已经预留了一笔钱，自己还有一栋不错的房子。绍卡奇家的人全都高大帅气，他也不例外，如今虽然身体有点佝偻了，走路时还拄着拐杖，但依然气度不凡，头发理得很短，胡须修剪整齐，看起来很有权威的样子，倒也符合他作为新教教会柱石之一的身份。

　　尽管萝萨伯爵夫人自己也跟这两人一样是专家，但是在做这些重要决定时还是喜欢把他俩请来。耶格尔和绍卡奇不用人问就会说出看法，不过车夫首领费里·里戈就只有在别人问起时才会发表意见，虽然他也是一直在场。此刻他站在十步开外，将雇主的命令传达给牵着小马们或步行或小跑的其他马倌。

他们选了很久，最后终于只剩下三匹马驹，拉车的一对马就要从它们之中产生。萝萨伯爵夫人命人牵着其中两匹走上前来，让它俩肩并肩面对着她所坐的地方——如果它俩套上挽具一起拉车，看起来就会是这个样子。

萝萨·阿巴迪默默地看了它们片刻，随后站起身，绕着它俩走了一圈，她的两位同伴也紧跟其后。两匹小马站着一动也不动，直到她靠近它们的脑袋时，它俩才伸长脖子，以为她会喂糖块给它们吃。但今天是要决定选哪两匹马，而不是要宠溺它们，所以它俩一块糖也没吃到，失望地将耳朵贴回脑袋上。最后她开口道：

"它俩十分相像，但我觉得这匹稍许矮一点。小西蒙，请把量尺拿给我！"她依然喊他"小西蒙"，就像三十五年前一样，那会儿他还是个小马童，而她才刚刚成年。如今他身为马夫首领，除了她以外，人人都要喊他一声"大人"。自打他受到提拔之后，她从没用过那个熟悉的头衔，就只喊他"小西蒙"。

"夫人，它被带进来时我就给它量过了。它要矮上两公分，但它这种血统的马儿总是发育得慢一些，我相信过个一两年，它就会赶上来，到那时它俩就一模一样了。"

"我们还是应该让它站在那匹混血小牝马旁边看看。"老绍卡奇建议道，挥手叫马倌将第三匹备选的小马牵过来，它名叫"曼杜拉"。他一边接过缰绳，一边说道："来去。"——在大多数人听来，这个怪词毫无意义。

许多年前，萝萨伯爵夫人的父亲想要找一匹纯种马回来改良特兰西瓦尼亚的马匹血统，所以曾经带着绍卡奇去过英国。绍卡奇在英国学到很多东西，包括如何像英国人一样单手——虽然要用上全身的重量——将马匹捆起来，如何运用法兰绒绷带，如何制作麦麸糊以及"起泡"是什么意思。他也学会了几句英语的驯马口令，尽管在自己试着用的时候有点弄混了，但马倌和马儿们很快就明白了他的要求。这会儿曼杜拉便轻快地迈步向前走来，因为它知道，来去的意思就是"过来! ❶"

他们对着三匹备选的马儿又看了许久，凡是老牌的种马，育种都遵循固定的模式，所以在它们之间其实也没什么可选的，随便哪两匹配起来都非常完美。最后萝萨伯爵夫人转头看着车夫费里，问他有什么想法。

"如果夫人您愿意的话，随便哪两匹我都满意的。不过我觉得，丘伊塔尔在慢跑时脚力更好，所以它更适合拉车。"

西蒙·耶格尔眼睛一亮："曼杜拉看起来跟咱们其他那些狩猎用马会很般配。"他说起马儿时称之为"咱们的"，因为受雇在德内斯托亚堡工作的人一向都这么说。每个人说起这座大城堡、大庄园里的一切——哪怕是最年轻、最卑微的马夫小子——都会以第一人称复数形式称之为"咱们的"，也会像君王自称时一样说"我们"。

他们会说：这是"咱们的"苜蓿，"咱们的"燕麦，"咱们的"草地、母马和种马，"咱们的"牛群、阉牛和驴子。从地位极高的管家和

---

❶ 原文为 Komelo，音似英文的 Come along（过来）。——编者注

马夫首领，到男仆、谷仓和仓库管理员、猎犬管理人、园丁、厨子、庄园的机修工和铁匠，再到地位最低的厨房女佣和马夫小子，人人都从容大方地说"我们"和"咱们的"。"咱们的"马车、"咱们的"农用拖车、"咱们的"锅碗瓢盆，就连对德内斯托亚的野生动物也不例外——"咱们的"鹿、"咱们的"野兔、"咱们的"野鸡，就好像这是属于他们的，事实上也的确如此。德内斯托亚堡和这里的一草一木都令他们备感自豪，仿佛这座庄园天下无双，而他们就是它的主人。

这种精神历经数代方才形成，村里几乎所有的人家都有成员曾经"在府里"做过事，而且全都因此而受了益。这不仅是因为阿巴迪家对雇工样样东西都"免费供应"，所以他们要是自己有钱尽可以存起来；同样地，要是有哪位雇工打算——比如说在自家的地上建房子（附近所有的农家都有自己的地），府里就会免费提供他们所需的一切木材或石料。要是死了一头猪，庄园农场就会赔一头来；没人会担心自己或家人病了老了怎么办，因为"主人们"会确保他们什么也不缺。谁都没有签过合同，也不需要签，一切都是理所应当的。只要雇工开口相求，并将自己的麻烦解释清楚，"主人"立刻有求必应。正是因为有了这些古老的传统，在城堡附近的这个小村庄里，人们才会打从心底里团结一致，极具群体意识，人人都亲善友好。所以，很少有所谓的"外来者"（从其他地区来的人，不论距离多近）会在城堡里长期工作。当时只有两个人是例外，那就是萝萨伯爵夫人的两位女管家，她们在她孤独孀居时来到她身边，讨得了女主人的欢心。事实上，其他仆人对鲍措太太和托蒂太太二人是既恨又怕，他们不满的是，这两个女人历来都是想让女主人相信什么，就对她说什么。

　　萝萨伯爵夫人几乎已经拿定主意，将曼杜拉送回种马场，以后训练成为骑用马，另外两匹则配对拉车，可她还是决定再一次仔细看看它们三个，于是站起身，又绕着它们走了起来。这时马蹄形庭院的外面传来响亮的汽车喇叭声，伯爵夫人还没来得及抬头，她儿子的车已然风驰电掣地驶进院门。

　　看见这几个人和那三匹小马，巴林特猛地踩下刹车，将车停下，自己跳了出来，他的动作如此迅速，看起来简直就像停车前便朝母亲奔了过来。

　　萝萨伯爵夫人立刻意识到，儿子遇到了非同寻常的事情，因为他已经很久不曾显得如此年轻、快乐和积极了。有很长一段时间，他伤心难过、无精打采，和此刻的样子截然不同，尽管她无从得知发生了什么事，但她确信一定有事发生，而且下定决心要查明原因。她一面仔细察看自己的小马，一面微微眯起眼睛打量着他，不过等他走到她身旁，她却丝毫没有表现出注意到他有什么变化的样子。她立刻对他说起自己正在做什么，并征求他的意见，其实她真正需要的不过是他认可她已经做出的决定罢了。尽管如此，她还是装模作样地问了许多不必要的问题，看来像是又一次在衡量那些理由和推理的过程，她为什么会决定让那匹混血小牝马成为骑用马，而训练另外两匹马去拉车。随后母子二人一同走回城堡大门……她一直尽量说个不停，以便能够多一些时间看着他的眼睛、研究他的表情。他肯定是和从前不一样了，但她只想知道他为什么会有变化。

❧

　　西翼一楼那间大客厅外面的檐廊上，茶点已经摆好了。

　　伯爵夫人就只喝咖啡和水牛奶，但因为巴林特刚刚回来，所以管家们很快便摆出满满一桌盛宴——冷盘肉、热面包、甜蛋糕、咸蛋糕、巢蜜、榅桲果冻以及三种不同的果酱，黄油是刚刚搅拌好的，浓得几乎要粘在银盘上。托蒂太太和鲍措太太仿佛觉得这样还不够，每隔一小会儿就来一次，端来更多的有盖菜盘，里面都是新鲜出炉的热蛋糕和甜甜圈，还有油炸馅饼、松饼和烤饼。随后她们便默默站在一边，胖乎乎的小脸笑得灿烂无比，看着少爷狼吞虎咽地吃着这意料之外的美味佳肴。

　　萝萨伯爵夫人望着这一切，暗自露出不易被旁人察觉的微笑。儿子风卷残云般吃完一盘又一盘，她虽然频频偷眼去看他的表情，却并没有开口问及她最想知道的事情，因为她心里清楚，这个不能问。于是她就一直在闲聊，将儿子去科洛斯堡看歌剧这五天里家中发生的事情讲给他听。果园里挖了坑，打算种些果树苗；早晨已经降下初霜，不过仅限于河边地势较低的草地；年轻的男仆桑多尔宣布自己婚事将近；就在当天早上，他们听见远处的庭园里传来一头牝鹿的叫声。萝萨伯爵夫人说着这一桩桩小事时就一直在想：发生了什么事？能让他一下子心情这么好的究竟会是什么事？她该怎么做才能找出答案？

　　此时太阳已经开始西沉。亚拉山脉的群峰慢慢变成了紫色，头顶的天空也染上一缕缕橙红与深红。落日余晖透过随处可见的薄薄云雾直冲云霄，在暗下来的亮绿和浅蓝天幕上刻下道道火光。有几朵云彩的边缘环绕着一圈玫瑰色的火焰，一片金光普照万物，仿佛洒遍了天地之间，就连托尔道峡谷那黑漆漆的入口也被照亮，这金光给远处的凯赖斯泰什平原草地、近处的河岸，甚至是这装有玻璃的宽敞阳台的最深处都投下一层柔光。

萝萨伯爵夫人看着这耀目的一切，微微眨了眨眼，终于尝试着问得更直接一些。她笑容满面却小心翼翼地说道：

"可你还没跟我说说歌剧呢！《蝴蝶夫人》好看吗？演得好不好？是不是像大家期待的那样美妙绝伦？"

巴林特不咸不淡地答了几句，他说，哦，是啊，很好看，场面很大，很美。

"那位法国女歌手怎么样？"

"非常好！美极了！很出色！"

尽管他满口盛赞，回答得却有些仓促，并且只字没有解释这些话是什么意思，也没有说明为何会如此称赞。他似乎是出于自己的某种原因，不愿被迫透露细节。这可不像她儿子——他一向都能毫不费力、轻松流畅地表达自己，对所见所闻的描述往往既生动又中肯——萝萨伯爵夫人立刻意识到自己问对了路，如果是看歌剧时有事发生，而她又想查明真相，那她可得谨慎试探。

"我听说这部作品极具戏剧性。你认为哪一部分最激动人心、最令人感动？最后一幕之前的幕间休息怎么样？"她读了报上的文章，巴林特却没读过，所以她很快就发现，关于巧巧桑对平克顿上尉的爱情悲剧，儿子还不如她知道得多，除了第一幕那段长长的爱情二重唱，他对别的似乎一无所知，不论她问起这部歌剧其余部分的什么内容，他总是会回到那个话题。随后他削起苹果来，仿佛很全神贯注的样子，看来她还是换个话题为好。

　　萝萨伯爵夫人很了解儿子，所以知道最好别再穷追不舍。不过，她还是提了最后一个问题。她问他有没有在剧院里看到哪位朋友，于是得知玛吉特·米洛特和她丈夫在加拉古赛家的包厢里，紧挨着阿巴迪家的包厢。尽管巴林特绝口未提阿德里安娜，但他的举止却突然间变得笨拙起来，很不自在，他母亲立刻决定改换话题，不再提起此事，并且极为谨慎小心，一直到两人当晚坐下吃晚餐的时候。

　　她转弯抹角地谈到这个话题，一如从前那样。她首先说起茹克的狩猎，又问有哪些人家的女儿在这个社交季初次亮相，随后问起科洛斯堡今年秋天的社交生活在狩猎季节开始时是否像平常那般欢乐有趣。她问谁家的城中宅邸开了门，谁家打算举行舞会和晚宴；如此一来，她终于达到了自己的目的——问起行政长官的夜宵聚会。这会儿她有了第一个重大发现：巴林特当时头疼，没去参加聚会。错过这一盛事，他很是遗憾，他本来很想会会那位女歌唱家，还想见见许多朋友，可他的偏头痛实在厉害，他觉得去不了，这才第一次承认他甚至没有待到演出结束。毫无疑问，他认为这个理由相当充分，于是说道，下午他们曾一边喝茶一边谈及他的种种活动，他当时大约是没说清楚。

　　实际上，他没说出的理由正是萝萨伯爵夫人想听的，因为她立刻就明白了真实的情况究竟如何。显然她儿子是在剧院里遇见了什么人，正是因为这个人，他才提前离开，也正是因为这个人，他没去成聚会。这个人只能是阿德里安娜。虽然他没有说出她的名字，但萝萨伯爵夫人十分笃定。

　　一时间她心中重又燃起旧日的怒火。那个女人！那个该死的女人！

可是她随即又消了气，几乎和动怒时一样迅速。

在她禁止巴林特回到德内斯托亚以后，阿巴迪伯爵夫人就孤独地坐在自己这所大房子里，度过了漫长而痛苦的十二个月。即便后来她允许儿子回来了，可他却郁郁寡欢、失魂落魄、无精打采，对从前所乐见的一切都毫无兴趣，让人觉得仿佛是和幽灵住在一起。每一次看见儿子那张疲惫的脸，她都会心里一紧，尽管她一直认为自己所做的一切全是为了他好——当然，也是为了维护家族的威望和荣誉——但天天看到他伤心欲绝，她还是很难过。只有此刻，到了今天，他才变回原先的自己，年轻、开朗、满怀希望，因为活着而充满喜悦。她已经很久没见过他这样了，哦，很久了。看到他恢复成老样子，她既高兴又欣慰，于是便没再追根究底，免得这背后的原因叫她难以接受。她从未质疑过自己那道圣旨正确与否——无论它有多么傲慢专横——可现在她想明白了，既然他没法和那个女人结婚，既然他不能让她享有阿巴迪家的宅邸和遗产，如果见到她就能让他重新快乐起来，那么见一见又有何妨？当然了，这意味着他又得推迟几年才会结下一门适合他的像样婚事，但只要能在他脸上再一次看见平安喜乐，她愿意承受这个代价。

她没花多久便想通这一点并接受了现状，于是立刻就此打住，没再问出任何尴尬的问题。她仿佛没注意到儿子的犹豫和窘迫似的，平稳地转移到争议较少的话题上。

"跟我说说拉斯洛·耶若菲从前那个监护人斯坦尼斯罗家两个女儿的情况。她们是否也长着一头金红色的头发，就像她们父亲那著名的假发一样？还有卡穆西家的二女儿——我猜今年进入社交界的就是她们几个吧——她是像她兄弟一样矮矮胖胖呢，还是像她姐姐？"巴林特这会儿又活跃起来，变得无拘无束，他竭尽全力模仿那几个头脑简单的圆脸姑娘，简直惟妙惟肖，萝萨伯爵夫人放声大笑，甚至还叫默默坐在桌子另一头的两位胖管家跟她一起笑、一起高兴地拍手。

"是啊，确实如此！"其中一位说，另一位附和道："一点不假，没错！"

最近这两位一直在尽力讨好巴林特，因为她俩旧日的盟友与后盾——那位卑鄙的律师奥兹拜伊——在替阿巴迪伯爵夫人管事多年之后，于不久前辞去了代理人一职，如今已经离开。这位小个子律师可不傻，萝萨伯爵夫人刚一和儿子言归于好，奥兹拜伊就明白自己必须要谨慎行事了，否则那位少爷很快就会将他想要隐瞒下去的许多事情揭发出来。他觉得最好趁着这事还没发生赶紧走人，于是去年冬天便去阿巴齐亚拜访了在那里避寒的女主人。他对她说，自己因为不得已的家庭原因，无法再为她效力了。他给出的解释是，本着为伯爵夫人这个贵族家庭帮忙的主要动机，他买下了拉斯洛·耶若菲位于绍莫什 - 科扎尔德的庄园（这里自然没有别人会买），为此他动用了妻子的钱。如今他只得放弃其他的一切好有时间去经营那里。当然了，他做这些纯粹是为了服务于仁慈的伯爵夫人那显赫家族的利益。他随身带去一札令人叹为观止的账目以及一份措辞严谨的特许状——只消仁慈的伯爵夫人签字即可。目的达成以后，他便动身离开，仁慈的伯爵夫人自己也表示，看到他要走，她深感遗憾。

奥兹拜伊一走，鲍措太太和托蒂太太立刻就没了宝贵的盟友，从前靠着他的庇护，她们才得以对萝萨伯爵夫人家里的下人们发号施令。她俩心知肚明以前利用自己的特权地位捞取了不少好处，所以其他佣人全都讨厌她们。如今她们需要一个新的保护者，两人一致认为，将少爷争取过来是再好不过了。要是女主人——或者哪怕是他本人——不知怎么得知了她俩长期以来干的好事，那么就只有他能保护她们。于是她俩琢磨着，要是她们献足了殷勤，讨得他的欢心，设法赢得他的嘉许，那他就不太可能开始打听她们是如何管理厨房和贮藏室的，也不会去问为什么买肉、糖、咖啡以及食用油的账单费用如此之高。

不过，自从少爷回来以后就好像对什么都没兴趣，更别提家务开支这种棘手事务了。当初，奥兹拜伊走了，巴林特回来了，德内斯托亚的雇工们几乎全都吓得不轻。庄园的工头们、佃户们以及其他许多人都有罪，他们长期窜改账目，奥兹拜伊却视而不见，他保护他们，他们反过来也保护他，绝口不提他那更加有利可图的盗窃行为。如今他们怕得要死，担心巴林特伯爵马上就会事事都插一手，但情况并非如此：巴林特伯爵什么也没做。从前他对林地的管理兴趣浓厚，如今也是同样毫不在意。他来了，又走了。他环顾四周，无论人家拿什么事来请示，他都无精打采地处理。他也会问几个问题，但从不提出新举措，实际上，他对待一切都兴味索然、漠不关心。

回到德内斯托亚待在家里时，巴林特睡得很晚，起得也很晚——他以前从不会这样的。有时他一连好多天几乎连家门都不出，骑马也不去，而是坐在那里读读书之类的，一坐就是几个钟头。

可是自从那天——他回来时在马蹄形庭院里看见母亲与爱马的那天——开始，一切都变了样。第二天一早他便跟西蒙·耶格尔出来骑马，还跳过了围场里的一道道围栏。中午，他兴高采烈地告诉母亲，他今年头一回亲耳听到他们称之为毛焦罗斯的那个庭院里传来黇鹿的叫声；接着他对她说自己想去茹克参加狩猎，不知她是否愿意将三匹优秀的狩猎用马借他一用。

"当然愿意，"她高兴地大声说，"这还用问吗！你想怎样就怎样！喜欢哪匹就带走哪匹！你知道他们全都是你的！"

这正如巴林特所料。他早已知道母亲会怎么说，几乎一个字都不差，但他清楚，如果他不问她一声，她一定会生气。扮演神仙教母、送出礼物、移交贵重物品——尤其是给她儿子——是萝萨伯爵夫人人生中的一大乐趣。她乐意扮演这个角色，但并不是像在剧院里那样真正去演，而是她性格中真实的一面。她就是这么想的，对她来说，被请求与给予同样重要。要是人家没有提出请求，她就会认为那是对她善良天性的冒犯，也是一种擅作主张；因为人人都必须记住，所有的东西都属于她，一切都取决于她的意愿。

巴林特继续说道，高日男爵不久后会来拜访他们，另外，他想把年轻的阿龙·科兹马也请来，打算跟他讨论一下合作社的事宜。

萝萨伯爵夫人饶有兴致地抬起头看着儿子。

"是哪个科兹马？"她问道，"家住草场的那个？"巴林特证实了这一点，她便接着问道："他多大岁数了？他父亲叫什么名字？"

"他是博尔迪扎尔的长子，他自己在特克有块地。"巴林特说，随后继续解释道，科兹马一家如今已经成了兴旺发达的地主，父子两代人全都认真勤劳、开明进取。

老夫人看似全神贯注地听着巴林特的一言一语，可当她开口时显然真正关心的只有他刚才说的第一件事。

"这么说他是博尔迪扎尔的长子，对吗？博尔迪扎尔是五兄弟中的老三，他们都是在这儿——在德内斯托亚——长大的。我小的时候，他们的父亲是我们的地产管理人，所以我跟他们熟得很，常常跟那几个小儿子一起玩。好！好！好！请他来，就这么办！"她停了一下，暗自想起那些往事，脸上露出一丝微笑，又接着说道，"请他来，不过告诉他，来之前发电报说一声。我得叫人早早把客房里的暖气打开。"

"妈妈，天还不冷。"

"那不要紧。天气可能说变就变……还是提前知道的好。"

巴林特并没有想到，自己刚才说起高日来访时，母亲可没有这么不安。

五天以后，高日来了，骑着他那匹名叫蜜露的纯种母马。蜜露变化很大，简直叫人无法相信几年前她曾令赛马场上所有的骑师闻风丧胆。如今她看起来就像农场里长着斑点的老驴子一样安静，不过事实是，她就只允许高日骑在背上。

"我不得不骑马过来，"高日带着歉意说道，"蜜露不能闲着。其实我更愿意赶车过来，那样我还能随身带个手提箱。可是这个畜生连遛都不让别人遛，就在我去我姐姐家那天，她还踢了一个小马倌的肚子。照顾她可真是个苦差事。"他一面说着，一面在马蹄形的庭院里下了马，歪过脑袋哀怨地看着巴林特，就像他每次把自己做的事情都说成一出悲喜剧时那样——无论做的是什么事。不过，这一次巴林特感觉到他并不是在开玩笑，因为他看起来异常严肃，而且接着竟然说起自己的衣服，这对他来说可太反常了。

"我知道不应该穿成这样来见萝萨阿姨，"他说，"邋里邋遢、蓬头垢面，我在鞍囊里带了衣服来换，不过这里面恐怕也装不下多少衣服。"

"你也真是的，高日，"巴林特说道，"这有什么要紧！哎，你就是穿着带靴刺的马靴，我母亲也已经习以为常了。"

"那是，那是！对于像我这样的农夫，人家还会指望什么呢？"他的语气十分苦涩，巴林特立刻就后悔说了那话。

高日的鞍囊里碰巧有一件无尾礼服，是请托尔道的裁缝给做的。尽管他的衬衣皱皱巴巴，衣领也磨破了，但是他来用晚餐时还是相当体面的，简直就像欧洲人一样。显然他徒劳地做了一番努力，好让自己显得斯斯文文，神情也严肃得异乎寻常。

❧

当天晚上，两个年轻人和萝萨伯爵夫人在她位于二楼的小客厅里喝了茶，吃了些炖苹果，随后巴林特便陪同客人穿过空荡荡的偌大的餐厅，走下楼梯去往一楼。两人都没有说话，因为巴林特已经注意到了，无论是晚餐时还是晚餐后，客人都异常沉默、心事重重。高日倒也说了几件趣事，还是他平时那副作怪、自嘲的滑稽样子。他说自己在追一只水獭时掉进水里，结果那畜生坐在岸上嘲笑他；又说葡萄园有条看门狗，被一根长绳子拴着，那狗绕着他一圈一圈地跑，他就站着不动，最后他被拴住了，狗便咬了他。他还讲了其他几个这类的故事，全都像小丑似的连说带演，逗得主人哈哈大笑。尽管如此，阿巴迪却感觉到，高日只是在心不在焉地走过场、装出平日那副样子罢了。他发现，高日每一回停顿下来，眉头都会微微皱起，表明他又一次被那阴郁的思想所占据。巴林特在想，究竟会是什么事呢？他越来越担心，等待着客人告诉他原委。最后他终于说了。当他俩走下楼梯最后一级时，高日背过脸去说道："我有事想跟你商量。我们可否……？"随后便住了口。

"那最好还是到我房间来吧，"巴林特说，"我母亲不喜欢亮灯到深夜，所以仆人们马上就会来挨个儿把灯给收走。我到时给你一根蜡烛，好让你照着亮回到房间。"他俩转身走向门厅另一边，这时就看见楼上的灯光一盏接一盏地熄灭，只余一点孤独的微光在缓慢移动，最后它也消失在一道拱门后头，再也没有出现。

两个年轻人很快便来到巴林特那间位于城堡西北塔一楼的圆形房间里，面对面坐在桌旁。一盏小小的台灯在他俩之间洒下一片光亮，房间里其他地方都漆黑一片。

卡达乔伊还在犹豫。他的鹰钩鼻微微歪向一侧，看起来比以往更像渡鸦，他死死盯着座椅的扶手，仿佛会从中得到启发似的。过了片刻，他才开了口，说得很慢，一字一顿，好像在强调自己格外地字斟句酌，他说道："我刚刚拟好了遗嘱……没错，我的遗嘱。眼下……看来正是时候，我就是为此而来，请求……请求你同意做我的遗嘱执行人……"

这让巴林特有种不祥的预感，很是不安。他想起了自己父亲的命运——塔马斯·阿巴迪罹患癌症时比高日现在的年纪也大不了多少，后来没几个月就去世了。难道他的朋友也得了癌症？所以他看起来才如此难过、心事重重？他试着掩饰起自己的担忧，打断高日道："你没生病吧，高日？要是有什么不舒服，希望你已经去看过医生了。"

"不，不！我很好……跟从前一样好，我只是觉得还是早做打算比较明智，有备无患……尽早准备……"

接着他继续将自己所有个人事务的具体情况告知巴林特，说他前几天去和姐姐见面时已经安排好一切。他说明了自己财产的全部收入，事实详尽，数字准确，并且告诉巴林特，他在骠骑兵服役时欠下的那些小债务业已还清，眼下需要处置的就只有他的家产继承了。

"天哪，你还这么年轻、这么健康，怎么会想到死呢？"巴林特再一次插话道。他本来很高兴，可是现在这悲观的想法却让他有些恼火。

"凡事都必须有个理由吗？"对方问道，随后嘲弄地微微一笑，"没准哪一天，我亲爱的蜜露又发起疯来，会把我甩下来又从我身上滚过去？谁知道呢，她曾经像这样害死过一位骑师！这种死法倒也适合我，你不觉得吗？毕竟，人人都以为我除了马什么也不懂。不管怎样，何必怕死呢？关于这一点，叔本华不是曾经说过吗，唯有求生的意志会让我们惧怕死亡，这纯粹是动物的本能反应罢了。又或者是我搞错了……？"他假装沮丧地一挥手，接着笑了一声。随后他又严肃起来，继续对巴林特说道，他已决定将一切都留给他姐姐的两个儿子，但是有一个条件——他俩在继承财产之前，每人必须至少在国外读两年大学，英国也行，法国也行，具体在哪里由巴林特来选择。要是他们不同意，那就什么也得不到。"我已经下定决心，"他说，"决不能让他俩成为像我这样一无是处的傻瓜！"

这番话让巴林特深受触动，他仔细倾听着高日的一言一语，自始至终都在想，这位老朋友一定十分痛苦，多年来一直活在内心的不安之中，所以如今，他才会尽自己唯一的力量为两个外甥提供他求而不得的机会。将来巴林特会回忆起，高日说到他自己时曾讲过一两件特别辛酸的事情，他说自己渴望知识，渴望认识自我，却无法得到满足，这种渴望驱使他碰到什么书都读得如饥似渴，尤其是关于历史以及德国现代哲学流派的书籍。他似乎在以这种方式努力弥补那些年只会骑马和装傻的时光。

"我肯定会照你说的去做，"巴林特说道，"你对我如此信任，我深感荣幸。不过恐怕根本用不着我来多管闲事。你应该会长命百岁，亲自将这两个孩子……以及其他还未出世的外甥——送到英国去！"

高日站起身笑着说道："就连哈巴谷❶问及将来时，上帝也没有客客气气地回答他！"看到巴林特这么爽快就答应了，高日深受感动，为了掩饰自己的激动之情，他为自己的唐突无礼大笑起来。随后他抓住巴林特的手，热情地紧紧握着，比平时握手的时间更长一些，就像人们在道别时那样。

❦

第二天早上八点，他们外出骑马。之所以没有早点去，是因为每年的这个时候，奥劳纽什旁边的平地总会在黎明时分起大雾，而巴林特正是想去那里让年轻的马儿们试试腿脚。高日带来了蜜露，她曾参加过好几次一流的平地赛跑，所以他们只打算跑上一小段看看，以便让德内斯托亚马厩出来的新手们能够跟得上这匹经验丰富的纯种母马。

有五匹马被装上马鞍，在马蹄形的庭院里等着他们。除了蜜露之外，奇诺什和艾薇装的是巴林特自己的马鞍，梅尼耶特和乔玛则是马夫骑着。这四匹马看起来很相似，都是高大的枣红色母马，身高约有十六手宽，长长的脖颈十分优雅，肩膀很宽，"身体很长"。她们之间唯一的区别

---

❶ Habakkuk，《圣经》中人物，公元前七世纪希伯来的一位先知。

就是，其中一匹比另外两匹的颜色略深一点，还有一匹又比那两匹的颜色略浅一点，要是不曾看到蜜露那如灵缇犬一般纤细的骨骼和挺拔的腹部——她离其他几匹马稍稍有些距离，免得她突然想起要开踢——别人没准会把她们也当成英国的纯种马，从外形来看，她们显然就是真正的赛马。

这一小队人马慢慢地走出庭院大门，巴林特和高日并肩走在前头，西蒙·耶格尔和另外两位马夫同他们隔开几个身位跟在后面。不过高日出于谨慎起见，让蜜露落后了一两步，因为这匹母马已经开始将耳朵向后贴，他得小心控制她那阴晴不定的脾气。他们骑马穿过宽大的拱门，门下回荡起响亮的马蹄声。

有座桥横跨在从前的护城河上，他们过了桥便转向左面，朝着河边走去。在他们下方的宽阔山谷里，大部分地方仍然笼罩着一波又一波的薄雾，雾气缥缈，仿佛一条柔软棉布制成的巨大披肩被撕成了碎片。山谷汇入毛罗什河，雾气弥漫在更远处的整片平原上，凡是太阳光线最强之处，都能看见底下的树木与草地。有些地方植被茂密，园林清晰可见，而在另外一些地方，清晨的缕缕薄雾依旧萦绕在高大的杨树梢头，树上一小片一小片的秋叶好似一块块金币浮在半空。一片片分开种植的桦树林、松树林与枫树林颜色各异，对比鲜明，这一小队人马便穿行其间，走了一道大大的弧线之后，他们发现迟迟未散的晨雾使得自己所在之处的一切色彩都变得柔和而淡雅。这会儿已经能看见远一些的距离了，但仍然像是隔着乳白色的玻璃，宛如置身梦境，万物都远在天边。

他们骑马走过一座小桥，桥下的河流仿佛也在散发着丝丝水汽。一只翠鸟飞掠而过，发出一声惊叫，它那一身蓝宝石般的羽毛紧挨着水面上方划出一道尖锐的弧线，随即消失在河边深深的草木丛中。

"那个东西要是来了，冬天就不远了。"卡达乔伊小声地说，然后又没有人吭声了。

马蹄踏在柔软的草皮上，几乎一点声音也没有。他们眼前的景色仿佛越来越不真实，成片成片高大的奥地利黑松就像白色大海上一个个黑色的小岛。树林已经很近了，很快他们就会被森林完全吞没，一道道橙色的阳光成功地穿透头顶的迷雾，在杨树的银色树叶上洒下一层浅浅的鸽灰色雾霭，又将灌木丛那稠密的叶子染上玫瑰色，就好像大自然红着脸被太阳剥去了衣衫。

神秘的森林深处突然传来一阵低沉的吼声，既像一面大鼓咚咚作响，又像有人在敲空的木桶，不过这声音显然来自活物而非死木。这吼声很愤怒，饱含着需求与渴望，这是求偶的呼唤抑或战斗的呐喊。

大家停下脚步，马儿们竖起耳朵。

"一定是雄麇鹿，"巴林特小声说，"他肯定就在附近！"说完他调转马头，迅速沿着一条杂草丛生的狭窄小道小跑而去。他们穿行在纠缠疯长的柳树与接骨木之间，从宛若道道拱门的高大白杨树下穿过，最后来到一处浅滩。岸边的芦苇如今已长得很高，好似一堵墙矗立在众人面前。有人在芦苇丛中辟出一条小径，通向河岸下面平坦的鹅卵石。小溪本就水流缓慢，这个季节水也不多，只能勉强达到马匹的趾关节，因为多数水都在上游一英里处被引去推磨了。奥劳纽什河每到秋季都是如此，简直叫人无法相信它和春季所见的滔滔洪流是同一条河。这自然是有迹可循的，远处的河岸就像两三米高的小小峭壁，好似地质图示一样切得整整齐齐、层次分明，鹅卵石层、深色的腐殖质层、泥石交错层，直到最底层的蓝色板岩——那是某一片史前海洋的海底。

他们沿着小路穿过芦苇丛，蹚过浅滩，视野这才豁然开朗：向下可以俯瞰凯赖斯泰什平原——这是特兰西瓦尼亚最大的平原，远眺可见美索锡那光秃秃的山坡，唯有道道黄土峡谷将它割裂，到处都是一个一个小方块状的葡萄园；向右望去是毛罗什的连绵群山，左边很远很远的地方能看见托尔道裂谷那陡直的线条，更远处亚拉山脉的柔和灰色轮廓几乎要融入云端了。平原上阳光普照，众人面前的广阔田野刚刚收割过燕麦，两边还有许多土地未及耕种，足以容纳三匹马并排疾驰。这就是秋季的训练场地，比庭园里面要好走一些，一侧有标杆标出了六百米长的一段直道。

他们策马绕着场地四周跑了两圈，算是初步锻炼，随后让五岁的乔玛和新手梅尼耶特跟经验丰富的蜜露比试速度。

巴林特、西蒙·耶格尔以及马夫们在一旁观看。第一轮比试非常顺利，乔玛毫不费力地紧跟蜜露，尽管这匹母马已经使出全力。

"她会让我们感到骄傲的，大人。"西蒙说，随后又小声嘀咕道，"我才不会拿咱们的马去换那头瘦羊呢，哪匹都不换！等到五千米她就要落后一大截了！"

这时高日骑着马向巴林特小跑而来，说了几句话称赞德内斯托亚的那匹母马，又示意马夫将接下来准备比试的小公马牵过来，随后慢慢地跑回起点。就在这时，意想不到的事情发生了。

年轻的马夫皮斯蒂猛地说了句"来去"，又用脚跟戳着小公马的侧腹，好让他跟高日的纯种马排成一条直线，可后者也许以为马夫是在对她下命令，又或者她突然想起了阿拉格赛马场上那些令她深恶痛绝的日子，她痛恨再一次被人大吼大叫，于是将脑袋伸到两条前腿之间，脊背拱成新月状，先是转了整整一圈，然后在广阔的田野里四处逃窜起来。高日吃了一惊，差点被她摔到地上；不过他是一名不错的骑手，所以是双脚着地的，并未发生别的事故。

年轻的皮斯蒂可就没这么走运了！小公马呼哧呼哧地哼着鼻子，将尾巴甩成喇叭状——就像蜜露一样——随后一跃而起，结果马夫就被摔了出去，好似一颗流星，一头栽倒在地。

这一切都发生在转瞬之间，快得仿佛火山喷发，其他人忍不住大笑起来。尽管巴林特的坐骑也试图要点自己的花招，但他仍设法保持着冷静，策马慢慢向高日跑去。与此同时，西蒙·耶格尔纵马疾驰而去，跟着那匹受了惊吓、正往家奔的小马驹。捉住全速飞奔的惊马正是西蒙最热衷的事情之一。上一回他这么干还是两年前，当时巴林特在茹克狩猎，西蒙带着他的备用坐骑。无论何时骑马外出，他总是密切留意有没有人坠马，随后他便出发，跟着那匹无主的坐骑上坡下坡。他骑马时直立在马镫上，而不是像赛马骑师那样探身前倾，更像从前的匈牙利骠骑兵，腰背挺得笔直。那匹无主的小马驹和追它的人很快就过了河，消失在对岸的树林里。

"好一个泼妇！"高日抓住蜜露重新上马时喊道，"她刚才是不是又把我给扔了，这母马真可怕！"可他并不生气，在他看来这就是个玩笑而已。巴林特看着那母马将耳朵紧贴在头上，龇着牙咧着嘴，眼里还闪着邪恶的光，他猜想蜜露也认为这是在开玩笑。

第二轮比试因为其中一位主要参赛者脱缰逃走而取消，高日和巴林特便动身回家了。他们拐进庭园，朝着被称为大树林的一片片林岛走去，巴林特说道："我们顺着小道穿过树林吧，没准能接近那头鹿。这些雄黇鹿每到发情期就会完全不管不顾，远比马鹿要鲁莽。他们会焦躁不安，待在隐蔽处之外的时间也长得多。"他俩让其余的马夫回家，然后二人钻进了茂密的灌木丛。

此时晨雾几乎已经消散得无影无踪。阳光灿烂，透过啤酒花藤以及其他野生藤蔓纠缠而成的网眼照耀下来，将夏日的毒芹茎秆衬托出秋日的金黄；唢呐草的枝枝藤藤交织成一张黑漆漆的网，被阳光照得好似一道铁栅栏，栅栏后的枯草仿佛着了火一般，它则保护着路人免遭这火焰的侵袭。过滤后的阳光照着一棵棵数百年的老树，这一棵的树皮显得怪异扭曲，那一棵则泛着红光，到处都是点点光斑，其间夹杂着深蓝色的道道阴影。哪里有光，哪里就刺得人睁不开眼，一切都虚实难辨，周围有许多参天大树，树冠的影子胡乱投下来，就连树下灌木丛的轮廓也变得模糊而虚幻。

这片森林依旧如梦似幻，但和清晨浓雾弥漫时大不一样。橙黄色的树叶间随处可见一颗颗浆果红光艳艳，枫树的柠檬黄与本地橡树的古铜色交相辉映，到处都是一串串极小的浆果，宛如黑钻石般熠熠生辉。它们的数量实在太多，就像自由自在飘浮在空中一样。有时候，骑马而行的二人会不知不觉穿过林间一处处郁郁葱葱的小空地，然后再次一头扎进密林般的灌木丛。

他俩时不时就勒马止步，驻足倾听。他们能够感觉得到，周围并不平静，几乎像在颤动。但这只是一种感觉，听是听不出来的。有时候会传来干树枝被踩断的细微声响，不过也可能只是他们的想象而已。他们间或会再次听到那低沉的吼声，却辨不清它来自哪个方向。是在前面——

还是后面——又或者仍然只是他们的想象？

　　两匹马同样十分警醒，他俩大张着鼻孔，两只耳朵一会儿朝这个方向竖起，一会儿又朝那个方向竖起，仿佛他们也觉察到有某种奇妙而神秘的东西近在咫尺。

　　片刻之后，他们来到从前一处河床的岸边。卡达乔伊稍许落后一些，停了下来，巴林特则慢慢走在前头。河床长满芦苇与高草，似乎有尖锐的拍打声从泥泞的床底传来。高日调转马头向发出声响的方向走去，还没等他在马鞍上俯下身子去看到底是什么在那儿，一头成年雄黇鹿就从茂密的芦苇丛中一跃而出，一动不动地站了片刻，距离这一人一马仅有十步之遥。他那宽大的鹿角形似铁锹，骄傲地从前额的眼角之间冒了出来，一身红褐色皮毛上有一排清晰的白色斑点。他的个头并不大——跟一岁的小马驹体形差不多，但那副目空一切的姿态却叫人望而生畏。蜜露吓了一跳，她后退了一两步，两只动物望着彼此，都很吃惊，深受震动。显而易见，雄鹿看见这头金黄色的奇怪牲口也吓了一跳，因为母马跟他近在咫尺。他将漆皮一般闪亮的口鼻往前伸了伸，犹豫地迈出一两步。接着，他显然是闻到附近有人类的气味，于是迅速往后一缩，跑回芦苇丛中没了踪影。

　　高日策马小跑向前，赶上了巴林特。

　　"老弟！刚才出了一桩奇事！一头雄鹿跑到我们前头，蜜露居然害怕了。蜜露！这牲口打从生下来还是头一次被吓到！我是通过小腿肚子感觉到的，她心跳加快了！我还以为这辈子都不会看到她受惊吓了！"

　　后来他俩又看到几头带着幼崽的母鹿，但都离得很远。过了一会儿，他们听到几声响亮的碰撞声，这肯定是两头雄鹿在打架。随后巴林特和高日便调转马头，慢慢地骑行回家了。

　　骑了一早上马，高日似乎恢复了往日的开朗，但巴林特很快就发现，他可能只是因为这番奇遇才振奋起来。他问起高日何时会前往茹克，后者仅仅答道："哦，我不知道。我想我不会去了吧……太无聊了。只有马儿，马儿，马儿！永远都是马儿！我问你，这是为了什么？我受够了。他们让我觉得没劲……"说着他又紧紧皱起眉头。

　　"如果你不参加的话，狩猎可就不堪设想了！"

　　"那他们就得习惯没有我，不是吗？"高日闷闷不乐地说道。

❧❀❧

　　回到城堡，他们看见萝萨伯爵夫人正在屋前修剪鲜花。她戴着一双厚厚的鹿皮手套，已经从内院周围的花坛里剪下许多鲜花，如此一来它们就能免受初霜侵袭了。她开开心心地朝着两位年轻人走来，让人觉得她仿佛是为某个非常特殊的场合做准备。他俩注意到，她不仅像过节一样异常高兴，而且戴上了平时只有去教堂才会戴的那顶漂亮帽子，宽大的缎带在下巴底下打了个妩媚的蝴蝶结。她还穿了几件新衣裳，明显比她平时穿的那些时髦，崭新的白色蕾丝衣领和带有褶边的袖口甚至显得有些浮夸，整个人仿佛比他们上一次见到时年轻了好几岁。

　　"拿着这些花，"她对一位路过的男仆说道，"叫他们把花放到客房里去。"随后她便迈着轻快的步伐向儿子和高日走来。

　　"现在跟我说说，"她说，"你们骑马出去有什么见闻？我们就坐在这儿吧，在屋子前面，秋天出太阳的时候，我就喜欢坐在这儿。"

　　她领着他们在石头长凳上坐下——从这里可以看得见马蹄形的庭

院，然后高高兴兴地听高日讲起今天的情形——他讲的大多是自己有多傻，竟然被那匹母马甩了下来，又讲到和那头雄鹿的遭遇以及他如何感觉到蜜露心跳加速，因为这回是她害怕了。他自然也称赞了出自德内斯托亚的几匹小马，直把萝萨伯爵夫人听得满眼喜色。她始终都是一边听，一边不停地转眼去看外院外面那扇大门。

有一回她冷不丁冒出一句，阿龙·科兹马今早会乘坐十一点半那班火车抵达，说完又转过头继续听高日说。

✿

后来吃午餐时，她让这位客人坐在她右手边的上座，尽管他和他们不属于同一个阶级，但他是客，而且是陌生人，不像高日是个远房表亲，所以算是家里人。她大部分时间都在和科兹马讲话，问起他全家、他父亲和叔伯们，但问得最多的还是他父亲，说起他来，她热情洋溢、满怀同情。

看到她对他儿子的态度，没人能想到她每年对那做父亲的有多么生气。因为这事一年只有一回，而且除了她再没第二个人知道。事实上，打从她五十岁生日开始，阿龙·科兹马的父亲——博尔迪扎尔——就每年用明信片给她寄来生日祝福，而且每次都会公开写出她的年龄。在她五十岁生日之前，他从未写过一封信来道贺，毫无任何表示，等她到了五十岁，他却年年都寄来明信片，就连她也不知道他为什么要这么做。她猜想他一定是在报复，因为她小时候曾冒犯过他，尽管她自己不记得了，可他却记了四十多年。阿龙的祖父辞去阿巴迪家庄园总管的职务时，她才十三岁，自他搬离德内斯托亚之后，她就再未见过博尔迪扎尔，也没见过他的任何一位兄弟。他们原本都是她的童年玩伴，可无论她如何努力回想，也想不出可能在什么场合得罪过其中哪位。恰恰相反，她很喜欢他们几个，尤其是博尔迪扎尔，因为他俩同岁，对她而言，他是一位很特别的朋友。他此举显然是在试图激怒她，可他的动机却并不清晰，所以她十分恼火，而他年年都如此，每一次明信片寄到，都会毁了她的生日，把她气得不轻。然而此刻，这一切却无迹可寻，萝萨伯爵夫人今天笑容满面。

这便是她报复的方式。如果说那做父亲的用意歹毒，那么她就打定主意要把这做儿子的哄得高高兴兴，等他回家以后，定会对父亲细说她有多么迷人、多么亲切，她说起他父亲时是多么深情款款，她看起来有多么幸福快乐。她早已仔细筹划过要如何迎接这位儿子，好让他父亲看看，他的恶意毫无效果。等到博尔迪扎尔听说，尽管他每年都无端端提及她的年龄，她却依然年轻依然活泼，那么她就算大仇得报了；因为她坚信，让他以为她压根没有注意到他的无礼举动，这就是对他真正的惩罚。

对萝萨伯爵夫人来说，这个游戏并不难，她天性善良，而且有许多快乐的童年往事可以回忆和讲述。她一边讲，一边不时偷眼去望那年轻人的脸，仿佛想要在他那黝黑的鞑靼人面孔上找寻和旧日玩伴的相似之处。

午饭后喝完咖啡，女主人提议大伙儿下山到庭园低处去看马。山里草地上的干草被采集来之后，总是会拿到德内斯托亚堡来给马儿吃。

"我们这就出发。"她一面说，一面命巴林特叫人将马匹套到一辆敞篷马车上，这样他们在天黑之前还能兜一圈。

"亲爱的妈妈，走路只要五分钟就到了。马儿们全都离屋子很近，就在磨坊河的另一边。"

"没关系，我就想坐车。你跟我一起来吗？"她对阿龙说道，"你是头一回来，他们可以驾车带我们绕着庭院转一圈，好让你熟悉熟悉这里。"

萝萨伯爵夫人之所以有此提议，也是为了给客人面子。她一直很喜欢这么做，因为她和自己的父亲以及祖父一样，大半辈子都在规划和美化城堡的周围环境。她热爱这里的一草一木，并且为自己能够继承家族传统而自豪，因为她的规划不仅仅是为了悦己，更是为了将来、为了子孙后代。她和先祖们一直都很清楚，这种景观的可贵之处就在于植树造林，只有经由好几代人的努力才能实现，要想看到规划的成效，至少得等上半个世纪，所以萝萨伯爵夫人为如此无私的成就感到骄傲也是再自然不过了。

母亲和客人溜达着向马蹄形的庭院走去，马车在那儿等着他们，巴林特则领着高日径直走向城堡北面露台上的玫瑰园，从那儿只消走下两段石阶，两人就来到一条宽阔的小道上。小道从庭园里穿过，两旁种有大片大片的本地橡树，既高且直的树干和尖尖的树冠总会让来客想起柏树。他们在这儿等了一两分钟，等着马车绕个大大的半圆形驶过河上最近的一座桥。磨坊河就在两人面前几百步之外，虽然有树木干扰视线，但是透过几乎光秃秃的树枝，还是可以看到河那边的草地上有些母马带着小马驹在吃草。

他俩慢慢地走了一会儿，谁也没有说话，最后巴林特开口道："关于你昨天对我说的那些话，我想了很多。我认为你的麻烦就在于，你在比克什太孤单了。你想得太多，继而开始忧心忡忡！你应该结婚了……"

"应该个鬼！"高日喊道，生气地一挥手。

"我说真的！"巴林特说，"要是你结婚了，看待事情的角度就会大不相同……而且卡达乔伊家也能添丁进口，你想怎么养育他们都可以。"

"见鬼去吧。"高日又说了一遍，然后沉默下来。过了一小会儿，他说道："我们这个阶层的女孩，我是永远配不上的，这你知道。我……哎……我这人也太像农民了。要是愿意的话，时不时找个女仆也许还是我会做的事……但是找一位高雅过头的年轻女伯爵，那就不必了，谢谢你！像这样的姑娘没人想嫁给我这种乡巴佬的！"

"哦，当然有，还多得很呢。伊达·拉若克怎么样？她惦记你好多年了，要是你开口求婚，她明天就愿意嫁给你。"巴林特说道，接着讲起她是个多么聪明单纯的好姑娘，仿佛这还不够，又说人人都知道她一直对他心有所属。

"她爱个鬼！"高日又说了一遍，但这回并不像刚才那么底气十足。

"真的！自打瓦尔 - 希克罗德那次舞会之后，她就爱上你了——你不记得了吗？她跟你正合适，既漂亮，又健康，家里的事情也都很擅长。她妈妈就指望着她，其他那些女儿都指望不了，这你知道的。她的年纪也合适，而且很精明。"

这一次高日没有马上答话，而是一副若有所思的样子，很不寻常。随后他说道："也许你说得对……不过……呸！谁知道呢？"

接着他俩就说起了别的事情。

❦

　　萝萨伯爵夫人去看传种母马看了好一阵子，她趁机对客人讲起这二十四匹母马的血统和幼崽，将每一匹马都介绍得仔仔细细。她讲得很多，也很详细，凡是对养马感兴趣的人，听了都会大有收获，因为她有多年的经验，而且十分内行。

　　她的许多看法都很有趣，其中最有意思的是关于传承，不仅仅是体格的传承，还包括性情与脾气，以及如何确保这种传承在育种计划中得以延续。过了一会儿，她和科兹马驱车离开，又带着他看了庄园的其他地方，巴林特和高日则向庭园最高处的松树林走去。

❦

　　他俩来到山顶时，午后的光线已经开始渐渐暗淡，像制服一样灰蒙蒙的。两人所到之处刚好是一座古色古香的小亭子，这是巴林特的一位祖先建造的。这座凉亭不过就是几根石柱撑起一个穹顶，被庭院里最古老的几棵松树围在中间，凉亭前面是一片开阔空地，四周种植着各种珍稀树木。一条小径从山脚蜿蜒而上，正是当天早上他们骑马走过的那条，再过去则是城堡的围墙，一抬头就能看见角楼的锥形屋顶。城堡那古老的石造部分仿佛以深紫色被铭刻在苍白的夜空里，屋顶铜罩上的铜锈已经不再泛着绿光，在橘黄色落日的衬托下看起来就像黑的一样。

　　尽管天已开始变冷，他俩依然坐了下来。

　　"多么美的地方啊，"高日说道，"我以前从没来过这里。"

　　两人默默地坐了一会儿。高日也不知在想些什么，德内斯托亚的美丽富饶和他新近目睹的肮脏悲惨天差地别——除此之外也不会有别的原因了——他突然说道："那天我看见洛齐❶了，可怜的家伙！"

"真的？在哪儿？什么时候？"巴林特急切地问。

"就那天……我从西拉吉回来的时候。"

高日沉默片刻，随后说起自己从科扎尔德穿行而过的情景。马路右边有一栋挺大的农舍，他看见拉斯洛·耶若菲坐在屋前一把破旧的花园椅上，可他直到驾车经过时才反应过来那人是谁。马车夫过了一会儿才明白他要做什么，等到他停车下来，屋子已经在身后老远的地方。他只得步行回去，走过一片空地，来到他刚才看见拉斯洛的地方。就在他走到近处足以大声打招呼时，拉斯洛却站起来，转过身去，飞快地走进屋里。

"我不知该如何是好。是跟在他身后进屋呢……还是再一次直接走人？这种事我总是处理不好。于是我就掉头走了。不然还能怎样？他看见我来了，所以我猜想，他进屋一定是因为不想见到我。"

"他看起来如何？还好吗？"

"我觉得他瘦了，不过也说不准。我们之间隔着一道栅栏，还有个小小的前院……你知道那些房子是什么样的。我顺着小路望过去，只看见椅子旁边有个酒瓶，还有个杯子，他本来一定是坐在那里喝酒。他进屋时我看见他紧紧抓着门框，我想他也许是觉得难为情，怕我看见他喝醉的样子，所以我才没有进去……也许是我太傻了。这会儿我很后悔当时没有跟上他。"

"我已经很久没他的音讯了，"巴林特说道，"去年夏天我给他写

---

❶ 拉斯洛·耶若菲的昵称。

过几封信，但是一直没有回音。"

随后他将自己知道的情况全都告诉了高日，拉斯洛卖掉庄园，但是为一位老仆留下一间屋，如今仍然住在那里，他听说的也就只有这些。巴林特曾经代表母亲致信拉斯洛，邀他来德内斯托亚堡住下，在二楼给他单独的套间也行，把祖父的旧宅给他也行，可是这些信全都如同石沉大海。毫无疑问，拉斯洛是故意如此，也许他觉得，那样的话自己喝酒时就无法随心所欲了。

"你还记得奥兹拜伊吗？他是我母亲从前的地产经理，就是他从拉斯洛手里买下了科扎尔德。他说会向洛齐支付年金什么的，但我不知道有多少钱。如今我跟奥兹拜伊已经不联系了。"他冷冰冰地补充道。

他俩在一起又坐了一会儿，谁也没有吭声，但两人都在想着拉斯洛的悲惨生活。接着阿巴迪站起身来。

"走吧，"他说，"我母亲肯定在等我们喝茶呢。"

他俩默默地走下山去，快要走到城堡时，卡达乔伊望着巴林特说："你知道，我真的挺同情可怜的洛齐……但至少他很幸运，还有自己在意的东西，哪怕只是喝酒！"

晚饭前，巴林特将阿龙·科兹马带去讨论与合作社有关的各种事宜。阿龙本身也有一些想法，希望能得到巴林特的批准；巴林特提出的某些建议，他却认为不可行。巴林特自从和阿德里安娜重逢以来，脑子里有不少模模糊糊的念头在打转，而阿龙的头脑条理清晰，常识丰富，跟他简短讨论一番之后，巴林特想出了一些简单易行的举措。

两位客人都是打算次日一早离开德内斯托亚堡，所以当天晚上大家便道了别。

"请你务必,"萝萨伯爵夫人伸出手去让人亲吻,"替我问候你父亲,将你在这里所见到的一切传达给他。也请对他说,尽管岁月荏苒,我却依然精力充沛,丝毫没有感觉自己上了年纪!"

这句告别语是她今天早上就想好的,打算将之作为一支毒箭,射向自己的童年玩伴。她打定主意要让他知道,他那无缘无故的嘲讽对她毫无影响,他企图以特殊形式的生日问候惹她生气,然而什么效果也没有达到。

说话时她便确信,现在轮到博尔迪扎尔恼火了,这让她心情大好,又一次对他儿子露出慈祥的笑容。

THE TRANSYLVANIAN TRILOGY

PART TWO | 第二卷

They Were Divided

年半之前，拉斯洛·耶若菲出售科扎尔德的产业时，在村里留了一栋屋子没有卖，如今他就住在这里。原本他留着屋子是为了老仆马尔通·鲍洛格，主要是想确保这老人有个住处，免得被赶到大街上去，他相信，等奥兹拜伊拿到庄园主宅邸，一定会毫不犹豫地将老人扫地出门。他原打算将这栋屋子直接赠予鲍洛格，因为他从没想过自己也许会需要住在这里。

那天，拉斯洛顶风冒雪冲出萨拉·波格丹的家门，随后醉倒在阿帕希达附近的一条水沟里，这之后没过多久，一辆单马小马车便沿着主干道驶来。车里坐着犹太人比希茨，他是科扎尔德一家小店的店主，今天在科洛斯堡待了一天，这会儿要赶回家去。他还带着女儿雷吉娜，这是他的长女，也只有她足够聪明，知道在比希茨去做生意的时候喂喂马、照看着马车。

他俩在半道遇上暴风雪，那匹疲惫不堪的老马迎着大雪举步维艰，等走到阿帕希达附近那座铁桥时，他们已经寸步难行。正因为如此，在马车上那盏防风煤油灯的微弱光线下，他们才看见了拉斯洛。

他面朝下趴在水沟边缘，几乎完全被雪盖住，是雷吉娜先看见那里有人的，之所以认出他来，是因为他穿的外套上有他们熟悉的格子图案。

他们立刻停下马车，将他从雪地里拉起来，发现这会儿他的酒已经醒得差不多了，尽管冻得浑身僵硬，但起码还活着。于是他俩一起把他抬上车，轻轻放在马车后面，带他回到了科扎尔德。比希茨本来想将他送到庄园主宅邸就走，可是他们到家太晚，马儿也太累，没法再爬坡走到大宅去，于是店主妻子为他铺了一张床，让他住在他们这栋小屋唯一的好房间里。

拉斯洛就在这里过了一夜。

早上他醒了，发着高烧。医生被请来了，奥兹拜伊也被喊来了，医生断言他一定会得肺炎，必须卧床数周，奥兹拜伊则断然拒绝将他送去庄园主宅邸，宣称没法在那儿照看他，因为他正打算着手修葺房屋，而且当天已经带砖瓦匠去开工了。他说，让拉斯洛在原来的家里养病，那是绝无可能的。于是大家想出的解决办法是，把拉斯洛送到村子外围那栋仍旧属于他的房子里，让马尔通·鲍洛格搬过去照顾他。雷吉娜也常常来帮着老仆人照料他，她对这事很热心，做得也很好。他病了好几个月，肺炎到夏末方才痊愈，却落下咳嗽的病根，咳得虽然厉害，但命是保住了。

奥兹拜伊起初还是花多少钱给多少钱，这主要是因为他认为此举会给他加分，日后要是阿巴迪家族开始调查他和他们的表亲耶若菲所做的买卖，这就对他有利了。可是几个月过去，拉斯洛仍然没有完全康复，他便不再继续付钱了。有一天，奥兹拜伊对商店老板说，他不会再掏钱，这下大家都不知该如何是好，也不知病人将何去何从。这时，有位上了年纪的希毛伊博士突然来到店里，他是绍莫什-乌伊沃尔的一位律师，比希茨在二十多年前曾与他有过一面之缘。当年拉斯洛的母亲尤丽·拉多撒私奔出走，米哈伊·耶若菲气得发疯，将妻子的画像几乎劈成两半以后从窗户扔了出去。这幅画像正是由比希茨卖给这位律师的。那时希毛伊博士也是像这样不期而至，而这一回他要求跟比希茨单独谈。从这天开始，拉斯洛治病的钱就由比希茨提供了，要多少给多少，再后来，拉斯洛所需的生活费也是他给，尽管并不是太大方。他每周只能拿到四十克朗，一分不多，一分不少，他就凭这点钱设法养活着拉斯洛。律师禁止他把钱借给拉斯洛，也不可以允许拉斯洛在店里赊账，同时他还得发誓绝不透露这笔钱的来源。

事实上，拉斯洛压根连问都没问过。有时候他也会对比希茨发火，为了想喝好点的白兰地，或是想多喝一点——他似乎也只对这个有兴趣。他从不抱怨食物好坏——反正也吃不了多少。老鲍洛格在屋后的花园里刨了块地，种点土豆以及他们所需的其他蔬菜，他和拉斯洛吃得都很少，所以生活费大多用来买了酒。根据指示，账单并不会寄给拉斯洛，而是寄给老律师希毛伊博士。

一年就这样过去了，在这段时间里，拉斯洛极为虚弱，最远也只能走到屋外的椅子那里，有时候甚至连那么远都走不动，只能无所事事地坐在屋里。他偶尔也有报纸看——都是好几天以前的——于是他便粗略翻一翻，并没有多大兴趣。除此之外，他什么也不读。时不时地，他会走到店里，跟进来买东西的人聊上几句。不过，他一般只跟比希茨以及他妻子说话，要是他们在别处忙，他就跟小雷吉娜聊，这孩子虽然还不到十三岁，但是非常聪明，知道什么东西摆在哪儿，也知道该卖什么价，所以常常被父母叫来看店。

病人和孩子之间渐渐建立起一种奇怪的关系。拉斯洛一直有个怪癖，只要一定量的酒喝下肚，他就立刻一改平日里沉默阴郁的神态，变得健谈起来，开始自吹自擂。每到这时，他会突然对自己从前在布达佩斯上流社会的显赫地位感到无比自豪——在担任领舞时，所有的盛大舞会和社交活动都由官方指定他操办，他曾经是首都最受欢迎的年轻人之一。后来，他因为还不起赌债回到特兰西瓦尼亚，身败名裂，一文不名，每当他讲起自己的辉煌过去，旧日的朋友们就会毫不留情地取笑他。如今尽管只有小雷吉娜一个人听他说，但是当他喝够了白兰地，同样的事情就会再次发生。现在他的酒量可小多了，喝不了多少就醉醺醺的，话也多起来，仅仅一两杯下肚，他便跟小姑娘讲起自己从前见过的浮华盛景。只要起个头，他的话匣子就打开了，说起西班牙国王的欢迎会，说起皇宫或是其他豪宅里举行的盛大舞会，说起那些筵席、晚宴、舞会以及耀眼的深夜聚会。对拉斯洛而言，比希茨和他妻子可不适合当听众，因为他们认为这都是假的，听着很无聊。

但是小雷吉娜就不一样了。

她从来没有想过这些是真是假，她也不在乎真假。在她看来，这些就像仙境一般神秘而真实：金碧辉煌的巨大房间里，家具上盖着丝绒，鲜花堆成了山，女人们优雅动人，身着绫罗绸缎，仿佛飘浮在男人怀中，男子们宽肩窄腰，身着匈牙利传统服饰，军官们则穿着军礼服，还有国王、王后、公主与王子。这远比她读过或是听过的其他任何故事都要美好。对她来说，坐在面前的拉斯洛就是那传说中的一位王子，他纤瘦苍白，常常胡子拉碴、邋里邋遢，曾经精美的衣服与昂贵的鞋子如今已经破破烂烂、缝了又补。尽管某个可怕的咒语让他沦落肮脏痛苦的尘世，但他从前是这一切辉煌的主角，如今也依然是真正的主宰。

无论他何时走进店里，她都会趴在柜台上，全神贯注倾听他说的每一个字。赤金色的头发仿佛一圈光环，围绕着她依旧充满少女稚气的漂亮脸庞。她有一对雌鹿般的棕色眼睛，被又长又翘的睫毛圈在其中，听着听着，她的眼睛就越睁越大，小嘴——在白皙肤色的衬托下红得出奇——也微微张开了，好似在尽情享用他所说的一切。对雷吉娜而言，这些话有着魔力药水般的神奇药效。拉斯洛偶尔也会住口不言，每到这时，她就会立刻给他杯中倒满白兰地，向他推过去，因为她知道，白兰地就是他的魔力药水，他有得喝才能继续讲。

她有时也会问一些问题，仿佛对他说的内容没有听懂，这时他就会告诉她更加精彩的细节：男仆们穿的制服饰有金色穗带，马车用丝绸做衬里，桌上摆满闪亮的杯盘碗盏，里面盛的都是美味佳肴，最后说到金银珠宝——珍珠和红宝石硕大无比，头带与冠冕上闪烁的钻石都有着顶级的光泽。

她只想听这些，别的什么也不想听，耶若菲也只想说这些。雷吉娜觉得，这难以置信的奢侈与浮华就是那个美好世界的全部。

几年前她还是个小孩子的时候，某种天生的好奇心就让她对村里众人口中的"那位伯爵"产生了兴趣。要看他一眼并不难，她遮遮掩掩地站在店门里头能看见，从马路对面能看见，越过庄园主宅邸周围的篱笆也能看见。最近，在他生病时能够帮忙照顾他已经成为她的一大乐趣，不过，这些都无法与这种狂喜相提并论——她独自在店里，那位伯爵坐在面前，只对她一个人讲述自己的故事。这种喜悦如此神奇玄妙、激动人心，已经彻底征服了她那年轻的心灵。白马王子就和她坐在一起，他对她讲述的豪华与光鲜不过是他自己的天然背景。对她来说，唯一具有真实性的就是这年轻人本人，她从他那里听到的一切就像一种无形的光环，他虽然头顶这个光环，但是只有她——雷吉娜——有幸知道它的存在，也只有她能够看得见。她觉得自己便是被这位梦幻王子选中的人，他总是等到确定只有她一个人在店里时才会来。他会一直留心观望，要是看到她父亲出门办事，需要花上一阵子时间，比如去绍莫什-乌伊沃尔，又或者去视察他那一小块地产——这三十亩❶地由一个欠他钱的倒霉蛋负责耕种——他就会立马来到店里。这种情况并不常有，大约每两三个礼拜才有一回，但是一旦发生，拉斯洛就一定会来。店主的妻子另有几个小一些的孩子要照看，还得干些家务活儿，所以店里必定就只剩下年轻人和小姑娘。

雷吉娜相信，他只是为了见她才来的，每当她想到这一点，心都仿佛要跳到嗓子眼。

不过，从某种意义上来说，她自然没有想错。拉斯洛的确在寻找时机，等到他确定只有她一个人时才会来，但是他选中她并非因为她年轻貌美——实际上他压根就没注意到这一点。他甚至不曾发现，这小女孩很快就会变成一个妩媚动人的年轻女子。拉斯洛之所以选择这样的时候走进店里，原因有二，这对他来说也就足够了。第一个原因很简单，雷

---

❶ 此处指三十英亩。

吉娜和她父亲不一样，倒起白兰地来大方得很，而且往往不用拉斯洛开口就给他最好的酒。至于第二个原因，对这年轻人而言恐怕是最重要的，这意味着他可以谈起自己，谈起迷人的过往——世界曾经在他脚下，可是却被人残忍地夺走。他可以谈起赌场俱乐部和公园俱乐部，谈起私人宅邸里的晚宴和舞会——在这些场合，身为领舞者的他会跳起第一支舞。他还可以谈起完美无瑕的贝雷迪伯爵夫人，谈起她那间俯瞰着老布达城墙的精致小宫殿，谈起圣捷尔吉那座豪华的乡间白色城堡。他可以说说科洛尼奇家的豪宅，那儿离巴拉顿湖不远，常常举行场面盛大的舞会，他可以一遍又一遍地讲述，那一座座大厅装饰得富丽堂皇，相互连通，藏书室里的书籍成千上万，烫金封皮被阳光照得闪闪发亮，庭园设计得好似一座英国花园，狩猎聚会安排得一丝不苟、等级森严、先后有序。最重要的是，他可以尽情谈论与他倾心克拉拉一事有关的一切。他可以讲起她那小小的房间，有一次——只有一次——他们曾经在那里亲吻；他可以说说她所穿的裙子，她总会戴上一束小小的金黄色康乃馨，以此来象征他俩的爱情。他什么事都可以对雷吉娜讲，尽管他早已失去那一切，尽管这只是因为他一个人的过错。实际上，他并没有什么事都告诉雷吉娜。他从未对她提起克拉拉的名字，也没说过她的任何情况，除了她身边的一切——她的裙子、她的香气、她的鲜花、她曾穿行其中的屋子，以及她出门时围在肩上的斗篷。她的名字和她本人太过神圣，不可提及、不可形容，这就像某些原始民族忌讳说出他们神祇的名字。对拉斯洛来说，白兰地已经让他心中的自责荡然无存，只余下高涨的情绪——他因为忆起往昔的欢乐、美好和浮华而兴奋不已。

去年冬天，老马尔通有时也会端上烤野兔给主人吃。他从来不说这是从何而来，实际上，他连提都不提，只是将烤野兔端上桌。拉斯洛无精打采的，总是想着自己那些伤心事，所以也没有注意，面前摆什么，他就本能地吃什么。如今已是拉斯洛在农舍度过的第二个秋天，今年的初雪开始飘落之时，老马尔通又一次端上了烤野兔。主人抬起头问道："野兔？你从哪儿弄来的？"

他倒也不是特别感兴趣，之所以这么问，只是想找话说罢了。

"它自己来的。"

"自己来的，这话什么意思？是谁送来的吗？"

马尔通没有回答，却收拾起碗碟，叮呤咣啷地将杯盘碗盏和刀叉全都放进托盘里，然后端出了房间。

拉斯洛常常被这老头不爱说话的样子惹得不高兴，于是冲着他的背影生气地喊道："你倒是说话啊！这野兔是哪儿来的？"

马尔通在厨房门口站住，回头望着主人，刹那间，老人眼里似乎有光闪过。随后他咕哝道："它自己来的！"说完便摔门而出。

多年来，马尔通一直在偷猎，而且精于此道，将毕生的激情尽付其中。他妻子很多年前就去世了，他也没有朋友。在拉斯洛成年以前，他常年独自住在未完工的庄园主宅邸里，拉斯洛成年之后也很少在那里住，所以大宅几乎还跟从前一样。这老头是有合同在身的仆人，地产经理会给他发工资，保障他基本的生活需要，他每年还可以养几头猪，养到一岁就杀了自己吃。所以他用不着为了晚餐而偷猎，他喜欢偷猎是因为内心渴望冒险，而且偷猎能让他感到村里其他人都不如自己。他心里一清二楚，许多村民都看不起他，认为他智力低下。他不在乎，但是无论何时，只要有野兔落入他的套索，他就会立刻将它剥皮烤熟——然后边吃兔肉边窃笑，这不仅仅是因为他在享用美餐，更因为他觉得自己以这种方式击败了那些看轻他的人——村民们、猎场看守人，甚至还有地产经理本人。

老马尔通总是不厌其烦地告诉自己，只有绝顶聪明的家伙才能成为出色的偷猎者，他得知道，什么样的线或丝适合每一种套索或罗网，他还知道最好是用小提琴的琴弦，尽管这东西很难弄到。还住在庄园主宅邸的时候，他曾在一个抽屉里发现一包琴弦，当时拉斯洛早就把他的小提琴给卖了，所以老马尔通立刻将这包琴弦偷偷放进自己的口袋。他当然还得知道，究竟如何放置套索才不会让路人看见，免得猎物还没捕到，套索却被人偷走了。一大早也好，其他任何时候也好，要想四处转悠检查套索，却又能躲过他人好奇的目光，这也不是件容易的差事。除此之外，偷猎者必须像魔鬼一样狡猾，还得知识渊博、经验丰富，如此方能神不知鬼不觉地将猎物成功拿回家。

虽然他已偷猎多年，却只是偶尔才有收获可以拿回家下锅，那些年在特兰西瓦尼亚的这个地区，小型猎物很是罕见，尤其是在科扎尔德这么一个破败的庄园。

从前住在庄园主宅邸的佣人宿舍时，他会在庭园边缘设置套索，这样相对容易一些，也用不着提防被人看见，因为附近没有人住；可自打他搬下山住进村里那栋房子之后，情况就复杂起来。奥兹拜伊命人修好了庭园的围栏，如此一来，要是老马尔通被人发现在庭园里面四处游荡，他就有口难辩了。于是他的狩猎范围就只剩下了树林，下至河床，上至另一边的山坡。这样难度更大，但也更加刺激。

老偷猎者精心制订计划，为了不惹人注意，他只是偶尔才出去，而且还是在最有可能捕获猎物的时候——比如下雪的前一天。他知道野兔对天气特别敏感，每到这样的时候，它们总是会奔向树林里最茂密的地方。到了这时，老马尔通就会出来捡柴火，要是被庄园里哪位猎场看守人碰巧看见了，起码他说是这么说——如果（仅仅是如果）——对方胆子够大，敢问他在干什么的话。这种情况几乎从未发生过，因为人人都知道他脾气不好、沉默寡言，要是有人跟他说话，他的回答往往也很不客气。第二天天刚亮，他就会去检查自己设下的套索和圈套，如果夜里有猎物落网，他便藏在外套里面拿回家；他还会背着重重的一捆干树枝，这样人人都能看出他到森林里是干什么来了。每到这时，他就弯着腰走，仿佛被沉重的担子压得筋疲力尽，重重地大口大口喘着气，摇摇晃晃地走过一座座偏僻的村舍。但是他内心里却欢欣鼓舞，灵魂仿佛在大声唱着一曲胜利和喜悦的赞歌，因为他认为自己比别人都高明。他现在不就是在他们眼皮底下将自己非法偷猎的成果拿回家吗？可他们却并不知情，一无所知。

自然，这事全村人都知道，而且一直都知道，可他们既不会告诉奥兹拜伊，也不会去对老马尔通讲，因为他们讨厌奥兹拜伊，觉得他喜欢跟人吵架，太过一板一眼，而且还是个外人。至于老马尔通呢，他们觉得要是让这老头知道人人都晓得他在搞什么名堂，那这事以后可就不好玩了。所以他们观望着他的一举一动。他们看见他溜溜达达地走出来，进了林子，假装去找柴火，又看见他早上身负重担摇摇晃晃地走回来，然后偷偷溜到邻村去卖毛皮。这就像一出喜剧，他们从头看到尾，等他走远听不见了，他们便笑得前仰后合。就连孩子们也跟着演戏，有时候对他喊道："马尔通大伯，你扛的是什么呀？"老头却只是怒冲冲地答道"你没长眼吗？当然是木头啦！"或者"你个小家伙，少管闲事！"。这时他们就会在他背后做鬼脸，接下来一整个星期都拿这件事当笑话。

❧❧❧

拉斯洛对这一切一无所知。

有一天，发生了这么一件事。那天他滴酒未沾，头脑异常清醒，心情却很差，因为他已经花光了一个礼拜的零花钱，在店里再也买不到酒喝。小雷吉娜倒是愿意给他一些，但适逢周五下午，比希茨在安息日是不会离开商店的，所以拉斯洛没机会跟这姑娘单独相处。他越来越绝望，必须设法弄到钱，不然他感觉自己会疯的。这时他碰巧看了一眼破旧的五斗柜，这件家具不值钱，以前放在某间佣人房里，奥兹拜伊很慷慨，同意他从庄园主宅邸带到了这里。柜顶上摆着一个皮质光滑的长皮箱，皮箱四角处镶着三角形的小帆布套以防止磨损，箱子上还有个精美的小弹簧锁。这是英国造的，里面可以放一对猎枪，如今却只剩下一支。这是从德兹梅尔送来给他的，他离开那里以后，萨拉·波格丹·拉萨尔把他的东西全都送来了。灯光微弱，光线昏暗，然而光滑的坚硬皮革和皮带上的铜锁铜扣却光亮依旧。拉斯洛出神地盯着这个皮箱，仿佛着了迷。

他已经完全忘记了自己还拥有这个，于是站起身，看得更加仔细。皮质箱盖上刻有他的名字，尽管有一点点拼写错误——拉迪斯拉斯·吉若菲伯爵——一直就是错的。这对猎枪是很久以前他那两位身在匈牙利西部的姑姑送给他的圣诞礼物。拉斯洛轻抚一个个字母，回想起刚满十八岁那年在科洛尼奇乡间大宅度过的那个圣诞节。西蒙瓦萨的圣诞节！图书室里有一棵顶天立地的圣诞树，成千上万支蜡烛照得屋里灯火通明，一切都如此耀眼，克拉拉也在那里……她身着一袭白裙……依然苗条得像个小女孩……他还记得她那对浅银灰色的眼睛睁得大大的，眼里满是喜悦与幸福……

　　他一动不动地站在那里，沉迷于往昔。片刻过后，他晃了几晃，几乎是带着反感按开锁扣，掀起箱盖靠在墙上。枪就在里头，枪托和枪管放在各自的分格里，箱子里还有另一支枪的位置，然而它很久以前就被卖掉了。他搞不懂自己为什么还留着这一支，他连白兰地都买不起，更别提买子弹了。

　　他必须马上把枪卖掉，不明白自己怎么早没想到这个法子。

　　他把枪拿出来装好，它是如此完美，简直像计时器一样巧妙，打开时无声无息，枪托和枪管随着轻微的"咔嗒"一声便组装在一起。声音虽小，可拉斯洛听见时却一抖，这让他忆起往昔，在圣捷尔吉或是科洛尼奇家的年度狩猎盛会上，他曾无数次听见这种声音，却压根没有注意；如今它就像响亮的钟声，来自遥不可及的远方，来自不复存在的过往。拉斯洛又迅速把枪拆开，匆匆放回箱子里。他知道自己必须把它处理掉，越快越好。

　　他抓起帽子和夹克跑出门去，仿佛后面有人在追赶一般。

　　拉斯洛沿着从村里穿过的那条路跑了一会儿，随后转上一条小道，这条路通向绍莫什河边老漂洗工的磨坊，那儿住着一个人，名叫法比安，他祖上不是捷克人就是摩拉维亚人，姓斯普纳德——在科扎尔德没人能把这个姓氏正确地念出来。他显然很富有，所以自打一年前来到村里以后就被人称作"大富翁"。除了磨坊，他又买下一间羊毛精梳工厂，还自己建起了榨油机。他看起来既像农民，又像城里人，原先住在博尔戈，据说他父亲在那儿开了家小旅馆。大家很快就发现，他做起生意来十分精明，而且很爱喝酒，有时候跟朋友们狂饮起来便没完没了，把村里的啤酒喝光还不够，又赶紧派人去别处买。

拉斯洛第一次见到他是在比希茨店里，这初来乍到者立刻就给他买了许多杯白兰地，结果把拉斯洛喝得酩酊大醉，不得不被人抬回家去。法比安跟他喝得一样多，但似乎没什么反应，后来又灌了十几及耳❶最烈的酒下肚后甚至连眼都没眨。从这天开始，两人成了酒友——这是他俩唯一的感情基础——法比安时不时就会带拉斯洛到绍莫什 - 乌伊沃尔去狂饮一番，听着吉卜赛音乐，跟镇上的妓女厮混，一直到第二天才回来。在这种穷乡僻壤也就只能找到本地妓女，至于那些吉卜赛人，多数都来自土里刨食的穷光蛋家庭。法比安就喜欢跟这些人在一起，他只有在这种环境里才能放松下来——音乐嘈杂得难以想象，女人肥胖丰满，而他可以将自己的衣服全都扯开。

拉斯洛沿着小道踏雪前行，直到看见漂洗工窗户里那点微光。榨油机一颤一颤，就像巨人的心脏在跳动，拉斯洛知道法比安经常出远门，祈祷着这回能在家里找到他。

他来得正是时候，刚走过转角，他就看见法比安赶着那辆结实的二轮小车过来了。这位漂洗工身材中等，肩膀很宽，光头上戴着一顶白色

---

❶ 约 0.1421 升。

羊皮帽。他蓄着胡子，从嘴角周围到耳朵都精心修剪过，以此来炫耀他引以为傲的那一大把黑胡子。他的嘴唇肥厚多肉，红得出奇，充满生机与活力，脸上的汗毛似乎全都被水平地梳向旁边。他停下车，粗鲁地跟拉斯洛打招呼。

"伯爵，这是什么？你是来看我的？那可太好了！"他用雷鸣般的声音喊道，尽管他说起匈牙利语很是流利，但是元音都拖得老长，别人一听就知道这不是他的母语。"我送你回家，"他接着说道，"不过我到了就得走，有人请我到伊克洛德去吃夜宵。"说完他便伸出一只硕大的拳头将耶若菲拉上车放在自己身边，仿佛他轻得就像一根羽毛。两人驱车缓缓而行，因为路上尽是软雪和烂泥。

拉斯洛说想卖枪，这是值钱货，英国造的。

"多少钱？"

"你说多少就多少。"拉斯洛答道。

"伯爵，你疯了！"漂洗工大笑起来，用自己宽厚的肩膀开玩笑地推了推这个年轻人，随后他又说道，"要是你手头紧，我可以给你点钱。"

"当然没有！要是你想要这把枪就买下它……但我不要施舍。我不会要钱的！"

"那我们就看看枪。"

他们来到拉斯洛的小屋，下车进了屋。法比安立刻就买下枪，却不肯要那个匣子，拉斯洛硬塞给他都不要。他要匣子何用之有，法比安如是说，它只会碍事，而且上面还有拉斯洛的名字。他走出门，把枪扔到车座底下，当即付了钱——现金两百克朗——就一把普德莱品牌的上好双管猎枪而言，这个价格真是低得离谱。法比安自然不知道自己得的是什么宝贝，他甚至还觉得自己出手太过大方。买完枪他便驾车离开了。

拉斯洛独自待在黑漆漆的房间里。两张钞票躺在他面前的桌上，这下他有钱买酒了，足够他喝得烂醉如泥。有了钱他就能喝酒，喝了酒他就能忘却……此刻他尤其需要喝点酒来洗刷心里的伤痛，刚才法比安用那双粗糙的大手一把抓过普德莱猎枪，随后几乎是跑出门去，那一刻他心痛了。他不明白，为什么此举令他突然感到一阵锥心之痛。为什么是现在？为什么如此突然？他明明很久以前就认定，无论是什么，只要能让他忆起逝去的过往，那就是讨厌的东西。哦，很好，好在他以后都不会看见这东西了！

拉斯洛刚才进屋时就把湿透的靴子和袜子给脱了，这会儿依然光着脚。他打算派老马尔通出去买点白兰地，于是拿起一张钞票，走出房间来到门厅里，门厅这一边是他住的，另一边就是马尔通的住所。门厅很宽敞，里头还有个壁炉，厨房就在壁炉后面，以前有两户佃农住在这里时，厨房是所有住客公用的。他打开对面那扇门，看见老仆人蹲在地上，身旁放着一支蜡烛，正在一块木板上剥兔皮。老仆人被抓了个正着，抬眼望着主人，拉斯洛也惊得目瞪口呆，就在这时，拉斯洛突然大笑起来。

"你这个老无赖！现在被我逮住了吧！快说，这野兔是哪儿来的？"

"我抓到的。"

"怎么抓的？我敢说肯定不是在它跑的时候抓到的。"

"用套索抓的。"

"干得漂亮！我喜欢。很聪明。请问是在哪里抓到的？"

鲍洛格不想回答这个问题，但他还是说道："在森林里。"

"我懂了。森林里！好啊，如果奥兹拜伊可以偷走我的森林，我看我也可以偷走他的野兔！怎么不行呢？现在你到比希茨店里去给我买半升白兰地，要最好的。这事我们回头再说……"

就这样，拉斯洛也成了一名偷猎者，他的人生从此改变。没过几天，他就从老马尔通那里学到了基本要点——套索应当如何准备，哪里最有可能抓住它们。过了一阵，他俩便会轮流到森林里去，拉斯洛晚上去，在他俩事先共同计划好的地方放上十个八个套索，马尔通早上去收猎物。第一个礼拜，他们抓住了两只上好的野兔。

❧◆❧

许多年来，拉斯洛第一次觉得有了高兴的事儿。他的手指受过小提琴与钢琴复杂精细的演奏训练，如今很快就学会了如何捆扎最巧妙的套索；而且他放置套索的手段也十分娴熟高明，要么放在荆棘丛下猎物踩出的小径上，要么就循着树枝放置，无论是人还是野兽都看不出那儿有套索。

只有一点很麻烦：他没过多久就发现，在天气晴好或者哪怕只是阴天的时候，野兔很少会跑进森林深处，只会待在草地上和犁过的田地里。只有在风特别大或是下雪时，它们才会进树林。这时——只有在这时——才值得劳心费力设下陷阱与套索。

但是对拉斯洛而言，这是不够的，他已经喜欢上这项新游戏，天天都想玩。

❧◆❧

拉斯洛居住的屋子和马路之间有一些木板栅栏，但是只在两侧才有，栅栏从马路一直延伸到屋后坡底的小溪。拉斯洛的小屋左侧是一片空地，再过去就是比希茨家的店铺，中间仅仅隔着一道树篱；小屋右侧则是拉斯洛家从前大宅的庭园，奥兹拜伊在靠近小溪岸边的地方加了一道干树枝篱笆，因为那一块是沙地，而且在水边，所以他将新的养鸡场也建在此处。奥兹拜伊已经养起了奥尔平顿鸡，它们下的红壳蛋很受欢迎，他还指望着出口到英国去呢。篱笆和小溪之间建有一座长长的鸡舍，还有一块平坦的沙地作为鸡圈。遥远的另一头是一座小山，大宅就在山顶，那里的新主人在山坡下新建了一栋屋子供农场工头居住。一切都是新的，干净整洁，堪称模范养鸡场，大个头的金色母鸡在鸡圈里闷闷不乐地扒拉着贫瘠的地面，这里没有虫子，没有蚯蚓，也没有它们喜欢的其他美味佳肴。母鸡们徒劳地搜寻着，目光从左扫到右。饲料一天喂两次，它们只有这时才会兴奋一下，仅此而已。它们很无聊，时不时就会有一只来到干树枝篱笆旁，沿着篱笆一路啄食，想要找到出路逃向外面的天堂花园。

傍晚时分，拉斯洛信步来到小溪边，老马尔通正在不远处砍一棵倒下的赤杨树。初雪已经下过了，打从那时开始，天气就一直干燥寒冷。这天阴云密布的，所以拉斯洛来问老头是不是又要下雪了，如果要下，那就是在树林里设下陷阱的大好时机，他还来得及在天黑之前动手。

马尔通停下活计，倚着斧头仰起头，从脸上和长长的八字胡上抹了一把汗，向空中嗅了嗅。

"今天不下雪！"他简短地说道。

拉斯洛站了一会儿，望着老头干活儿。他一点也不高兴，因为他已经打定主意，今晚要到树林里去。最后他转过身，慢慢地向屋子走回去。

倒下那棵树的分枝挡在花园里的小径上，拉斯洛只得绕路沿着树篱走，树篱另一边就是奥兹拜伊竖起的篱笆。他原本因为今日天公不作美而满头冒火，可是这会儿看见眼前那崭新的木头篱笆、整洁的养鸡场以及远处的农场，又在冬季光秃秃的树木之间看到后山高处的白色大宅和闪闪发亮的粉色新屋顶后，他想到了一个新点子。望着曾经属于自己的一切，他一时间愤怒得沉下脸来，随后脸上却渐渐浮现出一抹坏笑。透过养鸡场栅栏的一根根木板条，他看见有几只母鸡在盯着他看，显然是想找个缺口来到另外一边，这儿的耕翻土十分诱人，许许多多落下的种子在等待着它们。

拉斯洛往四周看了看，一个人也没看到，就连老马尔通都是背对他的。

显然他只要一个套索就够了，在他放置套索时，树篱会提供掩护。

他赶紧回家取套索，又从枪匣里拿了一把钢制螺丝刀，片刻后便回到篱笆边。他弯下腰，用螺丝刀迅速一转，将一片木栅栏从下面的槽子里撬起来，让这里形成一个缺口，接着在缺口前的树篱上抓住一根新鲜树枝弯成弧形，把套索拴在上面。这一切他做得一气呵成，几分钟后就回到屋旁，似乎在无所事事地抬头看天。他在那儿站了一会儿，绷紧神经仔细倾听。夜幕降临，母鸡们在这个时候通常都要设法回鸡舍去了。不出半个小时，它们就会全部回到鸡舍，要是其中一只想找到为它设下的套索，那它的时间已经不多了。拉斯洛寻思起来，母鸡被困住后套索收紧时它会不会大吵大闹，从而惊动农场里的人，让他干的好事被人发现……要是被发现，那可就丢脸了。很丢脸！

他听了仿佛有永远那么久，什么声音也没听见。随后突然传来一阵短暂的翅膀扑棱声，接着又归于平静。套索触发了。

他差点就想激动地跑下去，不过还是设法懒洋洋地溜达了过去。刚才他把树枝弯得很巧妙，以便能被套索触发，果不其然，这会儿树枝上挂着一只上好的奥尔平顿肥母鸡，已经死透了。拉斯洛迅速把鸡取下来，藏在外套里面，这时他才真的跑了起来，以最快的速度回到家里。虽然捉了奥兹拜伊一只鸡，但他丝毫没有感觉到后悔自责，他甚至想都没想过，自己此举无异于盗窃。就算他想过这回事，那也只是把这当作一种简单的报复行为，以其人之道还治其人之身，这让他觉得心满意足。想到这一点，拉斯洛一时间满心欢喜、得意扬扬，就算他想办法拿回了自己失去的所有遗产，也不会比此刻更加快乐。

从这天开始，拉斯洛每隔十天八天就去设一次套索抓母鸡。他总是独自行动，因为老马尔通显然不想跟这事扯上关系。他从来不说心里话，关于这个话题更是只字不提，不过拉斯洛感觉得到，在他的字典里，野味是上帝的馈赠，谁抓到就是谁的，然而家禽则属于养它喂它的人所有。拉斯洛只要拿鸡回来，虽然他也会去烧，却不肯吃，甚至不肯给这样的鸡拔毛开膛，结果拉斯洛只得去求小雷吉娜来干这活儿。她倒是忙不迭就来了。拉斯洛只消在店里喝白兰地时对这姑娘秘密点个头，或是隔着树篱悄悄一挥手，她就会立刻设法赶来，不论她本来应该做什么。尽管不可能有人注意到，但雷吉娜不知用了什么法子，总是留心望着拉斯洛的屋子，要是拉斯洛出来了，她就留心望着他。对她来说，只要能靠近他，任何理由都可以。

有时候，店里不见她的踪影，她的父亲母亲就开始喊她，这时她便偷偷溜回家，确保自己看起来总是从别处回来，而不是从刚才实际去的地方。要去拉斯洛家，她会穿过两家之间那片空地，经过她父亲多年前租下这里时在树篱上装的门；但回去时她从来不会走同一条路，她知道那样的话父母就能猜到她刚才去了哪儿。他们喊过她以后，过一会儿她就会再次露面，仿佛是从溪边回来、从马路上回来，甚至是从对面的屋子回来；尽管她有时会挨一记耳光，却从来不会透露自己去了哪里。

她就像一条忠实的猎犬一般爱着耶若菲。

当然了，她还是个孩子，所以她对这年轻人所怀的深切爱意是纯洁无瑕的，尽管她所经历的一切狂喜与苦痛都和成年女人无异。要是拉斯洛跟她讲话，她就感到开心，要是他跟其他人讲话，她就难受，觉得自己被排除在外。

她讨厌法比安。每当拉斯洛和法比安一起去乌伊沃尔并且直到次日早上才回来时，她就本能地意识到他俩是在跟其他女人寻欢作乐——肯定是难看又粗俗的女人，她仿佛被嫉妒所吞噬，既伤心又生气地哭上一整夜。第二天她就会尽力保持生气的状态，不再时不时朝着拉斯洛家张望，同时打定主意，纵使他大声喊她，她也不会去。可是他只消说一个字或是漫不经心地瞟一眼，就足以令她抛下所有的怨气，瞬间再次成为他的忠犬奴隶。不过，虽然不假思索地受他奴役，这小女孩却也有别的心思，她一直很好奇，所谓做爱究竟是怎么一回事。他从城里回来之后的那几天，雷吉娜想尽了办法去接近他——要么在他自己家里，要么在她父亲店里——以便能够仔细地看看他，端详他的脸庞和双手，观察他的一举一动。她会耸起纤细笔直的小鼻子去嗅他周围的空气；每当她认为自己看到或者感觉到他外宿那晚留下的后遗症——一种奇怪的气味或是皮肤上的牙印，她就会莫名地心烦意乱，喉咙也直发紧。这种感觉痛苦得难以言喻，同时却又神秘而迷人。

　　新年刚过，一辆有篷马车便驶到拉斯洛屋外。当时是晚上九点，法比安来庆祝他的圣徒纪念日。他带来一只巨大的冷火鸡、一些可口的小圆饼、几块甜蛋糕以及一大篮子白兰地和廉价香槟酒。他还带来了两个女人。村里的吉卜赛乐手立刻就被请来了，拉斯洛屋里的四个人吃吃喝喝、又唱又跳，再没地方容得下乐手，他只得站在厨房门口演奏。法比安自己总是很占地方，因为他喜欢上蹿下跳、到处乱跑，有时候还会同时跟那两个女人共舞，张开双臂猛扑过去，而且自始至终都在放开嗓门唱着约德尔调❶。

　　他俩聚会的事很快传遍了全村，没多久就有一帮邻居（大多数是女人）聚集到他家附近，听着音乐，想知道屋里是什么情况。他们抓着车夫盘问他带来的那两个荡妇是什么样子，一方面喜欢听他说，另一方面听了又觉得惊骇反感。有些年纪小的男孩和女孩在上冻的雪地上跳起舞来，可是实在太冷，所以没一会儿他们就全都回家了。

　　比希茨的店铺后面有个大房间，一家人吃住都在这里，晚饭后这一家子也总是坐在这儿。店主的账簿就放在这个房间里，要是店里有什么特别的美食——比如糖、香料以及无花果干，也会放在这里，因为这些东西要是放在隔壁的储藏室，很容易吸收鱼干或是烟丝的味道。这天晚

　　❶流行于瑞士及奥地利山民间的特殊唱法，运用真假声迅速交替，形成奇特的效果。

上，比希茨坐在屋里看报，他的胖老婆干了一天繁重的家务活，累得筋疲力尽，坐在一把扶手椅上打瞌睡。雷吉娜已经把弟弟妹妹们送上了床，正在叠桌布和餐巾，就在这时，他们家的女仆跑进来，扰乱了平静的家庭气氛，她带来一桩丑闻，说伯爵家里正在如何如何。两位老人对此一点儿也不感兴趣，店主想到他们喝的酒竟然不是从自家店里买的，气得将这女仆痛骂一顿，说她丢下洗碗的活儿出去看热闹，他一定要狠狠抽她一耳光。把她赶回厨房以后，比希茨又转头对妻子说道："起来，上床睡觉了！"

雷吉娜站在碗橱旁，大吃一惊，呆若木鸡。她脸色惨白，父母叫了两回她才听见。

⌘❦⌘

雷吉娜静静地躺在六岁的妹妹旁边，妹妹已经熟睡，她却睡不着。一点过去了，两点过去了，她依然躺在床上，竖起耳朵听着微弱的小提琴音乐声。最后音乐声停了，好长时间什么声音也没有，就连她父母的呼吸声都听不见。

那边怎么啦？会发生什么事？

最后雷吉娜再也受不了了，她小心翼翼地溜下床，免得吵醒妹妹，摸到衣服设法在黑暗中穿上身。随后她又摸到母亲的披肩——总是挂在门后的钩子上——裹到身上，偷偷来到家门口。

今晚没有月亮，夜色漆黑一片，只能看到雪地泛着微微的蓝光。她生怕木地板上的脚步声会吵醒屋里哪个人，于是一直等到了屋外、下到游廊的最后一级台阶，她才穿上鞋子。这是一双带扣高跟女靴，曾经也很时髦，如今却磨得十分破旧，要是大多数纽扣没掉的话，应该到小腿肚。这是她母亲以前穿的，后来再也不值得修补了，才给了她。

雷吉娜慢慢走过上冻的庭院，双脚在坚硬的雪地上直打滑。她来到柴房的转角处，站在篱笆门口，隔着那块空地向拉斯洛家里张望。窗户里有光——一种邪恶的红光，对这姑娘而言，这红光就像邪恶的地狱之火在召唤她，叫她过来看看。

她抓紧裹在身上的沉重披肩，跌跌撞撞穿过她父亲用来种土豆的那块田地。土豆挖出来之后，地面就坑坑洼洼的，尽是小土堆、田垄和地洞。小姑娘径直朝着窗户里的光走去，瘦削的黑色身影艰难前行、踉踉跄跄，动不动就滑一跤，摔得跪倒在地。要是有人在看她，那人一定会以为她在跟飓风做斗争，左摇右晃地在黑夜中奋力行进。

最后她终于走到了。这里一点声音都听不到，只有结满霜花的窗玻璃透出的灯光表明屋里有人还没睡。

雷吉娜蹑手蹑脚地走上前，将脸贴在最低一格窗玻璃上，冰晶在窗户上凝成密集的蔓藤花纹，玻璃几乎都不透亮了。她一心想知道屋里现在什么情况，如果只有打破玻璃才能看见，她也会这么做的。她一定要知道。一定！她就是为了这个才来的。于是她开始对着窗户呼气，然后用披肩的一角擦起玻璃来。如此这般重复几次之后，她才设法融化了一小块霜花，最多也就她的小手那么大，玻璃中央终于有一小块地方变清晰了。

她用探究的目光环视房间，身体因为激动和兴奋而挺得笔直，手紧紧抓着窗台。她伸长脖子，披肩的褶皱宛如丧服的黑带垂在她脸庞两侧。

她脸色惨白，只有嘴唇鲜红，过了一会儿才看清屋里的情景，再过了一会儿才意识到这是怎么回事，又过了一会儿，她才真正明白过来。

她仿佛石化一般，在原地站了很久，随后因为极度厌恶发起抖来，最后终于逼着自己转过了脸。她踉踉跄跄地从窗前跑开，向家里跑去，心不在焉，惊慌失措，浑然不顾自己摔倒在地、绊绊跌跌。她睁大眼睛一路狂奔，仿佛这样可以远远逃开自己所看到的一切，就像一头鹿想要逃脱身后追逐的猎犬……

雷吉娜脑子里什么也没想，就只想逃跑。她噔噔噔地跑上父亲家门前的木头台阶，一头撞在门上，虽然她设法打开了门，可是刚一进门便失去了知觉。

❦

雷吉娜病了好几天，在她生病期间，尽管父母精心照顾着她，但他们从来不曾发现她那天晚上去了哪儿，甚至连问都没有问过此事，他们以为她这病是吓出来的，要么是她激动过了头，要么就是她摔坏了。从那天晚上开始，她不再是个孩子，而是成了一个女人。

拉斯洛几乎没有注意到雷吉娜的缺席。那天晚上喝酒以后，他懒散了好些天，筋疲力尽，无精打采。法比安留下三瓶白兰地——也许他是故意为之，也许他只是记性不好，拉斯洛用不着去店里也有足够的酒喝。一连几个星期，他都没想起设陷阱这回事，所以也用不着雷吉娜。

如今他开始咳嗽了，比以往咳得还要厉害。

雷吉娜的身体好转之后，他俩的关系依然一如从前。只要他开口，她什么都乐意做，如果说她和从前有什么不同的话，那就是话少了。她脸色惨白，那对褐色的大眼睛周围似乎镶着蓝色的泪珠。

第二章

欧洲自一八七八年以来的全面和平局面在一九一一年夏天终于走到尽头。年初其实并没有什么明显变化，但是有几个不易察觉的迹象却在逐渐显现，当那些以查明事情真相为己任者明白其重要性时，已经是很久之后了。尽管这些小小的征兆分散在各处，且显然微不足道，然而在那几个明眼人看来，这些征兆无比清楚地表明，全欧洲那一派安宁的气氛充其量只是一种假象，就像日落时地平线上的隐隐灰雾，又像是地震前轻柔神秘的杂音。

年初发生的一切似乎都说明，大众对永久和平的信心是完全合理的。尼基塔大公在庆祝自己当政五十周年时宣布黑山成立王国，意大

---

❶ 即尼古拉一世（1841—1921），黑山公国大公（1860—1910）、黑山王国国王（1910—1918）。

利、保加利亚和塞尔维亚的君主全都出席了庆典，表面上这不过就是一次家庭聚会……丝毫看不出将要结盟的迹象。几个月后，阿尔巴尼亚又一次爆发了动乱，但是没人想到这跟黑山发生的事情可能有关联，阿尔巴尼亚不是从来都不太平吗？欧洲另一端也传来消息，全欧最和平的国家——荷兰——正在弗利辛恩修筑工事，大家纷纷表示强烈抗议，英国媒体认为威廉二世在其中邪恶地插了一手，他肯定是想为自己越来越庞大的舰队建立一个新基地，从那儿只消一个小时左右就能到达大不列颠的海岸以及英吉利海峡。几个月后，荷兰政府撤销了自己下的命令，到处都在传言，他们是迫于英法的强烈抗议才这么做。这次小小的风波就这样自己平息下来，正如大约一年之前，兼并波黑也曾引发骚动，比这次要严重得多，但是也风平浪静了。所以，这些事情看来似乎都是小题大做，早晚会被有关各方友好解决。打桌球时讨论几句，互通几封外交函件，然后就一切照旧了。就连大多数外交官对于国际形势都是如此看待，普通百姓自然也会效仿他们。当维也纳宣布将扩军并给予海军宏大的造船新计划时，多数民众读到这个消息都无动于衷，觉得这不过又一次证明了弗朗茨·约瑟夫皇帝是个权势狂而已。

在布达佩斯，议会的进展一切顺利，奥匈帝国银行法虽然一直拖到一九一七年，其间也就是两派人在公开争吵不休，一派是尤斯特和人民党，另一派是经济部长卢卡奇以及科苏特·费伦茨，这都是大家预料之中的事。但这些看来只是联合执政时期余波的一部分，所以民众对此丝毫不感兴趣。先前联合政府的那些旧裂痕如今才第一次为人所知，看着也不过就是职业政客的私仇，这只是再一次让多数民众看到，联合政府的前任领导们都是说一套做一套的。

❧❦❧

国际形势长期风平浪静，人们对此已经习以为常，法国有位王子——欧尔伯爵加斯顿·德·奥尔良——就选在这个时候发起了反决斗联盟！为了获取支持，他游遍欧洲，在他认为应当设立分部的每一个省会都稍作停留。加入联盟者须得保证将关系到荣誉的一切事务都交由某个预先约定的法庭处理，避免诉诸刀枪。

这个想法合情合理，这位王子动机高尚，值得称赞。

加斯顿·德·奥尔良本身就是一位声名显赫的杰出人物，他妻子本可以成为巴西女皇，只可惜她父亲佩德罗二世被巴西人民赶下了台。他在各处都受到礼遇，人们举行的仪式也符合他的身份地位；他走到哪里，反决斗联盟的分部就立刻成立到哪里，而且主席、秘书长、章程以及定期开会的计划一样都不少。他的祖父可是法国国王路易-菲利普一世，能和这位皇家王子共事，成为他的下属，自然令人感到荣幸之至，而且，要是让人知道自己和这样一位知名人士看法一致，那可真是太好了。欧尔伯爵长居巴黎，谁如果能蒙他庇护，那么无疑很快就会被圣日耳曼区❶那些名门大户奉为座上宾。

在布达佩斯，牵头成立反决斗联盟的都是些有头有脸的人物，借由贝雷迪伯爵夫人的影响力，她弟弟弗雷迪·伍芬斯坦被任命为秘书长。王子计划在离开匈牙利之后继续前往布加勒斯特，根据安排，他会在科洛斯堡稍作停留，设立反决斗联盟特兰西瓦尼亚分部。

---

❶ 巴黎十九世纪的富人区所在地。

他在这里同样受到隆重接待，在他抵达当晚，大家在赌场俱乐部为他举行了一场"华丽的招待会"（据报纸所称）。凡是自认在特兰西瓦尼亚有点地位的人，全都想方设法参加了会后的晚宴。

大厅里支起一张巨大的马蹄形桌子，王子坐在主桌中央，一边是佩戴着圣伊什特万十字勋章的桑多尔·坎迪（"钩脸"），另一边坐着的是斯坦尼斯罗·耶若菲（"老胡萝卜"），后者曾在绍帕里内阁短暂任职，其间因参与了和保加利亚签署贸易协定之前的谈判而获颁亚历山大大十字勋章。耶若菲不止戴着勋章，整个人都要被勋章上红绿白三色的宽缎带给裹起来了。凭借这些令人钦佩的奖章，"钩脸"和老耶若菲被人尊称为"阁下"，因此这二位得以坐在皇家贵客左右的尊贵席位上，其他那些当地名流则严格依照地位高低的顺序坐在他们两旁。其中有地方行政长官和他的前任、县治安官、市长、大学校长以及几位著名的教会人士，地方上有头衔的人大多也都来了，他们争奇斗艳，大显身手。主桌后面挂着一面华丽的哥白林双面挂毯作为背景。

坐在主宾对面的是另一位桑多尔·坎迪（人称"扭扭"）、老亚当·奥尔温齐以及博加奇少校——他如今已从军队退役，目前担任孤儿衡平法院的委员长。这几位都是晚宴的官方主持人。

博加奇既不再是现役军官，于是便身着平民晚礼服，只有一样东西能让人看出他曾经是个好斗分子，那就是他那两撇硕大的八字胡——活像一团巨大的黑色布丁浮在他嘴巴上方。他佩戴着玛丽娅·特蕾莎勋章，这是为表彰他在波斯尼亚战争中的英雄事迹而颁发的，但无人知晓那究竟是什么英雄事迹，他自己对此也从来只字不提。每当博加奇谈起过去，他就只是说起自己在无数次决斗中的英勇表现——人家总是要他担任助手。

博加奇非常生气。没人告诉他这位外国王子为何会屈尊驾临特兰西瓦尼亚，在来到大厅之前，他就只知道镇上设宴招待的这位客人的尊姓大名。身为赌场俱乐部的董事，他自然而然地站在楼梯口欢迎贵客，随后在等待晚宴开始的时候，他又和王子一起站在吸烟室里聊了一会儿。欧尔伯爵和三位官方主持人谈话时十分和蔼可亲，继而用相当流利的德语说起自己正在争取支持的这个联盟：

"在这个民智已开的时代，竟还有人在进行决斗，这可真是奇耻大辱。决斗纯粹是野蛮行为，不是吗？而且愚不可及！我相信你们都赞同这一点，对吧？"

这话是直接对博加奇说的，王子接着解释了决斗有多么愚蠢：赢家肯定是枪法更准或是更会使剑的人，这跟孰是孰非有什么关系呢？这种蠢事不值得明智的人去做，这是过去留下的可耻传统！

博加奇震怒不已，简直要中风了。他不能开口驳斥这么一位尊贵的客人，但他知道，凡是能听见他们谈话的人都在观望他会做何反应，特兰西瓦尼亚人骨子里都爱看笑话，这会儿他们正在心里笑他处境尴尬呢。尽管良好的教养迫使他要克制自己，但是博加奇想到周围那些无声的嘲讽就愤怒不已，要不是晚宴在此时宣布开始，他就要大发雷霆提出抗议了。不管怎么说，一个棘手的时刻就此避免。可这位爱决斗的少校依然很不高兴，面前摆着的美味佳肴，他几乎一样也没碰，尽管为了这顿晚餐，他不情不愿地付了二十五克朗——即便在那时，这也绝不算便宜。

马蹄形大桌一侧的尽头坐着老丹尼尔·坎迪。在法兰西第二帝国的最后几年，他曾作为奥匈帝国大使馆的专员在巴黎工作，所以法语说得很流利。主办方想起这回事，于是决定邀请他来参加晚宴，他们可以在晚宴结束后将他引荐给王子，这样王子就能跟熟悉巴黎的人说上几句了。这老人自己没钱，于是他的侄儿"钩脸"坎迪替他买了票，他这么一个无足轻重的落魄老头被安排在远离贵客的位置上。丹尼尔老伯平日总是喝得酩酊大醉，今天可千万不能让他这样。老头发誓这一次不会喝醉，而且善意满满，他回归了原先的世界，并且被人视为一位老资格的社会名流，一想到这事他就高兴。他曾是欧仁妮皇后宫廷里的宠儿，随后那几年，他在巴黎是有名的花花公子。所以他决定，今晚一定要倾尽全力保持最佳状态。

他刮了胡子，精心打扮了一番，成效颇为显著。这么多年来，丹尼尔·坎迪伯爵头一回看起来像个真正的贵人，许多双眼睛都在注视着他。他那略微稀疏的银发从中间分开，衬托出乌黑的眉毛和贵气的鹰钩鼻。为了今天的晚宴，他特意卷了八字胡，下嘴唇底下还有一小撮优雅的山羊胡，脸颊两侧的胡须虽长却修剪得整整齐齐。他身着老式晚礼服，低折领，大翻领，胸前露出一大块浆得笔挺的白衬衣，看来仿佛完美再现了半个世纪前时髦花哨的花花公子。他的外表如此引人注目，王子立刻便问起他的身份；"钩脸"将他的名字和经历告诉王子，后者随即声称自己对他记忆犹新，当年法国王室刚从国外流亡归来，他俩就认识了。"当然记得！"他喊道，"坎迪伯爵！ ❶"（巴黎会客厅里那些多情的夫人们全都这么称呼他）。如今听起来，这个名字依然如梦似幻、撩得人心神荡漾。

---

❶ 此处原文为法语。

丹尼尔老伯也记起了王子，但他不记得究竟是在哪里见过他，是在罗什舒阿尔家里还是在莫斯科瓦王妃府上。那会儿丹尼尔·坎迪是个大有前途的年轻人，人人都预言他的未来一片光明。要是他不曾将万贯家财都浪费在杯中之物上，如今他也会被人称为"阁下"，坐在皇家贵客的右手边，身上挂满各类勋章、勋带与奖章，而不是像现在这样，坐在无足轻重的位置上，周围是一群吵吵闹闹、没规没矩的小伙子。抬头望着主桌那些显要名流，人人都披红挂彩，身后是华贵的哥白林挂毯，丹尼尔老伯心里充满悲伤与悔恨。

随着晚宴的进行，他越来越伤心，越来越难过。

人要是心里充满悲伤会做什么？喝酒——别无他法。于是这老头喝起酒来，他一旦起了头就停不下来，然后不可避免的事情发生了。他期待已久的会面时刻终于来到，人家喊他上前觐见王子，可是老头已然醉得迈不开步了。他那醉醺醺的可怜脑袋又一次想起伤心往事，他曾经那么风光，却断送了一切，而且那不是别人的错，全是他自己造成的。此刻他只能趔趔趄趄向王子走去，身子左摇右晃，每走一步都弯下腰去，仿佛在卑躬屈膝地学人家鞠躬，可惜学得很差劲；他一边挥舞着双臂，一边伤心地用匈牙利语结结巴巴说道："克——克——坎迪！……几——几——仅此而已……克——克——坎迪……几——几——仅此而已……"

他再也说不出别的话来。趁着欧尔伯爵转开脸的时候，两个小伙子抓住丹尼尔老伯的胳膊将他拉了出去。他开始像这样卑躬屈膝地鞠躬以后可能会发生什么事，这是人人都知道的。

❦

巴林特和高日·卡达乔伊也坐在桌子一侧。巴林特既是议员，又是宫廷的大臣，主办方本想安排他和其他贵宾同坐一桌，却被他拒绝了。他可不想在主桌百无聊赖地受人检阅，宁愿跟自己的好朋友们待在一起，而且，当天晚上他们碰面的时候，高日曾经说过想跟他谈一谈。

他俩已经有一阵子没见了。狂欢季刚开始那阵子，高日曾经在科洛斯堡待过一两个礼拜，然后便销声匿迹没了踪影。当时人人都以为他很快就会宣布和伊达·拉若克订婚，因为他在拉若克府上吃过三次饭，还经常和她跳舞，每天一到拉若克家喝奶油咖啡的钟点，他就会登门拜访。他甚至在一周之内两次为这姑娘献唱小夜曲，所以大家都说他好事将近。可就在这时，他却突然回了乡下，再没露过面。

晚宴刚开始时，巴林特和高日以及周围的人全都在谈论这位皇家王子，说他为了宣传他那著名的反决斗联盟而游历各国。大伙儿都很年轻，活泼爱玩，而且全是特兰西瓦尼亚人，所以话里嘲讽不断。在他们当中，只有坐在巴林特正对面的伊斯提·卡穆西和弗雷迪·伍芬斯坦把这真的当成了一回事。弗雷迪之所以如此，不仅是因为他担任了该联盟匈牙利分部的秘书长，还因为他总是喜欢显得比别人懂得更多；而伊斯提则是因为近来比以往更加亲英了。"英国就没有决斗。"伊斯提咬着舌头说，在他看来，这句话一说，问题就算解决了，毋庸置疑。弗雷迪对此完全赞同，但他很是生气，因为他也想到了同样的理由，却没能先说出口。

大伙儿聊天也没能聊多久，因为拉齐·蓬格拉茨和他的乐手们几乎随即便走进大厅开始奏乐，从这时候开始，大家就只能跟坐在自己旁边的人说话了。

卡达乔伊先开了口。

"我觉得欠你一个解释，"他对巴林特说道，"我今晚之所以来，只是因为我知道你会在这儿。"

"怎么啦？"巴林特吃惊地说，"解释什么？"

"是伊达的事。我知道人们说了很多闲话，据我了解，那些话可不太好听。我不在乎其他人怎么说，但我不希望你也认为我不好。"

巴林特坚决表示自己没有理由认为高日不好，可后者却继续说道，他在德内斯托亚堡做客期间，阿巴迪曾建议他结婚，说结婚可以解决他的许多问题与困惑。对于这个建议，他回家以后想了很多，最后他决定试一试。他已经认定，小伊达是唯一适合他的姑娘，也是他觉得能够鼓起勇气去爱的女人。于是他便在一月中旬来到科洛斯堡。起初一切都进展顺利，拉若克老夫妻对于能有高日做女婿似乎很满意，高日承认这一点令他大吃一惊。"想想吧，像我这样一个蠢货……"他自嘲地对巴林特说。尽管事事都一帆风顺，可他俩似乎就只是一起跳跳舞和互相说笑话，再也没有更进一步。这姑娘是挺漂亮，但不知怎的，在高日看来这还不够。他认为，要是打算与人共度一生，仅仅这样肯定是不够的。他还得知道她所思所想、知道她对什么感兴趣、知道她有什么看法。

"哎，"他说，"这可真是个问题。这可怜的姑娘实在太蠢！"

他曾经尝试着跟她谈论各种话题，其中有些相当严肃，可每当他开始这么做，这蠢女孩要么呆呆盯着他，要么就咯咯傻笑起来。她似乎以为他这是想要拿她寻开心，所以便答道："这个问题可真怪！"然后话题一转开始谈论烹饪、家禽甚至是养马，仿佛她知道这可怜的男孩就只懂得这些。他曾经问过她在读什么书，她却答道："没读书！什么书也不读！再说那个有什么用？好主妇可没时间做那种事！"

"太可怕了。"高日说道，然后继续对巴林特讲述他最后是如何产生反感并放弃了对这姑娘的追求，"我能把这样一个人娶进门吗？我真的能跟这么一个蠢货共度一生……并且生出甚至比我还要没用的小孩子吗……？"

想到有人无法理解他想为自己的孩子做些什么，他就觉得无法忍受。她会毁掉他为之奋斗的一切。他觉得自己必须对巴林特把这些说清楚，免得朋友认为他举止失当——先是让人们以为他在追那个姑娘，然后又抛弃了她。

"我不会看轻你的，"巴林特说道，"我有什么资格去评判别人？没人有这个权利，谁都没有！尤其是我！"

说着这话，巴林特的脸色也阴沉下来，他回想起自己也曾让可爱的小莉莉·伊雷什瓦里以为他要向她求婚，可他却白白放过大好时机，没有说出大家期望的那番话。他突然想起，在亚布兰卡的图书室里，她是个什么模样，想起她如何用那对勿忘我一般的蓝眼睛充满期待地凝望着他……

随后高日和巴林特有好一会儿没说话，两人都全神贯注地想着自己的心思。

突然间，高日用手一挥，仿佛要驱散某个沮丧的念头。接着他喝干杯中的香槟酒，清了清喉咙，转回头对巴林特神秘兮兮地说了一句："我给蜜露配种了。"

"天哪，为什么？她是你最好的狩猎用马，不是吗？"高日的话让巴林特大吃一惊，然后他才反应过来，高日最近已经不是头一回这样，人人都以为那是他唯一感兴趣的东西，可他却似乎不再那么热衷了。也许这只是他近来对马匹和打猎感到失望的又一个例证？不管这话是什么意思，在巴林特看来，高日的决定总是跟他的状态脱不了干系——去年这两位朋友每次碰面，高日都是一副怨恨深重的样子，大大出乎他的意料。

"是的，上星期的事。我把她送到科洛日的种马场去跟加利法配种。他的血统很好，出自盖拉德的冈纳斯伯里——配得上我的好马蜜露。"

接着他又继续往下说，声音很低，仿佛在吐露致命的秘密，以一种完全不必要的复杂方式讲起自己这么做的理由，翻来覆去、绕来绕去就是那几句话。他说蜜露已经七岁了，正是适合产仔的时候，这个年纪生下的马驹又好又健康。反正她也当不了骑用马，因为她就只肯让他一个人骑在自己背上。他说，他不放心把她交给别人，再说如果每天只是系着套马索遛几个小时，这也不是马儿该有的生活，所以他总是得去带她锻炼，近来这已经变成了让他无法忍受的苦差事。让她配种是最好的解决办法，一旦怀了马驹，她就会平静下来。她的性子肯定会变，也就不会再只依赖他一个人了。

"要是我不在了，那她会怎样……我是说，要是……要是我出门旅——旅——行的话。她是一匹骑乘马，她会死的……如今这样，她至少还能派点用场。"

这些话让巴林特挺不放心，似乎跟他俩在德内斯托亚的那次谈话有点关系，当时卡达乔伊曾说打算立遗嘱，还说起他对于死亡的态度。所以，为了缓和气氛，他就当高日是真要出门旅行似的答道：

"要是你想离开一阵子，我倒觉得是个极好的主意，建议你去意大利。如今那儿已经开春，尤其是南部的那不勒斯和西西里岛。你不在的时候可以把蜜露送到德内斯托亚来，我们会给她一个围场，让她自个儿待在里面，这样她整天都可以自由奔跑。对于新来的母马，我们经常这么干，因为她们跟其他马儿都不熟。"

"真的可以吗？你是说真的？"高日开心地喊道，"你当真同意？你知道吗，我就是在酝酿着开口问你是否可以这样……不过当然不是现在……还没到时候。但是，但是，以后……要是出现那种情况……嗯，那可就太好了。"看到朋友脸上关切的神情，他转而说起关于照顾怀孕母马的各种技术问题。他告诉巴林特，德内斯托亚种马场里的马夫以及为萝萨伯爵夫人工作多年的其他那些人都十分专业，而且经验丰富，他自己家里就没有这样的人才。母马怀第一胎时总是需要慎重对待，这是理所当然的，所以有点棘手，尤其蜜露还这么敏感。说到这里，他夸起自家这匹母马的种种优点，又特地说她一般不出状况，除非有人把马鞍放在她背上或是准备骑上来，那样她就会受到惊吓；但是其他时候，她都温驯得一如大家所愿。要是背上没有马鞍，她就不会尥蹶子，既不会踢人，也不会踢动物，绝对不会！

他说了一会儿，看来已经完全恢复了好心情，随后伸手去拿他的酒杯，斟满以后对巴林特举杯道："向你问好！我……替蜜露……感谢你，谢谢你。"

就在巴林特和高日谈论母马的事情时，桌子另一边的伊斯提和弗雷迪也聊得越发热火朝天，两人说的是他俩最爱的话题——英国。他俩都崇拜英国以及英国的一切——这个国家本身、英国绅士、英国马、英国运动、英国衣服和鞋子、英国姑娘、英国的马腿绷带、英国的枪支弹药、英国剃刀、英国花园以及英国舞蹈。他们对这些东西赞不绝口，有时异口同声，有时一唱一和，顺顺当当地聊了很久。可是不知怎的，这和谐的局面渐渐起了冲突。等到咖啡端上来的时候，他俩已经真的吵起架来。起因是这样的，弗雷迪英语说得很好，也认识很多英国人，可是却从未踏足过英国领土，所以只能远远爱慕自己心爱的国家，满足于道听途说来的消息。伊斯提·卡穆西跟他恰恰相反，英语说得差劲，可他去年不仅去了伦敦，还设法成了圣詹姆斯俱乐部的临时访问会员，这可是家著名的绅士俱乐部。

　　事情是这个样子的。联合执政末期在西拉吉的一次补缺选举中，伊斯提十分积极地向政府候选人提供帮助，此人当选以后，他们一起回到布达佩斯，当时的内政部长单独点名表扬了他。伊斯提见有机可乘，立刻结结巴巴地说："我有——有——有一个请——请——请求！"安德拉希❶鼓励他有话直说，他便说道，自己不日将前往伦敦，如能被引见给奥匈帝国驻英国大使，他将会感激不尽。他自然拿到了推荐信，一到伦敦就呈给大使门斯多夫伯爵。门斯多夫问伊斯提有什么可以为他效劳，结果伊斯提只有一个请求，那就是设法应邀加入圣詹姆斯俱乐部。

　　这个请求可以说近乎荒唐了，因为在多数外国人——尤其是外交使团的官员们——看来，圣詹姆斯是英国最排外的俱乐部，哪怕是社会地

---

❶ 安德拉希便是当时奥匈帝国的内政部长。

位极高的英国人，也没几个能奢望入选。想要获准加入者须得满足种种最严格的条件——甚至是不成文的条件，而且对外国外交官和土生土长的英国人一视同仁。以前确有一些外交官被吸收成为会员，但是人数很少，大家认为此种待遇是一项殊荣。门斯多夫尽力将这一切解释给伊斯提听，并且补充道，根据英国礼节，俱乐部的新成员不可与任何一位老成员说话，除非对方先做了自我介绍。这就意味着，即便伊斯提确实加入了俱乐部，他也可能好几年都没法交到朋友。所以大使的建议是，卡穆西伯爵彻底死了这条心，方才是真正的明智之举。他还提出其他许多无比诱人的主意——受邀去名流贵族家里度周末、赴苏格兰参加狩猎聚会、驱车游览英伦最美丽的一些乡村风景、参加著名的考斯帆船赛私人聚会。可是伊斯提不为所动。他只有一个愿望，那就是入选圣詹姆斯俱乐部，这是他唯一的请求。仅此而已，绝对没有别的愿望！

巧的是，门斯多夫和爱德华国王的关系很亲近，所以他在社会事务中具有相当大的影响力。他努力了一把，奇迹发生了：卡穆西成了会员。

于是乎，伊斯提在英国这两个星期里，人们天天都能看见他在圣詹姆斯俱乐部的二楼凭窗而坐，傲视着窗外的皮卡迪利大街，从早晨一直坐到晚上。没人跟他说话，就连俱乐部的仆人都几乎毫不掩饰自己对他的蔑视，但伊斯提不在乎。他得以坐在窗前，置身于一面面巨大的镜子的包围之中，可从他面前大街上走过的成千上万人却只能仰视他、羡慕他，想到这一点他就开心。而且，在伦敦的七百多万居民之中，几乎没人能享有他这份特权——坐在玻璃后面，当着众人的面喝茶。这种感觉仿佛身在天堂。

两周以后，伊斯提回到了家。尽管他事先曾研读旅游指南，简直到了熟记于心的程度，可他在英国所见不过就是俱乐部里那些房间。他确实也走马观花似的逛过几家博物馆，但并非因为他对在那儿见到的东西感兴趣，而是因为这样才能在回国以后有话可说。所以他就说了。就连到了这会儿，他还在跟弗雷迪讲述自己的经历呢，这正是他俩争执的起因。当伊斯提说自己是圣詹姆斯俱乐部的成员时，弗雷迪嫉妒得脸都黄了，就像得了黄疸病一样。打从那一刻开始，每当伊斯提说起英语单词，弗雷迪就会纠正他的发音。"不是'安国'是'英国'，是'滑铁卢'不是'滑得卢'，是'博物馆'不是'宝物馆'。"弗雷迪变得让人无法忍受，伊斯提也忍不下去了。他气急败坏地说"从没去过英国的人不应该来纠正他的发音"，听到这话，弗雷迪反驳道，不会说英语的人去英国真是荒唐。

他俩吵得越来越大声，不远处的拉齐·蓬格拉茨听见他俩的争吵，于是迅速换了一首更加响亮的恰尔达什舞曲，试图掩盖正在发生的事情。尽管如此，坐在附近的那些人还是注意到了，卡达乔伊在桌子对面喊道："当心点，你们俩！大家听着呢。"

听到这话，那两位假冒的英国人都停止了争论，他俩比邻而坐，神情严肃，一声不吭。没过多久伍芬斯坦就憋不下去了，为了强辩到底，他转头对伊斯提轻蔑地说："反正我不相信你真的进过圣詹姆斯的大门！"

卡穆西勃然大怒，自己的丰功伟绩被人家否定，他的脸色涨得通红，一跃而起，咬着舌头声嘶力竭地大喊："喷就四（这就是）没有教养、傲慢无礼！傲慢无礼、没有教养！"

"你竟敢这么说？"伍芬斯坦喊道，他也跳了起来，同时用硕大的拳头捶着桌子，结果一只咖啡杯翻倒下来，当啷一声掉在地上。幸好斯坦尼斯罗·耶若菲也选在这个时候起身离席，镇定自若地引领皇家贵客离开战斗现场，来到安安静静的吸烟室里。人人都从桌旁站起身来，在这阵噪声当中，欧尔伯爵一点也没发觉这里发生过什么不合时宜的事情。他在壁炉前站好，开始发表长篇大论的学术演讲，内容是决斗的历史与发展，听众就是那帮随他一起走出大厅、对他逢迎拍马的老绅士。

博加奇也来了，就坐在王子对面。他并没有在这里久留，因为他刚一坐下，法尔卡什·奥尔温齐就来到他椅子后面，对他耳语了几句，然后又消失不见了。退伍老兵眼睛一亮，不过身体却没动，因为此时王子正好看着他这边。不知怎的，博加奇那对形似自行车把手的巨大八字胡似乎长得更长了，因为他正在咧着嘴笑，这是由衷的喜悦。等欧尔伯爵的注意力转移到别处，博加奇立刻站起身，静静地走出房间，在皇室的圈子里留下一个空位。

楼梯另一边有个所谓的女士餐厅，卡穆西的两位助手已经在那里等他，一位是约斯卡·坎迪，他默默地站在那儿抽烟斗，另一位则是个温和的年轻人，他名叫高劳兹道，家乡在匈牙利西部，如今是科洛斯堡大学的三年级学生。大家依照惯例严肃地互致问候，虚礼很多，却没有握手。随后，弗雷迪的两位助手——博加奇和奥尔温齐——在桌子一边坐下来，卡穆西的助手则坐在另一边。

套话也说了："我方的委托人——南多尔·伍芬斯坦伯爵——要求决斗。"

一切都依照惯例进行，没一会儿就全部安排妥当。和解是不可能的，反决斗联盟推荐给全体成员的荣誉法庭也解决不了这事。那就以武力决斗？当然！用刀？天经地义。双方一致同意使用轻骑兵军刀。到什么程度？自然是以致残为算！何时决斗……？

这是个问题，身为匈牙利反决斗联盟的秘书长，弗雷迪应该将王子送到罗马尼亚边境，而王子即将于早晨五点动身，这会儿已经来不及更改这些安排。

"那好吧，"年轻的高劳兹道说道，"等他从边境回来以后如何？"

"肯定不行！"博加奇霸道地说，"《迪韦尔热规则》明确规定，如果决斗双方都在场，那么任何事情都不能妨碍双方会面。决斗可以立刻进行，就今晚。现在还没到十一点，午夜时分整个事件就尘埃落定了。"

"很好，可是在哪儿决斗呢？运动场已经关门了，也没有其他合适的大厅。"

"有场地！"博加奇得意地喊道，"就在这儿！要是我们把桌子推到一边，这个房间就足够大了。地板也不是太滑，实际上刚刚好。作为赌场俱乐部的董事之一，我在此正式批准。"

接着他们开始讨论细节，要把两名医生从床上叫起来，让他们到现场来。博加奇的公寓里有一对轻骑兵军刀，法尔卡什·奥尔温齐也有两把军刀，他们会派人去拿来，决斗双方可以通过抽签的方式来决定用哪一对。

这时法尔卡什担忧地开口道："都这个点了，我们上哪儿能找到磨刀人？我那对军刀已经钝得不行了。"

少校打断他的话，自豪地说："我的军刀就像剃刀一样锋利。我的人可以把另一对军刀磨快。他很擅长这个——是我亲自教他的！"

为了确保一切顺利，大家对某些任务进行了分配。高劳兹道答应去请卡穆西的医生，法尔卡什去请另一位，还要去把自己的两把军刀拿来。博加奇身为赌场俱乐部的董事以及宴会的东道主之一，只要王子还没走，他就不能离开这栋楼，于是他请约斯卡到他公寓里去，把他的男仆喊醒，后者会把所需的一切物品——军刀以及磨刀用具——收好带来。根据安排，每件事都可以立刻执行，而且井井有条。

❦

这会儿博加奇回到吸烟室，发现自己的椅子没有被人坐上，于是又坐了下来，还像之前一样面对着王子。王子依然在滔滔不绝地说着，决斗少校听得却心花怒放。

"……请问诸位，决斗起源于何处？这个野蛮习惯的始作俑者是谁？听我说，先生们，这是中世纪宗教判决仪式的最后残存。在那些愚昧无知的年代，民众依然相信上帝会出手干预，将胜利赐予正义一方、赐予温柔真诚之人，而罪人将会悲惨地死去。当然，即便在那时，他们也只会让最有经验的剑客在上帝的审判中碰碰运气。可是今天呢，先生们，今天呢？谁还相信天意与决斗结果有关？究竟有谁还会被这种胡说八道所困扰？如今人人皆知，不论使剑还是用枪，都是熟练者胜。哎，最卑鄙的人也能杀死最诚实的！这就可怕了，真的可怕！"

听到这番话，屋里响起一阵赞许的低语声。就连"钩脸"也冒出几句话来，不过他是否与王子的主张一致，这就不好说了。但博加奇却是每听到一个字都使劲点头。

这倒也在大家意料之中，因为这位好斗的前军官已经不自在地意识到自己晚餐前的表现有多可笑，当时所有的年轻人——尤其是此刻站在隐蔽处的那些——都在嘲笑他的尴尬处境。现在轮到他带领他们去默默嘲笑这位仁慈的王子，也轮到那些嘲笑他的小崽子来佩服他了——作为一位完美的决斗助手，博加奇能够泰然自若地听着皇家贵客这一番不合时宜的荒唐演说，脸上却未露丝毫声色，因为关于决斗有一条金科玉律，在交手之前，谁都不能提及此事。所以他坐得笔直，腆着肚子伸着腿，一副大权在握、优雅沉着的形象。他知道自己做得对，其他人也都知道。

皇家贵客仿佛永远也说不完似的，用措辞优美的流利德语说呀说呀，一直说了一个半小时。而他之所以能如此熟练自如，自然得益于一点——这番话他曾说过许多次，用好几种不同的语言，在许多不同的国家。众人自然都恭恭敬敬地默默聆听，没人插话，也没人打扰；怎么会有呢？

半小时之后，高劳兹道悄悄来到博加奇的座位旁边，对他耳语了几句。然后法尔卡什·奥尔温齐也来小声说了几句，再来是约斯卡。这事神不知鬼不觉，因为消息的每一次传递都既隐秘又小心。博加奇自己就只是点点头，表示听到了，人们同样可以把这些点头理解为他对王子呼吁在欧洲范围内结束决斗活动的默默赞许。

过了许久，欧尔伯爵终于站起身——其他人也都站了起来——挺直他那优雅的身姿，用悲伤的灰眼睛望着站在近旁的人们，感谢他们的热情接待与热烈欢迎，说他深受感动，居然周围有这么多人配合他的慈善运动。他说，匈牙利一向是个好战的国家，所以他几乎没有想到，这项运动会在匈牙利人当中大获成功，得到他们的理解与赞同，这些人原先什么事都以武力解决，如今却这么支持他，他既吃惊又高兴。他来到这里以后，遇到的每一个人似乎都与他不谋而合，而且非常乐意加入反决斗联盟。他说他感到再一次充满了力量与信心，他现在十分笃定，过不了多久，决斗就会销声匿迹，只能被视为从前的错误之一。

"谢谢你们，先生们，谢谢你们，谢谢你们，谢谢你们！ ❶"

听到这番话，众人礼貌地鼓起掌来，却稍稍压低了声音，似乎谁也没有注意到，从后面的棋牌室方向传来几声匆匆忍住的傻笑。

赌场俱乐部的三位董事簇拥在王子身边，两位男仆则端着与他崇高地位相符的枝状大烛台走在前头，王子就这样被他们护送着走下楼梯。就在他来到通往大街的旋转门时，却被人打断了片刻——有个小个子男人竖着衣领、提着一个小小的轻便旅行箱匆忙走进来。来者谦恭地紧贴门厅的黑墙，很快便越过他人的注意。没人看见他一只胳膊底下夹着一瓶杀菌剂，口袋里还塞满绷带。

此人正是博加奇请到决斗现场来的医生之一。

⟡

尽管有点晚，伍芬斯坦还是设法准时上了火车。他脑袋上似乎戴着白色的包头巾，突然肿起的鼻子上贴着一大块白色敷料。

他的心情坏到极点，因为小卡穆西不仅打破了他的头，还砍到了他的鼻子，这可太丢脸了。"蠢驴！"弗雷迪心中骂道，"矮不隆咚的小畜生！"

情况是这样的：听到进攻的命令时，伍芬斯坦挥舞起持刀的那只手，划出一道大大的弧线，可他个头高，这样的人有时会很笨拙，而矮小的伊斯提就像被激怒的仓鼠般一跃而起，用刀柄击中他的鼻子，又在他脑

---

❶ 此处原文为德语。

门上狠狠劈了一刀，害得他不得不缝了八针。然而这可不算完，最糟的时刻还在后头，弗雷迪的鼻子流起血来，此时决斗虽然中止了，可他的鼻血还在不光彩地继续流，后来用两大团药棉才堵住，他差点给憋死。那会儿他就只能用嘴呼吸，心里却在焦灼不安，担心鼻子又青又紫的自己第二天是副什么尊容。真是想想都糟心。

即便见到欧尔伯爵，弗雷迪的心情也没能好起来，因为伯爵并没有立刻进到他的豪华卧铺车厢，而是坚持在站台上等着，等弗雷迪到达以后，他又关切地问个不停。为了替自己的处境开脱，弗雷迪只得用没完没了的谎言来辩解，身为反决斗联盟的秘书长，在该联盟于科洛斯堡举行第一次会议的当晚，他就用军刀解决了一桩名誉攸关的事件，这是他不可能承认的。如此一来，他新近结交上王族成员的自豪感就将化为乌有，在圣日耳曼时髦客厅里大获成功的梦想一去不返，蒙受皇家庇护的想法也烟消云散。在正统王朝拥护者的沙龙里与傲慢的法国公爵夫人们相遇，和富有的香槟制造商成为点头之交，这些念头诱惑着弗雷迪那势利的小灵魂。他心里一清二楚，如果让人知道他那天晚上的所作所为，那么这一切就都泡汤了；要不是博加奇要坚持陪他去车站，没准弗雷迪的指望还能实现。

然而博加奇和他一起来了，这位好斗的小个子前任少校有股傲气，他对待决斗助手的职责极为严肃，在整件事情结束之前，他是绝不会抛下他们的。今天尤其如此，因为这从头到尾都是件荒唐事，他可以好好地嘲讽一番。老博加奇看到反对决斗的王子依然在站台上，心里不禁大喜过望，黑布丁般的小胡子也骄傲地翘了起来。尽管德语发音十分差劲，但是关于弗雷迪这副尊容，他却依然能够给王子一个巧妙而令人满意的解释。他声称自己的好朋友弗雷迪在赌场俱乐部的楼梯上绊了一跤，跌倒在扶手上，结果撞伤了脑门、弄折了鼻子。

就连王子都听明白了，他的意思是"真倒霉啊，殿下，真倒霉！"。博加奇把这话说了好几遍，每说一遍就深鞠一躬，好让别人看不见他眼里的得意之情。

直到火车隆隆地驶出视野之后，他才直起腰来，又捻了捻自己的小胡子，然后快步走下站台，仿佛是刚刚征服高卢的恺撒。

第三章

THE
TRANSYLVANIAN
TRILOGY

They Were Divided

一月初，阿德里安娜回到了科洛斯堡。她是乘坐早班快车从布达佩斯回来的，但布达佩斯只是她旅程的最后一站而已，在那之前她还去了瑞士的洛桑和蒂罗尔南部的梅拉诺。阿德里安娜自己曾在洛桑念过寄宿学校，现在把女儿克莱米也送进了同一所学校，这次去探望过女儿，她松了一口气，因为她发现从前教过她的老教师们有几位还在这里，依然像她记忆中那样睿智、聪慧、富有同情心。如今的校长劳伦特女士在阿德里安娜就读时刚刚开始从事教师职业，在阿德里安娜看来，她更像是朋友，而不是老师。正是因为学校由劳伦特女士接管，阿德里安娜才下定决心把克莱米送来，劳伦特女士既有智慧，又了解孩子们的需求，阿德里安娜对她充满信心。如今女儿来到这里已经半年，阿德里安娜来看望她，顺便和老朋友讨论一下，对于这么一个异常孤僻、天性冷漠的孩子，究竟能有什么办法。阿德里安娜原本还在担忧困惑，但劳伦特女士把这个小女孩的问题解释得明明白白，她如今也开始更加了解女儿到底需要什么。

　　回家的路上，她大部分时间都在想着这事，首先回顾了当初发生的一切，是什么让她做出那个痛苦的决定，将女儿送到一所离母亲那么远的学校去。她知道这是最好的做法，她也实在没有别的选择。

　　在她丈夫最终发疯之前，这孩子一直由祖母抚养。在小克莱米的成长过程中，她没有任何发言权。孩子出麻疹时，她甚至得跟丈夫和婆婆抗争才能让他们同意她去照料女儿。女孩病了很长时间，几个月之后，阿德里安娜渐渐相信，这小姑娘其实是很爱妈妈的，但是碍于克莱门丝老伯爵夫人的铁石心肠，她只得将感情隐藏起来。可是她错了。当他们最后不得不将帕利·乌兹迪送去疯人院时，老太太的情感受到打击，彻底垮了下来，她待在自己房间里，像活雕像般一动不动，失神的双眼直视前方，几乎一言不发，更别提去管周围发生的事。她退缩到自己的世界里，疏远了其他人——不仅是她一向痛恨的阿德里安娜，还包括她以为自己疼爱的孙女。人家把孩子带来见她，她却只是示意他们把孩子带出去，阿德里安娜那时就明白了，必须让克莱米尽快离开阿尔马什科。两天以后，法国女教师和英国保姆就把她带到了科洛斯堡郊外的乌兹迪大宅。

　　那之后没过多久，克莱门丝伯爵夫人也离开了阿尔马什科。她和迈尔以及自己的老女仆一起动身前往她那幢位于梅拉诺的别墅，后来便一直住在那里。她从不写信回来，阿德里安娜每月都寄支票过去，仆人们写信来向她道谢时就会捎带着告诉她老夫人的消息。

　　自打女儿出世以来，阿德里安娜第一次完完全全拥有了她。

有一阵子，克莱米是她唯一的快乐，她俩在一起的时候正赶上阿德里安娜和巴林特第二次分手，她那时以为这次分手是永远不会复合的。于是阿德里安娜将所能给予的全部疼爱都倾注给这孩子，因为她觉得自己就只剩下女儿了。她把全部的时间都花在她身上，努力想要赢得她的爱。

可她失败了。

显而易见，从祖母离开的那一刻起，她对母亲的所有爱意也消失了。在麻疹康复期间，克莱米曾经用一些小小的举动来表达感情，令阿德里安娜深受鼓舞，如今这些举动却再也看不见了。阿德里安娜没多久就痛苦地意识到，她原先以为这孩子渐渐爱上了母亲，可孩子只不过是想惹祖母生气而已。

在克莱门丝伯爵夫人去梅拉诺之前，他们全家只要在科洛斯堡，小姑娘就一直是跟祖母住在主屋的。老伯爵夫人刚一离开，阿德里安娜便让女儿搬到了一楼厢房，住在帕利·乌兹迪的套房里，就在她自己的卧室隔壁。这些房间都很大，光线充足，空气也好，尽管做母亲的很快便将这里改成儿童室，在里面摆满昂贵的娃娃和其他玩具，克莱米却对它们视而不见，也从不玩这些玩具。其中最漂亮的是一个可爱又迷人的小丑娃娃，它坐在圣诞树下，克莱米几乎看都没看它一眼，最后终于有人把它拿起来递给她，这孩子也只是郑重表示了礼节性的感谢——收到其他玩具时她也是同样的态度——然后拿起娃娃立刻摆到育儿室的架子上，跟所有其他玩具放在一起：它们就一直待在那里，严格按照顺序排排坐。如果打扫房间时玩具被拿起来，然后没有完全按照原样放回去，克莱米就会马上拿起它们，仔细地摆回原位。除此之外，她从不碰玩具，对它们根本不感兴趣。

不过，她对于阅读倒是表现出兴趣来，于是阿德里安娜把能弄到手的优秀儿童书籍全都给了她——几卷《粉红图书馆》❶《爱丽丝梦游仙境》以及其他许多书。收到这些，她也同样是冷冰冰的态度，总是以正式的礼节向母亲道谢，却从不流露出喜悦或高兴的神情。有一回，一盒彩色铅笔不知怎么被人无意间混在其他礼物当中，当时她仿佛毫无兴趣，可是过了几天，阿德里安娜注意到，克莱米只要一有空就会拿出铅笔，开始用它们画一些奇怪的图案。其他孩子会画人、画动物——很粗劣的那种，她却从没尝试过画这些，而是故意在书上的大写字母周围仔细画上夸张的彩色轮廓线，有时候这些轮廓线比原来的字母大了两倍，线条间涂满或蓝或红或绿的底色。她偶尔也会精心地画上影线以增加立体感和深度，并在这儿那儿加上一个巨大的眼睛或是一些犄角。再后来，她在学校的习字簿上也开始画类似的图样，画得一丝不苟、十分用心，仿佛那是作业的一部分。不过，要是有人喊她，她就会立刻放下笔，好像对此根本没兴趣，如果她母亲试着随口点评几句，或是问她为何画这个、有何用意，这孩子只会冷漠地回答"画就画呗"或者"什么用意也没有"，甚至会故作礼貌地答道："我也不知道为什么画这个，画就画呗！"

克莱米从来不说与自己有关的事，也不会提起自己有什么感觉。她从不对任何人倾吐心事，似乎什么事都不能在她心里激起波澜。她总是彬彬有礼、举止得当，可是却一向寡言少语、待人冷漠。在她那张稍稍

---

❶ *Bibliothèque Rose*，创作于 1856 年的法国儿童读物合集，封面多为粉红色，至今仍在出版。

有点像鞑靼人的漂亮小脸上，表情始终就没有变过，棕色的眼睛总是半睁半闭，仿佛她在小心翼翼将自己的一切都隐藏起来。她的头发很黑很直，跟她父亲一模一样；实际上，她看起来纯粹就是帕利·乌兹迪的女儿，不仅外形相似，性格也相似。她身上完全没有母亲的影子，她母亲家的人全都活力十足、热爱生活，她却一点儿也不是这样。

在将近一年的时间里，阿德里安娜努力想找到法子打开女儿的心扉。她满怀爱意与温情，牺牲了每一天的每一分钟，想要赢得女儿的爱与信任。最后，阿德里安娜意识到，数月以来的心理斗争和情感付出不仅毫无成果，也许反而还让她俩之间的关系更加糟糕了。她所做的每一件事都徒劳无功，从某些方面来看，似乎正是她的一次次努力——时时刻刻的呵护与关注——不知何故甚至令她女儿越发孤僻。阿德里安娜不知道究竟是什么地方出了问题：她能感觉得到，却找不到原因。

正是在这个时候，她做出了那个痛苦的决定，让小克莱米和自己母女分离，将她送到位于洛桑的学校去。

此刻，在第一次探望女儿回来的路上，她知道这个决定是明智的，这不仅是因为克莱米头一回在见到母亲时显得很高兴，还因为她有真情流露的迹象。置身于同龄女孩中间显然对她大有裨益，这些女孩都很热爱生活，在她周围玩得热热闹闹。

女校长报告的情况令她感到欣慰，尽管她还有点不放心。

校长告诉她，克莱米是个好学生，既听话又用功。女校长说，起初她还在担心，克莱米尽管始终彬彬有礼，但是对其他女孩却极不友好，不过这种情况正在逐渐消失，尤其是她开始参与学校的体育运动之后。这女孩学了网球、划船以及其他几种球类运动，为了让她更加轻松自在，学校给她安排了五个同龄的小伙伴，所有的游戏她都是跟这五个女孩一起玩，她们是特别挑出来的，都很文静守规矩，性子也平和。克莱米和她们一起打网球、一起划船，实际上，她多数的闲暇时间都是跟这一小伙人共同度过的。纵使这种伙伴关系没有发展成真正的友谊，这女孩依然是有人陪伴的，而且显然和这几个新朋友相处融洽。在这一点上，有一件事对她很有帮助，那就是她比她们更聪明，加之她矜持的举止，使得那几个天性温柔的女孩全都把她视为领袖，努力想讨她喜欢。

"通常情况下，"女校长说道，"我都会尽力阻止学生当中形成小团体，但是这一回，在她这里，我却鼓励她们这样。似乎也没有别的法子了，要是你女儿克莱门丝开始将自己和其他人完全隔绝开来的话……那样对她可不好……危害很大。"

劳伦特女士沉默了片刻，随后又说道："当然了，她天生就是个相当执拗的孩子。❶"

正是这句话让阿德里安娜的心一提，它似乎指向某种先天的、遗传的、危险的可能性。劳伦特女士继续说道，她的语气平静而又自信："我坚信，只要多加关注，再多些耐心，我们能够让她达到这样一种精神状态，足以妥当应对成年生活。幸好你在她这么小的时候就把她带来交给了我们。"

对阿德里安娜来说，最后这番话才是真正的鼓舞。把克莱米送到洛桑之前，她曾经写信将乌兹迪家族的事情原原本本、完完整整地告诉劳伦特女士，写了帕利·乌兹迪发疯的事，也写了克莱门丝伯爵夫人一语

---

❶ 此句原文为法语。

不发、深陷沮丧，还写了可能对她有帮助的每一个细节。正因为如此，这鼓舞才更加振奋人心。

❦

阿德里安娜并没有直接回家，而是在因斯布鲁克●中途转车去了梅拉诺。

尽管心情沉重，她还是来了，因为她认为自己有责任照顾好老乌兹迪伯爵夫人。老太太自打她嫁给她儿子的那天起就恨上了她，她自己也同样对婆婆深恶痛绝，这么多年来，她们二人被迫住在同一个屋檐底下，明面上虽然没说，暗地里却是一对死敌。可是对她来说，这些都不重要了。这可悲的一家如今只剩残骸，阿德里安娜就是其中唯一的稳定因素，她知道自己必须将所有的个人情感和怨恨摆在一旁，确保老夫人得到妥善照顾、衣食无忧。离开特兰西瓦尼亚之前，她曾写信给乌兹迪家的老仆迈尔——他随克莱门丝伯爵夫人一道去了梅拉诺——告诉他自己要来，从洛桑动身的时候，她又发了电报。所以她中午抵达时，老人已经在站台上接她了。

她上一次见到迈尔，还是在那段痛苦的日子里，从那时到现在，迈尔一点也没变，仿佛无论岁月还是悲剧都无法触碰到他。他仍然是那副体格结实、又矮又壮的样子，肤色干净，表情平静，眼里充满智慧，一如她一向熟悉的那样。如今他肯定已经年逾七旬，当初他刚刚开始为乌兹迪家族工作时，是作为一名合格的护士来到阿尔马什科照料帕利·乌

● 奥地利西南部城市，滑雪胜地。

兹迪那可怜的疯父亲。老伯爵去世后，他便留了下来，直到帕利·乌兹迪自己也无可救药地发了疯被带走，现在他又在照顾老伯爵夫人，已经一年半了。在这个不幸的家庭里，她是他所服务的第三位成员，对待他们，他一向忠诚明智，简直像圣人一般。

"我婆婆怎么样了？"阿德里安娜一边跟这位强壮的老人握手一边问道，"能不能见人？什么时间见她最好？"

他答话时说得很慢很生硬："正如夫人您将要看到的，毫无起色，只有身患精神疾病的人才会这样。我认为……"他犹豫了一下才又继续说道："……也许夫人您一到家就见她是最好的。"

今天天气很好，秋日的太阳暖得好似已经到了春天。白雪覆盖的山顶自一排排山麓丘陵中升起，看起来却要近得多，仿佛不知怎么就从下方的沟壑与松林里浮了上来，奥特勒山脉的巍峨群峰宛如云雾般轻盈地悬在意大利蔚蓝纯净的天空中。阿德里安娜慢慢走上小镇古堡后面那座山，身边是一座座果园、葡萄园以及一片片深色的常绿树林，例如月桂和雪松，其间还种有茉莉与山茶。她走在小道上，富饶肥沃的山谷在下方铺陈开来，每一座小山顶上都点缀着小小的城堡、教堂和修道院，河流悠然自得地从丝绒般的草地上穿过。山山水水似乎都在平静而幸福地微笑着。

乌兹迪伯爵夫人的别墅坐落在路旁稍稍靠右的位置，大门在北侧，正面外墙却俯瞰着西南方向的山谷。许多意大利房屋都建在山坡上，这栋房子也不例外，它伫立在一个巨大的方形石头平台中央，就像一块糖霜蛋糕摆在托盘上，有台阶通往下面的其他露台与花园，但是从大门口往里看，客人就只能看见树梢，那都是种在低一层的树木。

直到走进大门，阿德里安娜才意识到自己有多么担心。在走向房子的路上，她以为这不过就是一次例行拜访，也是她的责任所在。她以前从没来过梅拉诺，从车站漫步走来的一路上，她一直在想，这一切是多么美丽。然而此刻，站在婆婆家门口，她突然意识到自己有多么害怕再见到这位老妇人。乌兹迪伯爵夫人从不曾隐藏对她的恨意，可她却被迫和这个人在同一个屋檐下生活了那么多年，现在她害怕，不仅仅是因为片刻后会再次和她面对面，还因为见面后她得解释自己为何而来，并且要将帕利·乌兹迪以及她小孙女的消息告知于她。她得再一次容忍这老妇人冰冷的眼神，也可能会听到一些不友好的难听话，这她也得忍着。当然，迈尔在写给她的几封信中告诉过她，老太太如今有时候一连数天都不发一语，常常无精打采，她会一动不动地坐着，一坐就是好几个小时，显然对周围发生的任何事情都毫不在意；别人甚至得提醒她起身走人、去洗澡、去吃饭或是去睡觉。她似乎变成了机器人，必须有人敦促她、鼓励她去完成日常生活中的普通活动。尽管阿德里安娜未有一刻怀疑过这一切，却依然在想，等她俩真的见了面，或者当见到她时，这老太太是会一如从前呢，还是她那恶毒的天性会令她振作起来、起死回生？

让阿德里安娜突然感到害怕的还有一件事：她也不知道自己是否能有足够的自控力表现得自然而友善，谈起话来轻松平静，仿佛两人之间从无宿怨。她担心得不得了，唯恐这些年的积怨会涌上心头，诱使她勃然大怒。

这些令人不安的念头在她脑海中一一闪过，于是她转头对迈尔说道："亲爱的迈尔，我看最好还是让她有个思想准备，如果你愿意先去见见她，我将不胜感激。我就在这儿静静地待上一刻钟，然后你可以来带我进屋。我会坐在那个石凳上。"

　　老人什么也没说，既没表示赞同，也没有进行反驳，只是了然地望着阿德里安娜。随后他点点头，消失在屋里，大门在他身后无声无息地关上了。

　　阿德里安娜发现只剩下自己一个人，便在门旁石凳的阴凉处坐下来，一边等一边陷入沉思。不过，她并没有在这里待多久，也许是因为阴凉处很凉快，她微微有些发抖，于是站起来绕到屋子前面，那儿阳光很好。她走得很慢很慢，令她烦恼的一桩桩旧事涌上心头，直接让她回想起刚刚和帕利·乌兹迪订婚时与他母亲第一次见面的情景。她同样想起了近期在阿尔马什科发生的事情，乌兹迪对母亲突然发起攻击并恶毒地抨击了她，在那可怕的时刻过去之后，她出于对克莱门丝伯爵夫人的同情，曾经到她房间里去陪伴她，然而老夫人却对她大喊大叫，用毫无根据的可怕指控来迎接她："是你让我儿子背叛了我！是你毒害了他！是你！"

　　阿德里安娜一边想着此事，一边转过屋角，屋子正面朝南，屋前是一整片露台，她便沿着宽敞的露台向前走去，依然走得十分缓慢。屋子这一面有五扇长窗俯瞰着小镇，其中四扇都是百叶窗紧闭，每一根百叶板下都被明媚阳光画上了丁香蓝的阴影。有一扇窗户是开着的，阿德里安娜走到跟前才发现，婆婆就在眼前，坐在屋里，距离她只有五步之遥。低矮的窗台勉强与她的膝盖齐平，她坐得笔直，一身黑衣，仿若一尊服丧的雕像。她将一只干枯好似木乃伊的手放在膝上，这只手连同她喉咙处的狭窄蕾丝衣领就是她漆黑一身仅有的亮色。就连那瘦削的脸庞似乎也跟衣服差不多黑，尽管阳光照亮了她扬起的下巴和凸出的颧骨，但那就像光线照在颜色黯淡的铜像上。她有一副古埃及人的面孔，平静神秘却又危险，叫人有点害怕。没准她是一尊花岗岩雕成的圣像，黑得仿佛吸收了落在身上的一切光线。

阿德里安娜如同石化了一般站在她面前，可老太太那鞑靼人似的眼睛却动都没动，从未闪过一丝光芒或是流露出任何迹象表明她注意到眼前有人。

阿德里安娜不知道自己在那儿站了多长时间，但她觉得仿佛有永恒那么久，其间的每一分钟，她都以为会听到一句痛斥以及恶言恶语，紧接着老妇人就会跳起来咒骂她。然而乌兹迪伯爵夫人依旧一言不发、一动不动，就好像是由石头雕成的。

阿德里安娜渐渐明白过来，婆婆没在看她，甚至可能压根就没看到她。她仿若一尊石像，双眼盯着无比遥远的某个东西，远在地平线的另一边，却对眼前的一切视而不见。即便如此，阿德里安娜也并没有动，她站在那儿，好似被那对鹅卵石般失神的眼睛施魔法催眠了一样。

有人碰了碰她的肩膀。是迈尔，阿德里安娜这才回过神来。她默默地向后退去，直到老妇人被窗框挡住看不见了，她才转过身，跟着老仆人转过屋角。随后她转头对他说道："我们进去吧，坐下来谈一谈该怎么办……我今晚就又要走了。"

他们进屋来到迈尔用作办公室的那个房间，老女仆也来向阿德里安娜请安，接着阿德里安娜把账目过了一遍，核对了账单和收据。这只是走个形式而已，并不是非做不可，因为阿德里安娜知道这两位老仆有多么可靠。不过，被迫考虑这些单调乏味的事情，对她而言倒是个不错的解脱，想着想着，累积起来的那些紧张情绪就渐渐离她而去，从而让她可以实事求是地讨论与这栋房子未来运营有关的方方面面——费用啊，送来必要的资金啊，实际上也就是克莱门丝伯爵夫人继续住在梅拉诺所需的一切。最后他们谈到她的医疗需求——护理工作、医生出诊以及他们对老妇人的病情作何诊断。现在阿德里安娜终于可以问一问迈尔了，她前景如何，还有没有可能痊愈。

迈尔坐在桌子对面，正在整理他刚刚拿给女主人过目的文件，听到这话，他悲伤地抬起头，以一种缓慢而生硬的方式解释起来，有位专家上门给高贵的伯爵夫人看过病，据他所言，老年人一旦得了这种抑郁症，几乎就无望好转了。病人可以活到很大的年纪，因为身体不需要做出任何努力，所以只需要很少的营养。如果护理得当，在未来许多年里，她将会一直保持这样的状态。当然了，发生某种危机的可能性总是存在的，他们必须非常小心谨慎，因为在这种情况下，患者有时会有自杀倾向。

"我们时刻都保持着警惕，"迈尔说道，"不过到目前为止，还从没发现任何类似的迹象。就算有某种叫人紧张的危机，病人似乎也是往往很快就恢复了冷漠……于是她就会再一次变成夫人您今天见到的这样，对周围的一切几乎毫无知觉。这种情况可能持续数年，直到那个时候……那个时候她的身体油尽灯枯，开始慢慢地……崩坏。"

❧❦❧

在黑漆漆的卧铺车厢里，阿德里安娜又是独自一人了，她立刻就想起离家这两周发生的一切，想起了洛桑、克莱米以及她和女校长的谈话，自然也想起了沮丧的梅拉诺之旅。她早在天黑之前便上了火车，打从那一刻开始，她心里就没想过别的事情。

尽管阿德里安娜将所发生的事情全部回想了一遍又一遍，这种重复却并没有让她的回忆更加清晰或是更加生动。恰恰相反，越靠近科洛斯堡，离家越近，她就越发快乐地充满期待，跟这种感觉相比，整个旅程中那些令人丧气的大事小情都显得微不足道了。

火车汽笛长鸣一声，一种雷鸣般回响的低沉隆隆声淹没了其他一切声音，几分钟后才恢复原状，阿德里安娜开心地暗自笑了笑。火车正在穿过斯陶瑙隧道，过了这座隧道，她就要到达目的地了。回家！回家！再有一个钟头她就到家了！再有一个钟头，她就会躺在铺满红色靠垫的白色大地毯上，面前是熊熊燃烧的炉火。

她会一面凝视着火焰一面等待，直到午夜时分，通向花园的落地窗插销发出一声轻响，她的爱人会来到她身边。等到那时，也只有到那时，她躺在巴林特怀里，才会真正感觉回到了家。她会忘却一切烦恼、忧伤与不安，那些残酷的日子已经成为过去，她会把那些记忆也忘掉。一切都会消失在他们的胜利重逢之中。只有这个才是现实……只有这个。

阿德里安娜回来几天以后，科洛斯堡举行了本季最优雅的一次舞会，在这次化装舞会上，所有女性都必须戴上精致的头饰。

这个创意是埃莱默尔·高劳兹道想出来的，这个年轻人来自匈牙利西部的托尔瑙地区，如今在大学读三年级，学的是法律。在特兰西瓦尼亚，人人都称他为"高劳兹道男孩"，或者干脆就简称为"男孩"，原因之一是，在他那粉嫩白皙的年轻脸庞上，人们几乎看不出他还蓄着浅金色的八字胡；另一个原因则是，称呼这么一个又高又壮的小伙子为"男孩"，似乎是件很好笑的事情。人们选中他担任领舞，所有的大小舞会也都由他主办，这本身就是一种赞誉，表明他广受欢迎且办事高效，对并不出生在特兰西瓦尼亚的外乡人来说，这更是一种非同寻常的赞美。他也意识到了这一点，故而一直在尽最大努力来表达自己对所获殊荣的感激之情，于是便提出化装舞会的点子，以此来显示自己充满活力、积极进取，有能力组织新奇、美丽又有趣的活动。他想要证明自己没有辜负大家的信任。

高劳兹道男孩曾经在布达佩斯那家时髦的公园俱乐部见识过类似的舞会，这是不久前才传到国内的，如今已深受大众喜爱。科洛斯堡的化装舞会是慈善性质的，目的是向一些毁于火灾的塞克勒村庄提供援助。以前舞会都是在老的雷杜特大厅举行，这回是第一次在中央酒店的新舞厅里举行。

所有的参加者都对这次舞会翘首以盼。男人们期待是因为他们用不着穿上某种愚蠢的服装来丢人现眼，女眷们期待则是因为她们可以穿上传统式样的舞会礼服，无须一掷千金购置复杂精美的奇装异服，同时也是因为她们可以用某种别出心裁、迄今为止难以想象的装饰头饰让朋友们赞叹不已，并且还有希望超过别人。

在舞会举行之前，人们已经忙了好几个礼拜，思来想去，安排筹划，还有愉快的保密工作——关于那些时髦的太太小姐们会穿戴什么。人人都拼命想知道其他人选了什么头饰，同时却又各自打定主意，决不能将自己的创意透露出去，免得有人试图效仿自己的打算，要是有两个或者两个以上的女人打扮得一样，那可就是社交场上的灾难了。

然而，尽管人们发了疯地保守秘密——也可能正因为如此，有几个女人发现自己正处于她们最害怕的境地。舞会上有八个人戴着土耳其式包头巾，五个人戴着荷兰女帽，三个人戴着安达卢西亚头饰——梳得高高的发髻配有玳瑁梳子和蕾丝披巾，有六个人打扮成加洛它锡地区的村姑，还有两个克娄巴特拉和四个小红帽。有不少愤怒至极的贵妇只得自我安慰，觉得自己的奇思妙想在所处领域里是第一人，可是不知怎的，她们的创意却被旁人用卑鄙的诡计偷了去。罪魁祸首一向都是闺中密友——这些阴险小人，就像草丛里的双面蛇！

◈❧◈

舞厅一端有个平台，上面摆着为女性赞助人预备的椅子，还有从别处搬来的不少盆栽棕榈，她们便在树荫下围坐成一个半圆形。这里有科洛斯堡市长的夫人、拉斯洛从前的监护人斯坦尼斯罗·耶若菲的夫人、卡穆西伯爵夫人、尤金·拉若克伯爵夫人以及科罗西博士的年轻娇妻——博士新近被任命为大学校长，这个职位让他那漂亮妻子所受的待遇锦上添花，所以，不论喜欢与否，她都得跟这帮尊贵的老妇人坐在一起。撒马萨基伯爵夫人也是她们之中的一员，几乎人人都得喊她一声利赞卡姑婆，所以她坐在上首，别人都害怕这老太太，她喜欢说人坏话，还喜欢搬弄是非。

她们全都戴着旧蕾丝制成的头巾，不是黑色就是白色，只有拉若克伯爵夫人例外，她拿出了传家宝——一顶珍珠帽子，上面还缝有其他各种宝石，这原本属于特兰西瓦尼亚一位前任君王米哈伊·奥保菲的妻子所有，后来借由博尔奈米绍家族传到拉若克家族手中。这个宝贝独一无二，人人都喜欢的伊达伯爵夫人戴上它，看着就像是从一幅古老的肖像画里走出来的一样。

在平台上和这些夫人太太坐在一起的是舞会的官方赞助人，其中既有地方贵族，也有中产阶级商人——比如像市长本人以及当地两家银行的董事长，还有法庭的前辈元老、辩护律师和其他一些人。"老胡萝卜"耶若菲来了——惹人注目地戴着他那顶著名的橙色假发，长着鹰钩鼻的

"钩脸"坎迪来了，亚当·奥尔温齐老伯爵以及从不会缺席的博加奇少校也来了。当然还有其他人，比如安布鲁什叔叔，他认为官方平台是个最佳位置，在那儿可以向走进大厅的漂亮女人们抛媚眼，于是便大着胆子一直走到房间这一头，和那群赞助人一起登上平台，仿佛只是来跟贵妇们请安的。

约斯卡·坎迪也设法让自己挤上了平台，不过他这么做并不是要向女人抛媚眼，而是为了离年轻漂亮的科罗西夫人尽量近一些，再找一把椅子坐在她身旁，对着她那乐于倾听的耳朵小声说些甜言蜜语。科罗西夫人倒也丝毫不介意有机会向他倾诉自己的不幸遭遇，主要是她觉得受了丈夫的冷落，校长大人身为本镇反对党的领袖，除了那些政治活动，他整天就在忙着开会、演讲、讲课以及处理事务，结果害得他可怜的小妻子黯然神伤。她将这些伤心事一股脑儿柔声讲给约斯卡听，他也为之动容，时不时从口袋里掏出烟斗塞进牙齿之间，然后再生气地拿出来。

许多人都到得很早，长腿的高劳兹道男孩打从一开始就忙得不可开交，他要将大家带到他们各自的位置上，所以一直在跑个不停——从楼梯口跑到官方平台再跑回来，十分尽职。其他客人聚集在大厅里，排成两行，高劳兹道男孩觉得有一点很重要——如果希望今晚大获成功，那么每一位女士来到时，他都应当确保有人护送她沿着这两排客人的行列穿过整座大厅。年轻的德若·拉若克给他担任助手，这孩子今年大学二年级，简直像崇拜英雄一样崇拜自己这位学长。这两个年轻人轮流在大厅里匆匆来去，急切地想要把秩序维持好，确保人人都各就各位，等新登场的头饰来到楼梯口映入眼帘，他们再赶紧跑回去。男孩腿长，所以是设法跑着过去，德若个头小一些，简直是像溜冰一样在光滑的地板上滑过去的。带着新来者向贵妇们进行必要的引见时，他俩都会郑重其事地深深鞠躬。总体而言，他们处理得很好。在这么一大群人当中维持秩序可不是件容易的事，但他们做到了，只有一个闪失，但这并不是哪位女性客人惹的事，而是伊斯提·卡穆西。

先前夏天的时候，胖乎乎的小个子伊斯提在伦敦找萨维尔街一位最时髦的裁缝做了一件粉红色猎装。这件外套可了不得，材质就像镀锌铁板一样又硬又挺。他迫不及待想要让大家夸一夸这衣服，便打算在圣于贝尔纪念日狩猎聚会时穿到茹克去。可当时有人对他讲，英国人带猎兔犬打猎时是不穿粉色外套的，在将这番话对所有的朋友都反复说过之后，他觉得自己不能打破如此神圣的传统，于是在带着猎犬出去时，他只好穿着一件绿色的旧外套。对年轻的伊斯提来说，这是个痛苦的决定，那件了不起的粉色外套——花了他八个半几尼❶呢——就只能原封不动地挂在衣橱里。如今机会来了。他听闻要举行化装舞会便打定主意，如果不能在猎场上穿着这件外套，他就要把它穿到舞会上去，至于其他男人也许会穿着传统的黑色晚礼服，这一点他才不管。要是受到质疑，他就会说自己误以为这是化妆舞会。所以，这天晚上，他穿上了白色马裤、高筒马靴以及那件粉色的惊世杰作。他自己心知肚明，这件华丽的外套会让所有人都黯然失色，姑娘们全都会来仰慕他；而他则会大出风头，没准还会有一两个姑娘爱上他。

伊斯提刚踏进大厅的那一刻，人人都大吃一惊，正如他所希望的那样。大厅里一下子安静下来，随即爆发出一阵欢呼，他发现自己被一群

---

❶ Guinea，英国旧时金币或货币单位，价值 21 先令，现约值 1.05 英镑。

年轻姑娘给围住了，她们簇拥着他，摸摸他的衣服，赞不绝口，笑个不停……还拿他开玩笑。每个人都在说话，全都想知道他怎么会想到穿这身衣服来参加舞会。有那么一阵，伊斯提觉得自己希望成真、大获成功了。可惜好景不长，眨眼的工夫，那一大帮女孩子就一脸厌恶地向后退去，随后他那心直口快的小侄女马尔文卡大声说出了其他人心中所想。

"伊斯提！你臭得就跟马厩一样！"

这一点他倒是从未想过，不过刚一听到这话，他就知道这是事实。他的马裤已经穿过许多次，用皮革打了补丁，那双靴子也浸透了马汗的味道，在猎场上虽然不引人注意，但是在香喷喷的舞厅里，这些东西便散发出马臭味。对伊斯提而言，其结果是要命的。他走到哪里，大伙儿便纷纷从他身边逃开，整个晚上都是如此。姑娘们没人愿意让他靠近，也没人愿意和他跳舞；大多数男人则遵循真正的特兰西瓦尼亚风尚，开始取笑他嘲弄他，一边咕哝着"臭得像马厩、臭得像马厩、臭得像马厩"，一边故意摆出厌恶的架势。可怜的伊斯提便一个人四处游荡，每到一处角落都被人撵走，他感到孤独，觉得自己受了迫害，事实也的确如此。自我斗争许久之后，他忍无可忍地认了输，放弃想要在舞会上大出风头的一切努力，躲进棋牌室里，那儿的赌桌上方弥漫着雪茄烟气，将一切较弱的气味都掩盖了下去。在这里，终于没人再注意到伊斯提，也没人闻到他身上的臭味，他瘫倒在椅子上，再不会被人打扰了。

❧❦❧

可怜的伊斯提刚一离开，舞厅里的秩序就恢复了正常。越来越多的美女接踵而至，脑袋上要么蒙着女奴的面纱，要么戴着斗牛士的帽子。

如果她们是由丈夫、兄弟或父亲护送而来，这些人就会去和其他男人一道站在屋子一侧，女士则自鸣得意、面带微笑，招摇地从大厅这头走到那头，炫耀她那独树一帜的非凡头饰。有时也会发生这样的情况：当她从屋子中央掠过时，会听见嘲讽的低语声，而且说得随意轻率。"看哪！这是第三个郁金香了！"或者，要是谁戴着扑了白粉的假发一颠一颠地走过，就会有人说："好像贵妇犬啊！"偶尔也有高兴而赞许的窃窃私语，比如多多进来时，以及菲舍尔太太到达时。多多戴着一顶高耸的羽毛王冠，就是印第安人酋长戴的那种；漂亮娇小的菲舍尔太太头上则戴着一个惟妙惟肖的旋转木马，只要她用手指一碰，那些木头的小马就会旋转起来。玛吉特到来时，也是同样的情况。尽管已经在一月底生下一个健健康康的大胖小子——亚当·奥尔温齐老伯爵的长孙，可她看起来依然是一副小女孩的模样，身着一袭绣满小花的简单白裙，就像个初次参加舞会的小姑娘，头上戴了一块素色的红头巾，像乡下的年轻村姑一样系起来，完全遮住了头发。这头巾最多也就值个两毛钱，可她系得很巧妙，头巾的两个角竖在脑后，与她平静的棕色脸庞、扬起的下巴和骄傲庄严的步态十分相称。她来到贵妇们面前，深深行了一个屈膝礼，人人都为她的魅力与优雅所倾倒，热烈地鼓起掌来。玛吉特高兴得脸都红了，谦虚地退到一旁。

　　人差不多到齐了，高劳兹道男孩站在贵妇们身旁，他看着自己的表，在想要不要开始第一支恰尔达什舞，就在这时，楼梯口起了一阵骚动，阿德里安娜傲然走进大厅。

入口处围了一大群人，直到她来到中央走道，大家才看见她。那一大群穿着黑色晚礼服的男人从中间分开，阿德里安娜随即映入众人眼帘。她在那儿站了一会儿没有动，然后慢慢地迈开大步，沿着过道走来。

阿德里安娜身着一袭黑色长裙，面料很光滑，上面缀满金属小亮片，随着她的一举一动闪闪发亮、沙沙作响，仿佛从脖子到脚都覆盖着某种魔蛇盔甲。她高高昂起的脑袋上戴着一顶宽大的东方金冠，一如在满族皇后照片中所见的那样。金冠由一根根金色的花枝组成，它们向上弯曲成大大的弧形，顶端装饰着垂下的小宝石流苏；每朵花的花心都缝有一块红宝石，就像一滴血滴在闪亮的金色花瓣上。

她像中国女人一样把眉毛和睫毛染黑加长，那张苍白的脸上除了鲜艳红唇，再无一丝血色，再加上乌黑的头发与白皙的皮肤，阿德里安娜看起来仿佛一个真正的东方女子。她就像某个传说中的神女雕像，暂时从自己的宝塔中走了出来，身着一袭露肩连衣裙，领口低到不能再低，得意扬扬地露出头颈。

大厅里灯火通明，在她皮肤上映照出无数小光点，熠熠生辉，所以她的双肩、脖颈以及胸部都像高度抛光的大理石一样闪闪发光。她的美充满傲气，完美无缺——在生孩子以后很长一段时间里，她都依然像一个尚未成熟、骨瘦如柴的女学生——如今却再也找不到这样的痕迹；这么多年来，只要有男人用渴望的眼神看着她，她都会表现出一副处女般的贞洁模样，这种状态现在也无迹可寻了。这一切都在半年前烟消云散，她正是在那时与爱人重逢，在他怀里无拘无束地成了一个真正圆满的女人。她的美倾倒众生，在她踏进房间的那一刻，屋里就突然一片肃静，她明白这是因自己的美貌而起，于是自豪地沿着大厅向前走去。

巴林特在距离楼梯口不远处等她，她刚一露面，他就下意识地向她走了一步。阿德里安娜却用一个几乎难以察觉的笑容让他停住脚步，虽然她没有开口，可他感觉到这笑容背后的意思是："现在你能看到我从维也纳带回什么了，当初尽管你问过几次，我却不肯告诉你。就连对你，我都保守着秘密。如此一来，你见到我时就会是现在的情形——突如其来、出其不意，这是我对你的献礼。"她在两排客人之间继续前进，其中许多人都穿得五颜六色，好似一道彩虹。她行走在大厅里，宛如一位女王，周围的人们纷纷轻声赞叹，这声音越来越大，当旁观者看见她皇冠后面如瀑布般垂下一道道细金线时，赞叹声达到了高潮。有些金线几乎垂到了地上，每根金线的末端都是一朵金花，花心还缀着红宝石。她莲步轻移，瀑布便在她身后流淌。男人们望着她步步行进，朵朵金花映照出他们眼中炽热的欲望。

她终于来到舞会女赞助人就座的平台，像觐见君主时那样深深屈膝一礼，柔软的身体蹲下站起，仿佛黑豹一般沉稳自信。看到她如此高贵庄严的举止，人们不禁鼓起掌来。

阿德里安娜那好性子的姨妈拉若克伯爵夫人激动地大声说："哦，亲爱的，你可真美！"这一次就连恶毒的撒马萨基老伯爵夫人——利赞卡姑婆——也压下天性里的恶意，不由自主地说道："我得说，我从没见过这么美丽的人儿！"安布鲁什叔叔也被迷倒了，咆哮着："该死的漂亮娘们儿！"不一会儿，一群男人便围了上来，有老也有少，尽管音乐已经开始奏响，他们却一步也不愿意从她身旁挪开。其中不少人立刻开口邀她共舞，对于有些邀约，她似乎没有听见，对于另外一些，她只是轻轻摇了摇头，因为她在等阿巴迪。他来到她身边，她挽住他的胳膊，其他人这才渐渐散去。

近来他俩一直是这样的。乌兹迪已经疯得无药可救，自打他被带走之后，巴林特和阿德里安娜便没再试图假装或隐瞒两人相爱的事实。他们毫不掩饰，此事尽人皆知；尽管还没人知道他俩是不是真的成了情人。不过这也无所谓了，他们昂首挺胸，人人都知道他俩是一对，于是社交界也就认可了这种情况。男人们不再来追她，尽管她如今比从前更美，因为他们明白，她眼里只有巴林特，追她也是白费力气。

众所周知，她是不可能离婚的，至于她对巴林特的感情，他们双方都没打算藏着掖着，同时两人却又表现得十分庄重谨慎，每一个社交场合他俩都在一起，但从不曾出双入对，所以她和巴林特的关系已经成了大家公认的事实。就连利赞卡姑婆也不再散播关于阿德里安娜的恶毒谣言，因为如今没有男人追她，所以没有风流韵事可以议论。安布鲁什叔叔对她死了心，不再暗示他俩有私情。如今人人都知道了事实真相，尽管只是一部分事实真相；但流言蜚语是以猜测与隐瞒为基础，在他俩这事上，这两样都没有，也就没有什么闲话可说了。

巴林特和阿德里安娜一起勇敢地坦然面对这个世界。

利赞卡姑婆从前最爱说阿德里安娜的坏话，如今没了这个攻击对象，只得四处寻找新的目标。她很快就找到了，此人便是尤金·拉若克伯爵的哥哥塔马什。塔马什曾经历过放荡的青春岁月，又在国外有过几年冒险生涯，如今他是一名合格的铁路工程师，在匈牙利国家铁路公司谋了份差事，因为工作的缘故回到科洛斯堡，而他偏爱吉卜赛小姑娘的事情也很快变得广为人知。这桩丑闻可够刺激，利赞卡姑婆立刻便抓住不放，打定主意要为他"操操心"。这会儿坐在贵妇们的高台上，她兴致勃勃地开了口，说得绘声绘色，装出一副关心的样子，仿佛生怕侄儿塔马什会锒铛入狱。"亲爱的，你们瞧瞧，他养着的那个吉卜赛小女孩甚至还不到十三岁！想想这桩丑事，对家族来说这多么可怕！我可以肯定的是，即便是现在，警察也在追捕他。"

利赞卡姑婆嗓门很尖，她那刺耳的声音在大厅里多数地方都能听到，但巴林特和阿德里安娜却漫步走过，充耳未闻。别人的私事与他们无关，所以他们也懒得去听。他俩并肩而行，仿佛在梦中一样，心里眼里只有彼此，只有自己的幸福。没过多久，他们便一起在墙边的长椅上坐了下来，阿德里安娜转过头微笑地望着情人说道："你喜欢我这副打扮吗？"

"非常非常喜欢！"

"当真喜欢？确实喜欢？"

"简直太喜欢了！"他衷心地又说了一遍，接着对她柔声低语起来，他的声音很小，没人能偷听到。他在她耳边用英语说了几句话，这些话的意思只有他俩才懂，是两人爱情的象征。

阿德里安娜一时间垂下眼帘，遮住她那黄玉色的大眼睛。她并没有说话，这个小动作就是她的回答，表示她听到了，不过她那丰满的嘴唇却微微张开，露出洁白的牙齿……

她满心欢喜地对他讲起自己是如何设计出这顶皇冠头饰的，她钻研了好些有插图的书籍，又在去维也纳期间设法让歌剧院的工作室制作了出来。接着她又告诉他，自己如何将它偷偷带回家，因为垂下来的花朵在后面刺得她脖子痒，她又是如何亲自将之加长，这才有了人人羡慕不已的那道珠帘。

❦

　　没过多久，舞会开始了，开场的是一首恰尔达什舞曲，接着是几首华尔兹舞曲。那位广受欢迎的乐队指挥拉齐·蓬格拉茨带领乐手们演奏起新近极受大家喜爱的《卢森堡华尔兹》，恰在这时，又有客人到了。一个身材魁梧、蓄着黑须的男子走进房间。此人正是塔马什·拉若克，他的出现引起一阵不小的骚动，几乎不亚于一个小时前伊斯提·卡穆西到来的时候，尤其是在平台上的诸位贵妇以及其他赞助人中间。大家会有这种反应，就连身为当事人的他也没觉得出乎意料，因为他和其他人一样，对关于他自己的种种传闻一清二楚。身为国家铁路公司的工程师，他受命负责科洛斯堡与阿帕希达之间的线路维修工程，于是便于三个星期前住进了位于布雷亚扎的一栋农家小屋。

　　那儿离科洛斯堡市中心不远，他却很少进城，因为他生性孤僻，喜欢清静。

　　尽管如此，舞会的消息不知怎么还是传到了他耳朵里。通常他对这类事情并不感兴趣，但他还听说，撒马萨基老伯爵夫人将会和他的兄弟尤金一起担任赞助人。更有甚者，当天早上他在车站亲眼看见银行家维斯菲德男爵以及家人乘车抵达，他们也是来参加舞会的。知道这三个人会到场，他便决定亲自去露个面。

　　他之所以这么做，纯粹是因为不喜欢这三个人，简直到了痛恨的地步。他坚信是他弟弟与银行家密谋剥夺了他在拉若克林场的合法股份，此外，他的家族在他胡闹放荡之时声明与他断绝关系，利赞卡姑婆在其中起到了重要作用，其结果就是他背井离乡多年。诚然，这段经历让他洗心革面重新做人，他正是因此才赴巴黎求学并获得了工程学位，继而任职于一家跨国公司，先是被派到都拉斯的工地上，然后又被派去修建一条穿越阿特拉斯山脉的铁路。他在阿尔及利亚待了许多年，本可以继续留在那里担任要职，但他却宁愿回国，在匈牙利国家铁路公司担任次要职位，这既是因为他渐渐明白只有回到特兰西瓦尼亚他才会觉得自在，也是因为回来他就能缠上他那深恶痛绝的弟弟，也许还能设法报复那几位宿敌。

这就是他决定参加舞会的主要原因，同时他还听到风声，姑妈如今在四处散播他的丑闻。他迟到是因为一时没找到自己的晚礼服，等找到以后又得让吉卜赛仆人进行熨烫，而他则趁这个工夫进城，找一家店买了笔挺的衬衣和白色领结，接着再回到布雷亚扎去更衣。

这些事情凑到一起，结果他就来晚了。这会儿他终于来到舞会，便往四下里张望，越过跳舞人群的头顶端详，最后在官方平台上看见了他姑妈和弟媳，他知道，如果伊达·拉若克在这里，那么她的丈夫肯定没走远；随后他又看见维斯菲德男爵夫人坐在其他人附近的椅子上给自己扇风。他挤过挡在面前的一对对舞者，朝着痛恨的这几位亲戚走去，微微俯下身，就像一位专门猎杀大型猎物的猎人在悄悄跟踪一群狮子，小心翼翼地避开他们的视线，直到最后能够突然从一大群跳舞的人当中出现在他们面前。

他成功了，他们果然大吃一惊，一如他所希望的那样。

片刻之前，多数老头都离开官方平台，躲进酒店的吸烟室里。前不久欧尔伯爵到访时，酒店拨了一些房间供他使用，吸烟室便是其中之一。贵妇们倒是还坐在她们的尊贵位置上。最前面就是卡穆西伯爵夫人、维斯菲德男爵夫人以及塔马什的弟媳伊达·拉若克，三人听利赞卡姑婆讲话听得目瞪口呆。六十年前，一八四八年革命结束之后，在冯·巴赫男爵的强权统治时期，她曾打赢了一场官司，成功夺回她丈夫的财产，打那以后她便一向以自己的法律知识为傲。利赞卡姑婆此刻正滔滔不绝地描述着在她看来对侄儿塔马什构成威胁的刑事诉讼。

这会儿她说道："亲爱的，这是明摆着的。法律规定，对这样的人万万不能只是关起来了事，还要判五年苦役。据我所知，警察已经在搜查那姑娘的出生证明，而她父亲——将孩子卖给他的挖黏土老头——都被拘留了。"

伊达伯爵夫人从没把谁想得太坏，也从没说过谁的坏话，这会儿却发现自己只能被迫听着。她找不到借口开溜，听得厌烦了，便开始闭起耳朵，环顾大厅四周，想要找点消遣，结果看见的第一个人就是她大伯，他站得很近，显然能够把她们说的每一个字都听得一清二楚。

他就在那里，要是再胖一点，那简直跟她丈夫尤金一模一样。他也同样具有鞑靼人的特征，光秃秃的脑袋上就那么一撮毛，一对上斜眼几乎要被脸上的肥肉给埋起来了。他的眉毛分得很开，给他赋予了一种永远在探究的气质，像极了东方集市上常见的皂石雕像，甚至比他弟弟还要像，因为他弟弟只有一对威风凛凛的八字胡，而塔马什还蓄着一把细长的山羊胡，歪七扭八的，形状好似一把里拉琴❶。他站在那儿，就在伊达面前，一对小短腿站得笔直，双手插在兜里，仰头微笑地看着她。

"塔马什！"她惊呼失声，"你是从哪儿冒出来的？"

---

❶西方最早的拔弦乐器，种类繁多、便于携带。

"大家好啊！❶"他答道。

人人都回过头来，利赞卡姑婆把没说完的话咽了回去，随后结结巴巴地说道："你？你来了？你！你怎么来的？"

"因为，我亲爱的姑妈，我还没失去自由，想去哪儿就去哪儿！这一点我只想请你放心！❶"说着他登上平台，拉过一把椅子坐了下来，对着周围的人眉开眼笑，看起来心情愉快、十分友好。

面对这样的既成事实，其他人也无可奈何。随后塔马什转头看向维斯菲德男爵夫人，字斟句酌地慢慢开口道："并不是每个人都受到了应有的惩罚，你的好丈夫想必很清楚这一点。"然后他又转过头接着对伊达说道："我弟弟还好吗？听说他稍微有些感冒。"说完这话，其他人都没有吱声，他便直接对撒马萨基老伯爵夫人开了腔。

"我亲爱的姑妈，你可曾听说我最近遇到了什么麻烦？哦，跟吉卜赛女孩那事无关，一点关系都没有。不，那都是因为我的第二工头因为诽谤罪被送进了监狱。这可真叫人恼火，他干活是把好手，没了他我都不知道该怎么办。这个傻瓜造谣中伤工长，还当着几名同事的面，结果其中有一个告发了他，然后这白痴就发现自己被送上法庭了。三名证人很肯定地说，他们曾听见他诽谤工长，法官相信了他们的证词，说如果只有一个人说话，那他几乎什么也做不了，但是三个人都做证，他就一定得相信了。这家伙可真傻，竟然在另外三个人面前散布谣言！"他用手指了指弟媳、卡穆西伯爵夫人以及维斯菲德男爵夫人，"于是他就被关起来了。亲爱的姑妈，这事带来的麻烦可想而知。"

---

❶ 此处原文为法语。

　　他沉默了片刻，用邪恶的眼神依次看着每一位贵妇，随后站起身说道："好吧！来都来了，我就四处看看去。亲爱的姑妈，您这份始终保持警惕的善意，我心领了。❶"

　　说完他欠了欠身便走开了。

　　他刚一走，三个女人便匆匆站起来，四散而逃，只留下利赞卡姑婆在吞自己种下的苦果。

❦

　　法尔卡什·奥尔温齐站在吉卜赛乐手们身后一扇小小的门前，从前他曾担任过领舞，直到一年前他还是一名国会议员。为了强调自己并非是来参加舞会的，他并没有穿着晚礼服，而是只穿了日常的衣服。这是为了向大家表明，他如今已经放弃了世俗的轻浮享乐。这是他摆出的姿态，像他这种昔日辉煌过的男人，曾经是其他所有男人的羡慕对象，是布达佩斯绝代佳人们最爱的情人，他是国之栋梁，是著名政客，如今宁愿选择退出社交界，也不愿在这等乡下狂欢活动上屈居第二。他已尝遍世间所有乐趣，如今怎么能让人看到他想要吸引一帮过时农妇的注意？这些想法他自然没有告诉任何人，不过他那略带几分忧郁的神秘优越感已经把他的心思说得明明白白了。

　　他其实只是装装样子罢了。虽然的确曾是一名议员，但他也没做过什么值得说的事情。在布达佩斯的时候，他在社交界的成就并不比其他那些英俊的小伙子更大，猎艳方面的经历也不比其他英俊的小伙子更多。

---

　　❶ 此处原文为法语。

他倒是尝试了自己想象中的那种生活，甚至就连他自己也开始相信这是真的，以至于如今倍感痛苦。在上一次选举中，他落选了，打从那时开始，他就不再参加社交活动，只有晚上才出门赌博，白天都在家里睡觉。他不再同其他人一道去跟着吉卜赛人唱歌跳舞，人们开始悄悄议论，说他私下里喝酒很凶。看到他那浮肿的脸庞和泪汪汪的眼睛，大家渐渐相信这些谣传所言不虚。不过，尽管稍稍有些发福，他依然十分英俊。

年轻的伊达·拉若克在屋子另一头看见他，立刻便动了心思，此人可以为她所用。自从高日·卡达乔伊莫名其妙淡出她的生活之后，只要有人向她求婚，她都会答应，因为如今她的两个姐妹都已出嫁，只剩下她还待字闺中。

此时她和舞伴正在吉卜赛乐队旁边跳着华尔兹，她叫舞伴停下，对他躬身一礼便走过去站在离法尔卡什不远的地方。法尔卡什也走到她面前，两人在低音提琴后面握了握手。

"你最近在忙什么呢？"她问，"又见到你真好，"她接着说道，眼里闪过鼓励的光芒，"你都不知道我们有多想你。"

法尔卡什做了个有些不屑的手势，用厌烦的声音说道："我只是想看看高劳兹道男孩表现如何而已。这小子很聪明，我猜想他会有长进的。"

"哦，可是这跟从前你担任领舞的时候一点都不一样！"伊达讨好地说，然后又说了几句，也是同样的意思。

没过多久，玛吉特来了。

"你们有没有看见亚当？"她对丈夫的哥哥问道，"他已经失踪好久了。是不是在棋牌室里？你去过那儿吗？"她的声音异常严厉，口气也很苛刻。

"我确实去过，去赌博来着，如果你想知道的话。"法尔卡什愤愤不平地回答，"但是亚当在不在那儿，我是真不知道，我也不在乎。我可不会监视别人，他们想干什么就干什么，与我无关！"

他这是在故意嘲笑玛吉特。亚当的三个兄弟都对俘获了他的这位年轻女子心怀怨恨，同时也很怕她，因为他们知道，她有着实干的头脑和坚强的意志，他们都敌不过她。即便如此，要是只有他们俩，法尔卡什也是不敢这样对她讲话的。

玛吉特扬起她那鸟嘴般的鼻子，仰头望着身材高大的大伯那张脸。随后，她露出一丝微笑，泰然自若地说："那样的话，我就自己去找他！"说完便转身快步走开了。

⌘

玛吉特走出大厅，来到走廊上。她在这儿犹豫了片刻，不知道那四扇双开门里哪一扇是通往棋牌室的。这时来了一位侍者，他拿着冰桶打开第三扇门。玛吉特也跟着他进去了，因为她听到安布鲁什叔叔声若洪钟地说："来吧，小子，给钱！你知道我们在这儿可不是赌赌小钱的。筹码是一千六百块。谁想要？"

玛吉特看了看四周。

这个房间是酒店里那些豪华的起居室之一，家具都被推到墙边去了，腾出地方来摆了一张铺着粗呢的大桌子，就在水晶吊灯的正下方。玩家们坐在桌子周围的八把藤椅上，可她丈夫亚当并不在其中，她倒是见到了丈夫的幺弟阿科什，不过后来她才记起他的脸色有多么惨白。正要走出房间的时候，她看见了丈夫。他就靠在她身后的一把镀金扶手椅上，两条长腿伸到身前，正在呼呼大睡。他睡得很熟，像小孩子一样微微张着嘴巴，脸上的表情幸福而满足。他睡着是因为太累了，尽管这是他结婚以后头一回出来跟朋友们出来痛饮狂欢，但头天夜里他一直抱着他那刚出世不久的儿子——孩子有点肠绞痛，每次亚当刚一把他放下，他就开始哭。亚当对儿子喜欢得不得了，像保姆一样操心得过了头。

玛吉特悄悄走到丈夫身旁，开始轻轻抚摸他的额头。亚当在半梦半醒间伸手握住她的手从自己脸上拂过，亲吻起她的胳膊来，就像他们夜里同床共枕时那样。他并没有试图睁开眼睛，还以为他们就是在床上。

玛吉特对这个动作想必十分熟悉，她轻声笑了起来，不过还是得把他彻底喊醒。

"安娜·拉若克，也就是豪林瑙伊伯爵夫人，晚餐时没有男伴。我对她说，是你叫我去替你邀请她共进晚餐的。不过如果你亲自去对她说，肯定会更好，礼貌起见，你知道的。晚餐再过半小时开始，等到最后一刻再去邀请就不合适了。"

亚当一跃而起。"你说得对，"他说，"我这就去。"

两人走的时候，小玛吉特仰望着高大的丈夫说："我给你找了这么一个漂亮的女伴，希望你会满意。你不能说我是个爱吃醋的妻子吧！"

"你为什么要吃醋呢？"他好脾气地答道，两人手牵手走出棋牌室，步调一致，就好像那些心意完全相通的人一样。走廊里空无一人，并没有人看见他俩，可他们却紧紧牵着手，这幅画面多么幸福完美。

塔马什·拉若克在利赞卡姑婆那儿寻完开心，又去找他兄弟和维斯菲德。他心里想，为了来参加舞会，毕竟也费了不少劲、花了不少钱——至少十个克朗呢！——所以现在他倒不如让钱花得物有所值，这就意味着也要去戏弄戏弄其他人，于是他便去找吸烟室。

他俩都在吸烟室里，跟另外二十来个人围坐成一大圈在讨论政治，匈牙利男人总是这样，只要有一帮人聚在一起，他们就干这个。其中多数都是舞会的赞助人或者女赞助人的丈夫，在护送夫人们去晚餐室之前，他们只能干等着。

尤金·拉若克是个大块头，他坐得笔直，一动不动，宛如一尊石雕，仿佛被自己那身肥肉囚禁住了动弹不得。来自瓦沙尔海伊的银行家就坐在尤金身旁，每次来到科洛斯堡，他都和自己的朋友形影不离，既是因为不认识别人所以需要他的支持，也是因为这儿没人知道他在家乡是个何等举足轻重的人物。

大学校长科罗西博士（就是妻子觉得受到冷落的那位）正在夸夸其谈地解释某个深奥的问题，塔马什却吵吵嚷嚷地进了屋，打断他的话，也破坏了他精心构建的论点。

"你好，桑多尔！你好，亚当！你好，斯坦尼斯罗！大家好！ ❶向你们都问好。我们可有好久没见了！"说着便和周围的人依次握手，向他不认识的一些人介绍自己，不过也不是对所有人都介绍，因为他对他们也没多大兴趣，而且塔马什向来不会拘泥于传统。就在他几乎走完一圈回到原点的时候，他们兄弟俩面对面了。他幸灾乐祸地拍拍尤金凸起的肚子，双手抓住他的肩膀用力一晃，大声喊道："哇！你看着脸色不

---

❶原文为德语。

好啊！怎么蜡黄蜡黄的？"尽管他弟弟冷冷地开口否认，他却接着说："哦，对了，你脸色就是黄！很黄很黄。你当然看不出来，因为你天天照镜子看习惯了。"说完他又转头望向其他人，向他们大家求证："千真万确，对吧？难道你们看不见吗？当然了，你们不会大声说出来，那样太失礼了，不过对我可以说的，你们知道。毕竟我是他哥哥，我有责任把实情告诉他！"

塔马什转回头看着弟弟，二话没说就坐在了维斯菲德的座位上，因为后者刚才站起来了。

"尤金，你真该去找个医生看看！这可能是很重很重的病。"他压低声音、尖着嗓子小声继续说道，"想一想吧，父亲就是死于癌症，是不是？他们都说这个有可能会遗传……不过倒也不是一定的。"

"见鬼去吧！"尤金想要一笑了之，可他的笑声听来却有点勉强。塔马什心知肚明，自己碰到了尤金最脆弱的地方，已经成功地吓唬到他了。打从他俩年轻的时候开始，尤金就有此担忧，所以当塔马什发现自己那句话起了作用，就变得关切起来，体贴地说："你也别担心，没准是别的病，比如胃酸过多或是长了结石。不管怎样我是肯定会去看医生的！"随后他又对其他人说道："对不起！恐怕我这些家常话打断了你们正在讨论的趣事……请大家务必原谅我！"说完便不再吭声。互相憎恨的这对兄弟坐在一起，就像双胞胎，只是一个有长胡子，另一个没有，除此之外几乎一模一样——同样都是锃亮的脑袋上只有一撮黑发，同样有着似在探究的眉毛和高高的颧骨，连坐姿也是一样地稳如泰山，双手稳稳地放在膝上。

科罗西博士又接着说他没说完的话。

刚才他一直在谈论政府关于增加征兵人数并实现军备现代化的声明。声明是一月发布的，但细节却是不久前才公之于众。征兵人数要增加五万，每年的军队预算要增加两千万克朗，其中六万克朗立即兑现。三周以前，经济部长卢卡奇发表讲话让民众宽心，他宣称这些新举措并不会导致税收提高，不过同时他也说要建造更多的战舰。卢卡奇说得斩钉截铁，他解释道，奥匈帝国的舰队与其他强国相比早已过时，如今整个欧洲都在进行军备竞赛，他们可不能落于人后。奥匈能否继续维持大国地位，能否与盟友们平起平坐，就看她的军队能否与其他国家处于同一水准。他谈起兼并波黑一事及其引发的国际危机，又以德国海军的发展为例，提到了匈牙利商业航运利益对国家的重要意义。科罗西博士继续说道，这些年来民众一直被告知扩军势在必行，大家早已习以为常，所以大多数人听到这个消息都无动于衷，因为他们知道，真正的敌人是沙俄，沙皇在法国人的资助下已经备战多时。但海军的问题就是个完全不同的新鲜事物了。人们在问，为什么要建立海军？敌人是谁？

科罗西博士在最后这一点上说得最多，因为他是特兰西瓦尼亚的反对党领袖。他用他那浓重又有些单调的塞格德口音问道："所以海军对我们而言有何意义？它能干什么？我们该用它去抵御谁？"他接着将在座者尽人皆知的事情又说了一遍，奥匈帝国一无殖民地，二无海外利益，德国海军已经远比法国强大，无论奥匈帝国造出多少军舰，都永远无法与庞大的英国舰队相抗衡。那就只剩下意大利了，人人都知道它是匈牙利最坚定的盟友，两国已经达成一致，意大利会参与保卫亚得里亚海，所以无须再增强海军。不过，科罗西却忽略了一点，不是一切都可以从政治上来讨论，也不是所有的官方声明都可以相信。大众并不知道，一段时间以来，奥匈的总参谋部对于意大利同盟的牢固程度已经产生了怀疑，甚至做好了这样的准备——倘若发生战争，意大利大概会站在敌人那一边。他们深知，每一个联盟都只有在符合结盟双方利益的情况下才能经得住考验，也只有强者会一直有朋友。至于普通百姓，对于和外交有关的任何事务，他们从来都是一派天真幼稚，永远不会试着去理解表象之下可能有什么隐情。所以，人们如今正在为海军现代化寻找隐蔽的、秘密的甚至是完全荒谬的理由。

这就是大多数人的看法，此刻他们从科罗西所说的话里得到了进一步肯定。

"显而易见，"校长说，"皇储不过是想满足自己成为海军上将的荒唐愿望罢了！弗朗茨·斐迪南一心要效仿威廉二世，所以他才需要一个海军中队！正因为如此，也只是因为如此，政府才打算倾家荡产。就为了满足皇储那荒谬的野心，他们心甘情愿花费匈牙利人的钱去建造奥地利军舰！"

"没错，没错，就是这样！"几位听众说道。

斯坦尼斯罗·耶若菲用手拂过他那顶橙红色假发，仿佛要确定它依然稳稳当当戴在头上，随后官气十足地补充道："我倒认为并不尽然。但即便如此，迁就一下大公当然也无妨？毕竟他有朝一日会成为我们的国王！"

"只有我们承认，他才会是国王！"有人激动地说。

"总而言之，他会成为国王。"另一个人说道。

"除了国事诏书，这还需要议会的决定呢。"

"要我说，他什么时候登基什么时候算数！"

"不要军队，不要海军！"又一个人喊道，尽管没人明白他这是在说什么。接着大伙儿就议会特权展开了激烈辩论，什么正文需要增加什么条款，哪些应该坚持，哪些应该忽略。没过多久，他们便就具体措辞吵得热火朝天，仿佛这就是他们说了算，仿佛必须当场确定下来。对于波黑的地位，他们也吵个不休，有人要求应该立刻把达尔马提亚也给兼并了，其他人则争得面红耳赤，说那样会变成三元帝国，结果立刻就遭到了反驳。虽是斗智的辩论，却像军事演习一样，人为策划、假模假式，以政治漫骂作为武器，同样令人印象深刻，但他们至多也只能像装了空包弹的大炮一样赢得胜利。纸上谈兵的政客们互相咆哮，个个都勃然大怒、眼里冒火。当下的每一个议题都被提出来仔细剖析——却没人停下来想一想国民的福祉。

斯坦尼斯罗·耶若菲的尖利高音和科罗西博士的低沉中音盖过吵闹声，他俩很快就到了互相进行人身攻击的地步。这时意想不到的事情发生了。起因是有人不识时务地提出，绰号"尼基塔"的那位大公新近自封为黑山王国国王，政府可能是被这崛起的大国给吓到了。卡尔曼·豪林瑙伊——安娜·拉若克的丈夫——听见这话，傲慢地大声说："好啊，说到这个，我们还不如害怕阿尔巴尼亚的猴子呢。"

这时塔马什跳起来大吼一声："小伙子，不要想当然地对他们下结论！你永远都不会有阿尔巴尼亚人那么坚强！我很了解他们！"

这个情况从两方面都出人意料：一是一时间没人想到在场者中竟然有人掌握阿尔巴尼亚人的第一手资料；二是没几个人认识这个矮胖的男人，此人几乎没有开过口，这会儿却突然激动地插了一句。此外，塔马什对豪林瑙伊的轻蔑抨击也给大家留下了深刻印象，因为特兰西瓦尼亚人最喜欢的莫过于有理有据的指责。有些人大笑起来，但大家全都对这位新来者刮目相看。

斯坦尼斯罗·耶若菲和科罗西的分歧越来越大，此刻很庆幸能转移一下注意力，他立刻接着塔马什最后那句话说道："你很了解阿尔巴尼亚？那儿最近是不是发生过反对土耳其人的叛乱？"

"确有其事！那是真正的战争。我从定期收到的《小巴黎人报》上看到，马利索尔人打败了托尔库特帕夏，随后米里白池人立刻与他们联起手来。"

听到这话，大家发出一阵嘲讽的大笑。

"这是哪种白痴？"奥林瑙伊喊道，其他人也大声叫起来，"这就是他们的名字？还有马利索尔白痴吗？他们真的这样称呼自己？嗬！嗬！嗬！这可真是妙极了，妙极了！"

奥林瑙伊为了自己这一语双关狂笑起来。"马利索尔人和米里白池人是阿尔巴尼亚最凶狠的两个部落！而你，我的小伙子，"塔马什冷冷地对他说道，"要是你发现自己被他们俘虏，就不会笑得像鲸鱼一样了。❶他们是山里的真汉子，全都是土匪。"说着他便转过头，因为他刚刚想起来，这是个抨击银行家维斯菲德的天赐良机。他面带微笑，仿佛只是在继续解释："这群人可比你们这些出身高贵的森林小偷强多了，我的银行家朋友。他们不会在漂亮又安全的城市办公室里将座椅磨得锃亮，也不是久坐不起的生意人，自己创办起有限公司，在没有危险的地方搞阴谋诡计。不！完全不是这样！他们是如假包换的勇士，是每一天

---

❶ 此处原文为法语。

都拿生命在冒险的战士！"

　　听众中有些人对于塔马什的弟弟和维斯菲德联合经营林业公司一事略知一二，明白他刚才那番话的言外之意，于是凑在一起交头接耳，暗暗笑话塔马什的大胆放肆。另外一些人虽然不明就里，现在却发现拉若克家的老大牙尖嘴利，于是都不吭声了，好一会儿不敢打扰他。塔马什便继续讲他的故事。

　　人们围成一圈，他就站在中央，时不时转头看看这边或者那边，模样十分滑稽。他身穿一件旧燕尾服，还是许多年前流行的款式，紧紧贴在他鼓起的肚腩上；光秃秃的脑门和那绺长胡子让他像极了庸俗闹剧的演员。他那两条眉毛夸张地向上挑起，头顶上冒出一撮黑发，每当斯坦尼斯罗·耶若菲、桑多尔·坎迪或是博加奇少校提出问题时，他就会迈着小碎步转过身，姿势古怪又有趣，让人越发觉得他像闹剧演员。多数问题都是从前当过兵的那位提出的，尽管他如今关心的主要是名誉问题，但他曾在波斯尼亚服役，所以对巴尔干半岛各国有所了解。

　　听众们一如既往地喜欢恶作剧，没多久就在塔马什背后嘀嘀咕咕起来。其中有个人小声地说："看着就像一只雄黑琴鸡在求偶！"听到这话，其他人忍不住都乐了，因为他们当中就没几个人对他的话感兴趣。

　　不过他说得还是挺有意思的。他以前一定很善于观察，而且几乎过目不忘，所以说起自己的经历来条理十分清晰。虽然在阿特拉斯山脉生活了这么多年，他却一直设法保持着警醒的头脑，从他的叙述中可以清楚地看出这一点。他所讲的要点是，阿尔巴尼亚新近发生的这次叛乱和之前那些全都大不一样。历来是死敌的几个部落头一次联合起来对抗土耳其的宗主权，他们还设法弄到了补给品，既有最新式的武器，也有看来用不完的弹药。许多人都在猜测这究竟是哪儿来的，尤其是考虑到这些反叛分子并没有资金。一定是有人在资助他们，可会是谁呢？在塔马什看来，答案一目了然：只可能是黑山王国的国王尼基塔。这件事情匪夷所思，只能得出这个结论。自从反土耳其运动爆发以来，小股小股的叛乱分子时不时会到黑山那边去避难，很快再跑回来。这事可是前所未有。以前要是有阿尔巴尼亚人胆敢跨过国界一步、踏足黑山边境，一定会立刻被黑山人赶尽杀绝；同样，要是黑山人跑到阿尔巴尼亚境内，阿尔巴尼亚人也会这么干。如果这种部落宿仇突然转变成了友谊，那么只有一个人可能做到，此人就是老奸巨猾的尼基塔。所以提供弹药和武器的人肯定也是他。可他又是哪儿来的武器弹药呢？没错，一年前他曾告诉法国《光荣》报的记者，黑山的军械不仅来自塞尔维亚，还来自施耐德－克勒佐这家跨国大公司。问题是，尼基塔的钱是哪儿来的？人人皆知黑山国库空虚。对明眼人来说，答案再一次显而易见：肯定是沙俄。出资为尼基塔购买武器的，以及为阿尔巴尼亚叛乱分子出资的，肯定是沙皇。巴尔干半岛有不祥之事正在发生。尼基塔原本只是黑山公国的大公，却自封为王，当时沙俄的几位王子以及塞尔维亚国王和保加利亚国王都出席了庆典。这一点至关重要。因为此事本身就很奇怪，早在几年之前，塞尔维亚和保加利亚还几乎不相往来，众人皆知两国交恶。

　　决定性的证据是托尔库特帕夏一直在竭尽全力关闭黑山边境！正是这最后一步举措表明，唯一畅通的路线是向北穿过米里白池人的土地。

　　"从南边走岂不是更好？"

　　"也许吧，不过那样就得通过爱尔巴桑北边的马利索尔领地……"

听到这话，大伙儿哄堂大笑，因为在匈牙利语中，爱尔巴桑的意思等同于"滚蛋！"。

在他的听众当中，时不时就有一位胆大的冒出来，说句一语双关的话嘲笑他，仅仅是为了拿他这个新来的寻开心。众人的克制并没有持续多久。每一回塔马什说到某个他们没听过的外国怪名字，就会有人抓住不放，故意念错，把它变成一个下流笑话。听到刚才最后那句话，他们笑得差点从椅子上摔下来，而就在片刻之前，这帮人还在讨论深奥的政治问题，态度极其严肃，恨不得为了证明自己的观点而打上一架。可悲的是，他们全都认为，凡是与自己国家无关的事情都只适合拿来嘲笑。对他们而言，这些事情远离现实，就好像发生在火星上，所以只能用于幼稚的双关语和诙谐的反驳。

拉若克愤怒地看看四周，正要开口申斥听众们，这时门开了，侍者走了进来。

"先生们，晚餐已备好。女士们已经在去往餐厅的路上。"

众人纷纷开始起身，讨论到此结束。大多数在场者匆匆往门口走去，说了这么多，笑了这么久，他们都饿了，而且也不想让自己的妻子等太久。斯坦尼斯罗·耶若菲却暂留片刻，过来和塔马什说话，但他此举并非出于善意或礼节，而是用傲慢自负的口吻说道："我个人认为你所说的事情有点意思，如果晚餐时你和我们坐在一起，也许你还可以跟我们多说一些？"说完也不等对方回答便大步走出房间，那头橙色假发像极了一面反动旗帜。

塔马什则咕哝了一句脏话，气鼓鼓地给自己卷起香烟来。

❦

这时他才发现屋里还有别人。他听见身后有人发出微弱的呜咽声，转过头看见亚当·奥尔温齐老伯爵正四仰八叉地躺在椅子上。显然他刚才想要起身跟其他人一起离开，却在这时犯了心脏病。他跌坐在椅子边缘，只有头和肩膀靠着椅背，面如死灰，满脸都是黄豆大的汗珠，大睁的眼睛流露出惊恐的神情。

拉若克立刻赶到他身旁。

"这里……这里……"奥尔温齐呼吸困难地说，"……在这边……我的滴剂……在马甲里……"

塔马什迅速行动起来。他从马甲口袋里一把掏出小瓶，跑到盥洗室拿来一杯水，赶忙回来把药水倒了进去，又帮着病人喝下药水，扶他坐好，给他松开衣领和衬衫前襟，将他的手帕用水浸湿，贴在老奥尔温齐的心口。然后他才坐下来等着。

他一言不发，仔细观察着老奥尔温齐。

这药起效很快。疼痛消失后，老人便放松下来，扭曲的面孔恢复了平日的安详，他闭起双眼，虽然呼吸依然急促，却不再像刚才犯病时那样喘不过气来。

也许用不着去请医生了，塔马什一边想，一边握住老人的手腕去摸脉搏，然后开始有节奏地抚摸奥尔温齐的手背。

他在那里坐了好一会儿，两人都没有说话。

他听到外面的走廊上传来开门关门声以及人们四处走动和谈话的声音。一定是那些玩牌的人，塔马什心想；毫无疑问，这屋里另外一个人的两个儿子——法尔卡什和阿科什——也在其中，可他们却不知道自己的父亲正在隔壁的房间里奄奄一息。

外面又安静下来。

过了很久，塔马什听见音乐再度奏响，明白晚餐一定是结束了。奥尔温齐似乎睡着了，塔马什也不知道自己现在是否能走，可他又不想留下他一个人。这时，奥尔温齐用微弱的嗓音开了口："真不知该如何感谢你……不过我……非常感激。要不是……要不是你在这儿，我可能已经死了。"

"胡说！"塔马什答道，尽管他也是这么想的。

"也许死了最好。"奥尔温齐顺着话头继续说道。停了好一会儿，他又说道："哦，没错！死了反而好。"

"这叫什么话？"塔马什粗暴地说，语气却很友善。

"你不知道，你想不到。"老人低声说了几遍，随后仿佛自言自语一般结结巴巴说起他最伤心的事以及对儿子们的失望之情。

他说，自己此生一直小心谨慎，从不自我放纵，从不奢侈享受，如此一来，等他百年之后，他的四个儿子就会继承到足够的遗产，可以按照家族一贯的风格继续生活下去。虽然不会大富大贵，但如果朴实一点，他们还是能过得很好的。他仔细察看了自己遍布各地的庄园，将它们分成四份，然后开始一点一滴地进行增值，建起新马厩和农场建筑，让它们赚取利润。结果呢？几个儿子在他眼前就开始毁掉他毕生心血。他们挥霍无度、酗酒滥赌，仿佛从不考虑将来。到如今他已经担惊受怕许多年，不知道一切会如何收场，他几乎月月都要替儿子还债，不是这个儿子来找，就是那个儿子来找——有时候数目还很大，一下子要还几千克朗——

每一次他都会全部还清，尽管他得为此把大部分财产抵押出去。他的财务状况一塌糊涂，自己也深陷债务。现在要是再有人问他要钱，他就只能着手变卖剩下的一切……

　　"也许这要怪我自己。要是我把他们养育得好一点，恐怕他们就不会变成这样了。我有四个儿子，你知道，他们全都……好吧，其中三个……都毫无用处，坏得半斤八两！"

　　他绝望地想，不知道他们究竟会怎样？唯一一个他不担心的就是亚当，因为他娶了个明白事理的妻子，工作似乎也很努力。只有他一个得救了。

　　"可是，我的上帝！其他几个会如何？别让我活着看到吧！饶了我，别让我眼睁睁看着他们自己作死！"

　　这是老奥尔温齐唯一一次对人袒露心迹。别看他这回说了这么久，从前他对心头之患却绝口不提。奇怪的是，一朝说出口竟是对着一个几乎素不相识之人，此人他这辈子恐怕只见过三次。他一直将伤心事隐忍不说，高昂着头，独自维持着体面，也独自品尝着绝望。他以前之所以绝口不提，是因为觉得说了会有损儿子们的声望；而他引以为豪的这条铁律，这一次却被心脏病带来的痛苦与恐惧所瓦解。即便到了此刻，他刚一说完便突然恢复了信心，直起身来，又一次转头看向几乎素昧平生的这个矮胖男人，满脸羞愧地说："先生，恳求您务必忘记我刚才所说的话。我那是在夸大其词……就这么说出口了。"

　　塔马什打断他的话："要紧的是你现在好一点了。走吧，我送你回家。"说着他站起身，扶老人站起来，带他来到门口。两人慢慢地沿着走廊走去——奥尔温齐伯爵高大优雅、仪表堂堂，而拉若克伯爵矮矮壮壮，身着那件过时的晚礼服，显得有些滑稽可笑。

到了楼下，塔马什找奥尔温齐要来衣帽间的寄存票，让他坐在靠墙的沙发上休息，自己去替他取来了外套。

"你用不着跟我一起走，"老人反对道，"我完全可以自己回家。"塔马什没有理会他的话，而是说道："别胡说！"听到这话，老人似乎大大地松了一口气。

塔马什付清车钱，又喊醒奥尔温齐的贴身男仆，看见自己的同伴平安上了床，这才出发走回他位于布雷亚扎的家。酒店的房间里烟雾缭绕，在那儿待了一两个小时之后，这会儿走在三月夜晚的冷风里，他感觉很舒服。

他情绪高昂地走着，对此次成功亮相很是满意。这不就折磨到他的老冤家了吗？他觉得自己这么高兴，仅仅是因为刚才惹恼了姑妈、弟弟和那个卑鄙的银行家，让他们颜面尽失。要是他们看到他当了一回好心人，那该是何等惊奇，以前他们只道他是个无情无义的老恶棍，尤其是他弟弟——想到这一点他不由暗自狂喜。对于今晚发生的事情，如果只看讽刺的一面，那就是他从未想到，他的幸福感其实来源于最基本的善意，正是这种善意促使他去照料那个男人并救了他的命。

快步走在一条条空荡荡的街道上，他穿过希德尔韦地区，经过火车站，头上的皮帽子被推到脑后，身上的短夹克边走边晃。他已经好一阵子没有这么开心过了，脚上那双厚实的土制靴子随着他重重的脚步发出响亮的撞击声。

他一边走，一边唱着歌。这是一首巴黎的音乐厅老歌，在他年轻的时候非常流行：

我不在乎，

安静地待在我的洞里！

为什么要逃跑

再没有比这更好的了……

我不在乎……

他挥舞着手臂继续前行，放声高歌，仿佛在舞台上一样……不过这首小曲儿以前有点下流，其余的歌词他已经忘了，所以只能唱出"哒啦哒啦，哒啦哒啦，哒啦哒啦哒啦……"。

晚餐早已结束，人人都心情大好，除了毕玖·坎迪。晚餐时他坐在玛吉特·奥尔温齐旁边，他以为自己爱上了她，就像之前痴迷阿德里安娜那样。

从前他和挚友亚当一起无可救药地爱着阿德里安娜，那时两人还能互相倾诉，说她狠心无情，哀叹她冷酷残忍，同时却又不停列举她的种种优点。可是自打亚当娶了玛吉特之后，毕玖也移情别恋，爱上了朋友的新婚妻子——不知不觉中，模仿他的一切仿佛成了自然而然的事，甚至是去追求另一个可望而不可即的女人。所以如今他是对着玛吉特的丈夫倾诉自己的不幸遭遇，抱怨自己的爱情毫无指望，跟以前他俩谈起她姐姐时说的那些话也差不了多少。亚当便听着他说，安详地沉浸在自己的幸福里，全不在意毕玖这是为了自己的妻子在唉声叹气。一切一如从前。他俩依然在谈论着被所爱之人嫌弃的悲伤，只是倾慕的目标换了人。亚当不知嫉妒为何物，但玛吉特对此的反应却和她姐姐大不一样。阿德里安娜把亚当和毕玖当作没有真情实感的玩偶，远远地和他们闹着玩——就像她对待其他所有追求她的男人一样——然后很快便把他们给忘了；玛吉特却决定着手改造毕玖，把他造就成堂堂男子汉。她主要是想让他戒掉喝酒和赌博的坏习惯。到目前为止，在赌博方面她成功了，但喝酒可不一样。在这件事上，她的影响力没起作用。

舞会期间的某桩麻烦事正是来源于此。毕玖在晚餐时喝得太多，等到冰冻甜食送上桌的时候，玛吉特已经坚决背过身不理他了。楼上的舞厅里传来恰尔达什舞曲的声音，人人都开始起身，她才转回头对着毕玖发号施令。

"你又喝酒了！要么待在这儿别再喝了，要么就回家去！我不想在舞厅里看见你！"

说完她便站起身，撩起身后的裙摆跑上楼去，不一会儿便消失在跳舞的人群里。毕玖还能如何？餐厅里空无一人，他一个人待着也没有意思，只好伤心地来到衣帽间，取了外套动身回家。

奇怪的是，尽管他喝了很多白兰地，脑袋晕晕乎乎，思绪浑浑噩噩，却并无一丝怨气。她是个怎样的女人啊！真是个天使！哦，可她又如此残忍，如此残忍！他就一直对自己重复着这几句话，直到回到家。

❧❧❧

这一大群人吃完晚餐便高高兴兴地继续跳舞，谁也没有注意到奥尔温齐老伯爵已经不在他们之中，也全然不知道他犯病的事。

跟阿德里安娜一起吃完晚餐后，巴林特陪着她和其他人一道上楼。

来到舞厅门口，她松开他的胳膊，两人并肩站了片刻。巴林特疑惑地看着她，她微微一点头，几乎没人能看得出来。她的嘴唇动了动，可是所说的话就连他都听不见，说完她又一个人继续慢慢往前走。

巴林特在楼梯口又站了一会儿，等到最后一对舞伴也从餐厅上来了，他才匆匆下楼，取了毛皮大衣步行离去。

第五章

THE
TRANSYLVANIAN
TRILOGY
They Were Divided

此时已过正午。阳光透过百叶窗的木条，在地毯和抛光的镶木地板上投下一道道细长的火红色条纹，甚至在门上也洒下垂直的光条。房间里满室金辉。

巴林特醒了，摇铃唤来贴身男仆，吩咐替他准备洗澡水，然后再度闭上眼，陷入半梦半醒之中，心里满是温柔缱绻的回忆。

他仿佛在脑海里再次看到壁炉里熊熊燃烧的火焰，那是他在等待时点起的。他躺在厚厚的白色地毯上，火光将地毯照得几乎有些刺眼，房间里大部分地方却依然笼罩在神秘的阴影下。

突然，门开了，阿德里安娜站在他面前，裙子上闪闪的亮片映出明亮的火苗，红光蔓延开来，覆住她幽暗的胸脯，爬到她下巴底下，越过她那两条乌黑的眉毛，最后仿佛聚光灯一样，照耀着她东方王冠上那一朵朵金花。她站在那里，光彩夺目，仿佛置身舞台……

她站了一会儿没有动，直到巴林特在她面前跪下，开始吻她的裙边，她才张开双臂，等着他来亲吻她的嘴唇。随后她微微欠身，用柔软的双手捧起他的头，弯下腰去，与他四唇相接。她朱唇微启，和他热吻了许久，其间她皇冠上的珠链好似瀑布一般垂落到他的脸上、耳朵上和肩膀上。

❦

男仆回来告诉巴林特，他的洗澡水已经备好，同时报告说卡达乔伊男爵命人送来一封信。"大人，是一名马夫送来的。我将信放在大人您的书桌上了。"

"好的。"巴林特说道，他满脑子都在回忆和阿德里安娜共度的时光，没把这话往心里去。随后他沉入热水里，心中所想依然只有自己的情人。

她的裙子像极了蛇的鳞片，闪闪发亮地盘绕着她纤细的脚踝，她的身影光洁雪白，从裙子里浮现而出，火焰用玫瑰色的光芒刻画出她身上每一处轮廓，所到之处无不投下模糊的淡紫色阴影。在巴林特眼里，她就像某位印度女神——帕尔瓦蒂、玛耶女神或是祈祷主神，头戴金冠，红宝石和其他宝石如雨点般落在她的胸前。尽管她一语未发，脸上却一直带着幸福与胜利的笑容。

她仿佛雕塑家的一件杰作，他跪在她面前，举起双手恳求她、崇拜她，这尊雕像却莫名流露出喜悦之情。后来，她躺在酷似北极熊毛皮的地毯上，全身未着寸缕，头上却依然戴着那顶镶珠嵌宝的头饰，珠链呈弧形散落在她乌黑的卷发周围，她看起来还是像一尊雕像，尽管有点怪。火苗烧到木柴里面的松果，火焰因为狂喜而爆发了，激情将躺在火炉前的这对恋人包裹其中，火焰似乎也被这种激情所吞噬。火花一阵阵迸发出来，速度越来越快，这对恋人的激情也迸发得越来越快，两人一起达到了爱的高潮。

❧❧❧

"信是什么时候送到的？"巴林特更衣完毕来到起居室时问道。

"大人，是昨天到的，当时已经很晚，都过了十点了。是一个男孩骑马送来的。"

高日写来的信？一个男孩骑着马……深夜才送到？那一定是什么格外紧急、确实要紧的事情。

"你当时为什么没有立刻把信送来给我？你知道我在哪里。"

"那个男孩只说把信交给大人。我问他事情是否紧急，是不是出了什么事，可他说高日男爵没有特别交代什么，看起来似乎挺好。那男孩说家里没有什么异常。"

巴林特匆匆来到书桌前。信就放在桌上，普普通通的灰色信封上草草写着他的名字。高日的笔迹有点笨拙，他在信封背面也潦草写了几个字，大概是后来加上的："我真傻，竟然把这个送到德内斯托亚去了，以为你还在那儿呢。——高日"。

信本身是这么写的：

亲爱的巴林特：

在我离开之前，有件事情想和您商量。可否请您明天一点之前……到比克什的圣马尔通来，因为那时我就要走了，预计很久都不会回来。

抱歉给您带来不便——这是最后一次了，我保证！

再见了！

这究竟是怎么一回事，巴林特思忖道。他要去哪儿？这封短笺真奇怪。他看了看时间，已经一点半了，如果高日按照计划执行，这会儿已经走了。

他会不会搭了一点半的快车去布达佩斯？关于这个他什么也没说。总而言之，如果他原本计划如此，可能会自己骑马过来，而不是请巴林特去他那里吧。也许他在路上出了点小事故，所以直接去车站了。

这些似乎都不可能。如果只是出门进行日常的短期旅行，高日是不会在信里那样写的，一定是有别的事，而且远比旅行更要紧。巴林特回想起两人上次在宴会上的谈话，他现在才想到，高日似乎异常失落和沮丧，在谈到未来的打算时，许多话都一语双关，他说的一切或许都是指他即将死去，而非想象中的远行。毕竟，巴林特想到，谈起旅行的人是他，提出建议的人也是他，并不是高日，难道不是这样吗？扫除这些可怕的想法，巴林特又一次说服自己，显而易见，高日是想再跟他商量一下可能的旅行计划。然而这也不像他这位朋友会做的事情。不对！更有可能的是，他想在离开之前把什么东西托付给巴林特，安排好马匹管理或是地产经营……应该就是这样！所以他才会找他。巴林特相信这个快乐的答案，因为他自己如此幸福，这就是他愿意相信的答案。尽管如此，仍有一丝焦虑令他不安。

无论是什么原因，显然他都得立刻应召前往，十分钟后他的汽车便奔驰在通往费莱克山谷的公路上。

尽管春天尚未到来，今天却阳光灿烂，山坡上的积雪最近已经融化，朝南的草地和斜坡好似刚刚被水洗过一般，处处都一尘不染，杂草也没有这么早就开始发芽。万物都被消融的雪水冲洗得干干净净，乡间仿佛准备举行某种喜宴。朝北的山坡依然覆盖着积雪，在阳光下白雪皑皑，它们也在慢慢融化，凡是可能玷污积雪表面的东西全都沉入了土壤里，边缘处开始淌出一条条涓涓细流，而在山谷对面，阳光业已完成了这种季节变换。

巴林特觉得自己已经可以闻到春天的第一缕香气了。

汽车轰鸣着，毫不费力地爬上途中最后一段斜坡。巴林特知道，再过十五分钟就能到圣马尔通了，那之后用不了多久就会到达高日的庄园。

他又一次在想，到底是为了什么事情，高日如此急迫地派人去请他。距离目的地越来越近，巴林特压抑下去的那些焦虑也再度抬头，向他袭来。他试着让自己放心，说自己这是毫无道理的胡思乱想，可无论他怎么努力都无法完全放下心来。他不由自主地一次又一次想起信中那几句话："预计很久都不会回来。抱歉给您带来不便——这是最后一次了，我保证！"他不是还写了吗："我也不知道自己还会不会回来。"这些话可真怪！单独看来似乎平平常常、无关紧要，但巴林特知道卡达乔伊曾经悔恨自责，所以觉得这些话一定另有深意，隐隐有些不祥之兆。他又记起高日曾经对他说过，在人的一生之中，烦恼和快乐往往是一样多的，要是有什么事发生，打破了这种平衡，只剩下烦恼与痛苦，那么唯一的解决办法就是自杀。高日说起这些的时候显得异常沮丧与悲哀。

巴林特试着把高日曾对他说过的字字句句都回想了一遍，一边回忆一边努力想记起有哪些话也许更让人安心，可是绞尽脑汁也想不起来。

恰恰相反，他想起两人讨论时高日曾请他担任遗嘱执行人，又安排好巴林特接收他心爱的母马，巴林特这会儿才反应过来，高日所说的每一个字都语带双关。

巴林特暂时半闭起眼睛，以便更好地集中思想，阳光透过他的眼睑，仿佛是玫瑰色的，他所有的烦恼立刻消失得无影无踪，因为他在脑海中看到了阿德里安娜的形象：在炉火的映照下，她朱唇微启，双眼却睁得大大的，表情近乎痛苦地期待着那一刻——到了那时，一切时间与空间都被抹去，既无过去，亦无将来，时间本身也凝成了永恒。·头乱蓬蓬的卷发衬托着她美丽的脸庞，像极了蛇发女怪美杜莎或是悲剧女神。巴林特一时间眼里只有她，心里只觉得又一阵欲望在涌动……

片刻过后他强迫自己再一次想起朋友，这才得以打消这个念头。他一面在冬春之交的乡间向他疾驰而去，一面祈祷，高日用这种模棱两可的措辞写信给他，只是心血来潮罢了，要不就是因为被某种可笑的方式耽搁了而一时心灰意冷。这会儿他可能正在家里笑话自己干下的傻事呢，将他那乌鸦嘴似的鼻子歪向一边——从前他每次讲起关于自己的滑稽故事并且情况并不严重的时候都是这样的。

汽车拐上通往高日所在村庄的狭窄道路，转过一处积雪覆盖的山坡之后，村庄的一座座屋顶在前面稍高一点的地方露出头来，高日那幢老旧的庄园主宅邸在高大的榆树掩映下矗立一旁。

没过多久，高日庄园周围的树篱和大门出现在眼前，巴林特继续朝那里驶去，这时他发现一路上有几群村民，他们全都是跟他往同一个方向去的，一个挨着一个，排成一列纵队。这些人迈着美索锡人的沉重步伐，一言不发地往前走。他按响喇叭，男男女女们让到一边，有些男人举起帽子恭恭敬敬地向他致意。巴林特不明白，为什么他们似乎全都是往庄园主宅邸去的，又为什么看起来都这么伤心。

一两分钟之后，他来到门廊前，希腊式木柱撑起屋子的入口。到门口有三层台阶，那儿站着两个人，一位是高日的地产经纪人，另一位是当地的新教牧师。

"高日男爵在哪里？"巴林特问道。

"他死了，就在一个半小时之前！"其中一个人说。

巴林特感觉到两腿一软，跟跟跄跄地来到墙边的长椅上坐下。

他们将情况告诉了他。

高日男爵一早上都在写东西，写完便将纸张折起来密封好。过了一小会儿，他像往常一样，下楼来到马厩，往每个隔间里都看一看，给每匹马都喂块糖。时钟敲响正午十二点的时候，他派人请来牧师和地产经纪人，让他们在起居室里坐下，将自己的指示告知他们。他对牧师吩咐说，教堂管风琴损坏已经有一阵子了，应当进行修理，他接受的估价是五百弗罗林，希望立即完成。关于这项工作，他和他们讨论了许多小细节，他说，等完工以后，他们必须请人来镶金箔，他指定科洛斯堡的老考什，因为他手艺最好。风琴管上方原先有些精致的装饰品，损坏以后很是难看，必须妥善修复，他坚持要牧师在开工前就和镀金工人敲定一个合理的价格，他不想把钱浪费在不必要的地方。随后他请地产经纪人把账簿拿来，亲自核对以后在最后一页的账目底下画了一条线，然后写上"迄今为止，一切合规"，接着署上日期并签名。他又转而谈起其他庄园事务，提到挑选出来销售的牛犊不可立刻上市，因为眼下价格太低，要等到草地上新草开始萌芽时再卖；另一方面，母水牛则应当在它们还能产奶时尽快卖掉。博托什的山上太冷，不适合种植小麦，应当种植大麦，去年秋天收割过黑麦的地里如果到了春天长满蓟草，那他们除草时可要当心。所有这些指示他都说得平心静气，说话时偶尔会瞥一眼时钟，仿佛在等待什么人，又仿佛他自己不久就要动身离开。快到一点时他说自己一直在等巴林特，不过也许他不会来了。说着他来到书桌前，拿起一个用报纸细心包好的小包裹递给牧师，如果巴林特晚些时候到了，就请牧师将这个交给他，要是他到了晚上还没来，就寄到他家去。随后他走进卧室，摇铃唤来贴身男仆。

　　牧师和经纪人虽然不明白这一切用意何在，却也没想到有什么理由觉得不安。

　　片刻过后，卡达乔伊回到起居室，身后跟着贴身男仆和一名仆人，他俩抬来一张垫子，照他的吩咐放在地板上。将下人打发走以后，他开始对两位目瞪口呆的旁观者解释自己为何要做这些。他告诉他们，他刚才服下了一剂士的宁❶，他知道这种药物有时会引起无法自控的痉挛，所以他命人摆好垫子，这样比在木地板上到处打滚要好一些，也舒服一些。接着他继续发布指示，说起乳猪以及绵羊饲料……

　　过了一小会儿，他又看了一眼时钟，说道："怪了！我什么感觉都没有，可我吃下的剂量足以放倒一头公牛了！"

　　这就是他说的最后几句话。几分钟后，他躺了下来，又过了几秒钟，

---

❶ 又名番木鳖碱、马钱子碱，剧毒，微量可做兴奋剂。

他死了。

❦

"他的外貌损毁严重吗？"巴林特等牧师和经纪人说完以后问道。

"一点儿也没有，大人。请您过来看看吧。"

他们走进大宅的起居室，这儿既长且宽，显然还兼作餐厅。其中一扇窗前摆着一张小小的写字桌，屋子中央原本摆了一张普普通通的松木桌子，那是高日的餐桌，如今却被推到一边靠着墙，原先餐桌的位置上放着一张垫子，死者就躺在上面，身上盖着白被单。

巴林特在他身旁跪下，从他头上拉下被单，久久凝望着好友的脸庞。

他看起来一点也没变，要不是脸色惨白，巴林特会以为他只是在跟他们恶作剧。他嘴角仍然挂着一贯的嘲讽笑容，啄木鸟似的鼻子微微歪向一边，两条眉毛向上挑起，就像他以前每次讲笑话时那样。人家简直要相信他随时都会大笑着跳起来，这事他以前经常干。但还是有一点不同的：此刻高日脸上的表情庄重平静，带着一种从前不曾有过的威严，还有一点轻蔑——主要是轻蔑。

这一切如此陌生，让巴林特很受震动，高日就仿佛换了一个人似的。躺在那儿的死者他并不认识，此人直到死后方才现身。

他用白被单重新将高日盖好，站起身来。

环顾屋子四周，他这才发现，这里陈设简朴，毫无装饰，同样带着轻蔑意味。像特兰西瓦尼亚的每一栋庄园主宅邸一样，这儿肯定也有过一些上好的家具，如今却没有任何值钱的物品。显而易见，这些东西如今对高日来说不值一文，在和姐姐分家产时，他把所有的好东西都给了姐姐——家具、地毯、瓷器，一切，只给自己留了几把破旧的扶手椅和一张破沙发。墙边却摆着长长的矮书架，由抛光的原木木板制成，没有上漆，架上乱七八糟地堆放着许多书籍，这些书都被人看过，而且显然是经常阅读。巴林特走上前去仔细看了看，吃惊地发现其中大多是黑格尔、冯特以及叔本华等人的哲学著作，还有兰克和西拉吉的一些历史作品，有一本勒南的书少了封面，另有几卷属于某本德语词典。多数书籍都破破烂烂，有些还被撕成了两半……每本书都脏兮兮的，仿佛滴满了蜡油，又仿佛曾被人愤怒地到处乱扔。

巴林特开始从其中挑出几本来，就在这时，仆人宣告医生来了，他便迅速来到室外。一起来的还有验尸官、地方行政长官和村里的公证人，如果要出具死亡证明，这些人都必须在场。

❧

外面天气很好。天空晴朗得几乎刺眼，颜色浅得更像灰白而不是蓝色，而且异常明亮，仿佛想要跟下方的积雪比一比谁更白。

周围有一群妇女在哭泣，巴林特不想继续被她们围在中间，也不想被聚集在屋外的村里孩子盯着看，于是绕到屋子侧面，走上一条通往山上的小路。路上已经没了积雪，稍稍有些泥泞。走出几百步，他看到三棵年轻的桦树下有一张长椅，便在那里坐下，然后解开密封的包裹。

里面有两个信封和一个银质烟盒，烟盒上面刻着金色的铭文："女士奖，德布勒森，1905。"他打开烟盒，盒子里有一小堆烟草粉和一张纸条，上面写道："我把这个留给你作为个人纪念，这是我唯一珍视的财产。"底下括号里又写道："也许你觉得它很丑，要是不喜欢就不要用了！高日。"

两个信封中有一个比较大，里面是长长的一张纸，标题写着"我的遗嘱修正案"，底下是一份明确的遗愿清单，写明了送给每一位仆人什么礼物，以及其他一些特殊规定，还写道他希望拨出一千克朗用于修复管风琴。在公证人持有的遗嘱里，这些细节并未逐条记载，尽管他已经为此预留了一笔钱。下一段写了他对葬礼的安排：他不想被葬在别处，只想长眠于屋子附近的花园里，不要立碑，也不需要墓志铭。最后一段写的是如何安置他的马匹。他首先写道，那匹杂色小骟马已经老得没法工作，应当予以击毙，免得他晚年流落到吉卜赛人手中。至于纯种母马蜜露，高日将她留给了巴林特，并请他立刻将她带走。页面最底下是当天的日期——高日去世的日期——以及他的签名，正是高日那又大又难看的字体。

第二封信是写给巴林特一个人的，随信附有蜜露的血统纪录，用单独的一张纸包了起来，纸上只有寥寥几行字，内容是关于这匹母马的。"既然您同意让蜜露在德内斯托亚产仔，"他写道，"希望请求您留下她也不算冒昧。"接下来是几句轻松的玩笑话，以这句结尾："……我姐姐容易贪心不足，不过我觉得她不会想要这匹好马，毕竟她要了也没多大用！"最后他写道："请不要忘记您保证过会照顾我的外甥们。我不希望他们将来像我一样。"

可怜的高日，巴林特心想。到了生命最后的时刻，他还没有放下对文化的极度渴望。

巴林特满眼泪水，在这儿待了很久，就坐在那张小小的长椅上，凝视着积雪。他在想，这是多么奇妙，积雪慢慢融化，分解成一个个微小的冰粒，成千上万的细小晶体犹如一座座极小的山峰，全都朝着阳光熠熠生辉。地上坑坑洼洼的，到处是又细又深的缝隙，仿佛是长矛从南面一下下刺来，还有些地方留下了一个个很深的小洞，那是被太阳的热量所融化的。正是这轮太阳，慢慢在将积雪摧毁，白雪就像白色的泡沫，被无情无义、亘古不变的阳光吸引，毫无招架之力，它对这万丈光芒如此向往，可那偏偏会给它带来灭顶之灾。在巴林特眼里，这个过程就像在讽喻世间万物……他又想起了死去的好友。

✲✦✲

就在同一天，另一个人也去世了，此人便是老亚当·奥尔温齐。他是一早被人发现死在床上的，这个消息在社交界激起不小的风波，所有人的注意力都为之吸引，不再去关心高日自杀事件。

奥尔温齐伯爵生前是位要人，所以葬礼也举足轻重。一辆辆马车与汽车排成长长的队列，跟随着送葬队伍来到家族墓穴。

第二天，律师宣读了死者的遗嘱，在场者有他的儿子们，还有儿媳玛吉特，以及遗嘱执行人斯塔尼斯洛·耶若菲。这份遗嘱听起来可有点刺耳，让人很不好受。老地主仔细地记录了他为给儿子们清偿债务而被迫支出的所有款项，在此基础上他将三个儿子的遗产分别列了出来——之所以只有三个儿子，是因为亚当两年前结婚时就拿到了他自己那份。对余下三人来说，这是个极大的打击：法尔卡什只得到了位于玛雅洛克瑞的房子，以及八百亩❶地和三个小型林场；佐尔坦得到了马扎尔-托

---

❶ 此处指英亩。

哈特附近的草地和科洛斯堡的房子。这些全都抵押出去了，背负着沉重的债务。最小的弟弟阿科什则一无所获，因为就在两个月前父亲才替他还清债务，金额已经超过了他应得的那份家产。"很遗憾我不得不这么做，"老人写道，"可我不能为了他而剥夺其他儿子的财产。"

听完遗嘱，这三兄弟羞愧难当，大为震惊，尤其是阿科什，律师刚一离开，他便结结巴巴地坦白说，慈善舞会那天晚上他在赌桌上输掉一万六千克朗，赢家只给他宽限了两个星期——这还是因着他父亲去世的缘故——届时必须付清。如今宽限期只剩十三天了。十三天，就这么多天，要是还不起，那他就完了！

接下来是一场激烈的争吵，他们吵了很久却毫无结果。谁也不可能帮到他。法尔卡什和佐尔坦的那份财产全都被抵押了，他们还得设法弄钱去付遗产税，所以他俩无能为力。唯一的指望是亚当为小弟还债。

出于好意，亚当倒是乐意如此，但玛吉特立刻否决了这个主意。她说，他们还有个孩子要考虑，所以亚当自己那点小小的家产可不能这么挥霍。她问道，做出如此牺牲的目的何在？这纯粹就是在浪费钱，实际上并不能给阿科什提供真正的帮助，他依然一无所有，又不能光喝西北风！况且他自己也不愿意一直依靠哥哥们的施舍活着，永远像客人一样住在哥哥家里！她继续说道，如果他远走高飞，开始新的生活，那就明智多了。家人可以做出一些牺牲，设法为他筹集到足够的路费，但是被迫为他还赌债？不行！门儿也没有！

玛吉特随即遭到法尔卡什和佐尔坦的抨击。他们说她唯利是图，毫无怜悯之心，当然了，因为他们自己也深陷债务，所以觉得尽可以大度慷慨，反正帮助阿科什的费用都得亚当来付。在他们的坚持之下，亚当这一次差点就要反抗他那年轻能干的妻子了，幸好斯坦尼斯罗站在她那一边，此事才得以解决。

于是大家转而开始讨论阿科什可以去哪儿。第一个讲到的自然是美洲，接着是爪哇，再来是南非。可是每建议一个地方，都会冒出同样的问题：到了那儿他要做什么？当擦鞋童？在某家种植园里锄地？麻烦就麻烦在他没有资格自食其力。从军当然是一条出路，他从前在部队志愿服役时做得就很好，但是如今哪里会需要他呢？

听到最后这个建议，大家做出了决定，他应当加入法国外籍兵团。

阿科什立刻表示同意，看起来对这个主意还算满意。尽管大家终于达成了一致意见，却没人知道要如何着手进行。该做什么？如何到那儿？

这时有人想到了塔马什·拉若克，他们的父亲在舞会那天犯了心脏病，就是他给送回家来的。老人被发现身亡之后，他们跟他有过一次长谈，因为他是老伯爵生前见过的最后一个熟人。他似乎满怀善意，在跟他们说起自己的北非岁月时曾不止一次提到外籍兵团，还说起他如何在沙漠里护理生病的士兵。他一定知道该怎么做，可是谁能去替他们打听清楚，却又不对他解释他们的动机呢？奥尔温齐家的几个兄弟立即一口回绝。像这样打听太尴尬了，他们才不去，要去别人去！对于这种事，他们连帮忙也不愿意，要帮别人帮。斯坦尼斯罗·耶若菲同样犹豫不决，他轻蔑地嘀嘀咕咕，尽管优雅地拖长了腔调："我其实不大认得这个人。"

就在大家要放弃这个计划的时候，玛吉特说话了。

"我去问清楚！"她说。她并没有说明自己要用什么法子，其他人也没问。就算他们问了，她也不可能告诉他们，最多只会答一句"总归有法子！"，她这人话不多，可不喜欢被人问东问西。

꧁ ꧂

玛吉特立刻就想到了巴林特·阿巴迪，他头脑聪明，做事谨慎，而且跟塔马什·拉若克关系不错。

当天下午，巴林特便租了一辆马车赶赴布雷亚扎。马车夫对这个地区很熟悉，驱车带他来到山脚下，村子就在山上，马车却止步于此，因为山路太陡，而且眼下路上的积雪正在融化，马儿没法上去。

"大人，就是您能看见的山上那栋小屋，葡萄园下面那个。"马车夫边说边用马鞭指路。

在泥泞中跋涉上山是桩苦差事，巴林特花了将近十五分钟才来到屋前。这栋小屋很不起眼，以前要么是一座小亭子，要么是个供人压榨葡萄的房间，后来才改建成了带厨房的一居室住宅。窗户里透出灯光，巴林特敲了敲门，听见屋里有个声音喊道："请进！❶"

塔马什·拉若克坐在一个底朝天的包装箱上，外套也没穿，正在写写算算，身旁是一块画板，用两根支架支着。他面带微笑、开开心心地欢迎巴林特，一边说道"你来看我真是太好了！❶"，一边站起身，从仅有的一把椅子上拿走他的上衣、领结和衣领，将这些都扔到地板上，然后示意阿巴迪坐下。他猜到巴林特到访必有目的，于是立刻问道："亲爱的朋友，有什么可以为你效劳？"

巴林特觉得没有必要转弯抹角。

"如何才能加入外籍兵团？"他问。

---

❶原文为法语。

　　塔马什的眉毛比平日挑得更夸张了，他冲着来客眨眨眼睛。尽管没有明说，但他随即便猜到阿巴迪是替奥尔温齐家某个儿子问的，回答时他也是就事论事，仿佛这是世上最自然的问题。

　　"外籍兵团？哦，非常简单！"他马上就把所有最重要的情况都告诉了巴林特。投军者只需亲自前往征兵办公室即可，不需要证件，也没人会问问题，就像成为加尔都西会的修士一样简单；你想用什么名字就用什么名字，兵团不在乎，实际上几乎所有的服役人员都用假名；到时会进行体检，一旦合格，投军者就能获得一份五年的合约；只要规规矩矩，很快就能晋升为下士，从普通士兵擢升为军官也是有的；五年后既可以离开兵团，也可以续签合约。

　　"我认识几个人，几年服役期满后退出兵团，在阿尔及利亚买了间小农场，如今日子过得逍遥自在。当然了，兵团纪律严明，非常严明，但是也必须如此。那帮家伙都是野蛮人，既固执又粗鲁，不过如果遇到恶战以及巡逻遭到伏击，大家就是可靠的同伴了。兵团有一项铁打的传统，谁都不能辜负同伴，永远不能。那儿的气候也不错，有益健康，虽然夏天的确是很热。"

　　拉若克和往常一样说的是法语，他接着又讲了很多亲身经历的事情，那时他在阿特拉斯山脉的高山上修筑铁路，他和手下的人由兵团负责保护。拉若克的观察力异常敏锐，所以他了解许多情况。说着说着，他突然停下追忆往事，说道："我还什么都没招待您喝呢！要不要来点咖啡？我随时都想喝一杯！"说完也不等阿巴迪回答，他便将柱子般的强壮躯干向后一仰，用匈牙利语喊道："拉拉！拉拉！你个小东西死到哪儿去了？"然后又转过头对阿巴迪解释道："她的真名叫埃斯梅拉达，不过我都简称为拉拉。也许这有点甜得腻人，不过你看到她就知道了，这个名字很适合她！"

门在他身后悄无声息地开了，一个非常年轻、非常苗条、非常漂亮的吉卜赛女孩走进屋来。她身穿一袭红裙，鲜艳好似消防员的制服，将一头秀发衬得越发乌黑，棕色肌肤看起来几乎泛着绿光。她嘟着嘴唇，懒洋洋地投来勾魂一瞥，用一种暗示她在主动献身的粗哑嗓音问道："您找我？"

"咖啡！我俩都要！"

"在炉子上，我这就端一些过来！"

她无声无息地离开房间，片刻后又同样静静地回来了，赤裸的双脚在地板上没有发出一点声响，因为她走路时就像小鹿一样是踮着脚尖的。她动作很慢，就像在表演某种古老的祭祀之舞，跟着只有她能听到的旋律。放下托盘时，她又朝塔马什的客人看了一眼，咧开嘴笑了，在她细长的眼睛和唇边的笑意里，分明有着挑逗的意味。

就算塔马什伯爵看出了这一点，他也毫无表示，而是继续讲兵团的事情。"我认为现在加入兵团也许是个好时机，他们就要招募新兵了；我那些老朋友时不时就给我写信，他们在信中也说，兵团需要的新兵越来越多。我从巴黎的报纸上看到——尽管他们总是措辞审慎——最近法国对摩洛哥也有很大的计划。法国人要是开始怨这怨那，谈起保护边境的安全以及必须维护他们的经济利益时，你就知道他们是什么意思了。这表示，他们不久就会大军进犯，等到了那儿就把其他人统统挤走！我把话就撂在这儿！"

"可是在阿尔赫西拉斯会议上，以及两年前法德签署协定时，法国再次确认了他们对摩洛哥的开放政策，就像他们保证苏丹的独立性和权威性。法国的影响力肯定是仅限于政治事务。"

"呸！法国人才不在意这种小事呢！我跟你打赌，你想赌什么都行，肯定要出事；而且他们已经把利奥泰❶从阿尔及利亚召来了，这就更要出事。我认识他的时候，他还只是一名上尉，不过我告诉你，他可不好对付！"

老塔马什接着讲起北非和那里存在的种种问题。他讲得很好，因为他了解这个话题。不论问题有多么复杂，拉若克都能看透，而且知道真相。阿巴迪听得入了迷，男主人将阿尔及利亚和摩洛哥那错综复杂的政治局势阐释得清清楚楚，一如几天前他谈起阿尔巴尼亚时那般思路清晰。

阿巴迪最后起身告辞时天已经黑了，塔马什送他到门口，说道："等一下！屋子侧面有一条小路，走这条路下山，你的鞋子不会弄湿。"说着他冲厨房喊道，"洛伊科！洛伊科！出来！"

一个瘦瘦的吉卜赛男孩跑了出来，大约十七岁光景，几乎还没开始长胡子，一身衣服简直是大杂烩，都是人家不要的各式贵族男装——一件破破烂烂的便服，一条打了补丁的条纹长裤——脚蹬一双破旧的网球鞋。他在便服里面什么也没穿，光着个胸膛。他的相貌像埃及人一样精雕细琢，脸上带着假装谦卑的狡黠微笑。

"乐意效劳？"他问道。

---

❶ 赫伯特·利奥泰（1854—1934），法国政治家、军事家，曾奉派在印度支那、马达加斯加、阿尔及利亚等地任过军职，曾任法国陆军部长、驻摩洛哥总督，1921 年晋升为法国元帅。

"你带这位先生去走侧面那条路。"

年轻人出发以后注意到巴林特没跟上来，便在几步之外站住了。

拉若克看到巴林特脸上的惊讶之情，玩世不恭地大笑起来。

"她说那是她哥哥，不过我才不信呢！❶"

他在阿巴迪肩上重重拍了一下，随后就跟他道了别。

阿巴迪和吉卜赛人一起下山，小伙子在前面带路，他既像黑豹那样轻盈优雅，又像游牧的祖先一样动作敏捷利落。快步走出五六步之后，他便停下来回头望望，等待阿巴迪赶上来。他的眼白在黝黑光滑的脸上闪着微光，等了一会儿又转身继续下山，仿佛这年轻人就快要失去耐心了。

阿巴迪按照自己的步调沿着小路向下走。下方山谷里亮着城市的万家灯火，有一刻阿巴迪觉得简直被山脚下车站的弧光刺得睁不开眼。他停步片刻，凝视着这幅美景——点点微光在漆黑的夜色中铺开了一大片。站在那儿，他却在想，塔马什·拉若克真是个怪人。他懂得很多，通晓内情，见多识广却并不曾眼花缭乱，既有文化又有教养。可这些他一样也没用过，任凭一切白白浪费，只是跟一个吉卜赛小女人隐居在这摇摇欲坠的农舍里，还表现出怡然自得的样子。

巴林特想起了可怜的高日·卡达乔伊，塔马什伯爵随手扔掉的东西，他却无法得到，结果在绝望中自尽身亡。他在想，如果高日了解了塔马什掌握的一切，他的命运会否有所不同；而满腹经纶的拉若克如果不曾舍弃自己的出身，也不曾放弃权力与世俗的成功，他还会不会如此无忧

---

❶ 原文为法语。

无虑、兴高采烈？是不是有一种与生俱来的智慧，给予他力量，让他抛下那一切，又或者如果命运不曾让他背井离乡、去别处见了世面，他会不会也是同样快乐？如果只是待在家里，游手好闲，安逸无知，他也会这样快活而满足吗？

　　造就一个人的，究竟是经验还是天赋？人只能心平气和地放弃已经确定拥有的东西，但对于求之不得的东西，是不是永远都无法释怀？

THE TRANSYLVANIAN TRILOGY

PART THREE | 第三卷

They Were Divided

第一章

九一二年三月七日傍晚，在布达佩斯的国家赌场俱乐部，一大群人在一间间宽敞的会客室里转来转去。玩牌的那群熟客也在这里，还有那些人称"老沙发政客"的家伙——他们心怀不满，总是牢骚满腹——执政党的政治领袖们今天几乎齐聚一堂。大家全都在等待首相库恩-海代尔瓦里从维也纳归来，他已经放出话来，自己会带回重大消息，希望人人都在场，这样他就可以和大家展开秘密讨论了。

赌场俱乐部当时总是被用来召开此类会议，因为议会成员可以随意进出，不会有人去问他们在这儿干什么，除此之外，非议会成员也可以在一楼的一间餐厅里用餐，所以看到任何人进来都是有可能的，媒体不会猜测这里出了什么事，也不会将新闻散布给大众。

人人都知道，这个消息一定格外重大，因为大家听说，奥地利外交部长贝希托尔德也从维也纳来了，当天晚上就会跟库恩-海代尔瓦里会面，他是几个月前在埃伦塔尔逝世后继任的。

这个消息确实重要——突如其来、猝不及防、事关重大、令人吃惊，而且还让人担忧，似乎充满了危险。情况很简单，在前一天觐见时，弗朗茨·约瑟夫命库恩-海代尔瓦里对匈牙利的政治领袖们知会一声，在位半个多世纪以后，他在严肃考虑退位一事。他告诉首相，自一八六七年以来，他一直忠实地遵守奥匈两国政府于当年拟定的协议，尽自己一切所能去迁就匈牙利领导人，始终为匈牙利人谋取利益，对匈牙利的世家大族以礼相待，可是如今，正是这些人的子孙后代背他而去，只留下他一个人去维护协议的种种条款——或者起码在他看来就是如此。

"在这些情况下，"皇帝继续说道，"你可以对同僚们秘密地做出解释，有些人想要削弱我们最重要的统治力量，如果眼下执政的一八六七年党决定与这些人结盟，那我就准备立刻退位，将皇位交予继任者！"他随后又故意嘲讽地补充道："到时候他们就知道自己怎么倒霉了！"

皇帝的话意有所指，针对的就是科苏特·费伦茨提出的建议，该建议一经采纳，今后如果政客们的阻碍战术让年度征兵法无法在议会通过，那么总司令就无权调动后备军了。然而，在经过充分讨论之后，不仅安德拉希同意了这个建议，最让人意想不到的是，蒂萨和库恩-海代尔瓦里自己也同意了，换言之，一八六七年党人多数都同意了。因为打从去年七月开始，反对派就一直在阻挠国防预算获得通过，科苏特说得明明白白，要想让他不再进行阻挠，执政党就必须付出代价，也就是接受他提的条件。

几乎只有蒂萨和库恩-海代尔瓦里意识到，当前欧洲的局势日益恶化，首要考虑必须是军队建设。蒂萨也没把总司令特权缩水当成一回事——反正他也打算在适当的时候这么做，与结束议会的僵局相比，那不算什么。对他俩来说，当务之急是实现军队现代化。

自从去年七月以来，欧洲的局势每况愈下。

阿尔巴尼亚的叛乱愈演愈烈，叫人忧心忡忡，又有几个部落加入叛军，甚至还有苏丹部队的军官前去投诚。到处都有土耳其人被刺杀，伊斯坦布尔政府下令增派援军以控制与黑山接壤的地区。尼基塔也立即予以回应，他调动了黑山后备部队，同时却谎称要进行和平谈判——为阿尔巴尼亚叛军提供避难场所和武器的人也正是他。这么做的并不是只有他一个，据说意大利也在秘密给予援助，因为有许多定居意大利的阿尔巴尼亚人渡过亚得里亚海回到故土，和同胞们并肩对抗土耳其人。人人都认为，如果没有罗马政府的默默纵容与积极帮助，他们是做不到此事的，实际上这第一次确凿表明了意大利在一意孤行，无视三国同盟中两位盟友——奥匈和德国——的官方政策，这两国在巴尔干地区实行的政策有个不可动摇的基础，那就是维持土耳其帝国的现状。

凡此种种事态进展，不过是对未来的一种预兆，也可谓是一个序幕，接下来将有不少大事在别处发生。

在摩洛哥的阿加迪尔，有几位德国公民遭到野蛮对待，尽管程度很轻，柏林却因此派来黑豹号驱逐舰，要求赔偿，如果有必要的话，还要进行报复。没经过初步谈判就展示武力，这本身就足以构成挑衅，但情况进一步恶化，因为威廉二世就喜欢这种过于匆忙的行动，他给德军指挥官发了一封电报："黑豹！抓住他们！"

　　欧洲列强早在一九〇六年的阿尔赫西拉斯会议上就已经决定了摩洛哥的命运，所以大声抗议德国方面的傲慢态度——尤其在柏林宣称此事只关系到德法两国的时候。英法立刻便将自己的立场昭告天下：法国提出强烈抗议，伦敦宣布坚决支持巴黎。仅仅几天的工夫，局势便剑拔弩张，战争看似不可避免，尽管路透社声称大不列颠无意卷入其中，大西洋舰队却整装待发，一支由鱼雷艇组成的舰队更是带着密令离开了波特兰岛。有些人将这一切视为摧毁德国舰队的天赐良机，近来它的集结已经令英国担心了一段时间。如果连这种事都可以发生，那么一场全面的欧洲战争已经不可避免。

　　就在这当口，德国首相贝特曼 - 霍尔韦格却发现不得不和法国达成一致。这当然不是件容易的事，但是经过旷日持久的谈判，其间德国的要求逐渐降低，贝特曼 - 霍尔韦格最后被迫接受了补偿——刚果一小块黄热病肆虐的土地。

　　此事起头时气势汹汹，收场却不甚光彩；虽然看着滑稽，但也有严肃的一面。在阿加迪尔事件发生之前，关于摩洛哥的开放政策已被各国普遍认可。如今显而易见，德国为换取和平，放弃了一项对各方都有利的政策。她出卖自己在摩洛哥的商业权利，换来非洲那块新得的殖民地——该地被其他强国嘲讽地称为一碟小扁豆。德国的行为险些破坏了和平，然后却沦落为外交讹诈（尽管人人都看得分明，她在摩洛哥放弃的远比在别处得到的要珍贵），这正是贝特曼 - 霍尔韦格登上世界政治舞台的信号，也是德国威望在海外遭遇的第一次重创。

　　摩洛哥危机始于一九一一年七月五日，一直持续到同年九月末，与此同时，黑山境内也进行了军队总动员。在布达佩斯，这标志着议会里又有人开始阻挠匈牙利军队预算获得通过了。七月九日，阿斯奎斯❶宣布英国支持法国，七月十一日，科苏特宣称自己将竭尽全力反对匈牙利政府的国防提案，第二天他就实施了旨在阻止匈牙利军队现代化的阻挠手段。

七月二十六日，英国舰队整装待发，三十日，尤斯特·久洛举行公开会议，他在会上大肆宣扬，对匈牙利而言，普选权远比国家有能力保护自己重要得多。听到他这不负责任的演讲，百姓们群情激奋，疯狂地涌上拉科齐大街，直走到卡罗伊环路的转角处才停下来。就在当天下午，英国的鱼雷艇舰队离开波特兰港，驶向"未知的目的地"，一场欧洲战争眼看已经到了一触即发的当口。

日子就这样一天天过着。世界上发生了一桩又一桩举足轻重的大事，而在布达佩斯，人们的表现却是只对地方利益感兴趣。阿加迪尔事件落下帷幕，阿尔巴尼亚的叛乱也暂时告一段落，这时又有其他凶险之事来扰乱欧洲的和平局面，其中许多都发生在距离匈牙利国界不远处，相当危险，而且离本土很近，人们还以为布达佩斯会有人注意到。

下一步动向又是在巴尔干地区，正是匈牙利的家门口。

法德于九月二十八日签署了协议。此前两天，两支意大利舰队驶离锡拉库萨，其中一支前往征服的黎波里，另一支则去攻打土耳其帝国。

这些举动出人意料，维也纳和柏林都大吃了一惊。各国早就以为法

---

❶ 赫伯特·亨利·阿斯奎斯（1852—1928），英国自由党政治家，1908—1916 年出任英国首相。

国同意的黎波里属于意大利的势力范围，即使是在法国夺取了突尼斯之后；但是在北非那块很少有意大利人定居，所以人人都以为那无关紧要，不过就是对意大利人情感的小小安抚品，是给意大利民众受伤心灵的一种安慰剂。在过去一段时间，确实也很少有人考虑到这个问题。

如今罗马突然之间记起自己短缺殖民地，于是向奥斯曼帝国宣了战。当初，德国决定无视阿尔赫西拉斯会议上定下的国际公约，在阿加迪尔我行我素，此举虽以谈判收场，实际上却关闭了从前对摩洛哥开放的大门，这自然对意大利的贸易利益造成了无法弥补的损害。差不多在同一时间，埃伦塔尔突然宣布兼并波黑，这促使意大利也加入了欧洲列强获取殖民地的竞赛——尽管稍许有点晚，而且她甩开了两位盟友，就像奥地利于一九〇八年兼并波斯尼亚时一样，将意图秘而不宣，一直瞒到最后一刻。长期以来维系着欧洲和平的那些国际公约，再一次被忽视了。

此事发生于十月，尽管注定造成深远的国际影响，在布达佩斯却好像没人注意，民众的生活毫无改变。政治上的争论和阻挠一如既往地继续着，政界领导人全都声称自己的所作所为乃是为了国家的最高利益。公众舆论仍未意识到国外发生的事情会带来何种后果。虽然奥波尼请求议会考虑如果土耳其 - 意大利两国的战火蔓延到巴尔干地区将会如何，但在同届会议期间，政府的主要反对者之一卡罗伊·米哈伊最关心的却是能否从阿根廷买到便宜的肉。

议长拜尔泽维齐试图安排政府方面和反对党在卡罗伊宫会面……然而只有三位部长到会，谈判与阻挠持续了整整一个月，一直到拜尔泽维齐辞职。当时双方也曾短暂休战，所以预算案得以通过，在此期间，国防问题暂时被搁置起来，直到三周后才作为新一轮阻挠的目标旧话重提。

事到如今已经显而易见，不论发生何种情况，令德国在摩洛哥问题上屈服的《挚诚协定》缔约国——英国、法国和俄国都会表现得团结一致，而意大利在的黎波里塔尼亚的战争也是得到英法支持的：证据——如果需要证据的话——就是英军占领了埃及的索勒姆港口。

在匈牙利，一切仍然一如从前。世界局势日益恶化，布达佩斯的政客们却将脑袋在沙里越埋越深，只是互相之间斗个没完。

❧❧❧

弗朗茨·约瑟夫关于退位的威胁好似一道晴空霹雳，他在位多年，已经与君主制这个概念融为一体，仿佛这个人本身——也只有他这个人——就是君主制。也许有些人意识到总有一天变化会到来，却极少有人想象过会变成什么样。弗朗茨·约瑟夫的继承人弗朗茨·斐迪南大公在维也纳的美景宫有个所谓的"工作室"，匈牙利有些政治领袖——比如尤斯特及其追随者——借由克里斯托弗这个叛徒一直和"工作室"保持着某种联系，但必须承认的是，这主要是一种政治策略，是通往权力的秘密途径之一。这种人是希望，通过向皇储施压，他们最终不仅可以达到一些目的从而拉来选票（比如引入普选权），而且可以由此跻身要职；但他们从不曾真正领悟到君主的更替也许还会带来其他变化。有些人野心勃勃，觉得自己怀才不遇，于是拼命向美景宫毛遂自荐，就像破产者愚蠢地花最后一个子儿去买一张彩票，指望靠这个能发家致富！在布达佩斯，还有千千万万的居民具有政治头脑，但是很难从中找出这样一个人——此人或是真正考虑到变化的种种后果，或是想到变化随时可能到来，也许是今天，也许是明天。

如今这可怕的前景突然降临到他们眼前，而且是以最出人意料的形式——君主可能退位。

首相和同僚们在戴阿克厅里关起门来密谈时，贝希托尔德伯爵却在几位老朋友的陪同下，优雅又自在地信步穿过国家赌场俱乐部的条条走廊，越来越多的人涌进那些公用房间。大家三五成群、压低声音谈论着那个可怕的消息，记者们在下面的楼梯口一边等待确切消息，一边互相盘问，看看有没有谁比他们知道得更多。电话一直响个不停，在这一片寂静中听起来就像消防员的警铃一样大声。

人人都心烦意乱、忧心忡忡，对他们之中大多数人来说，皇储就是个未知数。只有一件事可以肯定，那就是弗朗茨·斐迪南痛恨匈牙利人。只有这一点确定无疑，其他一切都要打个问号。

支持政府的人满心焦虑，反对派的反应却是愤怒。谁也不敢公开说出自己的感受，他们话里有话，敢怒不敢言，怒的是老皇帝竟在这个时候做出这样的威胁，以如此没有绅士风度的方式抢在了他们前头。嗨，这就像两个人在进行国际象棋的友谊赛——只不过玩家碰巧是政府而已——这时两人中有一个突然起身走了！

这的确有点像下棋，公认的规则确保象只能斜着走，马只能跳着走，至于小兵，虽然可以从侧面被吃掉，但它却只能前进，而且每次只能走一步；每一步都只有一个目标——将死对方的王。在人们记忆中，布达佩斯的政治事务一直都是这样的。反对派对议会规则进行严谨解读，重启被遗忘已久的议事程序，转移人们的忠诚之心，没完没了地喊那些拉票口号，通过这些手段十多年来阻碍一切进步，尤其是耽搁了军队现代化，直到他们觉得自己成功地让皇帝身陷重围、毫无防备。对于一九一二年的局势，他们就是这么看的。原因如下：谁需要军队？国家？完全不需要——只有皇帝需要军队。谁需要海军？没错，皇帝需要海军，要是他那么想要海军，那就必须让他自己掏腰包，还要让他服从反对派的正当要求。他肯定会屈服，因为国际事务的压力使得他别无选择。国际形势越糟，他们就越要坚持自己的要求得到满足，对老皇帝施加压力，直到他被迫同意他们的一切请求。眼下，就在他们渐渐相信这个策略行之有效且政府就要投降之际，结果怎么了？皇帝宣布他打算退出棋局，让继任者在棋盘上取代他的位置。这是个沉重打击，就好像玩家一拳砸在桌子上，既不公平，也有违体育道德。更要紧的是：这并非绅士之举。

尽管人人都是这么想，却没人敢明说。

弗雷迪·伍芬斯坦差点就把心中所想一五一十说出来了。他站在塞切尼厅的门口，对着一帮自以为崇拜他——虽然这有点莫名其妙——的年轻人口若悬河，大张旗鼓地宣扬左翼观点。他说："我们千万别上当！皇帝只是在虚张声势罢了。他只想吓唬吓唬我们，我们压根没想到他是这样的人。他肯定不会退位的！永远不会！他不会的！这是虚张声势，仅此而已！他以为我们都会害怕皇储的所作所为，因此而屈服，可咱们不怕。总之，就算弗朗茨·斐迪南即位了，那又怎么样？他唯一能做的就是和我们达成某种协议，否则我们就不给他加冕；没有加冕典礼，就不会有皇帝！即便是美景宫也必须接受这个事实。这是匈牙利最为神圣的传统之一……"他继续说着，越来越大声，越来越粗鲁，而且翻来覆去就是那几句，就像那些词汇量贫乏的人一样。每一次再度说起同样的话，他都会像敲铁锤似的挥舞着拳头，仿佛此举能助他说服听众。

这时尼基·科洛尼奇插话了。在上次选举中，他以人民党候选人的身份当选议员。他这人喜欢刨根问底，而且傲慢虚伪，打从小时候起就是这样；他还喜欢惹是生非。这会儿他和气地说道："我很肯定地记得，去年秋天您曾说过，我们应该讨好皇储，向弗朗茨·斐迪南大公殿下献献殷勤？"

伍芬斯坦简直要气炸了，因为尼基所言千真万确。不久之前，他通过姐姐——美丽的贝雷迪伯爵夫人——设法弄到了大公领地莫雷的狩猎邀请函；可是东道主却完全没有搭理他，连招呼都没和他打，好像压根没有注意到他的存在——尽管他每天都穿着时髦的英国服饰。狩猎聚会为期三天，这种情形就持续了整整三天——一句话也没说，连个眼神都没有。回到布达佩斯后，他出现在敌方阵营的消息已被广为宣扬，可怜的弗雷迪发现他在自己党内成了怀疑对象，这便是他此次远征的唯一成果。

"我从没说过这种话！"他喊道，"我只是说，皇储不应当被蒙在鼓里，我们要让他知道我们想要什么。得有个人去对他说，我们不会屈服，寸步都不会让。他必须知道，如果没有我们的合作，皇帝就什么也得不到！这才是我说的。没有我们，他们就什么都没有，没有军队，一无所有，什么都没有！"

尼基用钦佩的语气又说道："您跟他一起狩猎的时候，想必把这话对他说了，是不是？"

"我一直都是这么说，对他说嘛……起码在有机会的情况下我是会说的……但我可以告诉你，他没有给我留下深刻印象！其他人也是一样。至于大公本人，嗯，在他成为皇帝之前对此事是没有发言权的；等时候到了，他要想统治，那也得我们愿意才行！"

要是弗雷迪看到是谁站在自己身后，他恐怕就不会争论得如此激烈，也不会说出这样的蠢话了。

那人便是斯拉瓦塔，奥地利外交部的顾问，也是弗朗茨·斐迪南的亲信之一。在厚厚的镜片后面，他的双眼似乎凝视着远方，面上表情平淡，丝毫没有透露出他心里可能在想什么。他站在那儿，显然有点无聊，仿佛只是偶然走到这里的。过了一会儿，他便信步走开了，看看到别处还能偷听到什么。

阿巴迪刚好在这时来到俱乐部，差点在门口撞上斯拉瓦塔。后者立刻精神一振，仿佛庆幸终于遇到了自己认识的人。

"跟我来，有话想跟你说。❶可算找到一个能说话的人了。我们找个安静的地方！"他边说边拉起巴林特的胳膊，领着他走了。

一段时间以来，巴林特一直在试图避免和扬·斯拉瓦塔密谈，因为此人的话经常伤害到巴林特的爱国之情。但是跟这位昔日同僚碰面终归难免，他俩的职业生涯都始于维也纳的外交部，外交部的工作经历会在它的前成员之间形成一种纽带，往往会持续一生。斯拉瓦塔和阿巴迪亦是如此。无论两人有多大差异，这种老交情总是在的，这不仅仅是友情，因为它并非基于相互吸引，而是基于这样一个事实——从外交的角度讲——他俩语言相通。斯拉瓦塔的看法往往没轻没重，阿巴迪一般都不愿意听，但今天却十分乐意，因为此刻国家赌场俱乐部里众说纷纭，充斥着各种流言蜚语，所以他迫不及待想听听比较权威的信息。

---

❶ 此处原文为德语。

❦

"可想而知，"弗朗茨·斐迪南的心腹密友说道，"老头子宣布要退位，这真是一石激起千层浪。多年来我们一直在等待时机到来，甚至到现在都没做好准备！什么都没有准备，没有明确的方案，没有训练有素的人员，无法接掌政府的权力。殿下当然知道自己想要什么，但细节还有待拟定。'工作室'忙得热火朝天，可我告诉你，都乱套了，完全乱套了！就我个人而言，希望能有其他办法来解决这个危机……我们根本没有准备好！他们派我来观察事态，弄清楚人们的想法，评估每个人的反应和他们的心情，看看他们会有何反应……这不是个好差事，我一点儿也不喜欢，而且此事责任重大，如果出了什么差错，那就是我的罪过。殿下他——您是知道的——有时相当冷酷无情。他可不是闹着玩儿的，那家伙！"

"嗯，我个人认为并不会有任何变化，"阿巴迪说道，"在我看来，库恩-海代尔瓦里将会辞职，不论是谁继任首相，都会做出让步，收回决议。毕竟政府当初这么做，只是作为一种手段来停止一切阻挠措施。"

"要是蒂萨不同意的话，那还有可能；可是牵扯到他，情况就严重多了。如今这个决议就是他的主意。我们当初叫国防部长奥芬贝格去向匈牙利政府提出抗议——如今我当然明白这是大错特错。蒂萨正是因此才勃然大怒。你也知道，他对于看来会侵犯到匈牙利独立的任何事都非常敏感。总而言之，我们认为蒂萨支持此项决议是别有用心的：一旦改朝换代，他就想利用它来反对我们。美景宫推测，蒂萨相信，等到改朝换代的时候，一切就再无讨价还价的余地了；只能一刀两断，保留决议，移除阻碍。等到皇储即位，要是他发现自己遭到匈牙利议会大多数成员的反对，那么他就是违反宪法的。在我们看来，真正的敌人是蒂萨，而不是反对派那些高谈阔论的煽动家。他这个对手远比其他人更加强大，更需要严肃对待——是个真正的匈牙利硬汉，那家伙！"

斯拉瓦塔说起这个话题就没完没了，他从蒂萨对决议的意外支持中看到了危险，他也同样难以掩饰自己深深的焦虑。显然他担心蒂萨在受到弗朗茨·约瑟夫单独接见时可能会有所收获。事实上，老皇帝向来十分欣赏他的才华与风度，没准他甚至能说服弗朗茨·约瑟夫做出让步呢，要是他能让弗朗茨·约瑟夫相信，奥芬贝格对匈牙利议会事务的不当干预乃是受了皇储的怂恿——事实确是如此，那就更有可能了。如果蒂萨能让这个决议看起来是弗朗茨·约瑟夫自己思考所得的逻辑成果，并以保护《一八六七年折衷方案》免遭皇储的阴谋破坏为目的，那么皇帝收回他关于退位的威胁也绝非不可能。"那样的话，"斯拉瓦塔接着说道，"我们就会发现自己真的陷入了困境；可我们已经受够了。"

巴林特从未见过斯拉瓦塔如此担忧。他从来都是自信满满，坚信自己对事物的看法正确无误，坚信自己的判断是必然事实，对自己的政治分析有十足把握，可他此刻却如此犹豫不决，如此缺乏自信，沦落到了求教于人的地步。在巴林特看来，斯拉瓦塔仿佛终于明白了一点——政客要是对自己没有责任处置的政事妄加论断，并且被迫坚持自己的观点，那会有何等的深渊在他面前张开血盆大口。

美景宫的来使深深叹了一口气，摘下厚厚的眼镜，用手帕擦了擦，又戴回鼻梁上。巴林特很久以前就注意到，斯拉瓦塔每当有要事想说的时候就会这样，所以他期待地转头看着对方，这位政客也直视着他的脸说道："如果改朝换代，你会考虑在新政府中担任部长一职吗？"

这话太过出人意料，巴林特额上因为担忧而现出一道细纹。他已经知晓皇储对于奥匈帝国有何打算——多数都是听斯拉瓦塔亲口所言，这跟阿巴迪最为珍视的传统价值信念完全背道而驰。切尔宁伯爵❶几年前所写的话令他很是反感，伯爵预言说，哈布斯堡帝国虽是由几个独立国家构成的松散混合体，但弗朗茨·斐迪南将会把它变成一个拥有强大中央政府的大一统独裁超级大国。而这正是年轻的弗朗茨·约瑟夫早在接受《一八六七年折衷方案》之前很多年曾提出的目标。当时，巴林特的祖父彼得伯爵在未经他本人同意的情况下被提名为拟成立的新上院议员，然而这个方案会将奥地利的影响力强加于整个巴尔干地区，所以他轻蔑地拒绝参与其中；到了最后，他甚至发现自己心爱的特兰西瓦尼亚被当作嫁妆送给了哈布斯堡王朝的某位王子——只要此人被提名为罗马尼亚王位继承人就行！记忆中祖父对他讲过的话涌上巴林特心头，他愤怒得气血上涌。

尽管如此，他表面上还是保持着平静，用问题回答了斯拉瓦塔提出的问题。

"那我要先知道自己得为谁效力；当然了，还要知道设想的计划是什么。"阿巴迪的声音突然之间冷若冰霜。

"克里斯托弗是殿下唯一信任的人。"

"克里斯托弗！哎呀，这就可笑了！别的且不说，我们国家可没人

---

❶ 奥托卡尔·冯·切尔宁（1872—1932），奥匈帝国贵族、外交官和政治家，曾于1913—1916年担任驻罗马尼亚王国公使，卡尔一世即位后，升任外交部长。

愿意与他共事！”

　　“哦，说不定有呢，”斯拉瓦塔会意地笑了笑，“我们有理由相信卢卡奇愿意，没准就连尤斯特也愿意。”

　　“尤斯特是个激进的独立派，当初正是克里斯托弗任内政部长时摧毁了这个党派。他俩是死对头！这两个人绝对没可能合作！”

　　“你恐怕不知道，他们已经秘密接触好一阵子了，两人因为普选的提案走到一起，而这正是皇储对匈牙利安排的第一部分。以后还会有其他事情。”

　　“什么‘其他事情’？”

　　弗朗茨·斐迪南的密使几乎没有犹豫就说出了老外交官们那句为人熟知的保密请求：“当然了，这也就是我们之间说说！❶”然后便解释起来。

　　他说，第一步，皇帝将会发表宣言，其中主要的一项是实行普选，也会提及国防的重要性，还会说到对折衷方案的措辞进行微调以结束目前的一切争论。现有的议会只需就普选提案和国防预算通过必要的法例即可——有效期一年，政府会参与该计划的拟定，一旦这两项措施完成立法，它就会让议会休会。其他的一切——加冕典礼以及宣布和通过实现君主集权所需的法律，则是下一任议会的任务。

　　“那样的话，”巴林特插话道，“首先要确保无论克里斯托弗向众议院提出什么提案，都能得到大多数人同意。坦白讲，我觉得这几乎是不可能的。”

---

　　❶此处原文为德语。

"卢卡奇会把执政党里的激进分子拉拢过来，而整个独立派系都会跟着尤斯特，等到那时，人民党自然也会加入我们的行列。然后反对我们的就只剩蒂萨和他那帮人了。"

"我们姑且假设这些都实现了。但是别忘了，在这个政治团体中，尤斯特将会是唯一一位获得多数支持的领导人，你能想象他投票赞成扩大奥地利的权力以及集权化，而不会投票给他自己的方案吗？他那个方案的基础是我们两国仅仅通过坐拥两个王位的君主本人而联系在一起。尤斯特会小心确保投票提案以及重新划定选区范围全都对他自己的党派有利。而且我相信，即便如今他看似同意修订折衷方案，也同意了加强君主集权，甚至于在军队提案上也屈服了，可他这么做是有秘密条件的——修改后的选举法必须确保他的独立党拥有最高权威。如此一来，未来的改革只能由尤斯特来进行了，将来的统治者会发现自己面临的困境远比弗朗茨·约瑟夫当年更加严峻。再者说了，即使事情没有走到这一步，一旦被施加压力，卢卡奇、克里斯托弗和尤斯特之间的任何合作都注定会四分五裂。然后又将如何？"

"那我们就推行自己的选举法并相应行事！"

"你真的相信这样可行？你能够轻轻松松创造出大多数选民来赞同……"说到这里巴林特顿了一下，想要找个讽刺的词儿来表达自己的真实想法，"……赞同你如此周密的计划？"

"我的天哪！❶"斯拉瓦塔咄咄逼人地答道，"美景宫的'工作室'当然相信这样可行。我们指望卢卡奇至少带来执政党的半数支持；克里

---

❶ 此处原文为德语。

斯托弗争取到激进分子——虽然他们委实也没多少人，且多是知识分子——以及少数派中的大部分人。这样尤斯特也只好加入了，他会带来社会党人。这就是克里斯托弗的看法，米兰·霍查❶也是这个意思。"

"霍查？这一切他也有份？"

"当然！殿下对他十分信任。"

两人沉默下来，过了一会儿阿巴迪才又开口，态度很严肃，而且异常冷淡。

"我认为这一切就是在冒险，很叫人担心，而且相当危险，无论对大公而言，还是对其他任何人。单单改朝换代本身就会构成一场危机，再加上实行普选，沙文主义口号与煽动主义之间的冲突也会随之而来，这简直就是疯了。如果议会反对君主所主张的一切，那君主就无法与之合作。新任统治者会发现自己处境尴尬，无可救药，无可奈何，今时今日绝不可能像巴赫男爵在一八四八年之后那样实行专制。老皇帝当时可以那么做，是因为背后有沙俄撑腰，而且其他地方都太平无事，放在今天就无法想象了，至少是长久不了，很快就会以失败告终，只会留下一团糟的局面，各党派之间争执不下，拼命争权夺位。那可就在世界上出洋相了！尤其眼下我们国内已经快要天下大乱，巴尔干地区也是随时有可能燃起战火！趁着此时在我国挑起更大的动乱，这可真是个好时机！"

斯拉瓦塔心事重重地答道："是啊，这是唯一对它不利的事情！"

---

❶ 米兰·霍查（1878—1944），斯洛伐克政治家、记者，1905—1910 年担任匈牙利王国议会代表，是奥匈帝国唯一的斯洛伐克民族党的成员，1935—1938 年担任捷克斯洛伐克总理。

　　"这当然不是！还有更深层次、更为严重的问题。君主制的稳定就在于对传统的尊重。它立足于传统，反过来又被传统所维护。君主与社会各阶层之间、与国家行政机关之间关系十分密切。要是为君者无视这一点，开始破坏这些联系，用某些不那么古老、不那么有声望、不那么可敬的东西来取而代之，那么他就将摧毁自己王国赖以生存的根基。革命中崛起的独裁者可以这么做，因为他的显赫地位要归功于他的声望；一位成功的将军可以这么做，因为他有军队的支持。但这种权力往往会随着其创造者的死亡而消失。像这样的独裁者可以试着给所有人平等的地位，这种尝试其实是明智的，原因只有一个——如此强有力的个人统治如果施加于单一民族国家，要比施加于某个历史悠久、等级分明的国家更加有效，而这种等级结构正是世袭君主制的历史基础。权力要想世代相传，只有在一种情况下才有可能——它所统治的社会本身就是层层建立起来的，其传统的顶峰就是国王。此事毫无逻辑可言。这就是件不合逻辑的事，但人们在历史上和情感上已经接受了；仅此而已。君主要是变成了煽动家，并且亲自领导人民革命运动，他可能以为这是在为自己谋利，但他的所作所为其实是在为共和国铺路，或者是为了毁灭自己的国家！"

　　斯拉瓦塔嘲讽地微笑着说道："这纯粹是孟德斯鸠的论调——法的精神！"

　　"那是当然！但这千真万确——无论它的历史多么久远。再说我们只是在猜测罢了。这一切完全是假设，我就不信陛下有意退位……所以我们说的这些毫无意义，起码目前是这样。库恩-海代尔瓦里将会辞职，新政府将会组建，它会对选举法进行改革——在我看来这事早该做了。

听说尤斯特至少一年前就已准备好不再进行那些烦人的蓄意阻挠，尤其是关系到军队预算的方面。所以，如果军队问题不再碍事，王储所乐见的其他改革就可以提上日程了，皆大欢喜。"

斯拉瓦塔的回答让巴林特大吃一惊。

"可是我们希望弗朗茨·约瑟夫在位期间什么事都别发生。实际上，我们会确保真正的改革无法进行，也许这里那里可以有小小的让步，但只能是在不可避免的情况下。殿下希望一切都在他即位之后再进行，所以在那之前，他会尽一切所能阻止任何变化。要是拉斯洛·卢卡奇成了首相——这是很有可能的，他就会立即下禁令！"

"即便这意味着要搁置国防提案？"巴林特惊讶地问。

"即便是那样！"

"我真搞不懂！在这关键时刻，我国的军队准备就绪对于奥匈帝国本身肯定是至关重要的吧？难道这不正是王储想要做的吗？"

"当然，但不能以此为代价！想想吧，"王储信任的顾问继续说道，"大公即位之后，他手里最重要的王牌就是推行普选制。这个功劳必须是他的，也只能是他的。要是现在就推行的话，他的时代尚未来临，那他就会立刻失掉王牌，同时也会失掉将其他计划付诸实践的机会。所以现在什么都不能做，任何事都不行。绝对不行。无论如何也不行！一切就维持现状比较好。"

巴林特难掩怒气地跳了起来。

"如此自私自利，真叫人难以忍受！在军备方面落后于其他强国的是我们的国家。我们正处于可怕的国际危机之中，可我们亲爱的大公却打算出于纯粹自私的原因阻止对他本人，也对这个国家最有利的事情！"

"没必要像这样勃然大怒！"斯拉瓦塔说道，"毕竟老头子总是要死的……没准就是一两个月的事……？"

"所以再过一两个月，你们就能着手进行你所说的那些危险生意了……是这样吗？我看得出，现在对你来说其他东西都不重要了。你们只想摧毁我们已经拥有的一切——越粗暴越好——用某个尚未成熟且混乱一团的超级君主制来取而代之。所以——正如你自己所承认的——你才找不到任何有分量的支持者！你会发现，凡是支持这样一个计划的人，他们要么一无所有，要么就以为即便其他一切都崩溃瓦解自己也能从中获益。"

"你竟然会这么理解，我真是失望透顶。"斯拉瓦塔阴郁地说，随后他也站起身来，"很抱歉，我原本还以为你会支持我们，和我们结成同盟。"

"你用不着道歉！我绝不会支持这样的计划。实际上，你没什么好道歉的……再见❶！"

"再见！❶"

巴林特转过身，没有和对方握手便离开了。

---

❶ 此处原文为德语。

第二章

THE
TRANSYLVANIAN
TRILOGY

They Were Divided

接下来的几个星期里，巴林特时常回想起自己和斯拉瓦塔的谈话。眼下一切差不多都和从前一样。政府辞职了，但在大约三个星期的争论之后，几乎又照原样重组了起来，于是乎，曾经让皇帝雷霆震怒的那个决议也便无人再提。库恩 - 海代尔瓦里同意继续担任首相，以便解决那些问题，然而反对派又开始幸灾乐祸地展开阻挠，如此这般过了三个礼拜，库恩 - 海代尔瓦里递交了最终辞呈，并从此退出政界。四月中旬，拉斯洛·卢卡奇成了首相。

在官方层面上，他的计划与前任几乎如出一辙，但他还没上任就已经和尤斯特进行了秘密协商，和反对派的其他显要人物也大抵如此，但显然这种党派间的接触纯粹是一种形式，意义不大。

八卦新闻如今变得越发混乱和扑朔迷离，就连最不可能的事情，都处处有人相信。有件事情被人们说成了福音真理——卢卡奇和尤斯特以及那些热诚的左翼改革者，正在组建一个右翼游说团体，无论他们的死对头蒂萨支持与否。甚至还有一些事态进展，似乎也为这个不可能的故事提供了佐证，比如说吧，科苏特的追随者们派了一个代表团去维也纳，抗议说奥芬贝格带给布达佩斯议会的口信已构成对匈牙利主权的侵犯，结果却发现有个名叫蒂沃道尔·鲍贾尼的人为这位奥地利部长的行为辩护，而此人正是尤斯特自己的核心集团成员。这可是个一百八十度的大转弯，其他人随后也效仿起来。卡罗伊·米哈伊身为反动地主农业协会的主席，原先一直是独立党党员，就在两年前还曾为了投票权的问题与蒂萨并肩作战，如今尽人皆知他已改弦易辙，作为一名激进分子，他在尤斯特与政府首脑们之间穿针引线。

尽管流言甚嚣尘上，但是谁也没有确切消息。当然了，有两点还是可以肯定的，一是幕后的气氛越发热烈，二是以往那些阻挠手段还在一如既往地愉快进行着。议会里在发生什么事情，公众原本还是想知道的，可这种兴趣却逐渐被扼杀了，人们读报时只能发现，这个国家的民选议员们要么在开闭门会议，要么就是坚决只为那些鸡毛蒜皮的小事投票。这些太无聊了，大家不感兴趣。

这段时间，阿巴迪只有在合作社工作需要时才会来到布达佩斯。他母亲打算四月底返家，所以这几个礼拜巴林特多数时间都在特兰西瓦尼亚、布达佩斯与萝萨伯爵夫人所在的阿巴齐亚之间来回奔波。

如今眼看她就要回家了，却被耽搁下来。儿子已经为她在首都的匈牙利酒店订好房间，天天盼着听到她抵达的消息。这时电报来了，内容却出乎巴林特的预料。她在电报里说："眼下不能旅行。信已寄出。母。"

两天之后，信寄到了。那是一个大大的酒店信封，上面的地址却并不是他母亲那倾斜细长的字体，而是某个巴林特不认识的笔迹。巴林特焦急地撕开信封，里面有两封信。

大的那一封写道：

亲爱的儿子：

这些话是我口述的，不过请放心，我并无大碍。今天早上醒来时有点小小的不测，我发现右手没法正常使用了，它没有力气，就好像睡着了似的，一上午都没有好转，所以中午我派人请来了医生——你也知道我有多不喜欢他们。他诊断这是血液循环不良，说是很快就会好起来。他让我用酒精湿敷，再按摩一下，但是收效甚微，我不想在这种无法自理的状态下赶路。所以我会在这儿多待几天，也没别的原因，就是在火车车厢里只有一只手能动很不方便，而且在卧铺上穿脱衣物也很费劲。你知道我不喜欢请别人帮我的。

别担心。你也用不着到我这儿来。

吻你一千次。

这封信是萝萨伯爵夫人口授、由她的贴身老女仆特卡执笔，而第二封信就是特卡自己写的，她在信中写道：

我之所以给大人您写信，是想告诉大人，夫人的情形确是如此，她并没有轻描淡写。今天早上我发现她的胳膊不能动时，着实吓坏了，但夫人并无其他不适，大人，她就只有这一边胳膊不能动，医生对我说的跟对夫人说的也一样，说她会慢慢好起来。请原谅我擅自给您写信，但是我想您会希望知道这些。

向您致敬，大人

特卡

　　巴林特当天便启程赶赴阿巴齐亚，尽管他曾答应阿德里安娜在布达佩斯和她会合，再跟她一起去维也纳，他俩可以在那儿待几天，阿德里安娜打算在五月初去洛桑看望女儿。他给科洛斯堡去了一封快信，解释自己为何不得不取消这个计划，然后搭上了夜班火车。

　　他发现母亲的情形正如她自己所说，可以稍微动动手和手指，却没有力气。巴林特独自去见了医生，后者告诉他："这是动脉硬化。她会好起来，不过恐怕永远不可能恢复到从前那样。但我们对此依然不可掉以轻心，哪怕它只是预示着她有中风的倾向。有些人容易中风，我们其实也没什么防御措施可以建议。也许夏天去巴德加施泰因❶对令堂会有点好处。"

　　萝萨伯爵夫人努力装出一副生气的样子，因为尽管她说儿子不必来，可他还是来了；但是显而易见，她真的很满意、很高兴。他俩一起在克瓦内尔❷的海滨又度过了十六天。

------

❶ 奥地利中西部城市，以旅游业闻名。

❷ 克罗地亚海湾。

医生对预后的诊断是对的。老太太的手又能用了，尽管她没过多久便能勉强写字，却不比从前。

这些天来，巴林特感觉自己跟母亲比以往任何时候都要亲近，仿佛她的心肠如今软了下来。许是因为住在旅馆里，她身上那股傲气也不那么明显了，不像在德内斯托亚家中的时候总是一派威严的模样。巴林特也说不清究竟是哪里变了，她并没什么显著不同，尤其是对儿子的态度，但她整个人确实和善了一些、温柔了一些，就好像胳膊的毛病让她有了一种预感，于是头一回开始审视自己。不知为什么，巴林特感觉到了这一点。他知道这并不只是自己的怀疑，于是他也尽力比从前对她更加热情，但也仅仅是稍微热情一点，足以让她高兴，又不会热情过头，因为他知道母亲有多痛恨一切感性和殷勤的行为。

五月中旬，他们启程返家。巴林特觉得这会儿阿德里安娜肯定要从洛桑回来了，于是发电报将他们的计划告知于她。

❧❀❧

抵达布达佩斯那天，他们去了捷波德咖啡馆●喝茶。尽管巴林特反对，理由是像这样时髦的地方，在这个时节肯定挤满了人，可是萝萨伯爵夫人坚持要去。巴林特在阿巴齐亚就注意到，母亲近来显得很喜欢待在人群里。老夫人的这个变化令人始料未及，她以前总是离群索居，很少外出去别人家里，更是从来不去餐馆或咖啡馆这种地方。

如今，她似乎突然之间变得喜欢置身人群之中，就好像日常生活的

● 欧洲最大最传统的咖啡馆之一，开业于 1858 年。

喧嚣与混乱给她带来了乐趣一般，仿佛在海边旅馆房间里发生的事情提醒了她，她的生命正在无情流逝。

现在巴林特和母亲走路时总是手挽着手。

捷波德咖啡馆当然是人满为患，没有一张桌子和一把椅子是空着的，长长的柜台前还站着两三排顾客。他们最后在门边找到了位子，萝萨夫人背对着墙壁，巴林特坐在她右侧。如今人们很时兴上这儿来，他们离门口非常近，蜂拥而入的许多人都是从他们桌旁挤过去的。

萝萨伯爵夫人丝毫不以为意，她心情很好，微笑地坐在那儿耐心等待，过了很久，她的奶油咖啡才端上来。她一面慢慢搅着咖啡，一面看着人群来来往往，上流社会的女士们挤进挤出，差点都要摔倒了。老夫人那微微凸出的灰眼睛望着这一切，饶有兴致，有些客人离她的椅子不过咫尺之遥，她也并不计较。

真是奇了，巴林特一边想着一边低头呷了一口茶。就在一个月前，她还多么痛恨这一切啊！

* * *

一个身着铁锈色亚麻衣服的高个儿年轻女人出现在门口。

是阿德里安娜。

有很多人想要出去，所以她进不了门，便站在门旁给人群让路。她站在那儿，就在门边，背对着萝萨伯爵夫人所坐之处。

当巴林特抬起头时，她已然耐心地站在那里，巴林特自然立刻就认出了她。

他心里一阵狂喜……随后却又担心起接下来的情形。尽管阿德里安娜近在眼前，可要是她没有看见他们，并且因此而没有跟他母亲打招呼，萝萨伯爵夫人恐怕会以为她这是故意为之。要是她们发现彼此离得这么近，却只是勉强问候一声做做样子，那也是无法想象的。双方得说上几句，不论是何等无关紧要的话，不然就会比她们设法避而不见更加失礼。他知道阿德里安娜会做足任何必要的礼数，但是他母亲会如何应对？毕竟她对阿德里安娜已经痛恨多年，而且她俩也很久没见面了。在那之前，要是她们碰巧在义卖活动或是共同的朋友家里相遇，萝萨伯爵夫人就冷冰冰地点个头，然后便把脸转开。她现在会怎么做？尽管母亲习惯少言寡语，可要是眼睁睁看着她侮辱和伤害他所爱的女人，那就太可怕了。

这一切飞快地在他脑子里闪过，他的心痛得一紧。

这时意想不到的事情发生了。

萝萨·阿巴迪用左手碰了碰阿德里安娜的袖子，柔声说道："哎呀，阿德里安娜！难道你没看见我？"

年轻女人转过身，被这出人意料的情形吓了一跳。她一时不知该说什么，但很快便回过神来，问候了老夫人，又将萝萨伯爵夫人的手举到唇边。这个自然而然的举动并不仅仅是出于年轻女子对年长妇人的礼貌，在那个年代，只有在两人关系十分亲近时，成年女性才会对年长的女士行吻手礼。阿德里安娜此举几乎是既感激又卑微。随后她又隔着桌子跟巴林特打了个招呼，后者早在她转身面对他们时就站起来了。

萝萨伯爵夫人冲着巴林特空出的椅子挥了挥手，说道："你不跟我们一起吗？虽然挤了点，但是请你跟我们坐在一起吧……或者你是跟朋友一起来的？"

"谢谢您。如果可以的话，我很乐意坐一会儿。我就是进来拿点东西的。"

　　阿德里安娜说话时犹犹豫豫，语气有些尴尬，老夫人却风平浪静，乐乐呵呵，仿佛两人之间什么事都不曾发生过。她看起来甚至还很高兴，不过她也确实高兴，她很喜欢扮演亲切贵妇的角色，只要一有机会，内心就会涌起这种渴望，如果这份礼物送得出人意料、叫人吃惊，而且看来仿佛是她在女王宝座上居高临下地施舍，那就更好了。此刻她高兴的心情中还夹杂着一种真正的善意，同时也隐隐有些嘲讽意味——显然她儿子有点尴尬，阿德里安娜也是如此——不过她很小心，并没有流露出来分毫。她自自然然地聊着天——也许过于健谈了一点——以便帮助另外两位恢复平静。她对阿德里安娜说起阿巴齐亚的一切，说起她在那里过冬的情形，又问到阿德里安娜的父亲阿科什·米洛特的近况，还问到了她妹妹玛吉特，甚至还有她的小女儿克莱米，她听说克莱米如今在瑞士念书，让她在那儿长大真是太明智了。

　　"我到这儿来给她买些巧克力，"阿德里安娜说道，"也给她的校长和宿管妈妈买了一些。每次我回去看她，都会这么做，以此向她们表达我的感激之情。"

　　随后她又毫无理由地补充道："我刚刚才到——今天下午五点的火车。"巴林特估计她说这话是想表明她对阿巴迪一家的动向一无所知，所以并非与他串通策划了这场偶遇。

　　他们又说了几句，阿德里安娜便起身道别，消失在柜台前繁忙的购物人群之中。过了一会儿，他们看见她提着三个包裹走出人群，从萝萨伯爵夫人身边走过时，阿德里安娜朝着老夫人优雅地低下头……巴林特瞥见她眼睛里有泪光闪动。

一刻钟以后，巴林特带母亲返回了旅馆。两人默默地走着，谁也没有说话，就连在匈牙利酒店那宽大的走廊上分别时也只是确认了一下晚上的安排。巴林特迫不及待想要顺道去一下赌场俱乐部，听听那些最新消息。两人作别时他吻了她的手，却比平日里稍微多握了片刻，阿巴迪伯爵夫人则用她那胖乎乎的小手拍了拍儿子的脸颊。

这两个动作几乎难以察觉，但儿子只需以此表达谢意，母亲也只需以此表示对和解的认可。对他俩而言，这就足够了。

巴林特到达的时候，赌场俱乐部已经挤满了人，又是风雨欲来的感觉。

前几个礼拜，卢卡奇用尽了一切办法，想要让仅有一年期限的军队预算获得通过。为了得到尤斯特的合作，他针对选举权问题提出两个不同的建议，都遭到了拒绝。在其他方面，他同样没取得什么进展，奥波尼在一次公开演讲时称，他和自己的追随者们压根就不会讨论卢卡奇的提议，尤斯特则明确表示，他认为即便卢卡奇在选举权方面做出让步，那也是不够的。

独立党内部的分裂进一步降低了达成全面一致的可能性，因为就在看似要和尤斯特达成一致的时候，科苏特和奥波尼一伙提出了一系列荒谬又牵强的民族主义要求。尤斯特不希望显得自己不如其他人爱国，于是他又提出一些更加激进的建议——只有卢卡奇心知肚明，他因为私下效忠于皇储的政策而束手束脚，所以已经没有回旋余地。尤斯特一党如今提出的改革要求更加顽固、更具革命性，因为他们误以为首相有权批准。凡是自己不赞同的措施，他们都有办法阻挠议会通过，将这种权力运用得毫不留情。这些日子以来，议会所做的就是为鸡毛蒜皮的小事进行无休无止的投票……投票、投票……闭门会议以及继续投票。

就在这个节骨眼上，蒂萨再一次成为人们关注的焦点。

尽管还未发生，但是众所周知，接替拜尔泽维齐担任众议院议长的纳威很快就会辞职，蒂萨即将接任。

这意味着要违反议会的规定，因为就在几年前的一九〇四年，蒂萨也曾亲自掌过权。

阿巴迪听完一伙人的讨论，再去听另一伙人的，他一言不发，就只是听人家怎么说。每个讨论他只听十五分钟左右，然后就去听下一个，可是无论到哪里，他听到的都一样。人们痛恨蒂萨，除了痛恨还是痛恨；持各种反对意见者痛恨他，《一八六七年折衷方案》的忠实信徒痛恨他，安德拉希的追随者们痛恨他，人民党的党员痛恨他，就连那些仍然高举一八四八年革命的旗帜、反抗哈布斯堡王朝的顽固老政客也痛恨他。到处都是这样。

另一方面，在政府内部，人们的意见却没有这么统一。蒂萨那几位支持者如今都闭紧了嘴，冷冰冰地沉默旁观。卢卡奇的其他支持者则是人们所熟悉的那种政客，他们愚蠢、消极，像许多人一样，盲目追随着他们以为的大多数，只有在十拿九稳地下注时才会高兴。这样的人看到危险就气馁，如今他们焦虑不安地直摇头，互相重复着自以为的政坛金玉良言，企图以此来让自己安心，结果却是徒劳一场。显而易见，他们因为忆起一九〇四年的情形而害怕，想到其后那段可怕的日子，他们的骨头都疼了。为了鼓起勇气，他们告诉彼此，蒂萨的意志力会克服一切困难，这事儿会做得风平浪静，当年的暴力事件绝不会重演。议会事务由蒂萨这样的强者掌控，单凭这一点就足以吓得那些捣乱的家伙不敢乱来。他们当中有不少人两头下注——这种政客就爱干这种事——然后到处跟人交头接耳，谁肯听就跟谁说，尤其是他们的政治对手，说要是会议厅里再度上演暴力事件，他们个人是绝不赞同的，甚至还反对这些做法！

巴林特觉得这一切听起来真叫人丧气。他想到自己深为敬重的蒂萨居然要拿整个政治前途去冒险，面对对手的深仇大恨，支持他的不过是一帮乌合之众，而这些人就跟他试图对付的人一样不可信任。这种骇人听闻的局面他越想就越担心。

他毫不怀疑，强制投票的政策将赢得胜利。如果蒂萨设法绕过议会规则、成功使必要的立法获得通过，他会获得大多数人的赞扬，尽管反对派也许会大叫大嚷，但他们至多也只能如此。可是以后呢？以后会怎么样？依巴林特所料，蒂萨会背负起堆积如山的仇恨，他会发现自己被永久放逐到了政治无人区。如果匈牙利失去他这样一个强大的公众人物，那将是何等的悲剧！尤其这悲剧的起因是他被自己的追随者所出卖，也许甚至是被现政府或下一任政府出卖——一旦到了恢复法治的合适时机。没有什么能洗去仇恨留下的影响，不仅反对派会尽其所能让人们不要忘记这份仇恨，就连政府自己的支持者也会这么做，哪怕只是为了确保首相一职最有资格的候选人被挤出竞选。旁人并不会遭这份罪，但蒂萨可能发现自己将终生无缘任何要职。巴林特在想，这是巧合吗？斯拉瓦塔曾经宣称，对美景宫那些大胆开拓的计划来说，蒂萨正是最重大的阻碍，如今等待着他的却是这种命运。

可是还有什么其他解决办法呢？眼下政府是起不了作用的，只要还尊重法治，那么这一小撮不负责任的蓄意阻挠者就可能无限期地继续下去，拖延这个国家急需实施的一切举措。要打破这种障碍，唯一的办法似乎就是无视那些几百年来一直保障着匈牙利议会自由与完整的规则。可惜的是，除了蒂萨好像没人愿意承担这样的责任，事后也只有他一个人会遭到指责。难道就不能另找一个勇敢又冷静的政客吗？另找一个对国家不太重要的人，就算他发现自己被扔到荒野里，国家的损失也没那么惨重。这样起码会好一点；因为事实很讽刺，受指责的是执行者，而非下令者。人们会朝讲台上的人扔臭鸡蛋，却将他身后出谋划策的人忘得一干二净。

巴林特觉得应该同蒂萨谈一谈此事。

他想了很长时间，不知道自己该不该跟这一切搅和在一起。蒂萨会不会觉得他这是想要出风头？可是心中所想令他无比焦虑，看来还是将此事告知蒂萨本人更加重要。第二天早晨，他询问何时可以见到蒂萨，当天下午就预约好了。

巴林特说了很多。他告诉这位前首相，他也赞同目前的僵局必须打破，唯一的办法也许就是绕过议会规则。他告诉这位长者，人们已经在大声喊着说恨他，要是他将自己的计划付诸实践，这种情况还会严重得多。众人皆知蒂萨是个近乎清教徒式的人，从来不顾自己的最大利益，考虑到这一点，巴林特只字未提个人不受欢迎，而是强调他从心眼里认为，个人利益必须永远让位于国家的最大利益。但是，这事还有另外一个方面，同样极为重要。他粗略地说了一下，免得对方以为他这是没经过大脑在拍马屁。问题并不在于蒂萨从公众视线中消失后他个人是否会吃苦受累，而是国家失去了他是否会遭受损失。巴林特说，唯他一人拥有足够的地位与经验去抵抗身边那些煽动家。所以，作为对国家事务未来方向举足轻重之人，他不应承担亦不应接触这项任务，而一个资历较浅、更加可有可无的政客也能将此事做得一样好。巴林特恳求他不要接受议长提名。他说，在蒂萨的追随者当中肯定有人更想当议长，蒂萨无论要他做什么，他都会愿意做。

蒂萨听得很专心。他一次也没有打断这个年轻人，却透过厚厚的镜片仔细观察着他，那对灰眼睛在镜片后面显得格外大。

巴林特说完后，蒂萨逐一回答了他的问题，还给出详尽的细节来进一步证实自己所说的内容。他承认，巴林特在很多方面说得都对，特别是这一点：任何成功扳倒蓄意阻挠者的人都无异于将脑袋放在了政治断头台上。可是……可是……眼下必须要恢复议会秩序，此事至关重要，压倒其他一切考虑因素。巴林特刚才说他地位尊贵，他对此并未予以否认，这是明摆着的，要是他否认，那反而是故作姿态，不合他的身份；蒂萨可不是这种人。他也知道，祖国也许未来还会需要他，尽管有风险，他依然认为现在应该采取行动。只有他才有威望来完成这项任务，旁人谁也扛不起这个特殊的重担。他不会后悔，哪怕这意味着他今后必须从公众视野中销声匿迹。为了国家，他必须这么做，这项事业值得他为之牺牲。

"如果必须这样的话，那我就安静地退休好了。"

他的推论就像一条精心锻造的锁链，毫无瑕疵，没有一句废话。每个词都仿若青铜铸就，坚如磐石。

蒂萨说完便站起身来，巴林特护送他回到议会走廊上，他非常友善地感谢了这个年轻人的一番好意。随后他平静地走向楼梯口，高大挺拔、肩膀宽大的背影消失在巴林特视线里。

五月二十二日，蒂萨当选为议长。

有人认为这敲响了他们所有计划的丧钟，于是立刻宣布举行大罢工。工厂的工人们倾巢而出，与城里的乌合之众一起，开始掀翻电车和卡车来制造路障。暴民们向着议会大楼进发，但在阿尔克特曼尼大街的转角处遭到警察阻拦。他们向警察投掷石块，还响起了几声枪响。警察开火还击，造成六人死亡、一百八十二人受伤。

外面的广场上是这幅光景，议会里的立法者们依然在投票同意或反对一大堆无关紧要的琐事。

整个国家似乎正在酝酿一场风暴。

每个人都有这种感觉，每个人都以为这就是自己看到的。人们背着蒂萨进行各种私下讨论。拉斯洛·卢卡奇和无党派人士之间在秘密传递信息，尽管人们从不知晓具体情况，但首相似乎仍然在寻求一种和平的解决方式，以期就投票权问题达成一致意见。可以肯定的是，科苏特和尤斯特相信像这样的一致意见是存在的，无论它是否以法律为依据。唯有如此才能解释，为何到了六月一日科苏特要求在辩论中发言，并且以独立党的名义提出，如果参加投票的人数增加120%，那么他们就放弃一切阻挠行为。卢卡奇起初回答得模棱两可，第二天却明确表示拒绝科苏特的提议。有些人认为他一定是因为害怕蒂萨才受了影响，但更有可能的情况是，他得拖延时间以便和美景宫商量，而皇储之所以不肯同意，是因为他在成功登基之前都会坚决反对一切激进改革。

　　独立党的成员们大失所望，进而义愤填膺，于是乎下一次开会时，他们就愤愤不平了。

　　巴林特和母亲于六月四日回到布达佩斯，当时看到的就是这种局面。他已经意识到，无论自己发现议会里是什么情况，都会觉得不高兴，因为他自幼就相信，匈牙利的宪法神圣无比，同时也尊重它的种种传统。本来在报上读到最近发生的事件已经让人痛心了，如今亲眼看见就更糟糕。尽管如此，他还是得到场，正如八年半以前那样——当时被人们嘲讽为"扈从"的政府派士兵进入议会以贯彻自己的意志。巴林特感觉到这种事情也许会再度发生，如今人们的热情甚至比从前更加高涨，外面的街道上还有枪击声。要是本届会议发生同样的事，蒂萨可不会在军队的枪口前畏缩不前，如果他有足够的勇气反抗他们，那巴林特觉得自己不这么做就是懦弱。

　　会议开始的时候，局势已经是山雨欲来风满楼。反对派一上来就使出浪费时间的老把戏——以冗长演说进行阻挠。一位有本事把任何话题都拖到地老天荒的议员要求就议会规则的程序问题展开辩论。按照传统，这样的要求必须优先考虑，如此一来，起码能圆满地浪费掉四十五分钟或者更长时间。蒂萨却只是以最干脆的方式驳回了这一请求。左侧随即混乱起来，议员们在长椅上敲敲打打，要求立即举行闭门会议。

　　巴林特从自己所坐之处可以清楚地看见蒂萨。新当选的议长坐在那儿一动不动，等待着骚动平息下去。阳光将他的灰色短发照得熠熠生辉，厚厚的镜片挡住他的双眼，就像脑门下方有一对闪亮的圆盘。最后，当人们终于能够听到他的声音时，他严肃地说："我必须请求各位可敬的议员放弃他们采取的做法，这种做法会让我们的国家走向毁灭。"

　　毫无疑问，他事先已经知道如此温和的指责压根没有效果，对于他的请求，人们的反应是吹口哨、敲击长椅、跺脚以及无礼的大叫大嚷。蒂萨让大家安静，然后又说了起来。他的声音严肃、态度平静，只有在反过来引用政治对手的一些话时，他才会允许自己语带讽刺。

　　"身为议会的秩序维护者，"他说道，"我的职责是彻底终结所有的阻挠策略与技术性反对，正如安德拉希·久洛伯爵所言，只消区区二十个心怀恶意的议员，就能将之打造成一柄利器，奥波尼·阿尔伯特也曾宣称，这是对国家古老自由的篡夺……"可是人们听到这话便吵嚷起来，他的话还没说完，声音就被喧闹声淹没了。人们从最左侧的长椅上一跃而起，愤怒地咆哮着，然而蒂萨又一次设法让自己的声音盖过了他们。

　　"我现在请问议院，是否同意国防预算法案？希望你们回答，同意还是不同意？"

　　在场的大多数人立刻起立表示他们同意，蒂萨随即宣布议案通过。反对派如今已经无能为力，只能继续怒吼着、咒骂着、大发雷霆、向四面八方大声叫骂，可惜他们的辱骂并没能击中目标，因为这里太吵了，没人听得见他们在喊什么。就在此时，蒂萨宣布会议结束，随后站起身，心平气和地缓步走了出去，仿佛只是午后出去散个步而已。

　　这一切都发生在中午之前。

　　下午开会时阿巴迪又来到议院，当时刚刚三点半，他朝会议厅里望了望，看见有大批反对派已经到了。这些人听说蒂萨命令警方设置封锁线，担心自己会被禁止进入大楼。如此一来，左侧的席位几乎全部坐满，只有少数几个还空着。大家似乎都很开心，甚至是欢天喜地，他们互相说着笑话，哈哈大笑，仿佛在等着什么特别有趣的事情发生。有些人带来了哨子，另一些人带了铃铛，他们忙着向对方展示自己带来的东西，还试着轻轻地吹一吹、摇一摇。这该有多好玩，大家互相嘀嘀咕咕道：好玩，好好玩啊！

四点钟，执政党到场就座，会场里一片寂静，叫人感觉有点不妙，最后蒂萨起身宣布会议开始，混乱又一次爆发了，有吹哨子的声音、摇铃铛的声音、大喊大叫的声音以及伴随着狂笑的欢呼声。尽管人人都看见议长的嘴一张一合，却没人听见他说的话，一个字都听不见。随后他也不再尝试着发言了，而是用铅笔记了些什么东西，然后起身离开会议厅，执政党的所有成员也成群结队地跟在他后面。制造噪声的那些人以为自己赢了这一回合。

不过好景不长。

过了一小会儿，在左侧席位的后面，会议厅大门上的红色长毛绒帷幔被拉到一边，首席引座官手拿一张纸走了进来。人们看见他后面跟着一位高个儿议会官员，身穿镶有金边的制服，他身后则是一排又一排的警察。

在巴林特所坐的地方很难看到接下来究竟发生了什么，不过，在密集的警察方阵后面，人们似乎争论得很激烈，甚至有可能吵起来了。

情况是这样的。卡罗伊·米哈伊在走廊里时发现警察进来了，而且越来越多，快要把走廊给挤满了，于是他从左侧的中央门挤进会议厅，跳上眼前第一排席位的桌子，跨过一排排就座者的肩膀，在席位的桌面上张开双臂跑了起来，白色的鞋子飞速掠过，直到他不知不觉跑到了尤斯特面前。随后他似乎伸出双拳向离他最近的那名警察打去——不过人们没看到他的拳头究竟有没有击中目标，因为就在那时，几只手熟练地抓住他，将他举到空中，四名强壮的警察把他给抬了出去。当天就只有他一个人真正袭警，但奇怪的是，他的名字并未出现在后来被逮捕的人员名单上。

其他人只是消极地反抗了一下。那个身穿金边制服的人碰碰他们的肩膀，他们便静静地站起来，在两名警察的护送下走出去了。

第一批蓄意阻挠的议员被逐出会议厅之后，阿巴迪也离开了。

他之所以来参加会议，是因为他认为这是自己的职责；而他直到警察来了才走，是因为他知道接下来发生的事情会令他深为震撼，可他也赞同此举极有必要。这一切进行的时候，他就仿佛被催眠了一样站在那儿，尽管他感到义愤填膺，尽管他对这种情形感到恐惧，却没法移开视线，就像有人逼着他站在那里目睹恐怖事件的发生。

他嘴里泛着苦味，走到外面的走廊上，这里空无一人，显然蒂萨给自己的追随者下了命令，这一天他们应该谨慎地待在不引人注意的地方，不可像平时那样四处溜达。就连引座官都不见了。

巴林特快步走下楼去。一楼的门厅里，一小群被赶出来的议员冷漠地站在一侧，旁边围着警察；巴林特从衣帽间取了帽子和手杖回来时，他们还在这里。

这会儿他们挤在大门口周围，巴林特不知道这些人到底在等什么。难道是在查证件，抑或是抓获他们的人在等着其他人来加入，凑成一大群再全部赶走？

阿巴迪很快就弄明白了：有人在给被逐出的议员拍照。

迫不及待的记者们站在外面门廊的柱子旁边，被捕者每三四个成一组，出来时就在门口稍作停留，负责看守的警察将他们夹在中间，等到所有的相机都咔嚓响过后，他们再继续走，腾出地方来给下一组。

没过多久便轮到了马尔通·库腾瓦里，他比大多数人更有新闻从业经验。他清楚地知道需要怎么做，于是请求护送他出来的警察将他带到外面的阳光下，然后再停下来履行拍照仪式。他想确保这是张好照片，他知道，在门廊阴影下拍摄的照片很可能会太过模糊，让人们没法一眼认出"受害者"。

警察有点迟疑，因为他们得到的命令仅仅是护送那些拒不服从的议员到门口，仅此而已，然而库腾瓦里坚持如此。他狡猾地指出，入口处的柱廊也是这栋大楼的一个组成部分，要是他们跟他一起去到外面的柱子那里，这也不算违反命令。他说着又递上几支上好的雪茄，于是精明的库腾瓦里如愿以偿了。

报上登出的照片是他最好的一张。照片上，"暴政的受害者"站在那里，两旁则是权威的代理人，好一副愤慨、高尚而又正义的形象。因为他是被强行赶出大楼的，所以库腾瓦里叫警察抓住他的双臂，看着就像被绑住了似的，甚至在摄影师们就要调好焦距的时候，他还叫停了一切，一边喊着"等一下！"一边摘下帽子递给陪着他的警察之一。随后他又重新摆好姿势，说道："好了，现在可以拍了！"

结果一如库腾瓦里所愿。他的发型剪得很像伟大的爱国诗人裴多菲，飘逸的头发在风中摇曳，站在身穿制服的两个小矮个儿之间，他那高大的身影显得无比威严。

这张照片拍摄时，巴林特刚好走到广场，随后库腾瓦里走下了台阶。

"你好啊！巴林特，我亲爱的朋友！"他喊道，"我要把照片寄给我在奇克的选民们……寄一百份……这可是很好的宣传，你说对不对？"

❦

打从这天下午开始，警察就在议会大楼周围设置了警戒线。

然而，三天之后，有一位被驱逐的议员却设法从阳台爬了进去。这位籍籍无名、无人知晓的议员名叫久洛·科瓦奇，他跳进会议厅，向蒂萨开了三枪，第四枪则对准了他自己。

蒂萨毫发无伤，依然镇定地站在原地，看见袭击者倒地，他估计此人是自杀了，于是继续往下说，用和平日完全一样的方式补充道：

"这就是可怜可悲的疯子行径，他已经预见自己会受到应得的惩罚。我们应当怀着同情去看待他的行为与命运，这是对于失去理智者应有的同情心。"

从那一刻起，反对派的议员们再也没有来过议院，就连尝试都没有尝试。他们在报上登了一篇《抗议声明》，公众对此却反应冷淡、漠不关心。

大家对议会规则进行了修改，又通过了一些不太重要的法律法规——当然是全体一致同意通过的——本次会议便到此结束。接下来是夏季休会期。

巴林特没有等到会议正式结束就回特兰西瓦尼亚去了。

气动锯那有节奏的旋转声响彻整间锯木厂，穿过一堆堆小山似的锯末，穿过码放整齐的一垛垛木板成品——这些规整的木板堆高高耸立在涂有焦油的车棚屋顶旁边，穿过食堂和经理办公室，穿过遍布周围山坡的茂密松林，一直传到下方远处的瑞提塞尔山谷里。阿巴迪家的锯木厂就建在瑞提塞尔的山顶上，用木材作为栅栏围起来的工厂院子足有个山村那么大。

此时正值正午，明亮的太阳光线几乎是直射下来。到处都没有影子，树干已经在树林里被剥去树皮，光滑得好似柱子一般，在阳光照耀下闪着黄色的光芒。刚刚切割好的木板仿佛是用金黄色天鹅绒制成的，那一堆堆锯末就像黄金雪……而且，像往常一样，凡是有气动锯工作的地方，一切看起来都像刚刚擦洗过一样干净。

大约半个钟头以前，阿巴迪骑马从弗拉西奈特的山脊上下了山，那儿的森林里有一片新种植的人工林，他是去视察的。林场管理员温克勒和护林人首领安德拉斯·祖托尔（蜂蜜）陪他一起走遍了几处人工林。兹瑞德的森林小屋离此只有几百码，他们打算在那里用餐，然后再启程赶往库丘拉特的山口。另外两名护林人已经将巴林特的帐篷运送在路上，他们还带来了精力充沛的马匹，如果想要当天晚上到达拜莱什河的源头附近，那他们还有很远的路要走。拜莱什河就发源于乌尔索亚山坡上阿巴迪家林地最南端的下方。其他人先走，巴林特后走，他的马很快，有望在半道追上他们；但是在此期间，他还下山去锯木厂和弗兰克尔公司的一位经理见了面，巴林特所有的木材都是签约卖给这家公司的。

巴林特从迷宫般的木堆之间走出来，这时有位年轻人也偷偷摸摸现了身，就在距离巴林特不到百步的地方，那儿几乎是锯木厂和周围林地的交界处了。此人便是库拉，他的全名叫作伦格·尼库拉伊，是佩科尧村老村长的孙子，有一段时间，巴林特曾经试着保护这个村的村民免受当地官员敲诈。这个年轻人心地很好，给阿巴迪当秘密线人已经有阵子了。

库拉从他的村子匆匆下山赶来，越过一条小溪，消失在对岸茂密的树林里。小溪正是佩科尧村的村界，两旁柳树成行。他假称要去马瑞吉尤，但并没有直接前往这个目的地，从家里出发时，他说要先去兹瑞德拜访一位想买奶酪的食堂经理，接着去马瑞吉尤见见那位有两匹马要卖的法官。之所以要这样，是因为在山里人人都对别人的一切了如指掌，要是有人在兹瑞德看见他，而他又说不出充分的理由——尤其是在他本应去往马瑞吉尤的情况下，那么他反常绕路的消息便会传扬出去，就像登在报纸上似的。而他和庄园主秘密会面的事情可千万不能让人知道，这片山区的农民全都是罗马尼亚人后裔，一位身为贵族的匈牙利地主难免会成为人们怀疑的对象。

所以，"蜂蜜"祖托尔和库拉两人私下策划了一个方案，要想将这样的会面保密，唯一的办法就是让它看起来纯属偶然，在高高木板堆之间的小巷里没人会看见他们。庄园主可以从锯木厂一侧闲逛过来，库拉就从另一侧进来。日期和具体时间已经提前定好，正午时分在佩科尧可以清楚地看见弗拉西奈特山脊上的情形，所以库拉只需留心看着就行了，一旦发现巴林特离开山脊，他就马上出发。一切都按照计划进行，巴林特骑马来到锯木厂的庭院里时，库拉已经在树林里等他了。

年轻的库拉冒了很大风险。他要对阿巴迪说的事情涉及高斯顿·西莫的不法行为，此人是久尔库卡地区的匈牙利公证人，他的种种无耻交易让山民们吃了很多苦头、受了很多磨难，要是有人忤逆他，他可绝不会让他们逍遥法外。

在受害最深的人当中就有佩科尧的村民。西莫现在所做的依然和从前一样，要是村民们年景不好，需要借钱来渡过难关，西莫就帮助放债人获取高额利息。等到村民还不起贷款时，他就安排取消他们的抵押品赎回权。跟他合伙干这事的是卑鄙的罗马尼亚神父，也是久尔库卡的教区牧师。几年前，放债人中最坏的那家伙在一个漆黑的雪夜被人残忍杀害，他的房子连同所有的文件都被付之一炬。尽管遭此挫折，但西莫并未收手，仍然在继续侵吞各个山村里无知村民的财物，到最后，佩科尧村的大多数穷人都被剥夺了土地，被迫为从前属于自己的土地交租。阿巴迪尽了全力来保护他们，他提出要亲自接手他们的案子，并支付一切法律费用，村民却拒绝了，一则是因为他们信不过庄园主的动机，二来也是因为害怕那位神父。即便如此，阿巴迪还是曾试图自己处理此事，他对西莫提出控告，希望借此将这位公证人调去别处，然而并没有成功。西莫在镇上的上级告诉阿巴迪，因为缺少法律依据，所以不能采取这种行动。所以，直到现在，他所有的善意努力全都是白费力气。

这些大都是六年多以前的事。从那时开始，阿巴迪一直在寻找能够指证这位无赖公证人的证据，可是迄今为止，山里都没人敢提供他想要的资料。

眼下另一桩与放债勾当并无关系的事情终于浮出水面了。

多年以来，农民都习惯将税款交给公证人办公室，而西莫一直声称这并非他分内的职责，只是他很乐意能为大家效力罢了。可是近来，有人开始遇到麻烦了，几位山民收到税务局寄来的"催缴单"，说他们没有缴纳上一次的税款。对此西莫向大伙儿解释说一定是有些笔误，他会替他们将此事处理好。没人知道他做了什么，但是起码声称要来的法警们没有露面。现在，形势突然间急转直下，单单在佩科尧村就有三位村民发现自己面临财产被没收并拍卖的局面——如果他们不能把已经交给西莫的税款立刻交出来的话。库拉的祖父也在其中。

他这会儿将西莫犯罪的证据交给了阿巴迪，包括西莫签名的收据、法警办公室的扣押和出售令，以及一份给巴林特的委托书，上面有朱翁·安卢·玛弗泰老人家按下的手印。

❦

正午汽笛吹响时，巴林特辞别锯木厂的员工们，骑上他那匹毛色色斑驳的灰马，小跑着迅速离去。不出半个钟头，他已经来到山口。

他是一个人去的，没带马夫，也没带护林人，这既是因为他对山区很熟悉，不需要向导，也是因为山地小型马都跟不上他这匹坐骑。没有公务在身或者悄悄追踪猎物时，他总是会这样，在他眼里，当他独自骑行在林中时，森林才是最美的。于是他吩咐驮马们先行一步，他跟在后面，想快就快，想慢就慢。

今天这次出行表面上的理由是猎狼。牧羊人报告说，他们在乌尔索亚山高处的林间空地上放牧羊群时，看见狼群在夜间出来潜行觅食，而且已经造成了很大损失。尽管巴林特在科洛斯堡听说此事已经是十天之后，而且狼群很少会在任何一个地区停留很久，但它们也有可能还在那里，所以巴林特认为值得一试。

虽然这个时候有传言说乌尔索亚有狼群出没纯属巧合，但巴林特想要独自在山里过几晚的想法却并非出于偶然。如果这个借口没有碰巧出现的话，他也会想出别的来……什么理由都行，只要能够掩饰他来到此处的真实原因——他只是来见阿德里安娜的，这样就可以在他俩都喜欢的地方单独相处了。

很久以前他们就打算到山里一游，可是每每谈及此事，它都像一个无法实现的梦想，像是不知未来何时才会成真的某种福祉；直到不久前，他们还没想出办法来安排此行，因为他们在山里幽会的消息一定会传得满城风雨。如今刚到夏天，机会便出人意料地突然降临了。

嫁给亚当·奥尔温齐之后，玛吉特·米洛特就搬进她父亲位于马扎尔-托哈特的一座小庄园里，开始对她父亲地产的管理指手画脚。"老唠叨"米洛特对此就像对待所有的事情一样，大声抱怨，见谁都嚷嚷说他的财产被亲生女儿抢走了；不过玛吉特毫不理会，还安排丈夫去照管她父亲的田产，理由是亚当必须有事可做，这事也是一样有用。如此一来，米洛特伯爵在上奥劳纽什有一处林地的事便让她知道了，林地面积不大，只有九百英亩，多为山毛榉混合林，显然无利可图。亚当自然到那里去视察了一番，结果发现这个小森林相当不错，长着许多漂亮的山毛榉树，这些树在山上虽然不值钱，但是那儿还有一小片松树林，多数还是树苗，因为当地农民很早就开始偷伐木材，凡是值得砍伐的都让他们偷走了。玛吉特认为这种状况必须改变，米洛特家的林地必须得到妥善看管。她宣称，像这样放弃他们的财产真是太浪费了，如果不进行适当的看管，那么这些小树苗接下来也会被人偷走当作圣诞树卖掉。所以她下令建起一座森林小屋，又雇了一位经验丰富的护林人，让他住在那里。

这些都是去年的事。

五月初，玛吉特的小儿子得了百日咳，医生建议等他好点了就带去山里换换空气。

玛吉特觉得没道理舍近求远到什么昂贵的度假地去，他们在阿尔巴克就有自己的小屋，那儿海拔一千两百米，肯定是够高了。小屋是新建的，干干净净，而且风景很美。他们可以在那里住上两三个礼拜，一毛钱也不用花，还能呼吸到山里的空气，跟阿尔卑斯高山上的空气一样干净清新。

于是等到六月末，玛吉特就带着儿子和女仆——同时也是这孩子的保姆——以及厨子一起搬进小屋，打算小住两三个星期。护林人睡在马厩里，屋子旁边建起了夏季专用的暖炉。小屋里只有两个房间和一个小厨房，三个女人和一个孩子是够住了。

正是因为玛吉特到了山里，巴林特和阿德里安娜才终于有可能实现长久以来的梦想。阿德里安娜会上山去看望妹妹，住个几天，然后说她想直接去阿尔马什科，这样她就会经过拜莱什和班菲 - 胡尼奥德，乌尔索亚离拜莱什河的源头不远，从上奥劳纽什走路过去只需三个小时，她毫不费力就能溜去和巴林特见面。她可以睡在巴林特的帐篷里，第二天步行下山，穿过瓦尔科林地，来到绍莫什河上的公家磨坊，从阿尔马什科来的马车就在那里等她。

他们刚刚计划好这一切，就听到消息说有人在乌尔索亚看见狼群。巴林特十分高兴，因为这给了他一个完美的上山理由，而且是独自前往……现在依然要保护好阿德里安娜的名声，别引来流言蜚语。

❧❦❧

到卡利尼阿萨那高高的山脊还有相当远的路程。他们得先走上绍莫什河谷，再穿过瓦尔科的地产，然后再翻过一道山脊。巴林特那一小队人马到达乌尔索亚时还没到傍晚，可是等他的帐篷支起来时天已经黑了。随后"蜂蜜"祖托尔和护林人再度上路去往卡利尼阿萨，巴林特严令他们在他自己下山之前不可离开那里，也不可在森林里闲逛。卡利尼阿萨有一座小木屋，还有谷仓，可以将马匹关在里面。在听到这个地区有狼群的消息后，再把马儿放出去到林间草地上吃草就太危险了。他们在路上看到了狼的足迹，但是没人知道这是新的还是几天前的。

大家都走了之后，巴林特独自就着一盏小灯的灯光吃了带来的面包和熏肉，然后坐在帐篷外的空地上。他没有生火，只是静静地坐在那儿。今夜群星璀璨，无数颗星星在漆黑的夜空里闪耀。他觉得以前从没见过这么多星星，银河就像一条浩瀚的光之河，蜿蜒着从地平线一端流到另一端，其中的一块块暗斑恰似一座座岛屿。一个个巨大的星座宛如天空中的火之文字，在巴林特想象中，它们仿佛在不断向他靠近，为的是最终向那蝼蚁般的人类透露某种不朽的秘密信息，也许是关于生死，也许是关于永恒……

遥远的地平线仍然依稀可见，尤其是有一个地方，透过尖牙般的松树树梢——他眼前的山脊上长满了松树——他似乎能瞥见一颗小小的红色星星在那里微微颤抖。下方山谷里很远的地方偶尔也会传来狗叫声，然后便归于沉寂，什么声音也没有。但这种沉寂并非空房间里那种孤独的死寂，这是一种鲜活的寂静，它伴随着大森林的生命一起跳动。

巴林特在原地待了很久，一个人坐在帐篷外边，夜晚既寒冷又安静。周围的美景充盈了他的灵魂，他觉得几乎可以听见阿德里安娜那轻快的脚步声，好像她已经在沿着洒满星光的森林小径匆匆向他走来。尽管他俩要到次日才能相聚，但两人对彼此的渴望却仿佛在他们之间的一道道山脊上齐齐跳动。

⚜

阿德里安娜是两天前来到玛吉特那座小屋的。她并不是唯一一位客人。毕玖·坎迪已经先到了，正在极力帮忙。这一家人到来之后，那位护林人要干的活儿就太多了，他发现自己不仅要照看两匹小马、割草来供它们吃供它们睡，还要下山到阿尔巴克去取来牛奶、禽肉以及玛吉特的信件。所以毕玖立刻就干起活儿来，伐木劈柴，在山路上推婴儿车，还要留神先推到太阳底下，再推到阴凉底下，然后再推到太阳底下。在山区，这就不再是女人的工作了，因为小屋周围的小道崎岖不平，石块比泥巴还多。不论玛吉特叫毕玖做什么，他都满心欢喜地去做，他原本无法自拔地爱着阿德里安娜，随后又更投入地爱上玛吉特，彻底成了她的奴仆。但他做奴仆也高兴，因为玛吉特从不会像姐姐阿德里安娜以前那样戏弄他，也不会像她那样假装和其他男人调情来伤他的心，而是接受他这一腔无望的深情，倾听他啰里八唆的表白，几乎像母亲一样充满温柔与怜悯。有时候她也会责骂他，怪他喝酒太多，但她总是把他当成值得责骂的一个大活人，而不是当成某种玩物——阿德里安娜就是把所有的追求者都看作玩物。她骂得越凶，他就越高兴，因为这意味着起码她还能用得着他，哪怕只是劈劈柴。所以毕玖很开心，就算他只能在谷仓里跟护林人各睡一头，就算在房间打扫干净之前不许他进屋，导致他只能在井边洗漱，这统统都不打紧。

阿德里安娜的到来并没有让他更加开心，因为他很难忘怀，在亚当·奥尔温齐跟玛吉特结婚之前，他们两人都争着说会永远爱她姐姐。每当跟这姐妹俩待在一起时，毕玖总是觉得很难堪。他担心阿德里安娜会笑话他。他害怕在她面前开口说话，也害怕不说话，甚至连看都不敢看玛吉特，免得自己对她的爱意流露太过明显。他觉得尴尬极了。

阿德里安娜住下的次日，有个小伙子从绍莫什河牵来一匹山地小马驹，这孩子是久尔库卡村一位农民雇的仆人，他说这马是从下方山谷里租来的，要给一位女士用——这样她第二天就可以骑马到拜莱什去，她的马车在那儿等她。见到此情此景，毕玖大大地松了一口气。

所以阿德里安娜要走？没错，毕玖心想。可是当天晚上，躺在漆黑的谷仓里，他想起一件沮丧的事情——大家肯定以为他会护送阿德里安娜离开，要是他没有立刻提出跟她一起去，那就显得太不礼貌了。

真糟糕啊！他会失去和玛吉特相处的两天宝贵时间，因为他最早也要到第二天晚上才能回来，这是一定的。这段路要走很久。去的时候是下山，所以还好，但是然后还要再爬上山来——天哪，起码要六个小时！毕玖太清楚了，凭他那越来越肥大的腰围和一对小短腿，他可不是个爬山能手。而且他还有可能迷路；就算没有迷路，等他回来时也已经筋疲力尽了。更糟的是他意识到自己要和这个女人单独相处数个钟头——他曾以为自己对她深爱多年，除了情话什么也没同她说过。他现在该怎么办？对她该怎么说？他该怎么做？要不要试着为自己辩解一下为何会抛下她转而爱上她妹妹？在他看来，无论说什么都等于承认，那些爱情的叹息与多年的爱慕不过是大话空话和花言巧语！

可怜的毕玖不知该如何是好。无论旧爱新欢，其实都不真实，这一切只是一种姿态、一种习惯，可他越不想对自己承认这一点，就越感到烦恼。当初他和亚当表现得仿佛爱上了阿德里安娜，那时他俩还能互相安慰，对彼此抱怨她对他们有多么残忍。即便到了现在，他已经移情别恋爱上亚当的妻子玛吉特，却依然可以向他倾诉衷肠，亚当一点也不比他俩都自以为爱慕她姐姐时更加吃醋。如果他现在打算面对现实，那就得对自己承认从前的一切都只是演戏。可怜的毕玖躺在那儿睡不着，为找不到解决这些问题的办法而苦恼，而且他也很难进行逻辑思考，一是因为护林人格利戈尔在谷仓另一头鼾声震天，二是因为稻草床虽然舒服，但他盖的旧毯子却有股汗臭味，久尔库卡村来的那个男孩把靴子晾在附近，气味也很臭。

在这种不舒服的环境里，他没法清醒地思考，于是毕玖不由自主地一次又一次伸手到饮水槽底下去拿那一大瓶陈年白兰地，这是他藏在那里的。之所以要藏起来，是因为玛吉特严禁他在这儿喝酒，一滴也不行；然而这是他唯一的慰藉。在喝下几大口之后，他终于睡着了——尽管依然没为他所苦恼的事情想出解决办法。

一大早他就起来了。他的第一项工作是擦洗干净那匹新来的小马驹，给它刷毛，再给它做好准备，就像他服役当轻骑兵时学到的那样。阿德里安娜的包已经从屋里拿出来了，他娴熟地将它们在木头马鞍上系紧，然后站在一旁，脚蹬钉靴，身背帆布包，等着玛吉特和阿德里安娜出来。格利戈尔同样是一副出远门的装扮，久尔库卡村来的男孩也在和他一起等。

姐妹俩到八点多才从屋里出来，向着等待她的小马驹走去。

毕玖立刻提出要跟阿德里安娜一起去。他恳求她同意他效力，也许有点热情过了头，因为等的时间太久，他已经往谷仓里跑了好几趟，从那偷藏的白兰地酒瓶里借酒壮胆。

玛吉特没等阿德里安娜回答就迅速答道："绝对不行！你不能离开这里！"随后她笑着说道："真想得出啊！把两个女人丢在这儿，没有男人保护！格利戈尔去就足够了。"

"他也用不着去，"阿德里安娜说，"这孩子认识路，他昨天才从那条路上山的。"

然而毕玖坚持要去："不可能！跟这个你都不认识的男孩单独穿过森林！我不同意，不可能同意！我不能让你就这样离开，不能！"他高昂起自己的鹰钩鼻，激动地做起手势来。

玛吉特猛地转头看着他说："你可真会说话！要不是我知道屋里没有酒，任谁都会以为你喝酒了！"

遭此猜忌，毕玖立刻便不再坚持，从那一刻开始他就专注于小心行事，几乎一个字也没说了。

姐妹俩道别之后，阿德里安娜动身沿着山脊走去。护林人走在最先，阿德里安娜紧随其后，男孩牵着马走在他俩后面。

玛吉特等他们走到小道的第二个转弯处才对着他们的背影喊道："阿迪！你到山顶以后如果不需要格利戈尔，就叫他回来。邮件今天到了，我想叫他下山到村里去。"

"好的，我会叫他回来的。"阿德里安娜喊道，随后这一小队人马就消失在视野里。年轻的奥尔温齐伯爵夫人对着他们的方向又看了片刻，脸上露出一丝微笑。接着她突然转过身，狠狠地对毕玖说："怎么？你还站在这儿干什么？把背包拿下来，劈柴去。不干活的人可没有午饭吃！"

这年轻人便开始笨手笨脚地取下背包，玛吉特则怀疑地紧紧盯着他。

❧❦❧

打从黎明时分起，巴林特就在小偷石等着了——那里刚好是阿巴迪家林地和瓦尔科公地以及阿尔巴克地区的交界处。陡峭的山顶草地上耸立着四座岩石塔，这里正是因此得名。

他站在那儿，望着那条小路，它起于下方远处的奥劳纽什河床旁边，沿着标志山谷之间分水岭的山脊一路曲曲折折，在离他所在之处大约两公里的地方，小路在牧羊场的边缘急转向下，消失在拜莱什河的上游方向。他用望远镜可以看见很远很远。

十点钟左右，他终于看到了自己一直等待的情景：阿德里安娜在远处骑着小马驹，久尔库卡村的马夫在前面带路。

他离开小偷石，到山脊的鞍部去迎接他们。简短问候之后，阿德里安娜下了马，巴林特带着男孩和小马来到草地尽头的牧羊人小屋，叫他在这里等着，到了早上他们会来接他。随后他回到阿德里安娜身边，两人立刻沿着蜿蜒而上的山间小路开始上山，绕过斜坡上那一片茂密的松林，穿过巨石和零星几棵杜松组成的重重迷宫，最后来到乌尔索亚的顶峰。

两人越爬越高，视野也开阔起来，直到看见一座座树木葱茏的山顶。阿尔巴克那一侧光秃秃的山坡因为是在山脊另一边，所以早就消失在视野里，从他们所站的地方望去，除了似乎无边无际的森林，别的什么也看不见。深深的阴影是山峰之间的峡谷，山上的其他地方都仿佛覆着一层浓密的深绿色皮毛。这里没什么可看的，只有古老的原始森林，尖尖的树梢不断向上伸展，争先恐后地直冲云霄，向上，一直向上。陡峭的山坡上仿佛刻有整齐划一的蓝绿色箭头，看起来就像几何图形或是刺绣图案一样不真实。与之形成对比的是，就在它们下方，羊圈另一边有一片绿草地，被黑漆漆的森林围在中间。

这片草地绿得鲜亮耀眼，阳光照在上面，灿烂得好像银色反光在原始的草叶上翩然起舞。牧羊人曾经清理过这片草地，烧掉了小树、杜松树丛或是灌木丛，只为他们的牲口留下宝贵的牧草。这草地就像一张完美无瑕的地毯。

巴林特和阿德里安娜在上方高处停下脚步，地上到处都是石头，其间还夹杂着白矮松、金雀花那丝绸般的穗子以及盛开的灰色、紫色蓟草。

天气很热，两人在陡峭的山崖边慢慢往山上走，巴林特背着阿德里安娜的包，走在前面带路。这段路很不好走，小道往往不过一英尺宽，还坑坑洼洼的，尽是冬天暴风雨留下的深沟。有时他们要移走石头，被移开的石块便迅速滚落到下面的岩石山坡上；有时他们又不得不在陡峭扭曲的花岗石台阶上拾级而上。他俩走了好一阵才来到森林里，从开阔山顶那刺眼的阳光下走进树林，他们就好像突然踏进了黑夜。乌尔索亚的石头山顶又晒又热，这凉爽的森林中心让他们舒舒服服地获得了解脱。

两人一身是汗，在一层苔藓上坐了下来。

"哦，我真是热死了！"阿德里安娜说，"要是能洗个澡就好了！"

"我帐篷里有个橡胶盆，不过没有多少水。"

"只要水是冰凉的就行。"

巴林特犹豫了一会儿，仿佛出于某种原因觉得必须隐藏自己内心升腾而起的欲望，随后才慢慢开口道："如果……如果你不介意水凉的话，还真有冰凉的水……我们有别的办法。离这里不远有个山间水潭，只要走十几二十分钟就能到，有一条水流湍急的山涧在那儿被堵住了一部分。池底是一片沙滩。"

阿德里安娜睁大了金色的眼睛。

"这儿？在森林里……光天化日……？"

"不会有人到附近来的。"

"当真没人来？"

"没有！只有你我……在这林子里。"

两人深深凝视着彼此的眼睛。阿德里安娜丰满的嘴唇慢慢向后弯起，她扬起下巴，摊开手指仿佛准备扳指头数数，随后极为轻柔地缓缓吐出一个字——"好"；她的嗓音温暖低沉，带着感性的慵懒将发音拖得老长。

　　他们走的是一条穿过树林的鹿道，脚下苔藓很厚，富有弹性一如海绵，周围到处都是小红莓，叶子就从他们腿上拂过。他俩沿着陡坡向下走，两旁的树木好似巨人一般；偶尔会有一束阳光穿透头顶的浓荫，照亮某棵树的树干，让它亮得好像余火未尽的木块，或是照到牛蒡的叶子和森林里害羞的花儿，映出或红或绿的鲜艳反光。除此之外，他们周遭的一切都隐在漆黑的阴影里。

　　空气明显变得湿润起来，尽管他们现在还看不见小溪，但已经离得很近了，奔流的水声也越来越大。

　　接着它便出现在他们眼前。

　　他们走出密林，来到一处水洼的岸边。这个水洼面积不小，几乎接近圆形，陡坡均匀地向它倾斜而下，简直像是人为雕刻出来的。小红莓在这里长得茂密繁盛，满地翻滚；时不时还能看见风铃草、金盏花和空灵的浅绿色蕨类植物。水洼中央有几块石头露出水面，都是大块的黑色岩石，水从它们周围流过，从它们已经被磨光的表面流过，闪着粼粼波光。湍急的溪水在石块周围留下一个个小泡沫。

　　这个水洼得以形成，是因为溪流被一处天然障碍所阻，于是流过高出水面两米半的其他几块岩石，如瀑布一般倾泻到水洼里。不同寻常的是，水流并非垂直而下，而是斜斜落下，撞到从山边凸出来的岩石侧面，分裂成无数涓涓细流，向上升腾起粉末般的水雾。

　　成片的泡沫在阳光下闪耀着雪白的光芒，但其他一切几乎都笼罩在阴影之中。蒸腾的水汽是钢灰色，池塘和岩石一样黑漆漆的，对岸的沙滩上遍布厚厚的苔藓，望去也像头顶上茂密如穹顶一般的枫树叶子那样是黑色的，周围的松树则微微有些发蓝，这些枫树好似帐篷的屋顶，将天空遮了个严严实实。

"待在那儿别动！"阿德里安娜开始往下爬时命令道。

巴林特伸开手脚躺在岸上，离开水面还有一段距离，立刻就沉沉地做起白日梦来。在他梦中，周围仿佛既无森林也无岩石，没有奔流的小溪，没有空间，也没有距离。一切都是平面的，一道道狭窄的日光好似转瞬即逝的透明金粉，在四处隐隐闪亮，它们是这阴影世界里唯一的光，灰色的雾气如同薄云一般飘在空中，仿佛毫无重量，就像一层面纱，用来掩饰并缓和某些浅紫色圆柱那近乎不自然的齐整匀称，而这些圆柱实际上就是他周围的树干。万物都如梦似幻、虚无缥缈。

此刻，在这幅神奇画面的底部，几个同心圆出现在烟灰色玻璃般的水面上，不断向外移动，圆心里雾气缭绕，围绕着一个女人乳白色的赤裸四肢，她正向水洼中央走去，肩膀向后仰起，在身后交替摆动着伸展的双臂。她的头发也像云一样飘浮在苍白的身体上方，似乎比周围的石块或者苔藓、地衣和树干还要黑。她在浅浅的水洼里越走越深，快要走到瀑布时，起初只聚集在她脚踝处的泡沫先是贴上她的大腿，随着她往水里越陷越深，泡沫也在她身上越爬越高，越发狂乱地打着旋儿，仿佛因为欲望而疯狂，它渴望自己所触碰的东西，它为她分开，又将她拥抱。

她站在那儿，好似传说中某个人物的幻象，就像在荒芜森林里沐浴的林中仙子，没准她就是森林女神阿耳忒弥斯。她将手臂高高伸起，远远高于黑色皇冠般的一头秀发，然后慢慢向他转过身来。泡沫好似蕾丝，有时候甚至碰到了她的下巴，汹涌的水流绕着她的乳头直打转，使得她那女性的黑色三角地带若隐若现。她就好像站在一个闪闪发光的半透明玻璃箱里。

一缕阳光刚好落在她所站的地方，水柱猛地溅到她肩上喷起水雾，仿佛是由无数的细小钻石而形成。那一刻，一道近乎圆环的小小彩虹出现在她头上的空中，巴林特看得入了迷，那彩虹就像是被她那伸出的双臂高高举过头顶。

通向巴林特帐篷的路很宽，这是一条被人遗弃的林间小路，从茂密的小树丛中蜿蜒而过。路上大多数时候，他俩都手牵着手，只有时不时才分开一下，要么是小树长到路上来挡了他们的道，要么是他们必须爬过倒下的树。

两人一言不发地走着，仿佛有种本能，觉得打破这原始的寂静是一种大逆不道，于是便一直沉默着走到帐篷。即便到了这儿，在那宁静的庇护所里，他俩还是几乎一个字也没说。

他们在帐篷前的空地上简单地吃了一顿饭，树林和悬崖之间有一小片草地，他俩就坐在草地边缘，从悬崖上望去，景色无边无际。

这就像是从高处俯瞰开阔的大海，在午后热浪的阴霾中，地平线本身只剩下一个模糊的轮廓，看来似乎遥不可及。他俩相拥着躺在一起，凝视着头上的天空，就这样躺了很久。

翻滚的巨大云朵懒洋洋地从上方飘过，有时候好像几乎都没动。

他们周围的一切都是静止的，就连空气也不例外。

与此同时，玛吉特和毕玖也在几英里之外吃着午餐。孩子早先已经喂过了，这会儿正在不远处的婴儿车里睡觉，他俩则坐在小屋的木制门廊底下。

毕玖既紧张又担心，这一整个早上玛吉特对他甚至比平时还要冷淡。起初他以为她气的只是他主动提出要陪她姐姐一起走，却忘了他在小屋该做的那些事，于是他便试着补偿——拿起斧子走进树林，砍倒三棵山毛榉幼树，将它们拖回小屋劈成木柴。这是一项重活儿，他干得汗流浃背，双手还起了水泡，指望着玛吉特见到此情此景会说几句感谢之言慰问他一下。可她并未如此，反而冷眼瞧着他的所作所为，然后宣称自己有几封信要写，走进屋里直到中午才出来。这不是个好兆头，毕玖本能地觉得要有麻烦了。

他没有弄错。确实麻烦了。就在他满怀热情劈柴的时候，玛吉特走进谷仓，找到了他藏起来的白兰地酒瓶。她一直没开口，直到他俩吃完饭，她才说出心里所想。

"你对我言而无信了。你曾向我保证，在这儿滴酒不沾；当你问我你是否可以来的时候，这是我提出的唯一一个条件。你这样做很卑鄙，对我来说尤其如此。你不仅违背诺言，还在这儿偷喝白兰地。哪怕你下山到村里去喝醉，我都已经够生气了。要是你公开地喝，我没准还能原谅你……可是，哦，不！你竟然想要在我自己家里对我耍花招。你真卑鄙，这就收拾行李走人吧……马上就走！"

毕玖尽力想要打断她的话，可是毫无效果；等她说完以后，他仍然想要为自己辩解，为自己找借口，并且承诺绝不再犯。然而小玛吉特无动于衷、毫不动摇，在毕玖结结巴巴地试着表明悔意之后，她打断了他，对护林人格利戈尔喊道：

"这位先生要下山去阿尔巴克。给一匹小马套上马鞍，再把他的包放上去！"说完她便再无一言，转身走回屋里。

毕玖别无他法，只能离开。起码她没有让他难堪，把她的信交给格利戈尔，这也算是一种安慰，事实上是唯一的安慰了。在他动身要走的时候，她将那些信递给他，解释说哪一封给她父亲、哪一封给她丈夫、哪一封给沃尔尧什的地产经纪，同时还说，她相信他一定会将信件安全地投进托尔道的邮筒，它们也会尽早送达。这些话虽然只寥寥几句，但还是有意义的！

于是乎，他怀着沉重的心情，吃力地下山了。就在八天之前，他沿着这条崎岖陡峭的小道上山时，心里是多么高兴。如今他跌跌撞撞、磕磕绊绊、凄凄惨惨，即便在情绪最好的时候，他也并不喜欢在山里爬来爬去，今天情况比以往任何时候都要更加糟糕。不知怎的，他从来都学不会拿着沉重的铁棍走路，如今他的双手因为握着斧头劈柴而擦破了皮，他抓得越紧，就越觉得自己是在火中摸炭。他之前对水泡浑不在意，因为那时他觉得自己劈柴对她还有些用处，可是现在就今非昔比了。他被天堂拒之门外——无论它是多么朴素，此刻他每迈出痛苦的一步，就如在荒野里越走越远。

帐篷的帆布门下出现一线光亮。天亮了。巴林特先醒过来，然后阿德里安娜也醒了。一个喃喃地道："天亮了。"另一个随即重复道："亮了。"接着仿佛出于一种共同的冲动，他俩开始一道起身。

两人循着微光来到外面，空气很冷，高山上的刺骨寒意就像一杯清凉的香槟，叫人精神一振、精力充沛。他俩手挽手站在一起，深深地呼吸着。

就在遥远的地平线上方，一道细细的黄光勾勒出长长的淡紫色云彩。紫色夜空中挂着一牙弯月。他们眼看着天空亮起，变成浅紫色，接着是灰色，随后又由灰色变成极浅的绿色，只有他们头顶上方的天空不是这样，看起来好像什么颜色都没有。山脉的轮廓在浅色天空的衬托下清晰可见，却好像薄如纸片，离他们最近的山峰松林遍布，像锯齿一样参差不齐，远处的那些圆圆溜溜，仿佛是从金属圆盘上切割下来的。那些是加路山的蜿蜒曲线，或是三重山的锥形尖顶以及多布林的平坦顶峰。无论这些山脉实际上有多么千差万别，它们现在看来全都一样，一座又一座的山脊，和谐一如伟大交响乐的节拍，好似从地里伸出的巨刃直插云霄。

不远处，松树幼苗的漆黑树枝在微微晨风里轻轻地来回摇摆。一切仍然笼罩在阴影之中，除了天空，别的地方都看不出色彩，只有阴影，尽管深浅不一，但依然是阴影，仿佛是一幅褪色的水墨画。

光线越来越亮，虽不稳定，却是有节奏地一步步亮起，几乎可以数得出来。一只黄雀在矮松树丛里鸣叫起来，远处传来另一只黄雀的回应，乌鸫也跟着唱响晨曲。他们看见一只小山雀在树枝间飞来飞去，然后又来一只，接着又是一只……

巴林特和阿德里安娜站在悬崖边默默看着这一切，等待太阳升起。他俩就像新世界里最初的居民，望着创世的第一个黎明。

长长的地平线绽放出红光与金光，万丈霞光自山顶升起，从天空中飞驰而过，此前一直看不见的薄雾碎云也闪耀起血红的光芒。更高处的其他云彩都是一条条的，好像天上的彩带，最高最近的云彩周围镶着银边，最远处的则泛着橙色、金黄以及亮绿色的光辉，仿佛地平线后面有个大火炉，被人添柴烧旺了火，正在源源不断向外倾泻着液态金属。

此刻阳光好似在向他们奔涌而来，就像有人用魔杖一点，群山的朦胧轮廓便披上白昼的色彩，远在天边的是浅蓝色，近在眼前的是深深浅浅的各种绿色。玫瑰色的光泽照亮了岩石峭壁，但是仍然没有阴影，只有大自然本身的颜色，在观望者眼里，仿佛整个世界都怀着一颗悸动的心在等待日出的永恒之谜。

接着，薄薄的云层被打碎、被撕开、被湮灭，太阳升起取而代之，光辉灿烂，叫人无法直视。这两人转过头才发现，越来越亮的阳光终于在大地上投下自己的影子，它们匍匐在地上、悬崖脚下、树上和灌木上，仿佛在向万物复兴表达敬意与感激。

巴林特和阿德里安娜手挽着手站在悬崖边缘，内心同样充满敬意与感激。几乎就在第一道阳光照到他们头顶的树冠时，他俩先是在头上感受到它的温暖，然后感觉它穿过身体一路向下暖和到脚，最后也照到了周围的草地、野花和矮松树的树枝。

鸟儿们这时才活跃起来，成群结队的——戴胜在树枝上，乌鸫在草地上啄食，啄木鸟在树干上跑上跑下。在他们下方，一只翠鸟从山谷深处一飞冲天，停留在附近的一棵树上。不知何处有一只松鼠也开始一大早吱吱叫起来。

他们在那儿站了很久，一动也不动，孤独得就像亚当与夏娃——这地球上的第一对夫妇——被鸟儿欢快的晨间合唱所包围。

他俩入迷地站着，凝视着周围的光芒万丈，这光芒用一种超凡之美吞没了他们的世界，这种美如此强烈、令人心醉，他们不由觉得，它随时都会像一块磁铁，吸引着他们一直向上、飞向无限。

阿德里安娜向前迈出一步，狂喜地朝着初升的太阳张开双臂……

THE TRANSYLVANIAN TRILOGY

PART FOUR | 第四卷

They Were Divided

第一章

THE
TRANSYLVANIAN
TRILOGY
They Were Divided

不久之后，国家农业协会德内斯托亚分会在当地总部召开会议。大家先讨论了协会事务，接着合作社的本地官员也按照惯例举行了自己的会议。之所以这么做，是因为这两个机构的委员会几乎就是同一班人——新教牧师、药剂师以及十个或十个以上的本地农民。会议每隔一周在周日礼拜之后举行。阿尔帕德·佩利坎出席了会议，他身兼二职，既是农业协会仓库的总管，又是合作社的会计。还有两个人也来了，一位是阿巴迪的秘书米克洛什·加尼，只要他没有外出为雇主办事，每次会议他都来；还有一位是年轻的阿龙·科兹马，这两个组织在布达佩斯的总部都由他代表，所以他有责任监督所有的商业交易。

科兹马担任阿巴迪的机密顾问已经好几年了，自打巴林特忙着在特兰西瓦尼亚成立乡村合作社的时候开始，科兹马就一直是他的得力助手。他和巴林特堪称绝配，阿巴迪的一腔热情很容易使自己陷入不切实际的冒险，科兹马的实践知识和常识刚好与之互补。所以巴林特已经学会将完全的控制权交给他，当需要做出重要决定时，只要他来到德内斯托亚，合作社就赶紧开会，以便科兹马能够参会。在这种场合，巴林特最好别出现，因为冲动已经令他身陷不幸的窘境。

类似的事情之一最近就发生在德内斯托亚。本地区有一个八十英亩的农场要出售，巴林特坚持让合作社把它买下来，拆分以后再转卖给村民。这个想法本身没有任何问题，如果耕地都卖给能买得起的人，可能会收到很好的效果。这正是当地委员会的本意，但巴林特因为自己心地善良，就盲目相信别人都很善良，有些很穷的人提出要买地，他也支持了他们的主张。结果这些贫困农民中有的人虽然拿到了自己那一小块地，而且立刻据为己有，但是要么压根没有偿还货款，要么只付了一部分。要不是巴林特主动替他们付款，合作社委员会就有麻烦了。

别处也发生过同样的事情：在哈罗姆塞克，人们贸然购买了一台收割机；在奇克地区的一个村庄里，人们不加考虑就为合作社盖了个房子。这些都证明，花费大价钱的投机活动反而破坏了自助与合作的理念，而该理念正是整个教育运动的基础。

会议结束以后，科兹马和委员会的其他成员握手作别，然后和加尼一起走回城堡。

老盖尔盖伊·绍卡奇陪他们走了最初那段路，他以前是萝萨·阿巴迪的马夫首领，如今退休拿养老金了，他家刚好在同一个方向；佩利坎出于对布达佩斯来客的尊敬，也陪着他们一起走。他们之所以步行，是因为阿巴迪伯爵夫人不喜欢她的马儿在周日还被套到车上，除非是确有必要。今天天气很好，尽管已到十一月中旬，却俨然是个真正的小阳春，所以就算距离远一些，大家也并不介意步行。这段路确实不短，农业协会的总部坐落在村子另一头，村子本身则是由一条很长的街道组成，大部分房屋都在磨坊河左侧排成一排，右侧地势陡峭，延伸到山上。阿巴迪在教堂旁边的庄园主旧宅等他们，从会议地点走到教堂有足足一英里远。旧宅离城堡很近，巴林特的祖父彼得伯爵从前就住在这里。老人去世以后，萝萨伯爵夫人同意让她那个卑鄙的代理人——律师奥兹拜伊——住了进去，几年前才搬走，当时巴林特在合作社的工作已经大大增加，于是便从这屋子里让出三个房间，用作合作社的档案室和秘书处。

四个人沿着长街一路走去，遇到许多在外走路的村民。村里的姑娘们手挽着手，全都穿着礼拜日的盛装，分散开来为他们让路，等他们刚一过去，她们就又聚到一块儿，交头接耳，咯咯直笑，乡下姑娘一贯喜欢这样。

小伙子们也都出来了，大摇大摆地走在一起，时不时朝姑娘们的方向说几句玩笑话，但并不会走到她们那边去，他们要等到下午晚些时候舞会开始时才会跟姑娘们一起。他们朝着科兹马和同伴们脱帽致敬，站在村公所前面聊天的年长者们也是如此。科兹马和其他人尽管相谈甚欢，却对每个人都同样彬彬有礼地打招呼。

他们在谈论刚刚参加的会议，尤其是最近购买的农田分配混乱一事。

当阿龙·科兹马发现阿巴迪竟然愚蠢地被卷入此事当中，他简直无法掩饰自己有多么恼火、多么气馁。这是鲁莽之举，他说，而且更糟的是，它已经造成了伤害。

萝萨伯爵夫人的老马夫也同意科兹马的话。

"打从一开始我就说过这是瞎胡闹，可是少爷不听别人的话，不管人家多有道理。他莽莽撞撞，结果惹祸上身，这种人就这样！他不够谨慎。这是个严重的错误，要我说是大错特错！"

　　阿龙和老盖尔盖伊于是讨论起来，他俩一致认为巴林特太过轻信他人，而且很容易被自己的热情冲昏头脑。米克洛什·加尼志忐不安地听了一小会儿，最后觉得自己不插嘴不行了。他虽然说得恭恭敬敬，语气却十分坚定。

　　"先生们，请原谅，不过……我认为，这一点我们应当换个角度去看。有些方面是不应该忘记的。我觉得我们不该像您二位先生那样去评判此事。当然，我承认，农场这桩生意确实失控了，巴林特伯爵对于人性也不够了解。但也许他不了解也无妨。他时不时放任同情心被滥用一下，没准反而更好。没错，这也有好的一面。"

　　"怎么个好法？"科兹马问。

　　"想一想吧，"加尼说道，他瘦骨嶙峋的脸上洋溢着热情，"要不是巴林特伯爵总是试着帮助大家，我们的合作社如今会在哪儿？正是因为他有热情、有干劲，才吸引了这么多人为他工作。"

　　他将瘦削的棕色脸庞转向阿龙，厚厚的镜片在阳光下闪闪发光。

　　"就拿我来说吧，"他接着说道，"我原先是基什 - 库库洛的公证人助理，已经有六年资历，如果我当时不辞职，那么很快就能成为一名正式公证人。可是有一天巴林特伯爵来找我们，对我们说起他的期待以及他为之奋斗的伟大目标……于是我便辞掉工作去为他效力。我从前那份差事虽小，却极好，总能给我一点微薄的收入。关键并不在于他说了什么，因为他不是个健谈的人，而在于其背后的信念；他身上那种信心你几乎能够感同身受！其他人也是这种感觉，很多人都是。"

"他说得对，你们是知道的，"阿尔帕德·佩利坎说道，他身材矮壮，一脸坦率，"其实他就是这种人。我原本在这儿开了一家生意兴隆的小店，可是伯爵说合作社的仓库需要人管理，我就卖掉自己的店，接下了这份工作。如果不是知道幕后有巴林特伯爵这样的人在主导一切，我是绝不会这么干的。但我很高兴自己这么做了。"

"当然了，你们俩说得都对。这可真有意思，"科兹马说着大笑起来，"我以前从没这么想过。再者说了，我有什么资格去争论这个问题？对我来说不也一样吗？要不是巴林特伯爵说服我，我是死都不肯白干的。"他停了一下，随后又微笑着补充道："上天帮忙，如今他连我弟弟也给抓来了。"

四人一边继续说着巴林特，一边从村子里走过。

他们走路时扬起小片小片的浅沙色尘土，缕缕烟尘就像一面面小小的三角旗在脚跟处升起，直到被风吹散。

❦

上午的礼拜结束以后，科兹马和加尼从教堂出发去村子另一头开会，巴林特则经由墓地来到通向庄园主老宅的小门。这条路他每天至少都会走一趟，每次都会想起彼得伯爵，他甚至觉得老人还在这里等他，不是在他心爱的玫瑰树丛里，就是站在更远处门廊上的立柱之间。他仿佛现在就能看见祖父，五官端正，尖尖的八字须和一头银发都修剪得整整齐齐，脸上笑容可掬，眼中满含智慧。

奥兹拜伊律师住在这儿的时候，这个地方曾经破败不堪，他刚一搬走，巴林特就接手了这无人照料的花园，又重新种上玫瑰——小路旁是独杆蔷薇，屋子正面则爬满攀缘蔷薇，所以这里如今几乎和他记忆中一模一样；不过还是有些区别，因为他没法像祖父那样对这些玫瑰悉心关爱。巴林特还叫人整修了屋子外面，恢复成彼得伯爵住在这里时的样子，那些白色的墙壁和立柱曾被奥兹拜伊漆上艳丽的颜色，如今都已脱去铅华、回归本色。不过，屋子里面就不一样了，老人去世以后，他的家具全都被搬去存放在城堡里，因为这儿用不着了。屋里大多数房间都被用作地产办公室以及合作社总部，只有彼得伯爵的书房恢复了本来面貌，家具被搬回来放在原位。墙边摆放着樱桃木制成的中等高度书架，饰以精心制作的圆柱，柱顶是埃及人模样的鎏金和青铜头像，底座则是鎏金的鹰爪抓着金球。

在这个房间里，一切都恢复如初，除了画作——巴拉巴什❶的水彩画以及伊萨贝❷创作的巴林特曾祖母画像，巴林特把它们拿回城堡，放在他自己位于转角塔楼的房间里。彼得伯爵的工作室如今被巴林特当成了他私人的地产办公室。

旧书桌还放在窗前的老位置，它又黑又亮，皮革桌面依然光滑，周围还有装饰精美的安全栏杆，吸引着人去工作，但巴林特只在研究报告或是签署文件时才用这张桌子，因为在老先生去世以后，人们发现桌子底下的抽屉是锁着的，没人知道怎么打开。侧面抽屉的钥匙应该是在中间的抽屉里，尽管这个抽屉的钥匙就在原位而且就是这把——上面有彼

❶ 米克洛什·巴拉巴什（1810—1898），19世纪匈牙利美术大师之一，作品多为肖像画和风俗场景画、版画，1862年成为匈牙利美术协会主席。

❷ 应指欧仁·伊萨贝（1803—1886），法国浪漫主义风格画家、版画家，路易-菲利普一世的宫廷画家。

得伯爵亲手写的标签——尽管它转动得毫不费力，抽屉却仍打不开。巴林特确信某处肯定有个秘密锁扣，但他一直都找不到。尝试多次之后，他最终放弃了努力，而且很乐意如此，他本能地觉得，抽屉里可能会有一些特别的回忆、一些早已逝去的秘密，最好别去触碰。反正他也用不着那些抽屉，因为门口摆着一张现代的卷盖式书桌，抽屉里放着文件，巴林特平时写信就在这里。

阿龙和加尼去开会时，巴林特就坐在祖父的旧书桌前。他的信件和一沓报纸已经放在桌上，他立刻拿起今天的报纸，翻到海外新闻。巴尔干战争爆发这六个礼拜以来，他每天早上都会看报纸。

新闻一天比一天叫人意外、令人困惑，巴林特越读越不安。他心里清楚奥地利外交部的官方政策是维持现状，但他还知道，与之相反的是，皇储本人计划加强哈布斯堡王朝的直接统治，并通过奴役南部的斯拉夫人来扩大统治范围，所以报上揭露出来的一波三折才让他困惑不解。俄国是肯定希望打起来，因为她的权力和影响无处不在。但是维也纳——她在这一切中扮演什么角色？奥地利在默默跟随她的脚步？巴林特越来越确信，在某个地方，因为某种原因，有个致命错误正在形成。

奥匈外交部长本可以凭借自己的权威和能力轻而易举结束这场战斗，可他没有这么做，而是采取巧妙的外交手段，在虚有其表的和谐假象中，劝诱其他强国对于交战中的巴尔干各国首脑仅仅给予一点小小的警告，让他们知道，无论战斗的结果如何，维也纳绝不会同意对土耳其的权力进行任何削减。这警告不疼不痒、毫无作用，而且直到一九一二年十月八日才发出来，到了这个时候，人人都看得出来，它根本就没有效果。

各个强国唯一允许的让步似乎就是必须促使土耳其对马其顿政府进行必要的改革。这是个重要让步，消息却来得太晚：这天下午传到采蒂涅❶时，尼基塔已经对土耳其宣战并派遣军队入侵其边境。

巴林特想不通局面怎么会变得这么糟糕。要说维也纳事先不知道黑山的阴谋，那是没人相信的。就算奥地利外交部自己的情报部门没能把消息传递过来，他们只要读一读《泰晤士报》就能毫不费力得到情报了——这份了不起的伦敦报纸早在八月末就全文刊出了《巴尔干同盟条约》。想一想吧，要是在土耳其战败以后任谁都能劝说获胜的军队撤退到古老的国界后面，那简直就是难以置信的荒唐事。所以一定还有别的解释，这个解释只能是欧洲中部各国认为土耳其一定会赢得战争，维也纳期待着巴尔干各国被打败。显而易见，起码冯·德·戈尔茨元帅❷就是这么想的，因为几年前正是他亲自制订了土耳其军队的重组计划。

土耳其帝国感谢各个大国的关注，也感激他们承诺会给予支持，但显然并不太信任他们；至于巴尔干各国，压根就没把这个放在眼里。战争随即开始，土耳其人被赶出了战场。

才刚刚十天时间，保加利亚军队就攻到了哈德良堡❸，塞尔维亚人则绕过黑山边界，抵达于斯屈布❹，进入阿尔巴尼亚境内。他们包围了斯库台，如今正在都拉斯❺，离亚得里亚海不远。希腊人在萨洛尼卡。

---

❶ 当时为黑山的首都。

❷ 科尔玛·冯·德·戈尔茨（1843—1916），德意志帝国陆军元帅、军事历史学家。

❸ 今名埃迪尔内，亦称阿德里安堡，土耳其西部城市，曾为奥斯曼帝国首都。

❹ 即北马其顿共和国的首都斯科普里。

❺ 斯库台和都拉斯均为阿尔巴尼亚城市。

比赛已经开始，问题已不再是土耳其人会在哪里进行抵抗，而是哪座土耳其要塞会最先失守。

　　就在这个当口，二元帝国似乎终于明白过来这是什么情况。纵然它对马其顿和鲁米利亚❶的命运漠不关心，但阿尔巴尼亚的命运就是另一回事了。维也纳完全没有预期到阿尔巴尼亚有一天会属于巴尔干半岛，它也不能允许这种情况发生，要是塞尔维亚的权力得以如此扩张，那就是对奥地利自身利益不可容忍的侵犯。于是奥地利外交部提出强烈抗议，意大利也表示了反对，不过稍许温和一些，因为它担心塞尔维亚人可能会控制亚得里亚海的东海岸。

　　这些事态的发展令人不安，报纸却报道得欢天喜地，弗朗茨·约瑟夫当时正在布达佩斯，他的外交部长贝希托尔德匆匆赶来见他，皇储弗朗茨·斐迪南和奥匈帝国总参谋长舍穆阿也来了。后者于次日动身奔赴柏林，三天后康拉德启程前往布加勒斯特，带着弗朗茨·约瑟夫写给卡罗尔国王❷的亲笔私信。与此同时，一份半官方的声明出现了，宣称奥匈帝国在必要的时候将使用武力确保阿尔巴尼亚的独立。接下来还有更多的事情发生。

　　奥匈帝国的大部分军队进入戒备状态，一百万人被派到俄国边境，借口是动员演习。

　　今天的消息就更让人恐慌了。在塞尔维亚的米特罗维察和普里兹伦，暴民侵入奥匈帝国的领事馆，扯下奥地利国旗，将领事馆洗劫一空。

---

❶ 奥斯曼帝国在巴尔干半岛的领地，意为"罗马人的土地"。

❷ 即卡罗尔一世（1839—1914），1881年成为罗马尼亚第一位国王，在位长达48年。

巴林特坐在书桌前，情绪低落地盯着眼前。前几天的新闻已经够叫人担心了，这个就更糟糕，攻击任何国家的领事馆——如果像报道的那样，那么必然会引发战争，因为没有哪个国家——除非它一心求死——会对这样的挑衅行为既往不咎。

他凝视着窗外，双眼蒙上一层忧色。

外面的一切都沐浴在灿烂阳光下。屋前斜坡上的草坪依然像夏天时一样绿意盎然，但树上的叶子已经变成棕色或栗色。窗前有一片橘黄色的树叶，边缘如犬牙般尖锐，在微风中飘飘摇摇，就像一只巨大的蝴蝶在颤抖着飞舞。

它是从屋角那棵槭树上落下来的，在空中又飘了一会儿，犹犹豫豫，踌躇不决，被秋日阳光照得明晃晃，最后终于落到地上，加入了已经飘落的姐妹们的行列，发出几乎微不可闻的沙沙声。它落下去以后，又一片树叶在窗前取代了它的位置，它也在空中坚持了一会儿才落地。有那么一刻，巴林特在想，这些枯叶明知必有一死，在准备赴死时它们才意识到自己有多美。

花园一片安宁，令人无法相信这世上竟然还有地方存在仇恨、战争或是毁灭，仿佛这样的美丽无处不在，仿佛四海之内遍地和平。

看到此情此景，巴林特觉得心里一紧。

他忧心忡忡，并不仅仅是为了心爱的祖国和淳朴人民的命运，还有件事情也让他深感忧虑。要是战争爆发，他母亲该怎么办？

近来萝萨伯爵夫人常常突然感到头晕。她尽力瞒着别人，但巴林特已经猜到她的秘密，而且确信昨天夜里她肯定又犯病了，因为早上她派人传话说，她不打算和他一起去教堂了，想在床上躺着，午饭时间再起来。其中一定有很严重的原因，因为萝萨·阿巴迪只要在德内斯托亚堡，每周日早上都会去做礼拜。巴林特问了她的女仆，可那姑娘似乎什么也不知道，尽管他也想亲自去看看母亲，她却只是传话说，自己想睡到中午，不希望被人打扰。

现在他满脑子都在想，要是军队总动员，他也必须参战，那么她怎么办？如果情况变成这样，他肯定会有好几个月不在家，听不到她的消息，整天担惊受怕。

他急得坐不住，站起来在屋里走了一会儿，才又坐下重新拿起报纸，只有一条新闻读来还稍微让人有点安心。爱德华·格雷爵士❶主动提出要对争端进行调解，并试图找到一个恢复和平的方案。英国准备采取的这种做法，起码还是有希望的。

随后他翻到国内新闻，全都是火上浇油的消息。

自从议会于九月中旬重开以来，各反对党组成的松散联盟已经改变了策略。大多数反对党成员都缺席了夏季辩论，眼下他们却成群结队、重新登场。初秋时节他们曾举行过数次秘密会议，在会上大家认为，他们抵制议会的政策在国内几乎没有引起任何关注，所以必须采取其他手段。如今他们再度大批出现在会场，发表各种极具挑衅性的声明，大声朗读声明时还发出许多噪声；他们又是吹哨子，又是吹玩具喇叭，用制造噪声的方式来干扰那些比较保守的议员，然后又全体退场。他们对自己的态度广为宣传，声称六月四日以后举行的会议全都不合法，因而是

---

❶英国政治家，于1905—1916年间担任外交大臣，是历史上未间断担任此职时间最长者。

无效的，所以他们一而再再而三与主持辩论者以及议会警卫发生冲突也就并不是什么丢脸的事了。有一回，一大群人紧握着手走进会议厅，警卫没法靠近那些本应被驱逐出去的人，于是他们得以占领了议员席。这帮人站在部长席与速记员的桌子之间，从中午站到晚上；这场英勇的反抗一直持续到晚上八点，他们才决定离开。

后来他们又尝试了别的办法。警卫们越来越擅长将排除法令禁止入内的人拦在门外，所以这些反对党的小团体又开始寻找新法子绕过他们。有人发现，厨房工作人员可以自由进出议会餐厅，那儿没有警卫驻守。计划很快就制订妥当：先从厨房入口进入大楼，登上厨房的升降机——它会将红椒鸡和白烩小牛肉送到餐厅那一层，那就离会议厅很近了！人人都会大吃一惊的！他们要留在那儿，直到再一次被强行赶出来——他们是肯定会被赶出来的，但这又有什么关系呢？伟大的蒂萨会感到着愧和恼火，因为这一次他被算计了。他们立刻着手执行计划……结果一败涂地。有人看见他们想要偷偷溜进去，看来也许是某个鲁莽又多嘴的成员说漏了嘴，将这个秘密及时传到官员们耳朵里。不论是什么原因，总之他们还没到地方就遭到拦截，这次恶作剧也成了当天的话题。与此同时，塞尔维亚军队在都拉斯兵临城下，世界大战的阴霾笼罩着多瑙河流域和喀尔巴阡山麓。

就在这个时候，匈牙利首都又有人干出其他荒唐事，各家报纸不失时机地将这个消息传递给自己的读者们。

反对派的几位领袖——科苏特、尤斯特和安德拉希——似乎突然意识到，巴尔干地区的情形不该如此，他们觉得有责任将自己的观点公之于众。他们说，反对派必须有发言权，必须挺身而出，必须让他们的观点为人所知。在这件事上，他们认识到，被动消极、拒绝参加辩论对他们一点好处也没有。这种认识自然没有错。普罗大众并未领会到他们弃权的重要道德教训，甚至没有意识到在这场巨大争议中，反对派才是受害者！正是因为认识到这一点，他们才重返议会，开始了新一轮的蓄意阻挠策略，佐尔坦·德希公开抨击卢卡奇，声称这位首相是"世上最大的巴拿马主义者"，不过没几个人知道这个绰号是什么意思，只知道这话不好听。他们说，这都是无伤大雅的玩笑，完全合理，甚至具有英雄气概……直到如今他们才觉得似乎应该对巴尔干危机给予更多关注。

他们说，反对派必须有发言权，必须表明立场，必须发表演说！他们必须要表达一些有说服力的看法，以此来显示他们有多么独特，与执政的政府有多大差别，多么有政治家才干、多么聪明和善解人意！

仅仅再次参加议会关于外国事务的辩论是不够的，无论如何，一旦他们给了蒂萨机会，让他允许他们的成员发言，那就等于承认了他的权威性，同意他被任命为议长，认可他有权以自己的方式解读议会规则，而这些都是此前他们坚决拒绝的。哎呀，没准还会有人将此举解释为承认蒂萨职务的合法地位，这可是无法想象的。

他们转而四处寻找其他解决方案，居然还真找到了，起码对他们来说，这个方案既滑稽又风趣。

反对派宣布"议会"——他们自封的议会，不是在官方议会大楼开会的那个——是唯一的真议会，将在皇家酒店的宴会厅里举行会议。他们宣称，真正的议会将在这里集合，人员齐备，议长和法律权威在高高的讲台就座，议员则坐在下面，有一位主席和两位副主席，还有其他不可或缺的国家官员。

第一位发言的议员是奥波尼·阿尔伯特。在一番既好听又理性的演讲中，他概括了首都最近发生的几桩政治事件，宣称当天在酒店宴会厅里齐聚一堂的这些人才是本国真正的议员，他代表他们、代表匈牙利民族，向塞尔维亚人、希腊人和保加利亚人的英勇斗争致敬。他说，所有的国家都有权决定自己的事务，也有权追求独立，因而他提议，匈牙利应当对那些被奴役的人民做出高贵姿态，向贝尔格莱德伸出"友谊之手"。这就是他敦促代表们接受的动议主旨。

其他发言者也纷纷效仿，其中洛瓦西❶和霍洛·拉约什❷还有过之而无不及。一段时间以来，他俩一直在直言不讳地批评奥匈帝国的外交政策，如今俨然成了塞尔维亚的热情支持者，说维也纳自称为世界强国是荒唐可笑的，仅仅是基于愚蠢的虚荣心而已。他们说，巴尔干地区的事务如何解决，与匈牙利毫无关系，以任何方式进行干预都是愚蠢之举。尽管说得还有些隐晦，但他们在这里第一次阐明，与德国结盟有害无益，好处都是德国的。他们措辞含糊地表达了对被压迫国家的亲切同情，在所有演讲中贯穿始终的总体感觉是，匈牙利人在巴尔干半岛广受爱戴，而奥地利人则是人见人厌。奥波尼的动议获得了一致通过，人人都认为这种做法是对维也纳自命不凡的"英勇"抗议。

巴林特放下报纸，做了个轻蔑的手势，报上的一切令他深为震惊。在他看来，这个伪议会简直可笑，眼下匈牙利随时可能被卷入战争，国

---

❶ 应指洛瓦西·马顿（1864—1927），匈牙利政治家、作家，曾担任匈牙利外交部长（1919）。

❷ 霍洛·拉约什（1859—1918），匈牙利记者、政治家。

家可能被迫为了生存而战，他们在此时如此轻率行事，当真是思不可及。

巴林特仔细地想了想，这些所谓的政治领袖——奥波尼、科苏特和安德拉希竟会如此不负责任地允许这样一份声明存在，却没有意识到它在国外必然会产生何种影响，这真叫人难以置信。这就等同于邀请俄国来攻击他们心爱的祖国，还会激得巴尔干地区那些弹丸小国低估奥匈帝国的力量，从而鄙视它的警告与权威。巴黎和圣彼得堡会以为匈牙利将要爆发革命，奥匈帝国濒临瓦解。他们当中怎么就没有人停下来想一想这种后果呢？

巴林特又站了起来，来到窗前打开窗户。他在这儿站了很久，一动也没动，任凭冷空气在周围流动，让他冷静下来。

外面的草地上，阳光无法照到的地方犹有露珠停驻，未融化的白霜好似乳白色的玻璃一般。草坪上其他地方点缀着落叶，红棕色的是悬铃树叶，浅黄色的是枫树叶。树叶依然在不断飘落，很慢很慢，飘在空中，仿佛一缕淡淡的金色烟雾飘在敞开的窗前……然而巴林特却视而不见。他只是站在那儿，茫然地凝视前方。

❧

门开了，阿龙·科兹马和加尼走进屋里，他这才回过神来。他们向他汇报了合作社会议的情况，告诉他簿记工作井然有序，社团管理无可挑剔。随后科兹马粗略说了一下在分配新获得的农田时所出现的问题现状，说他很高兴地报告，先前的乱象已得到圆满解决。有些成员比较可靠，多亏他们的辛勤工作，逾期付款者才不得不还清了债务，所以社团如今可以把阿巴迪预先垫付的那几千克朗还给他了。科兹马将这一切解释得十分详尽，因为他急着想让巴林特明白，他这种出于好意却轻率的干预造成了多大麻烦。

巴林特点着头，似乎在听，还时不时地说点什么，对科兹马所做的表示感激。尽管他和平时一样礼貌周到，心思却不在这里。科兹马说话时，巴林特仍然一直在琢磨，让他如此愤怒的那场伪议会辩论背后究竟隐藏着什么。

很快他就觉得自己找到了答案，这些人本应明白事理，可究竟是什么让他们行事如此荒唐？这是因为匈牙利政客几乎全都以为，自己说的话不会传到国外，仅此而已。他们的整个政治理念都是以此为基础，这会儿没人相信国外任何人都能看到或听到他们的一言一行，就连奥波尼也不例外，虽然他妻兄❶是驻伦敦的大使，可能时不时还会写信回来；安德拉希也不信，尽管他父亲和弗朗茨·约瑟夫身边的亲信走得很近，他本人还曾当过一阵子外交官。如今国内热情高涨，他们认为这些不过是党派政治的小打小闹，从未想过在匈牙利之外会有人能够理解甚至是感兴趣。对这些人来说，地平线只延伸到维也纳为止，匈牙利本身就是个小世界，在这个圈子之外什么都不存在！皇家酒店宴会厅里通过的这项动议实际上压根就不是给巴尔干各国看的，而是给布达佩斯政府看的，或者充其量是给皇帝看的，让他明白这项动议的作者们有多么不满。

普通百姓几百年来都对国际事务毫无兴趣，甚至不明白巴尔干冲突有什么重要性，所以他们对反对派的动议无动于衷，反正他们也从不相

---

❶ 应为奥波尼·阿尔伯特妻子的哥哥阿尔伯特·冯·门斯多夫（1861—1945），奥匈帝国伯爵、外交官，于1904—1914年间担任奥匈帝国驻英国全权大使。

信国门之外的任何反应会比月球上发生的事跟自己更有关系。

这一桩桩一件件从巴林特脑海里闪过之际，他正在对科兹马告诉他的一切点头称是，不过却越来越不注意对方到底说了些什么。这会儿科兹马提议说，等到他们下回一起去各地巡视时，巴林特不仅要避免承担任何个人财务责任，而且要向他保证，在任何情况下都绝不再做这种事，因为这样的举动是有违自助与合作精神的。巴林特只听见了最后几个字，立刻答道："当然，我保证……当然，你说得对！"科兹马冲着秘书得意地咧嘴一笑，好像在说，"你看说服他多么容易！他甚至还做了保证！"

现在已经快到午饭时间了。他们站起身来，准备走到城堡去，巴林特这才想起自己还没有读过信件。于是他请科兹马去陪他母亲用餐，他自己则和秘书一起把这些信件看一遍。他很快就去跟他们会合。

前几封信都是关于合作社事务的，巴林特简要浏览内容之后便递给加尼，告诉他应当如何回复。下一封信装在一个灰色的信封里，是"蜂蜜"安德拉斯·祖托尔写来的。

信里的内容和公证人高斯顿·西莫有关。"蜂蜜"说，年轻的护林人库拉到树林里来找他，说自己在胡尼奥德赶集期间，罗马尼亚神父廷布斯来到佩科尧威胁库拉的祖父老朱翁·安卢·玛弗泰。他愤怒地问老人，为什么他竟会控告西莫玩忽职守，而且胆敢指派一名科洛斯堡的律师来代表他。老人被吓坏了，他告诉神父，他完全不知道发生了什么事，全都是他孙子一手操纵的，他已经相当虚弱，既不识字也不会写字，人家给他什么，他只管签名就是了。老朱翁的意思显然是说，自己没有错，没什么地方能让人指控的。神父接着拿出几张纸来，试图劝说老人在上面按上手印，尽管受到神父的威胁，老祖父却顶住了压力，并没有签字。

库拉写信是担心老人坚持不了多久，因为他觉得自己死期不远，而廷布斯则威胁说要永远诅咒他。年轻人不知道神父想要他祖父签署的文件是什么内容，不过他认为这有可能会撤销律师的任命，当然也可能是别的文件，没准是关于高斯顿·西莫的一些好话。神父并没有告诉老人。

"……所以我才写信给大人您，""蜂蜜"最后这样写道，尽管信里没有标点符号，却和以往一样明白易懂，"库拉害怕会有大麻烦，他相信廷布斯和西莫肯定会让老人意志动摇，他说：'我昨天看到西莫了，他很不好对付，他可能还想说点别的，可是我死死盯着他，他大概以为我要揍他，不过他现在肯定心情很好，就在三个礼拜之前，他还说受够了想要离开，现在却再也不这么说了，而是说了一些完全不同的话……'"

巴林特的脸色阴沉下来。八月份从山里离开时，他找了一位会说罗马尼亚语的律师，此人不仅能在税务局为老朱翁申辩，等督察员来现场调查时，他还可以和山民们谈一谈。要找到合适的人并不容易，因为人人都知道西莫和县治安官的首领是好朋友，所以治安官办公室的人都会不遗余力去维护同僚。他要找的人必须和治安官办公室里任何人都毫无关联，既不是亲戚，也不是朋友。

最后他终于找到这么一个人，对西莫的告发书也正式交予当局。眼下听证会尚未举行，调查也是迟早要进行的，但是显而易见，西莫会尽全力拖延这些事务，直到他有时间让原告撤销起诉，这样对他有利。如果他能够做到，就会赢得官司。

不过，赢得这个官司可不仅仅能使西莫的好名声保持清白，要是他证明了自己无罪，主动权就掌握在他手里了。他可以提出申诉，说自已被人诬告，如此一来，诚实的小库拉就会发现自己反过来受到追捕与迫害。

　　这个可怕的念头让巴林特越想越沮丧，要是那年轻人因为信任他而惹上麻烦，那他就要承担重要责任了。巴林特从"蜂蜜"的信上抬起头来，望着跟自己并肩坐在桌旁的米克洛什·加尼，似乎看到他那厚厚的黑边眼镜后面带有同情的眼神和想要帮忙的急切心情，就好像加尼已经知道主人在担心什么。巴林特想到，这位秘书曾经在村公证人办公室工作过六年，他肯定知道这种调查如何具体进行，所以没准能就可能的后果提出有建设性的意见。

　　他转头看着加尼，将此事简要对他说了一下，并且告诉他，被告会竭尽所能劝说原告撤诉。

　　加尼聚精会神地听着，他那瘦骨嶙峋的长脸歪向一边——每当听到重要的事情时，他都习惯这样。

　　"我听说过这个案子，"阿巴迪说完之后他说道，"是林场管理员温克勒上一回到这儿来时说的。如果情况属实，西莫肯定会被免职。税务欺诈的案件必然是这个结果。不过，要是他们能说服老人宣称他孙子没有解释过叫他签的是什么，尤其是说他拿出的收据和催税单并无关系，而是别的什么东西，那后果可就很严重了。"

　　加尼停了一下又接着说："因为老人不识字也不会写字，所以他并不会受到惩罚；但他们可能会叫他孙子承担责任，还可能控告他诽谤以及伪造法律文件，他也许会被证明有罪……而且……而且没准还不只是他。西莫有本事把网撒得更大，他可以指控安德拉斯·祖托尔是这一罪行的教唆者，另外……"加尼又犹豫了一会儿才鼓起勇气说出内心所想，

"……另外也许就连大人您都会受牵连。"

"真的？我也会受牵连？为什么？"

"因为是大人您雇了律师并吩咐他行事。当然了，大人您的举动很容易解释，也很容易辩护，因为无论情况变成什么样，显然大人您这么做都是出于善意，是为了公众的利益。西莫倒是不太可能会控告您，但是大人您一定会被传唤到庭作为证人，西莫会摆出殉难者的姿态，竭尽所能争取新闻界的支持。可以肯定的是，惹出的麻烦越大，他就越开心！"

"西莫想要扮演牺牲品，那可真是讽刺！可是我们能做什么？上山去看看老朱翁？"

加尼咧开嘴，白色的牙齿亮光一闪，随后一字一顿地慢慢说道："我不建议您这么做。老人是重要证人，被告肯定会坚称大人您去看望他是想要劝说原告作伪证，这种说法只会让事情更复杂。我们只有一件事情可以做：对孙子说清楚，要是他祖父撤诉，那可能会要了他的命。必须有人盯着他，这事在树林里很容易做到，也不会引起任何人的注意。"

巴林特站起身，想了一会儿，然后向加尼伸出手："谢谢你提了这么好的建议。我今天就给祖托尔写信。"

"大人您不应该留下书面的东西。最好不要写信，谁知道信会落到谁手里。派人叫他来，口头对他说，那样会更好，好得多！"

他们走到外面，秘书彬彬有礼地护送主人来到门廊的台阶上，一抹温和的笑容将他那黑色的小胡子掀开了一道缝，加尼又说道："也许大人可以将此事交给我去办？只要您允许，我可以私下对祖托尔把一切说清楚。我有处理类似案件的经验，这样也许更好，如果大人您……我会感到不胜荣幸。"

❦

巴林特对母亲问起时，阿巴迪伯爵夫人只是说自己睡得不好，所以那天早上才没有起床。她看起来精神焕发，跟阿龙·科兹马谈笑风生。她穿上了只有特殊场合才会穿的那条丝质连衣裙，也许是因为今天是星期天，又或者是因为小科兹马来了——他父亲曾是她的童年玩伴，不过她已经四十多年没有见到他了。今天她十分活泼，虽然她的态度总是带着几分屈尊附就的意味，但她说起马匹、说起它们的繁育、说起很久以前的狩猎时，又恢复了从前的神采飞扬。巴林特觉得放心了。

午饭后他发了一封电报到拜莱什的林地总部给温克勒，叫他让祖托尔到德内斯托亚来。然后他丢下加尼，自己和科兹马上车离开了。他并未在电报里提及祖托尔到时只能见到他的秘书。这事还是不说为好。

巴林特上车后，萝萨伯爵夫人来到外面的阳台上挥手道别，一直到汽车穿过城堡外院那道厚重的大门、消失在视野里才作罢。

后来巴林特常常想起这一刻，在以后的岁月里，这就是他对她最深的印象，一个瘦小的身影在雕花的石头栏杆后面站得笔直，挥动着胖乎乎的小手跟他们道别……

第二章

THE
TRANSYLVANIAN
TRILOGY

They Were Divided

巴林特和阿龙·科兹马一起到东南部各县去巡视各个合作社的中心区，这次要去十天。最后一站是基什 - 库库洛的一个小村庄，名叫基什 - 菲泽什，距离迪克索 - 圣马尔通大约一两英里。

整个会议期间，在宣读报告以及核查账目时——在其后的投票环节就更是如此——巴林特和科兹马注意到，人人似乎都急着让会议赶紧结束。他们窃窃私语，朝墙上的挂钟看了好多次。当被问及"是否有任何不满或是特殊要求？"时，这个问题在别处都会引来大量建议和无休无止的讨论，可他们却立刻答道："没有，什么也没有！……一切都很好！……完全没有……没有，什么也没有！"然后便急切地望着门口。

阿巴迪和科兹马搞不清这是怎么回事。他俩十分肯定，在记账方面没有什么不可告人的秘密必须瞒着他俩，所以他们估计这些村民只是急着要去别处，担心合作社会议要是延长可能会让他们错过好事。

正午时分，巴林特结束讨论，朝他的车走去。会议上似乎笼罩全场的忧郁沮丧气氛立刻一扫而空，仿佛人人肩上都卸下一副重担，他们笑容满面、兴高采烈地和来客握手，护送巴林特和科兹马上车，开开心心地关上车门，热情地挥手作别，就好像在齐声大喊："现在可以走了！走！现在就走！"

在库库洛山谷里，村与村之间挨得很近，仿佛走出这个村就是下一个村。他们接下来要到焦尔福尔瓦，毕玖·坎迪的庄园主宅邸就在那儿。汽车没开几分钟就到了，尽管路上挤满了行人，其中有许多小伙子、小姑娘和小孩子，全都是从基什-菲泽什来的，他们急匆匆地往前赶，高兴得就像是去赶集或是看马戏。

焦尔福尔瓦村里的街道也很挤，人人都面带微笑朝车里的乘客招手，以为他们肯定也是去同一个目的地过节的。被欢乐的人群给挡了路，巴林特的车只能缓慢行驶，不知不觉几乎开到了毕玖宅邸的大门对面。在毕玖家大门两侧木栅栏的弯曲处，人群实在太过密集，他们的车被迫停了下来。司机按响喇叭，人群立刻让开了道，不过让开的这条道并非马路的方向，而是朝着坎迪家的大门。车上的人正解释说他们是要去迪克索，结果却看到了毕玖·坎迪本人，他身穿皮衣头戴皮帽，向汽车跑过来，一边跟巴林特和科兹马握手，一边喊道："都到我家门口了，你们要是不进去，那可就让我丢脸了！"说完便解释起这是个什么情况。

不过他说得也很不清楚。他宣称今天是个大日子，是个重要的日子，所以他才邀请了这么多人。实际上，凡是他认识的人，他都请了，也包括巴林特和科兹马。他们没收到他的信吗，他问，随后又自己答道，当然没收到，因为他们不在家，不过他确实写了信。巴林特问他这一切是怎么回事，毕玖却说都写在信里了。他急切地说，自己已经判了白兰地死刑，今天就是法庭宣判的大日子，再过一刻钟就要开庭了。他们正在等巴林特，所以他才会到门口来，因为他听说他们就在本地区，便留心看着他们。

白兰地？法庭？宣判？尽管毕玖气喘吁吁地试图解释了一番，巴林特和科兹马依旧云山雾罩，并不比他解释之前明白多少。不过，要想一刻不停继续赶路显然是不可能了，尤其是这会儿其他一些客人也挤到门口来了，拉若克家两兄弟也在其中，还有佐尔坦·奥尔温齐，他立刻就解释开了，又把毕玖给白兰地判死刑的事情从头说了一遍。这时安布鲁什老伯在门廊里面的台阶上咆哮道："别在外面浪费时间了，把你那个痰盂开进来吧！"

巴林特可没心情参加任何派对，这次巡视乡村合作社把他累坏了，每天都在开会讨论，从早上讨论到夜里。等到晚上他上床时都没时间读一读当天的报纸，巴尔干危机一直在让他焦心——尽管最近稍稍平息了一些，但形势依然险恶——现在他只想回家。想到要举行这种欢乐的庆祝活动，他大为震惊；可如果继续开车赶路又太过失礼，再说他也无意得罪人。

于是巴林特和同伴们一起下了车，朝屋子走去。

屋子中央那间巨大的餐厅里挤满了客人，三位坎迪都来了——老丹尼尔、安布鲁什叔叔和约斯卡，还有法尔卡什·奥尔温齐、卡穆西以及托多尔卡·拉茨等几位邻居，全是毕玖的酒肉朋友。

每个人都沉浸在欢乐的聚会气氛中，在喝下许多红酒和白兰地之后，大家更兴奋了。餐桌上到处是空的和半空的酒杯。

人人都知道毕玖为什么要大宴宾朋，因为他特意把这个笑话解释得仔仔细细，他还在邀请函里夹了一张纸，上面列明了白兰地是因为哪些罪行被控告并判刑。显而易见，毕玖认为这一切就是个天大的玩笑，他还因为自己想出这个主意而自豪呢，这会儿客人们都在喝酒谈笑，互相打打趣，跟主人打打趣，特兰西瓦尼亚人就是这样的。

没过多久，那个伟大的时刻到来了。

毕玖·坎迪喊道："卫兵们！上岗了！"

拉若克家的两个小伙子——德若和厄诺——站了出来，他俩头上戴着毕玖不知道从哪个抽屉里翻出来的古代筒形军帽，佩着生锈的马刀和破旧的马刀挂套四处闲逛。他俩都是又矮又壮，相貌明显带有鞑靼人的特征，就像一对双胞胎。头戴着饰有金色流苏的军帽，他俩立正站好，看起来还是仪表堂堂的，尽管那帽子有点被虫蛀了。

这时命令来了："把被告带到法庭上来！"

拉若克两兄弟噔噔噔地走了，客人们跟着他俩走出屋子，来到屋前那长长的石头平台上。男仆和女仆已经从餐厅里搬来椅子，他们在那儿围成半圆形坐了下来。椅子摆在不平坦的铺路石上有点摇晃，不过客人们没有注意到。今天阳光灿烂，初冬时节的太阳并不耀眼，十分宜人，每个人都迫不及待等着好戏开场。

先生们在椅子上落座以后，两支吉卜赛乐队也各就各位，一边一个，拿着乐器严阵以待。村民们则一起挤在屋前的草地上，老老少少全都穿着节日盛装，女孩子们也穿上了最精致的衣服。一大帮孩子在人群中满地打滚，有时候都快跑到平台上去了，大人只得在他们跑上平台的台阶之前把他们拉回来，因为他们还太小，不知道自己该待在哪里。

巴林特看到，合作社开会时那些迫不及待想走的人也全都在人群里。

到处是一派期待与兴奋的氛围，尤其是在下面的草地上，因为大家都知道，稍后在农场里会举行烤肉野餐，还有喝不完的葡萄酒、听不完的吉卜赛音乐。

这时那两位狱卒大人已经将被告带了上来。那是一个五升装的木制大酒壶，两只把手就像胳膊一样被狱卒抓着，壶腹上画着五颜六色的花，圆顶状的壶盖则代表一张脸，上面有一对上斜的大眼睛，还有用某种皮毛做成的巨大八字须。

狱卒以十足的军人方式将罪犯一本正经抬上来，一个男仆赶紧将长凳塞到罪犯身下，他俩便将罪犯放在长凳上。

看见罪犯到场，人们欢呼起来。说来也怪，罪犯蹲在长椅上，两位卫兵抽出马刀在两旁站得笔直，被告却流露出一种明知故犯的恶意，仿佛在挑战在场的每一个人——卫兵、法官和观众，那表情似乎在为自己犯下的恶行感到骄傲。

审判开始，不过却跟通常那种审判不太一样，因为毕玖既是原告，又是证人，也是法官，人人都能看得出，他还是行刑人，因为他腰上系着那把装在皮套里的军官手枪。

毕玖站起身，伴随着吉卜赛乐队演奏的即兴音乐，在空中挥了挥检方搜集的犯罪记录。

"你这个无耻混蛋！"毕玖大声说，在这句不好听的开场白之后，他开始列举白兰地被指控的罪行：他让人脚步不稳、头痛欲裂、鼻子肿胀发紫，最后还会让人醉得太快，全无乐趣可言。

在这番概述之后，毕玖转而说起更为私人的控诉，他本人就是主要证人。

"我现在作证，"毕玖念道，"你曾多少次对我犯下罪行。在我玩牌时，你曾多少次让我的脑子变得糊里糊涂，将所有的钱都押在一张王牌上；你一次又一次怂恿我鲁莽叫牌，害我损失了钱财。不仅如此，你还灌醉我的头脑，结果让我得罪了朋友，以至于不得不和他们决斗，无缘无故用刀乱砍。每一次我都祈求你放过我，免得我做出更多的傻事，可是时至今日，你一直走在这条邪路上。今年夏天，我原本在高山上做客，却被赶了出来，颜面扫地，就因为你偷偷溜回来，又一次骗取了我的信任。好了，那就是最后一滴了，我是说你的最后一滴，你应该被判死刑！大家同意吗？"

"死刑！死刑！处死这个可怕的罪犯！"平台上的客人们喊道。平台下面传来阵阵哄堂大笑，其间夹杂着人群的附和："死刑！"

"所以，你这可怕的无赖，你看你的死期已经到了。不过，为了不让别人说你没有机会为自己辩护，我现在请你说出你的理由。如果你有话要说，现在就说吧！"

毕玖朝着被告大喊大叫的态度是如此严厉，不由得人不信，大家都傻了眼，期待着罐子回答，可惜什么也没听到。

于是毕玖再次开口了："无话可说？很好。那我就继续宣判了。白兰地因对诚实的彼得·坎迪犯下多种罪行而被判死刑，由行刑队执行枪决，从今往后，彼得·坎迪只喝葡萄酒！"

这真是天大的喜事。人们欢呼、鼓掌，将帽子扔到空中，吉卜赛乐队又演奏了一段即兴乐曲。毕玖则又喊了一嗓子，盖过这吵闹声：

"送他上断头台！"

众人很快便排成一支队伍。最前面是村里的吉卜赛乐队，毕玖的仆人和贴身男仆推着一辆小推车紧随其后，被判刑的白兰地就放在车里的稻草垫子上。年轻的拉若克兄弟俩佩着出鞘的马刀，分别走在小车两边，毕玖骄傲地昂首挺胸，跟在小车后面得意地踱着方步，他后面跟着的是那些主要来宾、县城来的吉卜赛乐队以及老一辈的农民，男孩和小孩们在两边往前跑，迫不及待要第一个到达行刑地点。

这一行人伴随着葬礼进行曲的旋律绕过屋子，走上斜坡上的花园，最后来到伫立在围墙旁边的一棵巨大橡树下。

音乐停了，有人将罐子抬起来，靠着树干放好。观众们围成半圆形，拉若克家两兄弟一人占了一头。毕玖走上前去，直到距离死刑犯大约五步之遥时才停下来。随后他掏出左轮手枪，打开保险栓，喊道："现在我要把你罪恶的灵魂送进地狱！"

安布鲁什叔叔这人年纪越大，就越不喜欢人家抢走他的风头，于是嘴里嘟嘟囔囔，想要破坏效果："什么乱七八糟的！罐子怎么会有灵魂？"

毕玖听了哈哈大笑道："可它还真有……樱桃之魂嘛！"说完便径直朝木头罐子开了一枪。

两条木腿支撑的罐子被子弹打得晃了两下，然后腹部着地趴下了，身下流出一股股红色液体，在老树那巨大的树根之间形成一个个小水坑。

现在大家都挤到了毕玖身边，欢呼鼓掌，吉卜赛乐队则奏响歌剧《拉斯洛·胡尼奥迪》❶中广为人知的咏叹调《阴谋家不在了！》。老丹尼尔·坎迪对其他一切都视而不见，拖着脚走到倒下的木罐旁，艰难地慢慢蹲下去，将手指在蔓延的深红色溪流中蘸了蘸，接着舔了两下手指，俨然一副大鉴赏家的派头，小声自言自语道：

"樱桃白兰地！樱桃白兰地！太可惜了❷！这么上好的樱桃白兰地！"

❦

城里来的乐队这会儿演奏起一系列精心挑选的欢乐曲调，来宾们便随着乐队一起，慢慢走回屋里，再一次挤进宽敞的餐厅。村民则被农场工头和他的助手带到农场里，在那儿他们发现，一根根烤叉上烤着肉，一口口大锅里滚着汤。本地的吉卜赛乐队奏响音乐，没过多久年轻一些的人就全都跳起舞来。谷仓门口有个酒桶，旋开旋塞就有酒流出来，他们可以想喝多少就喝多少。

餐厅里同样有大量的莱茵葡萄酒和其他各种上等葡萄酒，还有琳琅满目的本地产葡萄酒，既有新酿的，也有陈年的，它们的酒性如此浓烈，就连刚刚被处决的白兰地都要羞愧地躲起来。美味佳肴很快也端了上来，都是简简单单的乡下美食，能填饱肚子却并不花哨，卷心菜配熏猪肉，

---

❶匈牙利作曲家费伦茨·埃克尔创作的一部匈牙利代表性歌剧，讲述的是1456年匈牙利军事领袖亚诺什·胡尼奥迪去世后的事件。

❷原文为法语。

以及各式各样的香肠，因为今年冬天刚刚杀过第一次猪。大家尽情地吃着、笑着、开着玩笑……酒也喝了很多。

还不到半个小时，就有几位客人喝醉了，但谁都没有尊贵的主人自己醉得厉害，他这会儿已经变成了斗鸡眼。

除了他以外，在年纪大的客人当中，喝醉的是老丹尼尔，一如人们所料；在年轻人当中，喝醉的则是附近的一位地主，名叫温采·希姆莱奥斯。这个小伙子原本特别有礼貌，他那寡居的母亲曾对他千叮咛万嘱咐，能得到彼得·坎迪伯爵的邀请，那是无上的荣幸，所以她要他保证一定会注意礼节，还要将自己介绍给在场的每一位，尤其是年长者。

耳朵里回响着母亲的叮嘱，他总觉得自己也许做得不够妥当。他喝得越多，就越发相信自己可能没有做到应该做的一切。事实上，在经过一番痛苦挣扎之后，他认为还得再多喝一点，这东西能让他免于犯下可怕的错误，知道在贵人当中应该如何表现。

于是他站起身，跌跌撞撞走到桌子的上首——法尔卡什·奥尔温齐和卡穆西就坐在这里，脚跟咔嗒一并，嘴里说道：

"我是希姆莱奥斯！"

"你好啊。❶"他俩彬彬有礼地答道，坐在他们旁边的安布鲁什叔叔也是这么回答的，在这种场合下，没人会跟一个喝醉了酒、有点失控的人计较。

接着，可怜的希姆莱奥斯——这个匈牙利姓氏历史悠久，意思是长疹子——来到老丹尼尔身旁，再次脚跟一并，说出自己的名字。

---

❶原文为德语。

老人并没有转身，也没有答话，可能是因为他没听见。年轻的温采便又一次介绍了自己，这次声音更大，然后发现对方还是没有反应，他便碰了碰老丹尼尔的肩膀，冲他耳朵里喊道："我是希姆莱奥斯！"同时伸出了手。

老丹尼尔依然没有完全转过身来面对他，只是稍稍上下打量了他一下，随后便盯着他伸出的手。接着，一抹邪恶的笑容出现在老丹尼尔的红鼻子底下，在他脸上蔓延开来，他结结巴巴地——每次喝醉了酒，他都结巴得厉害——慢慢说道："祝你早——早——早日康——康——康复！"说完暗自一笑，又转过头喝酒去了。

听到这句侮辱之言，年轻的温采大为震惊，仿佛被人打了一样。尽管他天性温和有礼，但有一件事是他绝对无法接受的，就连没喝醉的时候都无法容忍，那就是人家拿他这个古老的姓氏开玩笑……何况现在他还醉了。他向后退了一步，抡起胳膊就要开打。幸好安布鲁什叔叔及时一跃而起，用力地一把抱住他，这下希姆莱奥斯什么也做不了，只能大喊大叫："太不像话了！我抗议……抗议……我抗议！"

吉卜赛乐手们停止了演奏，年轻一些的客人中有许多人——毕玖也在其中——跑上前去，围在愤怒的希姆莱奥斯身旁，将他拖到房间另一头，大伙儿——尤其是跟他熟识的拉若克两兄弟——在那儿跟他说起老丹尼尔的事，尽力让他安静下来。其他人则忙着对付老丹尼尔，这会儿他已经站起身来，仿佛被大风吹着一样摇摇晃晃，开始向四面八方不停鞠躬，用优雅的法语结结巴巴地说：

"随时为——为——为您效——效——效劳……为——为您效——效——效……"还没等他说完，就有几只强壮的胳膊抓住他，把他抬到了花园里。老丹尼尔要是喝醉了，并且开始对在场的每一个人鞠躬，那么人人都知道接下来会发生什么了。

❦

阿巴迪趁着这一阵骚乱离开了屋子。他跟科兹马一起很快找到了司机，他就在大门外面等他们呢。

他们迅速从村里驶过，这会儿村子里已经空无一人，无论男女老幼，全都在坎迪的宅子里，伴随着吉卜赛音乐畅饮起舞。

巴林特离开时觉得嘴里一阵苦涩，他已经有一段日子没参加过这种醉酒狂欢了。在模拟审判和处决的时候，他也觉得这一切很有幽默感，跟着其他人一起哈哈大笑，可是此刻当他们行驶在昏暗的暮色里，他回想起来却忧心忡忡、充满苦涩，将才干与精力挥霍在这种事情上，真是一种浪费。如今他知道，他们不会谈论别的事情，除非也跟这个一样微不足道，就好像这些人中没有一个能认真起来，哪怕是一小会儿，哪怕巴尔干危机这种潜在危险在威胁着他们的祖国。他们对此只字不提，一个字也没说过。巴林特一路上看到的情形都是如此，他在旅途中遇到了各种各样的人，都是各镇、各村以及各个乡村地区的各级官员以及不同身份的各界人士，而这些人还声称他们以自己的方式关心着政治和国际大事……

科兹马一言不发地坐在他身旁，一副满腹心事的样子，巴林特不知道他是不是也在思考同样的事情。

到了迪克索 - 圣马尔通，他们径直驶向旅馆，原本打算在这儿过夜，明天再去三个村子。可是科兹马只能一个人继续余下的旅程了。一封电报在旅馆里等着巴林特，看门人说是中午从德内斯托亚发来的。

巴林特焦急万分地打开电报，他所担心的事情得到了证实，萝萨伯爵夫人当天早上中风了。

巴林特立刻回到车上，甚至来不及停下和阿龙道别。

"回德内斯托亚！"他说，"越快越好！"汽车在漆黑的夜色中飞驰而去。

❧

日子一天天过去，情况却毫无变化。冬天来了，很快就到了圣诞节，四年来，这是巴林特和母亲第一次在德内斯托亚过圣诞，而不是在阿巴齐亚。

表面上看，庆祝活动还是跟以往一样地进行。

萝萨·阿巴迪坐在城堡二楼的大厅中央，面朝着楼梯。餐桌被拉到最长，桌上摆着一棵大树，树上装饰有丝状的天使头发、纸花环、金色的星星和许多小蜡烛。大树周围堆着高高的几摞冬装，这是萝萨伯爵夫人和她的两位管家在过去十二个月里织好的。其实这些衣服要到次日做完礼拜之后才会分发给村里的孩子们，现在之所以都摆出来，是因为阿巴迪伯爵夫人总觉得它们要先放在这棵具有象征意义的树周围才能算是真正的圣诞礼物。

同样摆在桌上的还有一大堆标有名字的包裹。这些是她送给家里每一位员工及其家人的礼物，有披肩、衣料、保暖背心、外套、马甲，以及很多儿童靴子。

根据萝萨伯爵夫人那个时代的惯例，接受礼物的人先在楼梯上等候，然后按照严格的先后顺序，一个一个进来，孩子们也跟父母一起来。"走进大厅，向伯爵夫人阁下行礼，接过礼物，吻她的手，然后迅速离开，腾出位置，还有人在等着呢！"

这个仪式一成不变，如常进行。两位管家托蒂太太和鲍措太太分别站在女主人两边，在必要的时候把孩子推上前去，再递上恰当的礼物。男管家则站在门口，看看进来的人对不对，再看着他们出去。

只有一件事和从前不同——伯爵夫人自己所扮演的角色。以前她都是亲自送出每一份礼物，如今却由巴林特代劳，因为老夫人右侧的身体瘫痪了。

今年，当家里的雇员们站在她面前行礼时，她也不再对他们一一讲几句友好的话，只是点一点头，如今她只能说出几个含糊不清的词，所以不希望他们听到，她伸给他们亲吻的是左手，因为右边的胳膊已经抬不起来了。尽管如此，她依然在靠垫的支持下坐得笔直。这会儿她坐的是轮椅，人家从她自己的房间把她推到这里，要是再把她抬起来放到以前常坐的那把王座般的扶手椅上，那就太不方便了。轮椅刚好推到圣诞树前头，灯光从她背后照过来，投下片片阴影，让人无法看清她扭曲的面孔。为了确保没人看见她的脸，她特地戴了一顶蕾丝帽子，再系上特别宽的缎带，这能帮她把下巴支撑起来。

这些安排都是萝萨伯爵夫人亲自命令下去的，在女仆和女管家们为她更衣过节时，她用只有她们才能听懂的含混声音解释说要如何如何。尽管如此，有一会儿她还是眼里冒火，因为她觉得她们没有完全领会她的意图，对她来说，最重要的事情就是决不能让人被她的容貌吓到，也不能让人为她难过，一刻也不行，谁也不行，哪怕是她自己的忠实仆人。

只要还活着，她就必须保持原来的样子——一位昂首挺胸的伟大女士，一位手握大权的至尊女王，她那不屈不挠的骄傲，就像一袭紫色的貂皮长袍包裹在她身上。

于是乎，起码从表面上来看，一切都和德内斯托亚过去四十年的每一个圣诞前夜毫无二致。一盏盏枝形大吊灯里、一个个壁式烛台里点着无数支蜡烛，圣诞树全身上下闪耀的小小烛火映照在瀑布般光亮的水晶上。然而这一切都是徒劳。死亡的阴影潜伏在巨大的大厅里，只要踏进这灯火辉煌的房间，每个人都能感觉到他的存在。他也许藏身在镀金的陈列柜里，也许是在深深的射击孔中，又或者甚至是在隔壁的房间里——相邻的是一间黑漆漆的客厅，透过高高的玻璃门就能瞥见。不论他在哪里，他就在那儿，等待着，随时可能会走出来。即使是现在，或者再过一会儿，玻璃门都可能发出微弱的叮当声，然后他便会出现在众人面前……每一个人都感觉到了——他们走上前来行礼，亲吻女主人的手，同时却偷偷向大厅另一头投去惊恐的目光，那儿的白色门洞和方方正正的黑色玻璃里隐藏着某种未知的可怕东西。

为萝萨伯爵夫人工作了多年的雇员们回到巨大的石阶上、得以偷偷溜走时，几乎人人都感到如释重负。

第三章

THE
TRANSYLVANIAN
TRILOGY

They Were Divided

进入新的一年，到了二月底，佩科尧山村的老朱翁·安卢·玛弗泰正式控告高斯顿·西莫一事出现了新转机。

要回忆此事的起因，我们就得追溯到去年春天——一九一二年——老朱翁收到一封缴税通知单，说他自一九〇九年至今共欠税款二百八十六克朗。这时他还并不是太过担心。在一年半以前，他也曾收到过类似的催缴单，于是立刻去向当地的公证人高斯顿·西莫提出抗议，此事后来便没了下文，因为刚开始收到缴税通知单时，他都是将税款付给西莫，后者再给他开一张收据。公证人义愤填膺地说税务局竟如此糊涂，并且保证会亲自到班菲-胡尼奥德的县税务局去，务必消除这一误会。此后，村里的警察没再送来缴税通知单，老人就以为西莫说话是算数的。官方沉默了十八个月，直到去年那个要命的春天才寄来新的缴税通知单，仍然是相同的欠款，到了八月又寄来一份扣押并出售朱翁·安卢·玛弗泰所有财产的命令。

当时老朱翁的事务全都由孙子库拉处理，他随即将这些文件拿给"蜂蜜"安德拉斯·祖托尔，向他征求意见。"蜂蜜"身为阿巴迪所信任的护林人首领，又将此事报告给了巴林特，因为他清楚，过去几年来，他的主人知道西莫在剥削山村里的淳朴民众，从他们身上榨取一切可以榨取的东西，所以已经尝试过一次，想让这位公证人被免职。如今巴林特又行动起来了。"蜂蜜"让小库拉从祖父那里拿来一份空白的委托书，连同公证人的原始收据一起送到阿巴迪伯爵手里。

随后巴林特在科洛斯堡找了一位愿意办理此事的律师，将委托书交给他，又安排他向财政部的相关部门控告西莫挪用公款以及欺诈。事情至此转入官方流程。

然而，进展却十分缓慢，税务稽查员的调查也越拖越久。人们像踢皮球一样把事情推来推去——每一次都耽搁许久。一封信发出去，要五个星期才收到回复。县税务局将财政部写来的信转给县治安官，县治安官最后又把文件退还给税务局，说这是他们的职责，不归他管。于是税务机构又一次致信地方的县办公室，声明此事在他们管辖范围内，而不是归税务局管，因为西莫出具的收据上并没有任何字样表明它与税款有关。财政部门也反过来将所有责任推卸得一干二净，他们认为，此事要么属于纪律问题，应当由县里的行政长官负责，要么就是刑事案件，应当由法庭审理。文件又一次被送到县治安官手里，请他决定这一切究竟是谁的责任。与此同时，高斯顿·西莫主动要求接受纪律检查，却狡猾地将这份请求送到了错误的部门。他本该联系副治安官，结果他联系的却是当地公证人协会，而他自己正是该协会的主席。

公证人协会拒绝了西莫接受调查的请求，理由是它只有权处理内部纪律问题，凡是涉及普通民众的事务，都不属于它管辖。同时他们还召开了特别会议，会上一致通过了对西莫清廉的信任投票。如此一来，巴林特就明白了，西莫设法操纵了县公证人的整个队伍，让大家都站在他那一边。

三月初的时候，情况就是这样的。在那之前，尽管没有确切的消息，但西莫头上仿佛悬着达摩克利斯之剑。可就在这时，事情发生了很大转变。

高斯顿·西莫反过来控告老朱翁的孙子库拉诬告，又指控"蜂蜜"祖托尔，说他不仅是共犯，还策划了针对他的阴谋。

他提供了老朱翁的一份声明作为证据，声明中说他被孙子欺骗了，他既不识字也不会写字，全然不知库拉强迫他按上手印的文件是一份委托书，到最近才得知情况原来如此，所以希望立刻放弃这样的打算。西莫出具的收据也被孩子从他这里拿走了，但那个和缴税一点关系都没有，只是他还清的一笔旧债而已，而且他对公证人西莫极为敬重，从未说过他一句坏话。在声明的末尾他祈求原谅，说孙子辜负了他的信任，他只是个头脑简单的无助老人，对于此事一无所知。

这份文件可不简单，写得相当之好，条理清楚、叙述准确。不仅准确，而且针针见血，针对公证人的每一条指控都得到了合乎逻辑的驳斥与先行否认。声明由两位见证人会签，一位是久尔库卡村的教区牧师廷布斯，另一位则是堂会理事之一。老人在附言中说，该声明系由他口授给牧师，这份附言同样有两位见证人会签，一位还是那个堂会理事，另一位是村里的学校教师。再没有比这更好、更符合手续的文件了。

西莫提起反诉一事立刻就传到了德内斯托亚，是阿巴迪家那位领退休金的林场管理员卡尔曼·尼瑞希写信说的，他在信里详尽又啰唆地叙述了所发生的事情。从信里来看，尼瑞希显然很享受传递坏消息，虽然他措辞谄媚，假装殷勤。

当初是巴林特强迫他退休的，给了他一栋位于班菲 - 胡尼奥德的大屋，屋子附带的花园一直延伸到科罗什河岸边，付给他的退休金有他从前薪水的一半，尽管如此，尼瑞希依然不会原谅巴林特。因为过去三十多年来，他一直在山里称王称霸，什么工作也不做，花着雇主的钱，过着优裕的生活。如今在班菲 - 胡尼奥德，他仍然养尊处优，经常举行派对、招待朋友，俨然一位乡间富绅，但这跟他以前在拜莱什的生活可不能比。在那儿他统治着一万六千英亩林地，想猎捕什么就猎捕什么，想吃多少野味就吃多少，不论何时都能钓鳟鱼，还能在草地上放牧他自己的牛羊。在巴林特亲自过问之前，从没有人要求他说明是如何管理林地的。

巴林特闷闷不乐地读着尼瑞希的来信。这封信让他很气愤，他仿佛能够看见，那留着白胡子的无耻老头坐在书桌前，抽着长长的烟斗，想到从前的雇主看到他写的东西会有多生气，他那被烟草熏黄的大胡子底下不由露出恶毒的微笑。巴林特确信他是直接从西莫那里得到的消息，因为这二人是多年的朋友；实际上，很有可能这封信就是他俩一起写的，边写边高兴得咯咯直笑，同时又倒出一些葡萄酒和香槟酒，为公证人的必胜干杯。

巴林特扔下书信，努力想要把这幅讨厌的画面从脑海里赶出去，免得被它影响了判断力。

朱翁·安卢·玛弗泰的事情如今需要认真对待了。西莫吞了老人的钱，这是毋庸置疑的，而且他还会继续这么干；可是有了这份新证据，年轻的库拉会被认定有罪，这似乎同样千真万确。县法院还能做什么？祖托尔可能也会吃苦头。

巴林特知道自己绝不会让这种事发生。他不可能什么也不做，只是袖手旁观，这些淳朴的人民信任他，遵照他的命令行事，如今却发现自己因为他而惹祸上身。这是无法想象的。

可是，他又能做什么呢？

只有一件事，那就是坚持出庭为被告作证。如此一来，他就可以说出全部实情，承担起可能受到的任何指责。要是走进证人席，他就可以将自己知道的一切都公之于世——西莫和廷布斯神父勾结起来一起犯罪，多年来他俩是如何竭尽所能压榨山民。诚然，他什么也证明不了，可那又有什么关系呢？他还会说清楚，起诉西莫是他的主意，打从一开始就是他安排的。要怪就怪他好了，只要库拉和祖托尔获得自由就行，因为他们只是听他的命令行事而已。

如今的局面很难看，而且有危险，尽管他身为议员在县法院可以免于被起诉。在这种情况下，他可以辞去议员一职——当然他本人也会坚决请辞。然后再过几个星期，他就会发现自己成了被告。与此同时，那些丑闻媒体可要高兴了，他们会玷污他的名声，诋毁这懒惰的贵族，人家公证人清清白白，在卑微的乡下职位上工作得勤勤恳恳，可他竟敢诽谤人家！他注定要蒙受几周甚至几个月的侮辱与羞耻，直到案件终于开审。要是司法部长鉴于他多年来为公众无私服务而宣布驳回起诉——这一点还无法确定，他没准可以免去牢狱之灾，但是名声的污点却抹不掉了。

这些都不重要,因为他必须为了那些因他才卷入此事的人挺身而出。

在这痛苦的时刻,只有一个念头还让他略感欣慰:他不用再担心母亲的感受了,幸好中风让她失去了行动能力,不论她的独生子发生了什么事,大家都可以瞒着她。她用不着知道他们家的好名声是如何被玷污的。

可万一事态发展到他被判入狱,那又会如何?他们能把这事也瞒住她吗?他打了个寒战,不由得希望母亲不要活着看到那可怕的一天来临。

〰️

两个星期过去了,在这充满不祥预兆的两周里,德内斯托亚人人干活时都一脸愁容——秘书加尼、管家彼得、两位女管家托蒂太太和鲍措太太,以及其他仆人,甚至连已经退休的马夫首领盖尔盖伊·绍卡奇也是如此。大家都知道,西莫事件的苗头不好,但是谁也不敢说出口。

阿巴迪自己也只对阿德里安娜说过此事,他晚上时不时会去科洛斯堡郊外的乌兹迪大宅与她见面。两人相拥着躺在一起时,他将这即将开审的案件中所有可怕的可能性都告诉了她。阿德里安娜立刻就对他打算做的一切表示赞同,说他确实别无选择,哪怕这意味着坐牢。他俩从各个角度讨论了这个案子,却找不到其他任何解决办法。尽管如此,巴林特每次看望阿德里安娜回来,心里都会再度燃起希望,虽然一切看来都对他不利,阿德里安娜却坚信结局一定不会差。那是不可能的,她说,不可能的。这从道义上来讲不可能,所以不会那样的!看到她发自直觉地如此肯定,巴林特也设法让自己鼓足了勇气。

❧❧❧

案件开审的头一天晚上，主角们都来到班菲 - 胡尼奥德，就连小库拉也在"蜂蜜"安德拉斯·祖托尔的家里过夜。每个人都会搭乘早班火车前往科洛斯堡，县法院将在那儿开庭。

老朱翁·安卢·玛弗泰没有来，公证人西莫担心他会在盘问时不慎说出实话，所以安排人给他开了一份诊断书。老人也乐得待在家里，他担心神父叫他签的文件有问题，而且知道自己绝不敢撤销文件，也不敢说那是自己被逼着签的。其他原告则来了一大批——高斯顿·西莫和廷布斯神父、朱翁·安卢·玛弗泰那份声明的两位见证人，还有三位证人也被带来了，他们会证明库拉和祖托尔之间有联系。这三个人将在尼瑞希家的棚屋里度过两晚，以确保他们不会迷路跑到其他地方去。

尼瑞希在家里大摆筵席，廷布斯神父和高斯顿·西莫吃得高高兴兴，和他们一起用餐的还有西莫的主要保护伞——治安官首领、火车站站长以及两位律师，全都是当地有头有脸的要人，也都是尼瑞希和西蒙的好朋友。神父在他们面前就是个小人物，不过他是第二天审讯的重要证人。

席上觥筹交错，吉卜赛乐队卖力地演奏着，晚餐十分丰盛，西莫带来一只雄獐和至少三十条鳟鱼，他说这是从偷猎者那里没收来的。

"幸好我及时抓住了他们！"他边说边冲治安官首领挤眉弄眼，人家对他这些小把戏都一清二楚。

"高斯顿，你可真是个坏蛋！"他笑着答道，不过这些事情他们通常从来不会说出口，治安官喜欢维护自己的尊严。

尼瑞希在埃尔梅勒克有个葡萄园，他们喝的烈酒就是那儿出产的。

没过多久，大家的话匣子就打开了，如今谈起即将到来的审判，他们再也用不着假装不偏不倚、郑重其事。这会儿他们声音很大、气焰嚣张，用一个个下流的笑话来为谈话增添趣味，没人费心去掩饰自己的怨恨或是对阿巴迪伯爵的恨意，痛恨巴林特的并不是只有筵席的主人，其他人也都对他不满。有一两个是讨厌这贵族喜欢多管闲事，还有些嫉妒他，但大多数人只是觉得要和尼瑞希同仇敌忾，他们觉得尼瑞希是个好人，喜欢打牌、喝酒，还经常慷慨地招待大家。

人们痛恨巴林特是因为他将阿巴迪家的林地给管了起来，害他们不能再偷猎他的野味，但他们不喜欢他的主要原因还是觉得他会制造麻烦。在他们眼里，巴林特这种人会让偷懒的人干活，逼着他们为新成立的合作社工作，总是叫县里的办公室或是地方行政长官发来管这管那的电报，要求他们迅速采取行动，因为他的干预，他们疲惫不堪、四处奔波，处理的都是违反森林法和狩猎法的案件，他还一直催促土地登记局保持记录的准确性和及时性。总而言之，他会"制造麻烦"，现在又来了个公证人西莫的案子，这根本是毫无必要的，结果给他们带来没完没了的文书工作。写啊，写啊，写啊。

正是这最后一点激怒了审判长，他一向认为自己在这些事情上有权做主。他问，到底是什么情况？这个年轻伯爵跑来插手干预跟他毫不相干的事情，而且他甚至都不住在这里，而是住在几英里之外的托尔道-奥劳纽什。

人人都知道，这位审判长冷酷无情、我行我素，在他面前全县都要抖三抖。得到他认可的人能够兴旺发达；要是谁同他作对，那就要大祸临头。如今这位贵族从邻县跌跌撞撞地跑来多管闲事，而且竟敢指控他最信任的公证人之一，将来只怕还要去首都指控他，从而绕过法官的神圣权威，这可忍不了。

筵席主人坐在上座，他的长柄海泡石烟斗就搁在面前的桌布上。他满脸喜气，对于事态的一切进展很是高兴，虽然说话不多，但是他坐在那儿，被烟草熏黄的白色大胡子底下始终带着笑容。当他开口说话时，浓烟就从他嘴里冒出来，盘旋而上，仿佛是从埃特纳的火山口升起来的；只不过火山喷出的是有毒的气体，他嘴里说出的却是恶毒的言语。

审判长坐在他右边，此人方脸阔面，身材壮实，胡子修得很短，灰白的头发也剪得只剩硬茬。他的双眉之间有一道竖纹，人人都知道这是为人严厉者的标志。他很少说话，每次开口前都会先慢慢从嘴里拿出雪茄——烟头已经被他嚼得有了韧性，这时别人就会安静下来，以示尊敬他毋庸置疑的权威。他那对灰色的眼睛如同寒冰，每当他微微一笑露出闪亮的白牙，看起来都不像是出于高兴，而是打算要咬人。

他旁边坐的是火车站站长，对面则是西莫的律师——托多尔·法尔卡什博士，在班菲 - 胡尼奥德，人人都在背后叫他"也就是说"博士，因为他一有机会就这么说，他身旁是西莫和另一位当地律师巴拉兹·托特；最后是土地登记局的局长，再来是治安官和久洛·廷布斯神父。

他们谈论的当然不是别的，正是这个案件以及"也就是说"博士带来的消息——阿巴迪会亲自出庭为被告作证。西莫的律师是当天早晨在科洛斯堡听到这个消息的，这会儿正在积极地动着脑筋。这个消息太过激动人心、太过出人意料，吉卜赛乐队的演奏也成了枉然，众人连一个音符都没听见。

人人都有话想说，但是尼瑞希用一句话说出了他们所有人的心声：

"那个该死的混蛋现在到底在搞什么鬼？"

只有西莫听到这话觉得心慌。他总觉得案件在阿巴迪缺席的情况下审理比较好，毕竟他是一名议员，如今却插手干预此事。他到底想怎样？这太让人不安了。任何事情都可能发生。他一直都反对把阿巴迪牵扯进来……那么现在呢？这事不好办了，他心想，不过他小心翼翼地掩饰起自己的焦虑，咧开嘴大笑着，大声喊道："好啊，他要来就来吧！我们就来欺负他一下！"

"我看他就是想给手下那个卑鄙的护林人安德拉斯·祖托尔说点好话。"巴拉兹·托特说道。

"这可不容易……也就是说……库拉·伦格作伪证，要么是受了祖托尔的引诱，要么就是被伯爵本人说服的。别无其他可能。无论如何，没人会相信一个无知的山里小子能够凭着一己之力雇佣科洛斯堡的律师。"法尔卡什博士继续说道，他宣称自己一直都确信阿巴迪是整个事件的幕后主使，"……也就是说……毫无疑问这位伯爵才是真正的犯人。我之所以支持放过他不起诉，仅仅是因为他是议员罢了，要是我们去抓他，那还得先让他下台，这就得到猴年马月了。还不止如此，好吧，也就是说，我们的朋友高斯顿一直都说，他希望这个案子速战速决。不过没什么可担心的，实际上这一切都是最好的安排……也就是说……明天盘问他时我打算把他问得晕头转向。然后他要么否认一切，那就意味着他的朋友库拉和祖托尔会被定罪，要么就让大家看个明白，他自己才是幕后主使，那样我们就同样能控告他了。""也就是说"博士说话时沾沾自喜、满怀恶意。

尼瑞希的大胡子底下冒出大股大股的烟，他说道："说得好，说得好！把那高贵的大人送进监狱，是吗？我们都要为此干一杯！"他大声笑着高举起酒杯，和他能够得着的其他人全都碰了杯。吉卜赛人虽然不明白这是什么情况，却还是演奏出花彩号声。

众人喧哗起来，等到吵闹声平息一些之后，治安官首领转过头望着西莫，慢慢地开口问道："你确定阿巴迪没有任何确实的证据或者是其他文件？要是事情再起变化，那可就麻烦了，你知道的。"

"当然没有，他能有什么证据？"西莫答得很快。

这时律师又插嘴道："他不太可能带来别的证据，不太可能……也就是说……设想一下——只是设想，请注意，不是承认——伯爵想要提出其他事实，与本案无关的事情，法官会拒绝听取。法律不允许这样。我们的证据明明白白，还有书面声明作为证明，这些都是明摆着的。它们涵盖了整个案件，不容置疑。这我应该清楚，毕竟那都是我亲自起草的。面对我们的证据，什么争议都不会有。明天法庭上只有一个问题，那就是被告要承担多大责任。仅此而已！"

"为什么呢？"火车站站长问道，他只是为了找点话说罢了。

"这些是事实。朱翁·伦格·安卢·玛弗泰的声明合法有效，他说自己是被孙子误导的，还说我们的朋友高斯顿·西莫对待他一向举止十分得体。所以诬告的发起人就是朱翁的孙子库拉。现在我们希望证明的是，库拉也不是自己想出这个主意的，而是被安德拉斯·祖托尔逼着犯下了罪行。库拉·伦格作为第一被告，肯定会被定罪，祖托尔很有可能也会被判罪名成立……也就是说……因为祖托尔对库拉所做的一切全都知情，实际上就是他在幕后操纵。这两个人被判刑多久、是轻是重，取决于我们是否能够证明这起恶意诉讼从头到尾都是那位伯爵鼓动的。要是能够证明呢，那么祖托尔的罪名就会减轻一些，因为他受雇于伯爵，库拉的罪名就更轻，伯爵这样的人要是想向法庭施加道德压力，那法庭马上就有的受了。有一种结果是可能的，但是除非我们能让伯爵承认他参与了此事。我个人认为，我们做不到，也就是说，阿巴迪伯爵不会傻到落入这个小小的陷阱。不过另一种方法的把握就大多了。阿巴迪肯定会试图证明祖托尔没有责任，我就会从这里入手，也就是说，我认定那位辩护律师是阿巴迪花钱请来的，老朱翁的委托书也是他交给律师的。但是明天审讯时我不会提起这茬，我只会逼他宣称自己并未参与此事。目前这样就够了……也就是说……库拉和祖托尔会被判罪名成立，而我们的朋友高斯顿立刻就会被证明无罪，这才是最要紧的。"

"够了，"尼瑞希怒气冲冲地打断他，"那个出身高贵的小子会有什么下场？逍遥法外？就这样算了？"

"也就是说"博士靠在椅子上，自以为是地在空中挥了挥手指："我刚才不是说了？我会从那里入手，第二天我们就会起诉阿巴迪作伪证，这是不是很妙？嗯？"

主人大声欢呼起来，西莫那对鞋扣似的小眼睛里也闪着喜色。

这时审判长决定要管一管了。

"我不打算做到那一步——倒不是我想看到他逍遥法外，哦，不是这样！——而是有政治上的考量。要是两名被告都被判刑，那对我们高贵的伯爵来说就已经够丢脸了。在那些山村里再没有人会跟他说话，他再也没法插手或是操心与他不相干的事情。我们摆脱了他，这就够了。我会等一阵子再指控他作伪证。有了这个把柄，今后几年……我们想怎么摆布他都行。要是他又开始耍他那些小把戏，我们就让他知道我们手里有什么。"

"你这个老坏蛋！"尼瑞希喊道，哈哈大笑着拍了拍旁边这位的后背，"就像对待你手里的那帮公证人，嗯？先抓住他们犯的错，然后就一直吊在他们头上！"

审判长的牙齿在薄薄的双唇之间寒光一闪。

"一点不错。我一直用的是这个法子。"

"你不是当真要我放弃自己的计划吧？"法尔卡什博士大声问道，"阿巴迪都自己落到我们手里了，还放过他的伪证罪？哦，不行！没人愿意这样！"

他立刻得到另一位律师巴拉兹·托特的支持，于是继续说道："这就是你想要的？为了客户的最大利益，我放弃了传唤他作为证人的乐趣，尽管我一直都知道，有些刑事诉讼能够让我声名鹊起，启动这样的诉讼是何种天赐良机……也就是说，卡罗伊·埃奥特沃什●是怎么出的名？靠的就是埃斯拉尔的案子！还有波洛尼和其他那些著名律师，全都是通过某些著名的刑事诉讼。直到现在我都没让自己这么做，就因为职业道德是将客户的最大利益放在首位，所以我始终谨守这一点。我会坚持到底，让库拉定罪，可是一旦这个目标达成，我就要为自己谋点福利了。哎，哪怕是告到议会，让阿巴迪辞职，这样他就可以像其他人一样因为作伪证而受审——哎呀，这样的宣传就足够了。报上会有很多报道！然后就是案子本身。每一个字都会成为白纸黑字。到时会有记者和采访，

●卡罗伊·埃奥特沃什（1842—1916），匈牙利作家、律师、政治家，因替一名公众普遍认为其有罪的犹太人辩护成功而闻名。

还会全文刊载一篇关于原告及其律师的华丽演讲……最后就是裁定了。
把一位议员——还是一位贵族——送上被告席，还让他判刑进了监狱，
我就是作为荣耀和公正的捍卫者站在世人面前……！这我是永远不会放
弃的，绝对不会！我会坚持到最后……最后就是圆满的结局！"

　　他说得非常激动，狂热地大喊大叫，野心十足，人人都欢呼起来，
审判长也在桌子对面说道："好吧，我无所谓！那就送他进监狱。送他
进监狱！"

这天晚上，巴林特住在科洛斯堡，他是傍晚抵达的，刚一下车，门房就告诉他，有个面生的男人已经来过两回了，要找阿巴迪伯爵，并且留下一张卡片。

那是一张小小的硬纸片，上面写着科里奥兰·廷布斯。

"大人，他说他有要事，晚上会再来。"

廷布斯？这肯定不是久尔库卡村的那位神父，因为他名叫久洛。可如果不是他，又会是谁呢？也许是他儿子？

"他是个什么样的人？年纪不大？身材很瘦？"

"是的，大人，骨瘦如柴，看着气色很不好。"

那肯定是神父的儿子了，他是个年轻的狂热煽动者，满脑子都是亲罗马尼亚的民族统一主义思想。巴林特曾经见过这位一脸病容的年轻人两回，一回是他躺在父亲家里的长沙发上，眼神充满仇恨，还有一回是在布拉日的火车站，他偷偷摸摸地将什么文件递给了罗马尼亚律师提米森。巴林特心想，这个年轻人似乎绝无可能主动来见他，但还能是谁呢？

"好的，"巴林特说道，"他来了就请他上来。"

就算这个年轻人占用了他的时间也不打紧，巴林特晚上并没有打算外出。

晚些时候，巴林特在书房里踱来踱去，一遍又一遍地想着自己第二天早晨在法庭上要说什么、怎么说。首先他必须厘清思绪，列出想要表达的观点，说明是什么促使他安排人去告发公证人，也要说清楚，他从内心里认为自己的所作所为完全是为了公众利益。他越是想着自己的发言，就越是觉得，从法律的角度来说，他的证据是多么无法令人信服。法庭很有可能根本就不听他说，但是如果听取了他的证词，那么起码库拉和祖托尔肯定会被判无罪，然后他就得自己承担责任。不过这已经不重要了。他必须坚持到底，并且承担一切。他什么都可以接受，即便是颜面扫地、蒙受耻辱、声名狼藉，他也不能让另外两个人仅仅因为信任他、执行他的命令而受到惩罚。前方的路已经十分清楚：别无他法。

他深深地沉浸在这些惨淡的思绪里，当仆人宣告廷布斯到来的时候，他一时竟忘了自己还在等客人。

门开了，一位非常瘦削、胸廓狭窄的年轻人走进来。他那消瘦的脸上长着几撮稀稀拉拉的胡须，长长的黑发狂野而又叛逆地直立着，颧骨上有两块红斑。

阿巴迪站在书桌旁，年轻人慢慢地走过来，站在他面前，僵硬地鞠了一躬，却没有去握巴林特伸出的手，随后在书桌旁的一把椅子上坐了下来。

阿巴迪也像他一样坐下来，问道："请问有何贵干？"

年轻人清了两次喉咙，有点犹豫，接着用低沉沙哑的嗓音如突发洪水般说出一大串话："我……我来……是为了明天，为了明天的案子……为了库拉的审讯……"

"为了案子？"

"是的，为了案子。我考虑了很久，因为接下来发生什么完全取决于我。你明白吗？取决于我，只取决于我！"

"我必须承认，我没听明白。"

"没错。在我，全都在我！"

廷布斯那热切的目光充满仇恨，但他一直死死盯着巴林特的脸，显而易见，他在进行思想斗争，必须要下定决心才能继续开口。接着，他突然滔滔不绝地说了起来，几乎口齿都不清楚了。

"是的，在于我，因为我有那个老人的放弃声明书，是西莫那个恶棍写的，还有西莫写给我父亲的信。他写信给我父亲，我父亲把信撕掉以后扔了，但这是后来的事，他是去佩科尧见过朱翁·安卢·玛弗泰之后才把信撕掉的。他扔了信，我却找到了，而且读过了。这两份东西我都读了，可我希望自己没读过。你懂吗？从那以后我就睡不着觉，因为这事太令人震惊了。你懂不懂？一件令人震惊的坏事。"

他瞪着阿巴迪的眼神简直像是一种威胁。他沉默了片刻才继续说道："没错，一件令人震惊的坏事。你听明白了吗？一边是我父亲，另一边是小库拉——一个贫穷淳朴的罗马尼亚人。可是真相如何？我要么背叛父亲……要么隐瞒真相……而你却在真相那一边，所以我必须拯救你，即使是你，我也得救！"

他又一次挑衅地看着阿巴迪，几乎是自言自语一般补充道："我想了一整夜，一直想到天亮，可我没有别的选择。所以我来了。"

他伸手从里面的口袋掏出叠起来的一沓纸，扔在桌上。

"给你！"

这时廷布斯已经接不上气了，他喘息着说出最后几个字，然后便疲惫不堪地靠在椅子上。

巴林特仔细听了这年轻人说的话，此刻对他满怀着同情，他的思想斗争依然很激烈，所以才把每一个字都说得如此激情迸发、如此竭尽全力，巴林特差点都没注意到他的粗鲁态度和明显的敌意。

"好了？读吧！你干吗不读呢？我带来就是给你读的。"他一边大声说，一边探过身，用干瘦的手指将纸张往巴林特那边推了推，仿佛那是他不愿触碰的垃圾。

巴林特展开纸包。

里面有两份文件，一份是两张纸，内容很长，另一份是一封短短的私信。

两份文件都曾经被撕破并且揉成了团，其中一份只有一两厘米还连在一起。那份长文件的上方印着托多尔·法尔卡什的姓名和执业地址，下面则是一些手写字，第一句是这样的："我，朱翁·伦格·安卢·玛弗泰宣布……"这正是那份声明的草稿，以准确的法律术语写成，据说是老人在佩科尧口授给神父的。

那张小纸则是高斯顿·西莫的笔迹，写道：

"上礼拜你对我说老朱翁如今同意照我们说的做了，我就叫人起草了这个，你必须让老人在上面签字。把这个拿到佩科尧去给他，再带上纸笔和我们信得过的两位证人，把这两人留在屋子外边，你自己进屋去单独面见老人。你务必在那儿把这份声明写下来，就像他口授给你一样，然后将草稿放进衣兜，再把那两名证人喊进来，这样他们就会看见那个确实是你写在纸上的，一定要让老人当着他俩的面按上手印。你用不着解释这一切是怎么回事（这个句子底下画了两道横线）。我们要迅速行动。我让人把他那个一无是处的坏蛋孙子库拉喊去询问他的服兵役情况了，征兵处会把他拖住两天，所以你明天一大早就赶去佩科尧，千万照我说的做。我保证你不会后悔。等你回到家，切记把草稿和这封信毁掉。我本想亲自去，而不是写信给你，可我的腰疼又犯了，躺在床上起不来。不过这没多大关系，记住回家把这些文件烧了就行……"

读着这些字句，巴林特满心欢喜、如释重负。最后一刻，他得救了，当初是他让自己陷入困境，如今得救了。而且，这意味着库拉和祖托尔也不必承担责任了。过去这几个礼拜的担心焦虑烟消云散，他仿佛卸下一副重担，于是抬起头望着廷布斯，充满感激地伸出手，说道："真不知道该怎么感谢你！"

年轻人的反应一如从前——他只是回望着巴林特，仿佛压根没看见他伸出的手。随后他恶毒地说："你不用费心。我不需要感谢，不需要你感谢！"

"为什么呢？"巴林特微笑着答道，"你今天所做的恰恰表明，好心会有好报，而且善意永远比仇恨更加强大……哪怕是像你对我这么明显的恨意。"

"你说得对！尽管我已竭尽所能，却也不得不承认，多年以来，你一直在努力帮助我的同胞。我已经看了很久。可你为什么要这么做？这背后有什么阴谋？你想干什么？我知道这不过是骗人的把戏罢了。"

"哦，得了！你不是真的这么想，对吧？"

廷布斯的脸色阴沉下来。他几乎像自言自语一般地说："不是，可我希望自己就是这么想的！"随后他怒气冲冲地继续说道："这真是荒唐、可笑！一位匈牙利贵族竟然会来帮助我的同胞，为什么这和别人叫我相信的一切截然相反呢？这违背了我所了解的一切，违背了我想要相信的实情，违背了我为之奋斗的事业，也违背了我信以为真的事实。这很荒唐……太荒唐了！"

"一点都不荒唐。哎，老朱翁——也就是库拉的祖父——亲口对我说过，山里人曾经对我祖父全心信任。你一定也听说过的。我自己都记得，尽管当时我还是个孩子，你的同胞有许多遇到问题了经常会来征求他的意见，要不就是请他解决纠纷。对他们来说，他就像个法官，他们也从未怀疑过他的判断。"

"老人家都这么说，可他们容易上当。他们什么也不懂，忘了自己不过就是农奴，是被迫工作的奴隶，要是不干活，就会挨鞭子。剥削他们的是谁？就是你们，你们这些大权在握的匈牙利贵族！"

"他们从来都不是奴隶！那好，我们就来说说农奴。无论是罗马尼亚人还是匈牙利人，他们全都是平等的。大家团结一致，就像身处同一社会地位的每一个人。整个欧洲都是如此，那时没人会从种族或民族主义的角度来考虑这个问题。"

廷布斯试图反驳巴林特的话，他滔滔不绝，愤怒地就备受热议的问题争论个没完——古代达西亚人及其后裔罗马尼亚人自从罗马帝国的时代起就占据了这片土地。他引用了辛卡、匿名作者、哈什迭乌❶以及色诺芬❷的作品，话说得断断续续、语无伦次，一句还没说完又开始说下一句，想要让人想起那些五花八门的古代政治理论巨著，这些书里所写的刚好证明了他急于汲取的思想——在被匈牙利游牧部落征服之前，拉丁文明早已在特兰西瓦尼亚蓬勃兴起。

　　一阵咳嗽打断了他，他咳得撕心裂肺，仿佛整个人都要裂成两半，蜷在椅子上用一块手帕捂住了嘴。那阵干巴巴的喘息声似乎要将他的肺撕成碎片。好不容易平息下来之后，他终于能直起腰，筋疲力尽地靠在椅子上。

　　巴林特本想回答他，早在匈牙利人来到古代的达西亚行省之前，特兰西瓦尼亚已经被哥特人、汪达尔人、格皮德人、阿瓦尔人以及其他野蛮部落一次又一次地践踏过，在奥勒良皇帝❸撤回他的古罗马军团之后，又过了整整六百年，匈牙利人才来到这里。这六百年里，特兰西瓦尼亚的历史不过就是一部公路史，无数的游牧部落来了又走。他本想再加一句，至于本土文化，既没有任何记载，也没有踪迹可寻，可他没让自己说出口，因为当廷布斯的手帕掉到腿上时，巴林特看见上面有血迹，不是一滴两滴，而是大片大片蔓延的血迹。血！这可怜的人在咯血，巴林

---

　　❶ 波格丹·哈什迭乌（1838—1907），罗马尼亚作家、语言学家，开创了罗马尼亚语言学和历史学的许多分支。

　　❷ 色诺芬（公元前431？—公元前354？），希腊军事家、哲学家和历史学家，以记录当时的希腊历史、苏格拉底语录而著称。

　　❸ 罗马帝国皇帝奥勒良（214—275），270—275年在位，他统治期间实现了罗马帝国的重新统一，275年被暗杀身亡。

特同情这不快乐的年轻狂热分子，于是没再继续反驳。

"这都是很古老的历史了，"他用抚慰的声音说道，"这些事情发生在一千多年前，现在来争论又有什么用呢？真相是，如今生活在多瑙河流域的只有两个既不属于斯拉夫人又不属于日耳曼人的民族，那就是罗马尼亚人和匈牙利人；他们最好学会与对方相处。这对于两个民族都有好处，我们应当记住这一点。当然了，以前有人犯过错，现在还依然有人在犯错，但是每个有诚意的人都有义务为了和解而努力。这不是件容易的事，因为人们曾犯下许多罪行，还有许多错误需要纠正。但这种仇恨——几个世纪以来积累的这种仇恨——一定会被一扫而光。一定会的！"

在巴林特信念最坚定的时候，他曾设法找到许多他认为具有说服力的论据，这还是他头一回将自己长久以来的感受有条有理地表达出来。

最后他说："我相信，总有一天，人们会遗忘过去的一切错误，你的民族和我的民族不再被仇恨和怨念所阻隔，而是会像兄弟一样比邻而居。"

廷布斯一直在默默地听着，这会儿却一跃而起，大喊道："不可能！不可能那样！不可能！不可能！"他站在那儿浑身发抖，眼里冒火。

"为什么不可能？"巴林特柔声答道，"对我来说，这是历史的必然结果。我们两个民族——我忽略了斯拉夫人和日耳曼人——在欧洲的这个地区并无其他真正的亲族。我们要是不想被邻国奴役，那就必须团结一致、互相信任。如果要生存下去，我们就必须如此。"

"也许是这样……也许吧！"廷布斯咕哝道，"也许……总有一天……"随后他高高举起两条细瘦的胳膊，用双手、用那枯槁如爪的手指做起了手势，发出充满仇恨的高声尖叫："但是首先……首先我们要十倍奉还给你们……一百倍，然后……不！即便到了那时也不行……不行！永远不行！"

他打了个趔趄，转过身向门口跑去，猛地扭动把手将门打开，出门后使劲摔上了门。

❧

巴林特没有出庭。在西莫的律师托多尔·法尔卡什博士厉声说出他对库拉和祖托尔的各项指控后，阿巴迪的律师站起身来；不过他并没有在法庭上发言，而是径直来到审判长面前，不声不响地递上高斯顿·西莫的信以及老朱翁那份撤回声明的草稿。本案就此了结，原告声名扫地，库拉和祖托尔则彻底洗清冤屈被无罪开释。法官宣读判决结果时对法尔卡什措辞很严厉，谴责他有违职业道德，所作所为不可原谅，竟然拟了草稿，还大胆对法庭宣称那是老朱翁口授而成，并无任何人帮助。显然他恐吓了老人，这一点无须多言。"也就是说"博士的职业也到此终结。他设法逃过了律师协会的纪律处分，但从此只出现在无足轻重的小案子里。

西莫被免了职。为了让他免于牢狱之灾，他家里某些有权有势的亲戚设法筹款替他还了钱，不仅还上了他从老朱翁那里侵吞的钱财，还有其他许多款项——全都是人家对他的行为进行调查时立刻浮出水面的。他被远远调到博罗德当了一名卑微的抄写员，每天拿一点微薄的薪水糊口。他在山里自己创立的王国也寿终正寝。

　　如今派到久尔库卡村的公证人为人正直，是巴林特推荐的，为了向阿巴迪伯爵致敬，也为了昭告世人过去已被遗忘，所以此人得到了任命。

　　这是审判长的功劳，他是个聪明人。

打从萝萨·阿巴迪中风那天开始，巴林特就几乎没有离开过德内斯托亚。要是他不得不到科洛斯堡去住一晚，他就会在那儿过夜，但总是次日很早就回去，免得离开母亲的病榻太久。离家最久的一次他在城里待了一天半，因为要处理高斯顿·西蒙的事情。

这段时间他的全副心思都放在母亲的病情上。

阿巴迪伯爵夫人睡觉的时间一天比一天多。就算是醒着的，巴林特来跟她说话时，她集中注意力的时间也很少能超过半个小时。他会跟她说说有关马匹或是黇鹿的消息，二月初就说说刚出世的小羊羔和几窝小猪仔——总之每天都说点不一样的，但都是开心振奋的事情，或是意想不到的趣事；要是听到小笑话，他母亲也许会微微一笑，有时甚至能笑出声。他说的从来都是好消息，要不就是一点小小的成果，但即便如此，她也很快就倦了，注意力也不再集中，没多久就又闭上了眼睛。

巴林特每天只来看她两三回，中午吃饭前一回，下午一回，他俩会一起在装有玻璃的上层阳台上喝茶，有时候傍晚还来一回，那个时候仆人会把她从轮椅搬到床上去。家里请了一位年轻的医生常驻，因为她如果情况紧急或是病情有变，到时叫村里的医生从杰赖什驾车赶来就太耽误时间了。打从一月初开始，家里还请了两位受过培训的护士，一个白天当值，一个夜里当值。两位女管家托蒂太太和鲍措太太也几乎在女主人身边寸步不离，因为只有她们能听懂她偶尔咕哝的那些含糊话语，再说她们也了解她的习惯。

巴林特没多少事可做。实际上，有时候他母亲都没发现他何时来何时走。她从不派人去叫他，也从不说起他，至于他是不是几天都不在家，她似乎也没有注意到。但他仍然不敢出门，因为他觉得，一旦他走了，就可能发生什么可怕的事情，就像他十二月去塞克勒乡下时那样。

长达数月的时间里，他几乎与世隔绝了。合作社的一切事务都通过书信完成，西莫的案子性质严重且凶险，也只有这个能让他从母亲的病情里分心出来。

一切似乎都是虚假的、遥远的。他就连读报时也是同样漠不关心，只是粗略地瞥一眼每天的报道，换作其他任何时候，他对这些内容本该会很感兴趣。

布达佩斯的政治局势越发令人担忧，表面之下危机四伏。党派仇恨爆发为个人恩怨，就连蒂萨都不得不和侮辱自己的政治对手决斗了几场，不过受伤并退出政界的从来都是他们，因为蒂萨比多数人的剑法都要好，所以他总是毫发无损。

拉斯洛·卢卡奇受到的攻击甚至比蒂萨还要多。在一次公众宴会上，佐尔坦·德希演说时又一次提到了"世上最大的巴拿马主义者"，如今人人都知道这个绰号的意思是"无赖"或者"寡廉鲜耻的骗子"，身为首相的卢卡奇为此将他告上法庭。德希在法庭上告诉世人，卢卡奇在一九一〇年担任经济部长时，一家银行曾向他的政党捐赠几百万克朗作为党务经费，作为回报，他续签了该银行的盐运合同，德希声称自己知道此事那些令人震惊的细节，还说正是这笔款项为卢卡奇的竞选活动提供了资金。卢卡奇则回应说，续签合同丝毫没有增加银行的利润，捐赠党务经费只是出于单纯的善意和政治信仰，而且，他卢卡奇过去不曾从中获利哪怕一分钱，将来也不会。

这样的宣传对谁都没有好处，德希输掉了官司，卢卡奇的品行正直也由此得到证实。

尽管如此，这事并没有到此结束。

法庭宣布了不利于德希的裁定，就在同一天，安德拉希、奥波尼以及齐基·阿拉达尔❶公开支持德希所说的一切；丑闻因此达到登峰造极的地步。就连外国媒体都详细报道了此事，但国内似乎没有人停下来想一想，匈牙利的声誉正在国外受到损害。这些爱国的政客只想着要报复对手，就因为他们强迫议会批准了军队预算，其他一切都被党派热情所掩盖。

从那时起，议会里再没有人说起别的话题，所有发言都是围绕着盐运合同的丑闻。政府本想提出一项议案扩大选举权，但是没有成功。个

---

❶ 齐基·阿拉达尔伯爵（1864—1937），匈牙利政治家，曾于1906—1910年间及1917—1918年间两次担任外交部部长。

人的仇恨与恶意如此强烈，议会无法取得任何进展。三月的一天，大批反对派来到会议厅，洛瓦西●在七八十位拥护者的支持下大声喊道："停一下！"会议厅里一时安静下来，他身后那些人就开始高喊："盐！盐！盐！盐！"蒂萨自然是宣布暂时休会，并命令卫兵进场。反叛的议员们随即对此破口大骂，还试图让卫兵放弃职责，这些人对卫兵解释说他们在军队的宣誓是无效的，竭尽所能想要让他们也叛变并违抗命令。

这些所谓的政客充分履行了自己的爱国职责，这是他们第一次企图煽动叛变，但是并没有成功。

如今他们在四处寻找新盟友，甚至和伽利略俱乐部的大部分左翼达成共识，跟他们一起在维加多音乐厅召开了一次大会。在这次集会上，公众被不寻常的一幕逗乐了：原本的保守分子奥波尼、齐基·阿拉达尔和雅兹以及昆菲❷并肩坐在一处——若干年后，正是雅兹和昆菲在十月革命及其后的布尔什维克政权中发挥了主导作用。人们遗忘了一切，只记得党派仇恨和反对政府。

正当这一切在国内发生的时候，境外的形势也越发严峻。

外交活动从未如此狂乱过。为抚平创伤、恢复和平，伦敦召开了一次会议，不过收效甚微。尽管土耳其接受了各大国的多数提议，和平却和以往一样难觅踪迹。那些大国经常自诩的无私公正如今显露出真面目，从他们坚持要土耳其将爱琴海群岛割让给自己管辖就可以看得清清

---

　❶洛瓦西·马顿（1864—1927），匈牙利政治家，奥匈帝国时期独立党领导人之一，1919年担任外交部长。

　❷昆菲·日格蒙德（1879—1929），匈牙利政治家、文学史学家、记者和翻译家。

楚楚——这一让步立刻得到了批准，但也导致和平谈判遭到放弃。哈德良堡依旧被围，黑山还在一刻不停地炮轰它所包围的斯库台，丝毫不顾伦敦会议刚刚才确认该地归阿尔巴尼亚所有。

　　太荒谬了！各大国说道。简直不能忍，他们愤愤不平地嘟嘟哝哝。可是，六个星期过去了，直到三月底，他们才设法就采取实际行动达成一致，决定传召尼基塔前来解释清楚，然而尼基塔不肯来。协约国舰队于四月初来到安提瓦里❶展示实力，可尼基塔依然如故，既不肯让军队挪一挪地方，也不肯停一停火。各大国随后宣布对弹丸小国黑山进行国际封锁；即便如此，尼基塔也不为所动，他对此不屑一顾，与此同时，他的军队占领了斯库台。

　　尼基塔的军队待在斯库台就不走了，毫不在意伦敦会议发出的威胁。尼基塔一定是私下里知道背后有俄国撑腰，尽管俄国大使在伦敦公开表示支持制裁黑山。

　　奥匈帝国此时方才发现自己被迫要采取主动了。因为她曾在伦敦宣称，决不能容忍黑山占据斯库台，并将因此而"独立采取行动"。

　　两个月来，战争越逼越近，此刻已经来到了家门口。

　　巴林特虽然从报上读到这些消息，却没像从前那样大为震动，因为他有私事要担心，而且就在眼前。首先是他母亲时好时坏的病情，有一阵还有即将到来的审判，后来起诉被撤销，此事也烟消云散，但巴林特的忧虑并未减轻，他在担心别的事情。

　　只有这个对他来说才是真实的：母亲的病情和德内斯托亚美丽的

❶ 即黑山的港口城市巴尔。

春天。

三月中旬，积雪已经融化，附近的小山上只有北坡还剩下小块小块的积雪。小溪岸边也残存着一些白雪的痕迹，可是当这些都融化以后，小草便在小河两岸和小路两旁疯长起来，紫罗兰也在沉睡了一冬的草地上绽放出成千上万的花朵。

❦

五月初的一天下午，巴林特去看了看母马，夏天的放牧围场还没有准备就绪，所以如今它们被安排在城堡附近的草地上吃草。

回来的时候，他发现老管家彼得在大门前的台阶上等他，彼得告诉他，萝萨伯爵夫人曾多次问起儿子。

"她在哪儿？她不是感觉更糟了，对吧？"他问道。

"完全不是，大人，"彼得答道，"恰恰相反，她似乎突然间好起来了。其实夫人正在阳台上等您，她已经命人将她的茶点送去了。"

巴林特跑上楼梯，穿过桌球室，在装有玻璃的阳台上看见了坐着轮椅的母亲。起初他看不见她的脸，因为她是背对着他的，但是他刚一在她身旁的沙发上坐下，就意外地发现她眼里高兴得直放光。老夫人看到他在旁边坐下，便伸出左手——她只有这只手能动——握住了他的手。

"啊！"她说，"你来了！你来了！"她的口齿不太清楚，这些话听起来更像"你啦！"，但听在巴林特耳朵里却觉得她说话比过去好几个月都要清楚。她那只有半边能动的脸上洋溢着幸福的笑容。

"你上哪儿去了？我一直在等你……等了好久好久……"她的笑容仿佛在说，她已经等了他许多年，从远古的时候就开始等了。

巴林特不太明白这是怎么回事，他吃完午饭才来看过母亲，到现在不过两个钟头。不止如此，她已经好几个礼拜对他不理不睬，这会儿却突然这么热情，他不由得大吃一惊，怀疑她是不是真的认得他。不管是什么原因让她的态度起了变化，他总是高兴的，于是跟她说起母马们在草地上吃草，新草已经长得鲜嫩多汁、美味可口，其中还有许多苜蓿。他跟老夫人说的都是可喜的开心事，她也会捏捏他的手，插话道："哦，我真高兴，真高兴！"她的手指一次次轻轻按下，仿佛在随着他说话的节奏而颤动。

就在他说话时，护士海德薇格给老夫人送上了带壶嘴的特制咖啡杯，她可以用这个壶嘴来喝她的水牛奶咖啡。萝萨·阿巴迪任凭护士将壶嘴放进她嘴里，在她喝好之后，又让护士拿白手帕替她擦了擦嘴。要是搁在其他时候，她是不让人家这样的，她告诉他们，她讨厌别人来帮她，宁愿自己用左手将杯子送到嘴边，但今天她没有反对，因为这会儿她的左手正抓着巴林特的手，一刻也不曾松开。刚一喝完，她就转头望向巴林特，紧盯着他的脸，仿佛怎么也看不够。不过，没过多久她就开始倦了，这时巴林特才明白她为什么开心。

萝萨伯爵夫人闭上眼睛，将脑袋靠在枕头上，就在睡着之前，她喃喃地说道："塔马斯什！我真高兴啊……真高兴你回来了！塔马斯，我的塔马斯！"她说得非常清楚，丝毫没有口齿不清的迹象。

巴林特一时间没太听懂，但马上就想通了——萝萨·阿巴迪以为坐在身旁握着她手的并不是他，而是他父亲塔马斯。她以为，二十五年前就已经去世的塔马斯回来了，所以她才这么高兴。

她并没有睡多久，刚刚睡了半个钟头就醒了。

她一睁眼便看到儿子依然坐在那儿，动都没动，刚才睡着时她也一直握着他的手没有松开。她又冲他笑了笑。

也许是下意识地想起她迷迷糊糊睡着之前巴林特对她说的话，萝萨伯爵夫人开口就说道："我们到……种马场去……去种马场……"

巴林特没有立刻明白她的话，老夫人便将她一直握着的他那只手摇了三次，重复道："去种马场……和你一起……去种马场！"巴林特试图劝她不要去，她却突然来了劲，又一次说道："去种马场……我想……和你一起……去看看母马……"她额上的青筋都暴出来了，看了叫人很不安。

护士跑去找来医生，他来了以后，他们三个想要让她平静下来，于是解释说，马上就去参观种马场会累着她，她的身体吃不消。他们最后终于成功说服了她，大概也是到这时她由于太过急切而消耗了体力，所以没力气再争辩下去，但她要他们先答应她明天一早就带她去看心爱的马儿们，然后才又睡了过去。

第二天，村里的执业医师一早就从奥劳纽什－杰赖什被请来了，两位医生商量着是否应该按照之前承诺的让病人出这趟远门。最后两人达成一致意见，要是病人依然想出去，那就让她去，今天天气格外晴朗，要是小心地将她抬下楼，再轻轻沿着最平整的小路推过去，这也不会对她造成什么伤害，反而也许有助于重振她的生存意志，一直以来，她的求生意愿都在明显下降，直到昨天才奇迹般地振作起来。

巴林特还是有点忧心忡忡，不过也没有办法阻止。昨晚和今早他都去看望过卧床的母亲，看看她情况如何，结果发现她开开心心、充满期待，所以就更不忍心让她失望了。

看见他来到身边，她心满意足地笑了；每一次叫他，她喊的都是他父亲的名字。当着他的面，她满心欢喜地对女仆们说，今天要穿哪条裙子、戴哪顶帽子……选的都是她最好的衣服。

不出所料，老伯爵夫人要去看母马的消息一早就传开了，德内斯托亚堡所有的员工都来到城堡山下，聚集在高大的匈牙利橡树大道的起点。

轮椅是由西蒙·耶格尔和巴林特抬下楼梯的，老盖尔盖伊·绍卡奇等在通往城堡大门的台阶底下，请求从前的女主人赏脸让他来推着她的轮椅走在花园和庭院里的小径上。

一支队伍就这样形成了。

巴林特走在轮椅左侧，他的手依然被母亲握着；老太太右边是护士海德薇格，跟在盖尔盖伊·绍卡奇身后的是两位医生和第二位护士；再后来是管家彼得，手里捧着一大盒糖块，还有萝萨伯爵夫人的老女仆特卡。两位女管家——鲍措太太和托蒂太太——脚步跟跄地跟在队伍后面，她俩太胖了，拼命想要跟上其他人，结果走得上气不接下气，脚也抬不动，在距离女主人的目的地还有一多半路程的时候就被迫放弃了。

小径两旁是高大的橡树，在小径与橡树之间，德内斯托亚堡的全体员工站成一排，不论是在屋里工作的还是在屋外工作的，不论是城堡里的还是庄园里的，大家全都来了，就连庭园里的两位猎场看守人也不例外，他们听说有机会一睹女主人的风采，就跟其他人一起来了。所有的男人都摘下帽子拿在手里，萝萨伯爵夫人的轮椅被慢慢推过去时，他们便默默向她行礼。

老伯爵夫人几乎坐得笔直，穿着拖鞋的脚搭在脚踏板上，仿佛那是一个搁脚凳，她就像一位女王，坐在缓慢移动的宝座上，行进在两排员工之间。尽管如今年纪大了、生病了，而且已经非常非常虚弱，但她仍然是这里的统治者。她依然戴着去年圣诞节分发礼物时戴的那顶蕾丝镶边女帽，宽大的缎带紧紧系在她下巴底下，还打了个大大的蝴蝶结——她不想让人看到她的五官变得多么扭曲——从人群中经过时，她时不时向左或向右微微点头致意，尽力露出笑容。

她也确实在笑，那是洋溢着幸福与得意的笑容……她以为这些亲爱的人聚集在这里不仅仅是为了她，还是为了迎接她深爱的丈夫——他终于回来了，此刻就走在她身旁，握着她的手，就像很久以前他们都还年轻时那样。

这一行人一直走到磨坊河岸边，巴林特在这里从老彼得手里接过装糖块的盒子，他一个人和母亲以及护士——自然还有推轮椅的盖尔盖伊·绍卡奇——走在横穿大草地的小道上。西蒙·耶格尔和马夫们向着河上的桥跑去，其他人则全都留在橡树大道的终点处。

"他们到哪儿去啊？"萝萨伯爵夫人问道，微笑地抬头望着巴林特。

"他们去把母马赶到这儿来。"

"好！太好了！"老夫人开心地赞同道。

等待的时候，她朝右边望去，那儿有一片高大的杨树，银色的花蕾刚刚开始绽放，树下的山楂丛开满了奶白色小花。随后她又将脑袋转向左边，看着那一排排菩提树和一大片七叶树，巨大树干的轮廓映衬在清晨的阳光里。景色从他们所站的地方一直延伸到远处，所以这块草地才会得名美景草地。此刻，萝萨伯爵夫人那微微凸出的眼睛睁得大大的，凝视着她所统治的广大疆域，然后又一次抬起头望着儿子，一边捏着他的手指一边说道："你瞧多美啊，这一切多美啊……太美了！"

巴林特没法回答。他的眼里满是泪水，只能捏捏她的手作为回应。

远处已经可以看见马儿在向他们跑来，跑得飞快，因为马夫在它们身后把鞭子挥得啪啪响，它们并不习惯人家这样。马群疾驰向前，直到距离这小群人只有五十步左右了才停下。它们站在那儿，高昂着头，竖起耳朵，仿佛在问，这些人是谁，怎么跑到它们的草地上来了，那个怪模怪样的小马车以前可从没见过，这是个什么东西？它们困惑地站了一会儿，张着鼻孔，几乎一动也不动……但是没过多久，一匹老一些的母马便突然上前，向萝萨伯爵夫人走来，然后又来了一匹，接着又是一匹，再来又是一匹，显然它们都认出了心爱的女主人，所以急忙来到她身边。

她的轮椅很快就被团团围住了，它们走得很近，用柔软的口鼻去嗅探她的脸，随后靠在她肩上，问她要熟悉的糖块。巴林特和绍卡奇费了很大力气才维护好秩序，阿巴迪伯爵夫人却笑得很开心："看见没？这是丘伊塔尔……还有梅尼耶特……这是博罗什詹……"她用左手给它们递上一块又一块糖。她一直给啊给啊，最后胳膊累得抬不动了，落在她腿上。她闭上眼睛，靠在垫子上小声地说："我真高兴，真高兴！"

她的声音如此轻柔，简直比呼吸声大不了多少。她没有动弹，脑袋向肩膀歪了过去。

"她累了，"护士说，"我们等一会儿吧。"

在盖尔盖伊·绍卡奇的帮助下，巴林特成功地将马儿们赶到稍远一些的地方。然后他们又走回到他母亲身边。

她还是刚才那个姿势，一动也没动，唇边挂着一抹微笑。她儿子等了片刻，然后握住她的手，才发现它已经凉了，她已然没了脉搏。两位医生急忙赶过来，可他们所能做的也只是证实她刚刚去世而已。年轻些的医生建议给她打一针抢救一下，但巴林特和另一位医生没有同意，他们觉得这个主意很糟糕，将已死之人从另一个世界带回来，她也就只能再活几个小时，却得再遭一遍罪，最后还是要走的。她既然走得如此美丽、如此幸福，他们为什么还要去打扰她呢？

他们轻轻放下轮椅的椅背，又抬起脚踏板，直到萝萨伯爵夫人几乎躺平，帽子的宽大缎带依然支撑着她的下巴。

他们开始慢慢地往回走。

一行人又一次从开满鲜花的大树下经过，鸟儿们在树上欢唱，为春回大地而欣喜。同样的队伍在他们身后又重新排起来，但这一次却是送葬的队伍。

后面更远一些的地方，就在几步之外，马儿们也全都跟上来了，一匹也不少，彼此挨得很近，低垂着头，仿佛在为深爱它们的女主人哀悼，仿佛它们也希望能有幸送她最后一程。

马夫在磨坊河的桥上拦住了它们，其中一匹嘶鸣起来，马儿们在那儿久久不愿离去。

THE TRANSYLVANIAN TRILOGY

PART FIVE | 第五卷

They Were Divided

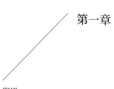

巴尔干战争终于结束了，奥匈帝国的外交部长利奥波德·贝希托尔德召集奥匈两国议会的代表于一九一三年十一月十九日去见他。代表团里既有政府成员，也有反对党成员，人数与他们在议会里的实力成正比。

去年贝希托尔德也曾召集过类似的代表团，以便向匈牙利议会的代表们简要概括一下奥地利外交部对外交形势的看法。这在去年已经不是件易事，到一九一三年秋天就更难了。

贝希托尔德接掌维也纳外交部已有一年半，这段时间里，他在外交方面的一切努力均以失败告终。巴尔干战争开始时，贝希托尔德坚信土耳其必胜，他当时曾宣称，无论前线战况如何，巴尔干地区的现状都将保持不变。他这话说得太早，也太鲁莽，土耳其几个省的反叛分子几乎立刻就将奥斯曼帝国的军队赶出了战场，在打了如此之快的胜仗以后，得胜的叛乱者已经不可能听从命令撤回他们原先的边界以内。贝希托尔德此时方才发现自己处境尴尬，他不得不卑躬屈节地去出席伦敦会议，从前坚信的判断如今已经站不住脚，他得为自己辩护，还得设法尽力补救他未能预见的失败。他的任务是将尼基塔逐出斯库台，并且阻止塞尔维亚人在阿尔巴尼亚获得太多势力，免得他们拿到亚得里亚海某个港口的使用权。所以他的目标全都是消极的。

这些就是贝希托尔德去年演讲的主题。当时巴尔干地区的局势远未尘埃落定，奥匈帝国与俄国的关系又特别紧张，因而他才得以阐明观点，也没有招致过分的批评。

但一年后情况就大不一样了。各国于八月底签订了布加勒斯特和约，以前不确定的事情，现在总得解释清楚了。就奥匈帝国而言，它的损益账户出现了赤字，而贝希托尔德的可怜任务就是努力做到最好。

真相是，奥匈帝国在哪儿都是失败者，巴尔干各国表现得就像她不存在似的。五月，保加利亚和罗马尼亚达成协议，将锡利斯特拉移交给后者，以回报罗马尼亚在战争期间保持中立；看来这一定是圣彼得堡以前就通过秘密协议计划好的。罗马尼亚尽管是三方协定的签署国之一，但保加利亚——三年前才在奥地利外交部以及埃伦塔尔帮助下终于摆脱土耳其宗主权独立出来的保加利亚——却兼并了鲁米利亚。这些举措一出，巴尔干各国之间的关系就恶化了，他们都希望能从分崩离析的奥斯曼帝国分一杯羹，很快就为谁该得到哪里而争吵起来。他们请了俄国来进行裁决，然而保加利亚却又一次在维也纳的鼓动下拒绝了沙皇的裁定，战争再次爆发。这一回，俄国怂恿巴尔干地区的其他国家——如今也包括罗马尼亚在内——与保加利亚为敌，这从前受她保护的国家如今已经不听话了。

战争只打了十天便宣告结束。

七月一日，塞尔维亚军队打败了保加利亚人。七月三日，罗马尼亚军队向南进发，于七月十日兵临索非亚❶城下。与此同时，希腊军队将保加利亚人赶出爱琴海沿岸地区，土耳其的恩维尔帕夏❷则进军哈德良堡，几乎未失一兵一卒就重新征服了这片曾经洒下许多鲜血的土地。

在这十天里，奥匈帝国失去了巴尔干诸国对她的最后一丝尊重。如果她认为应当出手干预，哪怕是在最后一刻，没准都能挽回一些，然而双元帝国依然按兵不动。这也许是明智之举，她如果插手，很可能会引发与俄国的战争，但她没有采取行动的真正原因是，国内的种种乱象阻碍了军队的现代化进程，这时的奥匈帝国对战争准备不足，情形甚至比她在一九一四年更加严重。

因此，尽管她几乎别无选择，但在欧洲各国看来，这两次巴尔干战争的最终结果并不是土耳其败了，而是奥匈帝国败了。

直到最后一分钟，奥地利外交部还在尽力掩饰真相。外交部先是宣称，奥地利和其他强国一道保留批准即将签订的和约条款之权利。她大约以为伦敦会议会给予她强有力的支持并采取措施挽救她的好名声。不幸的是，这些大国——包括德国在内——并没有这么做：他们全都无条件批准了和约条款。

————————

❶ 保加利亚首都。

❷ Enver Pasha（1881—1922），土耳其将军、青年土耳其党领袖，第一次世界大战同盟国阵营的奥斯曼帝国三巨头之一。

　　这就产生了一个新难题。奥地利要么可以单方面追求自己的目标，这可能会导致她在没有德国和意大利支持的情况下陷入战争；要么就必须放弃她的主张，不能将和约条款修改成最适合她的方式。面对这一僵局，奥匈德国退出了伦敦会议。

　　打从一开始，奥地利就给自己摆错了位置，外交政策考虑不周，准备不足，将奥地利、德国和意大利三方联盟有多少裂缝都展示在世人眼前。尤其是她引起了罗马尼亚的反感，结果罗马尼亚最后从布加勒斯特和约中得了不少好处，比圣彼得堡几个月前同意给她的还要多。奥地利声称有权批准和约条款，这在罗马尼亚人看来就是打算限制他们的战利品份额，尽管这从来都不是贝希托尔德的意图。

　　罗马尼亚的报复在第二年到来了。

　　这一番徒劳无功、乱来一气的主要后果是，从奥匈帝国退出伦敦会议的那一刻开始，这个世界没有她也照样过得很好。在巴尔干事务上，维也纳再也没有任何发言权。土耳其和保加利亚的协定，以及土耳其和希腊的协定，全都尘埃落定、完成签署，甚至没有人去问一问奥地利的意见，就仿佛奥匈帝国并不存在。为了挽回失去的威望，她倒是又做了一次努力——向塞尔维亚发出最后通牒，声明必须维护阿尔巴尼亚的独立自主；不过这份最后通牒的影响却有点打折扣，因为这恰好也是意大利和英国的政策——尤其是英国，它可不希望有一支塞尔维亚舰队（也就是俄国舰队）随随便便进入地中海。

　　这就是贝希托尔德设法要向匈牙利代表团解释的事情。对于这些令人不快的事实，他的表述非常巧妙。

　　首先他强调，奥匈帝国的外交政策是基于维护和平的需要。他谈到大国之间的"和谐"，甚至也包括了俄国——不过他也承认，前几年的确存在"一些小的意见分歧"，但是后来已经全都解决了。这无疑是奥匈帝国外交的成功之处。

接着他满怀欣赏地说起奥斯曼帝国，从被击败的保加利亚人手中夺回哈德良堡，这证明奥斯曼帝国始终具有实力和生命力。苏丹王虽然失去两个大省，但是从某种意义上来看，对土耳其反而是好事，因为她由此摆脱了一些最不守规矩的臣民……着实是皆大欢喜的结果！诚然，战争刚开始时，奥匈帝国的首要目标是维持现状，但正如贝希托尔德的前辈安德拉希·久洛早在一八七八年所说："大厦将倾，我们万万不可支撑它直至倒塌那一天。"对于现状亦是如此。在这一点上，他和这位伟大的前辈看法一致。

贝希托尔德说起这些来技巧高超、令人信服，他不费吹灰之力就能表现出优越感，这一点无人可以匹敌，那气度不凡的外表和光秃秃的高额头让人联想起男士时尚杂志中的程式化形象。他说话时仿佛身在远方，傲慢的气派让听众们毫不怀疑，他隶属于维也纳最高层"奥林匹斯山"的核心集团，这个圈子可不是谁都能进去的，其中鲜少有人不是贵族出身。

他确实很会说话。

他将阿尔巴尼亚的独立说成是维也纳外交的胜利，作为证据，他宣布奥地利已经为这个尚未被驯服的新生国家找到了一位适合的国王。这人便是维德亲王，不久前一直在普鲁士警卫团服役，也就是所谓的黄枪骑兵。

贝希托尔德还告诉大家另外一项非凡成就：阿达-卡莱岛被割让给

匈牙利了。他相信这会让匈牙利人非常满意，因为在匈牙利语的经典小说《金人》中，这个岛占有重要地位。

贝希托尔德用这两大成就结束了自己的演讲。会议到此结束，所有的讨论都推迟到第二天进行。

通过这个法子，奥地利外交部长让自己摆脱了极为尴尬的处境，不过，说到底，这既不是因为他能言善辩，也不是因为小小的阿达-卡莱岛，而是匈牙利代表团里的反对党议员不明智地闹出了丑闻，结果使得整件事立刻相形见绌。反对党的议员们提出蒂萨在布达佩斯动用议会卫兵一事，这在讨论国家内政时原本是不允许讨论的。大家早就达成共识，代表团只能讨论外交事务、涉及奥匈联合军队的事务以及经济的总体状况。让这种干预更加出人意料的是，代表团的成员曾经目空一切地坚称禁止讨论国家内政，如今还是这帮人，在贝希托尔德发表演讲的银行街这栋宫殿的公共房间里，用这些事激起了所有人的愤慨。

分配给讨论的时间被如此这般浪费掉一半以后，代表团才得以转入正题讨论外交事务，毕竟这才是召开此次会议的唯一目的。

贝希托尔德终于发现自己被问到了一些非常尴尬的问题。有人问，奥地利要求对布加勒斯特和约的条款进行审查，并在必要时做出修改，在这个问题上，德国是否真的已经不再支持奥匈帝国了？还有人问，贝希托尔德说起法国扮演的角色时措辞为什么不够热烈？

最后这个问题是卡罗伊·米哈伊提出来的，他当时已经是公认的独立党领袖。卡罗伊称赞了法国总统普恩加莱发挥的作用，并且问道，在整个巴尔干危机及其后召开的伦敦会议期间，奥地利外交部扮演了一个完全被动的角色，为什么没有人对此提出批评。这种态度其实不太符合逻辑，因为这位代表曾经在皇家酒店的宴会厅里作为伪议会的一员，居高临下地向塞尔维亚伸出友谊之手，他既然对来自贝尔格莱德的侵略不以为然，又怎么能谴责维也纳的消极态度呢？

　　有不少匈牙利人作为代表团的成员来到了奥地利首都。

　　巴林特也是为此而来。蒂萨上任时，巴林特便放弃自己的无党派立场，加入了执政党，为了回报他的好意，蒂萨在秋季任命了他。

　　阿巴迪考虑了一段时间才接受，此举可以使他的工作更加轻松，尤其是涉及合作社的事务。如今他要是想见哪位相应的部长就不需要申请了，而是随时可以在党内的私人房间里将他留下来谈话。巴林特虽然改变了想法，但这和他的政治信仰毫无关系。从前他一直没有加入任何党派，只是因为他骨子里不喜欢自己的行动自由受到任何限制。如今他已经克服了这一点。

　　他不是跟其他人一道从布达佩斯来到维也纳的，而是从瑞士来，他和阿德里安娜刚刚在尼翁附近的莱蒙湖❶畔共度了几天。阿德里安娜从那儿前往洛桑看望女儿，巴林特则回到了维也纳。他俩以夫妻的身份在一家小小的膳宿公寓登记入住——那年头还没有护照，所以完全没有问题——实际上，如今他们认为自己就是夫妻了。

　　原先有条坚不可摧的锁链将阿德里安娜和她那无可救药的疯子丈夫绑在一起，可是今年秋天，这可怕的锁链却已自行脱落。帕利·乌兹迪

---

❶ 即日内瓦湖。

于十一月二日突然去世。

　　一直到夏天结束时，他的健康状况都很好，实际上，被关在疯人院这四年来，尽管他的头脑越来越糊涂，身体状况却反而有所改善。他长胖了一些，看来似乎没有理由不会多活几年，甚至可能比他妻子还要长寿。

　　然而，他的受迫害妄想症在九月中旬有了新变化。他对任何人都只字未提，尽管阿德里安娜常常来看他，可他就连对她也没有提起，而是开始想象他的健康顾问意图下毒害他。通常情况下，他会把自己的心里话告诉阿德里安娜，但这一次他没有，是他的看守人注意到病人有变化，于是病症很快就诊断出来。乌兹迪开始疑心地对着食物闻闻嗅嗅，一大半都留在盘子里不吃，最后几乎什么也不吃。医生想尽办法劝他进食，尽管乌兹迪假装同意，却把汤倒进洗脸盆，将肉和蔬菜扔进坐便器里。这种做法被发现之后，他们试着在乌兹迪房间里装了一台小小的电炉，好让他自己煮点鸡蛋吃，鸡蛋是看守人拿来的，他对这病人说，鸡蛋是他偷偷拿进来的，医院里没人知道——这当然不是真话。他还给乌兹迪带来了苹果、梨子和一把银质小刀，这样他就可以自己削皮了。这个法子管用了几天，最终还是以失败告终。乌兹迪从窗子里瞥见自己的看守人在跟那个讨厌的医生说话，打从那一刻起，他就什么也不吃了，要不是命运给他做了别的安排，他恐怕过不了多久就会饿死。

　　他变得很瘦很瘦，几乎皮包骨头，经常在自己的房间里一刻不停地来回走几个钟头。很快他就没法站直身体了，左摇右摆地从一头走到另一头，能找到什么家具就扶着什么家具。尽管他虚弱得只能在没有支撑的情况下站直片刻，但是什么也不能让他停下脚步。

十月的最后一天，他滑倒了，背部撞在床柱上。这次受伤引发了胸膜炎，进而很快侵袭到他的肺部。三天后，他死了。

他被葬在瓦劳尔马什，他那发疯的父亲也葬在那里。就是在这件事发生以后，阿德里安娜决定去看望女儿。

在那个年代，可能会让别人嚼舌根的事还是不能做的，所以巴林特先走一步，两人安排好在萨尔茨堡会合，再从那儿一起去瑞士。他们之所以这么做，主要还是为了阿德里安娜，这才是服丧的头几个星期，要是她此时就单独和男人一道旅行，那无论如何都不太得体。利用这次机会，两人好好商量了一下将来在一起的事。阿德里安娜坚持要等一年的正式哀悼期结束以后再结婚。她认为这是为了不让她女儿将来觉得奇怪，为什么母亲没有按照惯例等到服丧期结束。巴林特只得同意。

虽说这不是新婚旅行，他俩却好像在度蜜月一样。这是两人第一次单独在一起而不用担心被发现或是被公开，知道他们共同的未来终于有了保障，他俩很开心。

巴林特唯一的遗憾就是他母亲没能亲眼看到如今的结局。他知道她不会再反对他和阿德里安娜的婚事，反而还会为他高兴。他记得那次他们在捷波德咖啡馆和阿德里安娜不期而遇，母亲对阿德里安娜的态度十分热情和蔼。他知道母亲会同意的。

巴林特选择的是湖边一处小小的膳宿公寓，这里只有二十间客房，系由日内瓦某个贵族人家的乡间别墅改建而成，初建于十八世纪末，依照当时的风尚命名为"蒙比茹"。这个名字一直保留下来，而且十分合适。它按照法国的风格设计，典雅不失时尚，正是那个时代富人建造的典型隐居处所，虽不起眼，却又不是太过朴素。房子面湖而建，屋前有一片广阔的草坪，向着水边缓缓倾斜而下，屋后耸立着几棵高大的橡树。群山从湖对岸隆起，在一座座乱石嶙峋的峭壁上方，每当云层散开，就能看到一座白雪覆盖的三角形山峰，那是勃朗峰，它仿佛高高飘浮在空中，叫人难以想象它竟然还与大地相连接。

他们在这里住了八天，这是安宁而幸福的八天，跟他们初次在威尼斯相聚时那种狂热激情大不一样。在威尼斯度过的那一个月里，他俩担心自己随时可能会死，所以每一分钟都要尽量用来谈情说爱，那时的每一个黎明都可能预示着离别——由死亡带来的永别。如今一切都不同了。他们一起住在湖边，平静而亲密……幸福地期盼不久之后将永不分离。

他俩制订了各种计划，将以后许多许多年的事都考虑进来了。他们会举行一场安安静静的婚礼，只请两位见证人，别人都不请。德内斯托亚堡要进行一些现代化改造，通上电，再装修两间新浴室，一间给阿德里安娜，另一间……另一间给他们未来的儿子。自从乌兹迪发疯以后，他们已经许久未曾说起这个儿子，如今梦想终于要实现了。此刻他们觉得这简直是一定的，这个孩子将为他们的爱情加冕，这个后代将是活生生的证据，证明他们一直想要相爱下去。

会议结束以后，巴林特去参加维也纳爱乐乐团的音乐会，听了贝多芬的一部交响曲。

音乐会结束时已经很晚了，巴林特匆匆忙忙赶到萨赫酒店去，那儿的公共餐厅午夜就要关门。

可他还是迟了一步。酒店已经熄了灯，桌布也全都撤了。巴林特不禁有些不高兴，他不知道还有哪里可以让他在没有音乐的情况下安安静静吃顿饭。他转身从餐厅离开，刚刚走进前厅，就遇到彼得和尼基·科洛尼奇走进来。

"你们是来吃饭的吗？"巴林特问道，"这里刚刚打烊，我得去找个别的地方。"

"来跟我们一起吃吧，"彼得答道，"我们有包间可以吃夜宵。克里斯托夫·扎拉莫瑞和我已经提前订好了！"

"你真是太好了，不过如果有吉卜赛人演奏音乐，还有姑娘们，我觉得今晚就不适合留下来吃饭了。"

他们让他放心。没有吉卜赛人，没有姑娘们，只有一位姑娘稍后会来。她就是著名的西班牙舞蹈家潘泰拉小姐，过去两个月来她一直在罗纳赫剧院演出，已经使得帝都陷入狂热之中。

阿巴迪听过她的大名。他知道她长得很美，也知道她是一名颇有造诣的舞蹈家，但她更出名的还是她那些钻石首饰，全世界每一张画报上都有它们的图片。潘泰拉小姐或者她的经纪人用这些著名的珠宝来为这位舞蹈家做宣传，所以在画报上刊登过许多许多次。为避免大众对这些钻石失去兴趣，每过五六个月，它们就会被偷一次，一个礼拜或是十天后便失而复得。这种事每发生一次，这些珠宝就会被详细报道一次，记者们煞费苦心地描写每一个细节，将天价再大大夸张一番，以此来逗乐可敬的读者。

巴林特和表弟们被带进包间，发现只有弗雷迪·伍芬斯坦在那里，是扎拉莫瑞请他来的。弗雷迪也是代表团的成员，此刻正对着墙上的镜子欣赏自己修长的身材。他身穿带垫肩的衣服，一头浅色金发，再加上白种黑人般的面孔，看来似乎在试图模仿他下午从贝希托尔德身上所欣赏到的政治家风度。

这时施特菲·圣捷尔吉进来了，大家聊起天来。起初弗雷迪努力想要让大家谈谈政治，但是巴林特和科洛尼奇兄弟俩对这个话题都不感兴趣。每个人都在问别人为什么来到维也纳。施特菲是打算去英国狩猎，彼得和尼基则是应邀去上奥地利州狩猎野鸡回来，准备返回匈牙利。一开始大家谈论的都是枪支、马匹和猎鸟，没过多久话题就转到潘泰拉小姐和克里斯托夫·扎拉莫瑞身上。他们都知道，自从潘泰拉小姐初次登台那一晚，克里斯托夫就疯狂地爱上了这位舞蹈家；从那时起，全城都在议论他在她身上花费的巨额财富，特别是他送给她的那条钻石项圈，让她那些著名的收藏品又多了一件。维也纳上流社会的人对每一个细节都知道得一清二楚。项圈是在梅尔市场的克林科施店里买的，花了六万克朗。大家还知道，他嫉妒心极强，就像恶龙一般看守着她，尽管他喜欢带她出来炫耀，却从来都和她寸步不离。

"这会儿他正在罗纳赫剧院后台入口的马车里等她。他会一直在那儿等到她换好衣服，然后，"彼得说道，"他就直接把她带到这儿来，这样她就肯定不会在路上遇到其他人了！"

尼基笑了起来："这个克里斯托夫可真傻！给这姑娘花那么多钱，还煞费苦心地看着她……她却天天夜里给他戴绿帽子！"

"这不可能！哎，他跟她一起住在皇家酒店呢！"

"哦，没错，可他俩一人一个房间，中间还隔着一间起居室。克里斯托夫只能和她一起待到凌晨三点。然后她就打发他走，说她如果想第二天晚上把舞跳好就得保证睡眠。这个时候别人就来了！"

"你在胡说八道些什么！"彼得说道，他总是因为兄弟喜欢恶作剧而不高兴，"那就太麻烦了吧。为什么会有别人在那里，准备妥当等着她呢？他们在哪儿等？走廊里？门厅里？太荒唐了，这不过就是维也纳人平日里瞎说的闲话罢了！"

"千真万确。潘泰拉小姐有位女性知己，半是秘书，半是老鸨。她比这位舞蹈家年长，跟她形影不离。人人都喊她'伯爵夫人'，也许是因为这样好听一些。总之，你跟她把交易谈妥，然后就在她房间里等，她住在潘泰拉小姐隔壁，等到安全的时候你就可以去了！"

"这些事你又是怎么知道的？"他兄弟愤怒地问。

"我怎么知道？怎么？维也纳人人都知道！"

"人人……人人都知道就是没有人知道。"

"好吧，如果你真想知道的话，"尼基咯咯笑着说，"那是因为我昨天才这么干过。价钱还不算贵，只要五百克朗。这钱花得值，这事可太好玩了。我还挺喜欢捉弄克里斯托夫那个好老兄！"

阿巴迪觉得有点恶心。

❦

他起身想离开，然而为时已晚。就在这当口，门开了，扎拉莫瑞搂着舞蹈家走了进来。

扎拉莫瑞的身材就像个大力士，尽管稍稍有些秃顶，人也开始发福了。他块头很大，身上那件晚礼服乃是出自伦敦最著名的裁缝之手，非常适合他的体形，可是让扎拉莫瑞一穿，看着就像从舞台服装店里租来的一样。他做的每一件事都是如此。他那偌大的马厩里有许多赛马……却从未赢过一场比赛。他在马尔毛罗什的林地广阔无边……却从未亲自射杀过一头雄鹿，他的客人们倒是常常满载而归。他心地很好，却有些虚荣，喜欢被人崇拜，还喜欢炫耀他的显赫财富，所以才觉得有必要把情妇带来给朋友们看看。

这个女人也确实很美。她身材高挑，一头秀发乌黑浓密，脸庞极具古典美，浓黑的睫毛底下一双眼睛闪闪发光。她的手、脚和腿型都完美无瑕，但最美的还要数她的步态，她行动起来就像某种大型猫科动物——美洲狮或是美洲豹——仿佛随时准备猛扑出去。大概正是由于这一点，她才会得名潘泰拉小姐——意为黑豹。而她的神情也像野兽一样冷漠如冰。

她身着一袭深蓝色丝质长裙，袖子宽大，腰部用同样材质的腰带束起，看起来既像晚礼服又像茶会服。她只佩戴了一件首饰，就是克里斯托夫送给她的钻石项圈。这纯粹是为了讨好赠送者；其他首饰她只有在跳舞时才戴。

相互介绍之后，她便伸出手让男士们亲吻。

完全没有任何迹象表明她认出了尼基，可能她压根就不记得他了，起码在巴林特看来，她对其他人统统没有兴趣，这是显而易见的。对她来说，一切都是公事公办，她的舞蹈、她的钻石、她的美，以及她冷若冰霜的笑容。

她冷冷地谈论着各种乏味的世界性话题，举止仪态无可挑剔。

她说自己演出以后累了，所以只要了一杯香槟和一点冷鱼肉，其他的都没吃。

"我们不会待很久的，对吧？"她恭顺地对扎拉莫瑞问道，仿佛以此来向其他男人强调，她是将克里斯托夫当成夫君的。随后她说起自己第二天中午要排练，因为正在准备一支新舞，那是俄罗斯舞蹈，难度很高，却很美。她说她必须要努力练好，再过三个星期就要在圣彼得堡演出，那会很对俄罗斯观众的胃口，她相信他们一定会非常喜欢。

她就这样讲个不停，可她所说的一切都不带个人感情，甚至有些机械。巴林特相信，她在每一座到访的城市都是这么说，对成百上千崇拜她的男人也是这么说，他们的名字她也许从未记得，他们的面孔她也是转身就忘，然后她就继续前往下一座都城，去找别的男人。要不是如此美丽，她本来是个很无趣的人。可是因为她一举手一投足都极其优美迷人，只是看着她的一举一动就是莫大享受，所以没人注意到她的谈吐如此平庸。她的双手、手指和手臂移动时，总是跟她歪头的角度、肩膀的曲线达成完美和谐，这幅画面看起来完美无瑕，仿佛她的每一个姿势都由艺术大师设计而成。

　　巴林特在想，她究竟是悉心给人留下这样的印象，还是自然而然、天生如此。就在这时，他看见房间另一头有一位年长的女性走进来站在门边。

　　她中等身高，身材很瘦，穿着一件黑色光面丝绸长裙。她的头发以前一定是浅褐色，但如今只有几缕还保持着原色，其余的都已花白，还有点泛蓝；她发量很多，编成两根大辫子，好似王冠一样盘在头顶，像极了伊丽莎白皇后❶画像里的那种发型。在她脸颊两边各有几缕短小的卷发，衬托出她略具东方特色的高颧骨。这张面孔很有意思，脸色苍白，五官雅致，那对浓黑的眉毛有点惊人，中间都快连在一起了，显得她的脸色更加苍白。尽管她显然已不再年轻，腰身却挺得笔直，举止相当出众，在她身旁就连美貌无比的潘泰拉小姐看起来也只是一个漂亮的女仆罢了。

　　她没有跟任何人打招呼，似乎也没指望人家会跟她打招呼，就像一名值勤的士兵在等待命令。

　　"夫人，我把所有的东西都收好了。都在这里，什么也没有遗漏。"

---

　　❶ 即茜茜公主。

她说着将挎在胳膊上的皮包递给潘泰拉小姐，那是摩洛哥革制成的，个头还不小，显然她说的是一直由她负责保管的那些钻石首饰。"您还有别的需要吗？"

"不，暂时没有了。您可以回旅馆了，伯爵夫人……不，稍等一下！请您把这个也带走！"潘泰拉小姐答道，随后她转头看着扎拉莫瑞说，"您不介意我现在把这个取下来，对吧？"说着她碰了碰他送给她的钻石项圈。

"您能替我解下来吗？"她一边问一边在扎拉莫瑞宽阔的胸前低下她漂亮的脖颈。

这对他来说并不容易，他花了好一会儿才用粗壮的手指解开搭扣。

他解搭扣时，伯爵夫人就静静地站在旁边等着，一动也不动，除了她的眼睛。她扫了一眼围桌而坐的人，巴林特觉得她的眼光扫到自己时似乎多停留了片刻，就像她想多看他一眼似的。他也被她的容貌所吸引，被她乌黑眉毛下那对浅灰色的眼睛所吸引，感觉仿佛以前在哪儿见过那种目光，不过这个念头也就是一闪而过，很快便被他丢在脑后。

克里斯托夫将钻石项圈递给伯爵夫人。皮包"咔嗒"一声锁上了，她又一次望向阿巴迪，死死盯着他看了一会儿，随后她转回头看着舞蹈家说道："晚安，夫人。晚安，先生们。"说完微微一点她那仿佛戴着巨大银发王冠的脑袋，离开了房间。

巴林特不知道是不是自己想多了，但是他总觉得伯爵夫人对屋里的男人们道别时其实只是在和他一个人道别。她是谁？她可能会是谁？他曾经见过她吗？

周围的人又聊起天来，巴林特却只想着刚刚走出房间的那个女人。

过了片刻，侍者走进来，递给阿巴迪一张名片，上面印的名字是"尤丽·拉多撒伯爵夫人"，名片背面用匈牙利语写着几个字："请您出来一下。"尤丽·拉多撒！她是拉斯洛·耶若菲的母亲！

他立刻来到外面，前厅里靠墙摆着一排沙发，她就坐在其中一张沙发上，腿上放着那个皮包，她的双手放在包上，那是细长的贵族之手，尽管已经因年老长出皱纹，却依然美丽。那是艺术家的手，是拉斯洛的手。巴林特在她身旁坐了下来。

"我请您出来，还请您不要生气。我已经很久没有和来自祖国的人说过话了。我一眼就认出了你——你真像你父亲——为了确定真的是你，我还问了领班。"

"我能为您效劳吗？"巴林特问道，这次邂逅令他太过尴尬，简直不知道接下来要说什么。要是用"您好"这样客气的套话来问候拉斯洛的母亲，未免有点荒唐，尤其当他撞见她在给人当仆人，又或者连仆人都不如？

不知道她经历过何等艰难的时期，最后沦落至此。

诚然，她没有显露出堕落的迹象，虽然她肯定曾经过得很苦，却没有留下痕迹，也许从她那愤世嫉俗、微微下垂的嘴角可以看出，也许从她那一抹苦笑可以看出，她看不起所有的人、所有的东西，最看不起她自己。在她眉毛相连的地方，长出了一道执拗偏强的皱纹。

她向他打听的全都是特兰西瓦尼亚的情况。她问起那些故交，问起奥尔温齐家，问起拉若克家，说到他们时她都用全名来称呼，仿佛他们跟她毫无关系，仿佛他们并不曾是她童年时的好友与玩伴。显而易见，她希望以此来向他表明，她已经不再属于那个世界，她不配，甚至连想都不敢想。

两人谈着这一切，心平气和，还有点拘礼，就好像所说的事情跟他们一点关系也没有。过了一会儿，她沉默下来。

随后她压低嗓门问道："我……我儿子怎么样了？"她的声音非常柔和，但那几乎抑制不住的感情却带着一股潜藏的力量。

巴林特发现很难找到合适的语言来回答。如果她依然是用轻轻松松、有些疏远的口气问他，就像她问起其他问题时那样，他也许会坦然将残酷的事实告诉她。他会对她说，她儿子已经变成一个堕落的酒鬼，还破了产。他会毫不掩饰地告诉她——也许是因为愤怒，也许是因为怨恨，又或者是出于复仇的欲望——拉斯洛的悲剧人生从他幼年时被母亲遗弃的那天起就开始了。可尤丽·拉多撒的声音却充满感情，那是从她灵魂深处发出的声音，从中可以听出多年来内疚和自责的回响，听出二十多年的悲伤，听出她谦卑地承认自己错了，从她那有些哽住的声音里，他感受到人生悲剧给她带来的影响。

他犹豫了一下才回答她的问题，而且答话时满怀悲悯。他温和地说出实情，没有隐瞒拉斯洛的凄凉处境，说他是如何卖掉了房产和土地，如今住在从前一位佃户位于科扎尔德的房子里，靠着微薄的年金过活。他说拉斯洛曾患过病，但巴林特相信他现在已经有所好转，不过因为这位表弟和从前认识的所有人切断了一切联系，所以他也有段日子没见到他了。

"他也这样！"她低语道，"所以他也遇到了这种事。"她双眼凝视着前方。

他们沉默了片刻，随后她站起身说道："我们离开这儿以后会去圣彼得堡，接着去莫斯科、敖德萨和布加勒斯特，二月底会来到布达佩斯……如果到时你刚好在那儿……如果你不介意再跟我见面……也许你可以带来一点消息。我会感激不尽！"

"当然可以！很高兴到时能见到您！"

"我们可能会住在匈牙利酒店，不过我说不准，这样的事情都是代理人安排的。"

巴林特以为尤丽·拉多撒会伸出手来道别，可她只是一言不发地站在那儿，显然心里在想事情。她的眼睛盯着很远很远的地方，前额那道竖纹似乎比从前刻得更深。随后，她看着阿巴迪又快又急地说道："告诉我！告诉我！你有的时候会不会见到桑多尔·坎迪，就是人称'钩脸'的那一位？"

"当然能见到，不过不是经常见，我在科洛斯堡的时候，他有时会到城里来。"

她唇边浮现出一抹出人意料的微笑，古怪而又残酷，接着她猛地挺直身体，仿佛突然间长高了几英寸似的，她那浓密的睫毛底下闪过一丝控制不住的仇恨眼神："很好！如果你再见到他，告诉他我们见过面……也告诉他我如今在做什么！"

这时她才伸出手，等走到门口，她又开口道："请一定要把这事也告诉他……这事也告诉他……"出门时她笑了笑，巴林特觉得那笑声充满残忍的意味。

巴林特呆在原地没有动，仿佛脚下生了根。

她说什么？她究竟为什么希望他这么做？

为什么她到现在才问起"钩脸"，而不是在问起其他老朋友的时候？为什么她要交给他这个意想不到的任务……最重要的是，她为什么发出那种魔鬼般的笑声？

这一切怎么才能拼凑在一起？

他试图回忆起曾听过的关于拉斯洛母亲的一切，可他从未听人在谈起尤丽·拉多撒时提到桑多尔·坎迪，她丈夫的妹妹科洛尼奇王妃也不曾提过，就连说尽别人坏话的利赞卡姑婆都从未提过。诚然，没人对他说过她是和谁一起私奔的，似乎也没人知道，因为利赞卡姑婆讲过许多不同的版本，一时说那人是个刚好骑马路过的骠骑兵，一时说他是个侍者或者走钢丝的杂技演员，但显然都是她临时编出来的，因为她其实什么也不知道，所以提出的罪犯候选人都是陌生人，从来都不是像桑多尔·坎迪这样大家都认识的人，肯定没人怀疑过"钩脸"。

这就是巴林特最先想到的，但是接着他又回想起其他事情来。他曾经在"钩脸"位于基什-凯赖斯图尔的庄园住过一晚，那天晚上他看到一幅漂亮年轻姑娘的画像，他以为那是"钩脸"聋妻年轻的时候。这个假设相当合乎逻辑，因为画里的人就像盛装出席化装舞会的坎迪伯爵夫人，她的礼服还是八十年代的式样，如今已经过时，上面满是昔日流行的褶边。他记得自己曾问起这幅画，但是主人并未回答。

这时他又记起，那幅画像似乎被人损坏过，画上修复的迹象表明，沿对角线曾经有一道切口，一直延伸到裙子上画着的小小花束，几乎将画像切成两半。他当时就注意到了，但是老人脾气不好，态度也很粗暴，所以他没有多问。很多年前他曾听说，尤丽·拉多撒离家逃走时，米哈伊·耶若菲划破了她的画像，然后将画扔出窗外。"钩脸"这幅是不是就是那幅画像？如果是，它又是如何到了凯赖斯图尔？为何会如此？

坎迪娶了那个与他阶级不同的温柔聋女，是否只是因为她酷似另一个女人？大约三十年前，正是那另外一个女人，伴随着一阵魔鬼般的笑声，从他的生活中消失了。

这些碎片之间全无关联，都属于一个不为人知的故事。巴林特一时间几乎为自己感到羞愧，觉得这是在窥探与他无关的事情。就让这一切湮没无闻吧，他心想。不要让人知道。人不该翻旧账。如果说人在生活中有一件事应该严格保密，且此事和别人并不相干；那就是他内心深处的感情。那是他自己的事——对其他人来说，这些应该是禁忌。

他想起自己对阿德里安娜的爱恋，他已经爱了她十年，觉得充满幸福和感激。无论人生中遭遇何种风暴，他们却从未对彼此有过误解。如今看来，他们终于抵达了港湾。

从此只有死亡可以令他们分离。

巴林特没有将尤丽·拉多撒的口信带给"钩脸"坎迪。他也根本没有这个打算，不过他和"伯爵夫人"这一番谈话却带来另一个后果。

耶若菲家的前任伯爵夫人向他问起她儿子的近况，巴林特却感到很内疚，因为他没有拉斯洛的消息可以告诉她，只能笼统大概说说，同样令他内疚的是，他已经很久不曾想起这位表弟以及童年好友。不过这实在不是他的错，而是拉斯洛的问题，是他拒绝了别人对他的一切表示。最近一次拒绝是这样的，巴林特给拉斯洛发了一封电报，告诉他萝萨伯爵夫人刚刚去世，并主动提出派车去接他来参加葬礼。然而拉斯洛没有回复，甚至连份唁电也没有，杳无回音。巴林特对此非常生气，当时他以为自己再也不会原谅这个表弟了，尽管两人曾是亲近密友。可是如今他决定抛开怨恨，去看看拉斯洛，试着和他重拾友情。

刚一回到德内斯托亚，他便开车前往科扎尔德。天气晴朗而温和，十二月初的特兰西瓦尼亚经常是这种天气。

中午时分，他抵达了拉斯洛居住的那栋小屋，他知道这是他的住处。摇摇欲坠的栅栏上有一扇木板条制成的门，门是开着的，似乎从来没有关上过。巴林特直接进了屋，屋里第一间是厨房，透过厨房可以看见一个乱糟糟的房间，一边摆着一张木板床，床上的被单都没有铺起来，旁边是一张粗制滥造的木头桌子，墙上挂着一件土里土气的粗布披肩，底下有一双农民穿的靴子，看着有些年头了。巴林特觉得这些东西哪一样都不可能是拉斯洛的，于是他走进下一个房间。

这间也好不了多少，不过至少那些松木家具都是打磨光滑的，看起来似乎原先是摆在庄园主宅邸的某间佣人房里的。五斗柜上放着一个由黄铜和皮革制成的枪匣，装饰相当精美，还刻着拉斯洛的名字，但是错误地拼成了"拉迪斯拉斯·吉若菲伯爵"。这个房间有人收拾过，地板擦得干干净净，还开了窗户通风。

巴林特绕过屋子，希望能够看见拉斯洛坐在向阳的那一面。可他不在，那儿没人。这时巴林特看见有个女孩站在花园另一头，那是个十几岁的小姑娘，正在溪边洗衣服，她站在岸上，将衣物浸入水中，打上肥皂，再放到一块小小的木板上用力擦洗。巴林特朝着她所在的地方走去。

这姑娘漂亮得出奇，当巴林特终于来到她面前时，简直惊艳得说不出话来。她有一双母鹿般的大眼睛，周围是一圈乌黑的睫毛，长长的眉毛好看得就像画上去的一样。她的脸型是完美的椭圆形，皮肤白里透红，丰润的红唇鲜艳如血，人却像芦苇一样纤瘦。她的衣袖卷到了手肘处，光滑如缎的手臂也跟她的脸和脖子一样红润，只有双手因为辛勤劳作而变得粗糙了。她头上系着一块方头巾，就像本地区所有的农民一样，但她那身衣服原本却是城里人穿的，尽管现在它们已经破破烂烂、打着补丁。她的围裙破烂不堪，赤脚穿着一双带扣的旧女靴，要不是大多数扣子许多年前就掉了，这靴子本来是到小腿肚的。不论她的衣服多脏多旧，这姑娘的美貌简直能让人忘记一切。

巴林特跟她打招呼以后说道："我来找拉斯洛·耶若菲。你知道哪儿能找到他吗？"

小姑娘看着她，漂亮的脸上带着不屑的神情。

"你找他做什么？为什么你要找他？"她不高兴地问。

"我是他表兄，巴林特·阿巴迪。"

小姑娘微微一屈膝，很有礼貌的样子。

"我叫雷吉娜·比希茨。"随后又加了一句，"我父亲是在村里开小店的。"

"很好，现在我们彼此都认识了，"巴林特轻笑一声说道，"也许你能告诉我拉斯洛在哪里？"

雷吉娜耸耸肩。

"他不在这儿。人家带他去绍莫什 - 乌伊沃尔了。"

"人家带他去的？"

"没错。是那个法比安带他去的……"她说着抓起一件又脏又破的衬衣，举到面前看了一会儿才丢进溪水里，然后将它拧干，用肥皂擦洗起来。

"法比安？这个法比安是什么人？"

"呃！"女孩说道，"他是个坏人，那个法比安！他总是带他一起……

让他喝酒，还……让他狂欢作乐……这对他糟糕透顶。那个法比安是个一文不值的卑鄙小人！"

"如果你能告诉我他在绍莫什 - 乌伊沃尔的什么地方，我就开车去找到他。"

"你不能去，不能去那儿！太可怕了！"雷吉娜大声说道，眼里满含着泪水，"那个法比安，他带他去见坏女人，邪恶的女人……他就是这样把他毁掉的。伯爵病了，病得厉害，所以……他还叫他喝酒，喝个没完……并且……"

她没说完最后一个字就停下了，将双手握成拳头，仿佛想要打人。随后她又捡起那件衬衣，怒冲冲地擦洗起来，如果那就是可恨的法比安，她就好像在竭尽全力扼杀手里的东西。

她将脸转开不看巴林特，同时俯下身，大颗大颗的泪珠从她脸上落下，好似大颗大颗的钻石，下雨一般落在她使劲抓着的湿衣服上。

女孩对面有棵倒下的大树，巴林特便在树干上坐下，等了好一会儿，女孩终于干完她的活计，站在他面前大口大口喘着粗气。这时他又问起拉斯洛何时回来。

"等他也没用，"女孩说道，"就算他很快就回来，他的状态也糟糕得很，非常糟糕。他会又一次把房间弄得乱七八糟……我今天一早才擦过的。哦，这个我可以做的！我什么都做，洗碗、擦地、通风，什么都做！"

她似乎十分伤心，在一把小小的长椅边缘坐了下来，腰背挺得笔直，侧着脑袋，眼神呆滞。

"他还有其他仆人吗？"

"我不是他的仆人，我……我做这些是因为心甘情愿。我看不得……看不得伯爵这样的绅士……这么一个了不起的绅士……看不得他……这么没人照料……"

"不是有个名叫马尔通的老人在照顾他？他出什么事了？"

女孩在空中挥了挥手。

"他没用的。他只管做饭和给伯爵擦靴子，其他什么也不管。这会儿他又出去了，大概是在林子里设陷阱。他只对这事感兴趣。我在这儿什么都做，因为如果我不干，他就会住在肮脏的环境里，我不忍心看到他这样。没人知道我做这些事。这千万要保密。只有当我爸爸不在家而且看不到我离开店里的时候，我才能来。今天我能在这儿干活，是因为他去科洛斯堡了。多数时候我都只能夜里干活，或者一大早，要是被他抓住，我会挨揍的。"

她停了下来，再次直视着前方。

头巾从她头上滑落下来，她那头橙红色的长发飘扬在微风中。她坐在长椅上，就像一尊雕像，坚挺的胸部将薄薄的衬衣撑得紧绷绷的。她很美，恰似沙仑的玫瑰花，尚未完全开放，但已经不再是花骨朵了。她长长的睫毛底下泛起泪水，然后又顺着脸颊滚滚而下。

"你多大了，孩子？"巴林特问道，想要以此来分散她的注意力。

"十五。"她喃喃地答道，依然眼神空洞地盯着前方。突然间，她号啕大哭起来，巴林特也不知道她是感觉到了他对她的同情还是太过悲伤无法自已。

她说得断断续续，语句支离破碎。

拉斯洛的情况被她一股脑儿说了出来，五年前，拉斯洛因为肺炎卧病在床，是她在病榻边守着他、照顾他，让他恢复了健康。打从那时起，她就什么事都为他做，当他没法再在她父亲店里赊账以后，她甚至还偷偷拿白兰地给他，还拿过肥皂和煤油。

她什么都做，做得越来越多，可从来都是徒劳，都是枉然。

"枉然？你说枉然，这话是什么意思？"巴林特吃惊地问。

"就是这个意思！枉然。他不跟我讲话，除非我拿白兰地给他。那时他也只是说'雷吉娜，你是个好样的小姑娘！'或者'雷吉娜，你来了我真高兴！'，可这并不是在夸我。他从来不说别的……说这些也只是为了白兰地，不是为我。"

"你确定吗？"

"当然确定。我做什么他都接受，可我从没听他说过一声'谢谢'。在他看来，这不过是他应得的而已。我为他打扫卫生，在他烂醉如泥时给他清理干净，他在绍莫什 - 乌伊沃尔惹麻烦回来后，我还得用那种可怕的黑色药膏去给他按摩胳膊和腿，这些都是家常便饭。"

这时她终于充满反叛精神地跳了起来："可是我呢？哎，他甚至不会来拍拍我的脸蛋！"

巴林特想要安慰她，于是说道："雷吉娜，我相信这只是因为他觉得你还是个小孩子。他可能非常喜欢你，用他自己的方式。"

"你当真这么想？"她急切地问道，又坐了下来，脸上露出害羞的微笑，她说道，"是啊，我也这么想，用他自己的方式。对他来说，我不过是家养的宠物，对他有用处罢了。他只跟我一个人讲话。他跟我讲——哦，跟我讲了很多，关于他的生活……我觉得这就是种小小的奖赏，因为他把那么美好的事情告诉我，用那么美丽的语言。"一时间她似乎陷入了沉思，随后又伤心地补充道："可是自从他变得这么瘦以后，就不怎么说话了。"

阿巴迪吃了一惊，问道："他变得很瘦？从什么时候开始的？"

"就这几个星期。当然了，他几乎不吃东西，因为很难咽下去！"

巴林特开始对女孩盘问起来，拉斯洛有没有看医生？症状如何？比如说，他的颧骨上有没有一块块小红斑？雷吉娜相当聪明地回答了他所有的问题。她说医生每周都来，伯爵咳得很厉害，但是并不比以前更糟。至于那些红斑？是的，要是喝多了就能看见……别的时候？也许是吧，其他时候也能看见。

巴林特沉默了一会儿，然后说道："我们应该把他送到疗养院去。我能保证他会被人照顾得很好……并且得到专业的护理。"

"把他带走？从这儿带走？"雷吉娜喊道，她吓得心烦意乱，害怕他们把他从她身边带走，这样她就再也见不到他了，永远见不到。不，不能那样！不能那样，她会心碎的。

雷吉娜这时才感觉自己说得太多了，拉斯洛是她活下去的唯一理由，可她却让他身陷危险。她现在必须立刻掩盖真相，不然他们就要把拉斯洛从她身边带走了。她滔滔不绝地说了起来，机警地试图让她刚刚可能说过的严肃内容比较容易被人接受：医生夸她护理工作做得好，说有她照顾就足够了，不只是每周从伊克洛德来看拉斯洛的医生这么说，时不时从绍莫什 - 乌伊沃尔来的主治医生也这么说；此外还有别人在确保伯爵得到妥善照料，那人叫作希毛伊博士，就是他每周会给她父亲寄来二十弗罗林，这是拉斯洛的饭钱，拉斯洛吃的药也是他付钱的。

"希毛伊博士是谁？"

"他是绍莫什-乌伊沃尔的一名律师。每次……每次需要什么东西，我父亲就给他写信。"

"所以他确实得到了妥善照料？一直都是如此？"

"哦，当然！自打他得了肺炎以后就是这样。"雷吉娜说得很坚决。

在此之前她说的基本都是实情，可是这会儿她觉得不得不撒谎了。她斩钉截铁地说道："所有的医生都认为他正在好转……很快就会恢复正常。"

阿巴迪很吃惊。

"刚才你不是还说他瘦了，吃不下东西，你担心他很快就会死？"

雷吉娜微微一笑。

"对啊，没错，我确实说过，不过我并不是那个意思。"

"当真？"

"当真。我……我……只是生气，因为他……他又到那儿去……干那事了……所以我说得有点严重。但其实没那么糟，真的没有。"

小雷吉娜把她选择的角色扮演得很好，当她假称自己是因为嫉妒和愤怒而夸大其词时，巴林特相信了她，不过他还是想跟老朋友建立一点联系再离开。

"听着，亲爱的，"他边说边从皮夹子里拿出一些钱和一张名片，"今天我就不等拉斯洛了，我把这两百克朗留给你，我知道可以信任你，要是拉斯洛出了什么事，这钱你就替他用，他需要什么，你就给他买什么。这是我的地址，要是他的情况恶化，或者有任何事我可以帮得上忙，你就立刻给我发电报。你会的，对吧？"

"当然！"她大声说，"我当然会。立刻就发，我会立刻发电报给您！"她嘴上这样说，心里却在暗暗发誓：绝不！绝不！绝不！好让你把他从我身边带走？绝对不行！绝对绝对不行！

他俩在溪边握了握手。没等巴林特转过身，她就已经继续洗衣服了。不过她偷偷回头看了他好几眼，生怕他会改变主意留下来等表弟。

要是他留下来等，一定会把他从她身边带走的——尤其是如果拉斯洛烂醉如泥地回来，那样他就会发现，她说他有所好转显然是在撒谎。

她朝着马路的方向看了许多次，直到引擎发动起来、汽车向科洛斯堡飞快地驶去，她才放下心来。

这一年，巴林特头一回一个人过圣诞节，不过他安慰自己，仅此一次而已。

　　未来的岁月里，阿德里安娜会在这里；如果上天垂怜，还会有其他人，而且越来越多。

　　对德内斯托亚堡的一大家子雇工来说，一切都一如从前，仪式也跟萝萨伯爵夫人在世时一样，什么都没变：圣诞树放在餐桌中央，周围是一堆堆礼物，都堆在洁白的桌布上，这些和从前一样是托蒂太太和鲍措太太安排的；老管家彼得也和往年一样站在门口。只有一点不同：萝萨伯爵夫人那王座一样的镀金椅子不在老地方了。

　　取而代之的是巴林特站在那儿，稍稍偏向一侧，仿佛母亲仍然在那里；女人和孩子们像从前一样鱼贯而入，他就将礼物递给他们。他不想打破传统，这样等到来年圣诞节时，阿德里安娜就可以将萝萨·阿巴迪做了一辈子的事情继续下去。

　　所有人都离开以后，枝形吊灯和壁式烛台里的无数支蜡烛也熄灭了大半，巴林特留下来待了很久。他在偌大的厅堂里从这头走到那头，驻足在陈列柜前，深深凝视着其中的家族珍宝，深邃的窗洞里摆着一张张桌子，他又看了看桌上的物品。在他的过往以及这个家庭的过往里，它们都有自己的一席之地。他若有所思地看着每一样东西，几乎有些心不在焉。这些收藏品的种类多得出奇，既有迈森和维也纳出产的精美瓷器，也有一把铁锈斑斑的古老大锁，这锁以前是用来闩住城堡吊门的。还有些东西很便宜或是很难看，但那是萝萨伯爵夫人年轻时的纪念品，每当看见都会让她忆起青涩往事，于是便保留下来。有一个陶俑小女孩，裙子只要一碰就会来回摆动，还有个陶瓷哈巴狗，双眼是凸出来的，这都是他母亲孩提时得到的，从那时起就一直为她所珍视，所以也跟珍贵的金杯银杯以及精致瓷器放在一起，这些物件可是阿巴迪家的先人们一代代传下来的。

　　巴林特知道每一件物品的来历，当时他发誓，一定会让一切都保持原状。

　　过了很久，他来到一楼，穿上一件暖和的外套，出门走进漆黑的夜色之中。他穿过庭院，下山来到教堂墓地。十八世纪末的时候，教堂中殿底下的地下室里没地方了，于是便在教堂旁边建起一座新的地下室。这里安葬着巴林特祖父母和父亲的遗体，从去年春天之后，他母亲也安葬在这里。

　　地下室锁着门，不过巴林特也没打算进去，他只想来到门口，以便象征性地告诉萝萨伯爵夫人，平安夜的仪式举行过了，是他做的，而且他会一直这么做，就像她以前一样。他在这儿只待了一两分钟，默默祷告后便走回城堡去了。

❦

时间过得很慢。阿德里安娜从洛桑回来了，但比她计划得要晚一些，因为小克莱米有一些反复发作的发烧症状，所以阿德里安娜想等医生给这女孩进行全面检查以后再走。最后医生们宣布没什么好担心的，女孩子长身体时经常会这样，这种症状很快就会自己消失的。无须焦虑，他们说。

阿德里安娜这才放心地回了家。

一回来她就有许多事要做，她和巴林特有很多计划要制订。他们和建筑师一起，为城堡里他俩打算居住的那部分进行了详细规划，又和承包商讨论了关于安装自来水和电灯的事宜，尽管家里很富有，但德内斯托亚堡至今都没有通水通电。他们必须要做出决定，所需的电力是由发电机提供还是由磨坊驱动的涡轮机提供。他俩每天都忙于各种各样的新项目。

外面的世界也暂时平静下来，就连巴尔干地区也不例外。只有阿尔巴尼亚人依然骚动不安。各大国为他们精挑细选出来一位国王，此人曾经是普鲁士警卫团的军官，然而奇怪的是，他们似乎一点儿也看不上这位新国王。国王的新臣民们对他也确实一无所知，因为过去两个月来，这位优秀的维德亲王自打登基为王之后，相较于踏上新国家的土地，他更愿意周游欧洲的宫廷——无论大国还是小国，感谢人家让他登上了王位。无论他走到哪里，都受到人们的敬仰。他又高又瘦，体格健壮，以拥有满口洁白的牙齿而自豪——尽管有点像马的牙齿。这样的旅行是一个极好的机会，他可以展示自己身体上的优势，让人对他赞赏不已。身为一位执政君主，他永远都可以站在屋子中央，以确保他是关注的焦点，让大家都能看见他是一个身姿挺拔的漂亮小伙子；所有的派对都是为他而举行，所以他要做的就是保持微笑、一脸慈祥，哪怕这表情看来有点傻。

然而阿尔巴尼亚人是如何回报他的呢？他仅仅两个月不在国内，革命就爆发了。不止如此，一月份，那些忘恩负义的反叛分子宣称废黜维德亲王，用他们自己选择的人——某个伊泽特帕夏——取而代之。各大国宣布对此无法容忍，派出一支舰队到发罗拉海岸去示威，同时命令维德亲王赶快行动起来夺回王位。"这就去！"新国王大声说，可这时他才发现自己国家的新纹章还没有准备就绪。

他已经命令世界上顶级的一些纹章学专家替他进行设计，自然不能在没有纹章的情况下出现在新臣民面前，要是连个像样的纹章都没有，他又怎么能算真正的国王？不仅仅是纹章，他还得组建一支皇家卫队，尽管他向渴望冒险的欧洲年轻贵族发出诱人的邀请，但是还没有人自告奋勇；要是没有卫队，他怎么能踏上自己的王国？所以他便继续旅行，始终面带着微笑，去往罗马、柏林和伦敦。

"平定"阿尔巴尼亚的工作虽不顺利，在爱琴海提出的解决方案倒是进展得一帆风顺。伊姆罗兹岛和忒涅多斯岛还给土耳其，其余诸岛则交给希腊。诚然，这些岛屿目前仍然由英国占领，但据说这只是临时安排，看起来那儿似乎也实现了和平。

尽管如此，还是有一些迹象表明，表面之下有令人不安的暗流在涌动，而且不止是在巴尔干地区。有传言说，有位俄国间谍，名叫多布林斯基伯爵，正在喀尔巴阡山脉的匈牙利一侧乔装打扮四处旅行。

他来到鲁塞尼亚似乎已经有一阵子了，人们之所以注意到他的存在，是因为这里建起许多新教堂，不是旧式的木头小教堂，而是俄国式样的石头教堂，经费的来源也没人知道。哪里有这样的新式俄国教堂，哪里就会出现沙皇——全体俄国人之父——的画像。但多布林斯基可不只是来建教堂做宣传的，据称他真正的目的是绘制喀尔巴阡山脉各个山口的战略地图，并且组建秘密线人网，十二月末大约有五十名线人被逮捕并遭到审判。

这是暴风雨之前的平静。此时一九一四年来临了。

匈牙利首都的上流社会对这些事情似乎毫无察觉，议会也一无所知。几乎人人都只对听到的丑闻感兴趣。只有蒂萨在竭尽所能地弥补失去的时间。只有他明白这是多么有必要。尽管为时已晚，他还是尽其所能平息了关于少数族裔在国内地位的争议。似乎只有他一个人意识到，趁这个国家的耐力还没受到某个世界危机的考验，先行将这些麻烦都解决掉，这是多么的至关重要。他开始与颇具影响力的罗马尼亚政治家马纽进行会谈，结果立刻就因此遭到尤斯特和其他沙文主义煽动者的抨击。佩斯郡的反应尤其激烈。会谈持续了六个星期，最后罗马尼亚"全国委员会"拒绝了首相的友好提议。尽管他们拒绝合作，但蒂萨宣称，就他本人来说，他会信守诺言，继续伸出友谊之手，不管对方是否愿意握住。

这次迟来的尝试是最后一次有人试图解决这个已经困扰匈牙利政治十多年的问题。布加勒斯特和约里的民族统一主义要求也许有点陈旧，就算蒂萨有心，当时他也实在没法给予更多了。他是受束缚的，一是公

众舆论反对他，二是其他公众人物很少有谁的头脑足够清楚，能意识到
国际形势的严重性。

❦

　　二月底，巴林特又一次回到加洛它锡。玛雅洛克瑞的情形十分有意
思，他得去处理一下。经过一系列失败的尝试，合作社终于在山村里建
立起来，那儿的人只能在林场里工作。这个合作社跟塞克勒乡村已经建
立起来的两个类似社团之一并无二致。阿巴迪急着要劝说这个新的合作
社也加入他的全国性运动。这可不容易做到，尤其是在像加洛它 - 圣基
拉伊、瓦尔科以及杰罗 - 莫诺什托这样较大的村庄，他们全都拒绝加入。
不过，玛雅洛克瑞的人脑筋比较灵活，合作社成立还不到一个月就接受
了巴林特的提议。所以巴林特觉得自己有责任为他们找一片林地，虽然
村民们诚实善良、热爱工作，可他们没钱去买快要成材的树木，凡是可
能提供给他们的林地，无论在哪一片，他们都买不起。这固然是惯例，
但是要找到心甘情愿放弃利润的林地主人却很难，因为人总是认为自己
土地上的收益就只属于自己一个人。

　　巴林特由此决定将他自己的一块地产给他们，那块地位于塞凯约
郡边界处的科海吉南面，跟阿巴迪家其他的林地都不在一起。巴林特打
算让村民们先把买地的钱欠着，等他们砍倒成年树开始盈利了再给他。
所以他带着自己的林场管理员——工程师温克勒——以及秘书米克洛
什·加尼一起来到这里，以便向合作社建议如何规划砍伐工作以及如何
运营这个新社团。

　　巴林特这一小队人马到达时，天刚好在下倾盆大雨，到处都是水和

泥，他们唯一感到欣慰的是，山上大多数积雪已经融化了。

　　他们沿着森林的边界走了一圈，核对是否进行了正确标示；下午他们在法官的家里坐下来，看看合同怎么拟才合适。同时他们还制订了计划表，何时将木材卖掉，应该卖多少钱。接着他们估算了一下，在支付买地的费用以及劳动力成本之后，还能余下多少钱给社团作为资本。阿巴迪明确表示最后这笔是他赠给社团的礼物。

　　这些事情都敲定了，只剩下一些细枝末节有待确定，还有就是需要准备协议的副本，这些工作至多需要一个钟头，而且最好由温克勒和加尼来完成，巴林特便想起自己可以抽时间去拜访一下许久未见的法尔卡什·奥尔温齐。

　　亚当·奥尔温齐老伯爵去世以后，他的儿子们瓜分了缩水的遗产，打从那时起，法尔卡什就很少离开玛雅洛克瑞了。

　　巴林特上一回见到他还是在基什-库库洛，当时他被拉去参加毕玖的派对，庆祝白兰地受到审判并被处决。法尔卡什会去基什-库库洛已经很稀罕了，而从那以后他就没离开过家。

　　巴林特必须爬上一条陡峭的小路才能到达奥尔温齐家的宅邸。许是因为天色已晚、夜幕降临，这栋漂亮的老宅子也没有白天看起来破败得那般明显了，人们很难注意到灰泥大块大块地脱落下来，屋子一角已经摇摇欲坠。

　　这里一个仆人也看不见，但一楼的一扇窗户里却透出灯光。巴林特踏上柱式门廊，打开了门。

　　他看见法尔卡什·奥尔温齐在屋里，坐在一张巨大的餐桌旁，桌上铺着一张巨大的地图，只点了一盏灯。法尔卡什正趴在桌上看书——那书就摆在地图旁边，刚才巴林特没有看到。他看得很专注，直到巴林特来到面前他才发现。

"嗨，巴林特！"他喊道，"你到这儿干什么来了？"

显而易见，他看见来客很是高兴，尽管他的问候优雅适度，也没有过分热情。他立刻问巴林特想喝什么酒提神，不是自家酿制的饮料，而是精挑细选的上好利口酒。

"你想喝什么？"法尔卡什问道，"是喜欢廊酒、君度酒、查尔特勒酒、黑樱桃酒还是别的什么？我想我什么酒都有。"

这些雅致的酒瓶在附近的餐具柜上站成一排。

"你知道这是我现在唯一花钱的地方了。我放弃了上流社会，也放弃了首都的浮华生活，因为我没有办法再继续那样生活。从那以后，这就是我唯一的嗜好。像我这样的人……习惯了只喝最好的……是吧……"

他俩碰了杯，在桌旁坐下来。巴林特解释说自己为何来到林地，然后两人谈起他们共同的朋友，谈起经济情况以及下一季收获的前景。这些话题很快就谈完了，巴林特看得分明，他的朋友对这些都不是真正感兴趣，因为法尔卡什对这一切都不屑一顾。他轻蔑地一挥手，嘲弄地笑道："这都不是要紧事，只是小人物的小事情罢了！"

他俩漫无边际地又聊了一会儿，法尔卡什终于说起这幅用金属夹子仔细固定在桌上的地图。地图上画的是印度洋，从亚丁到马六甲海峡。巴林特问他为何要研究这幅地图，法尔卡什这才头一回来了兴致，话也多了起来。

"我目前正在这里旅行！你看见没？今天我的船开到这儿了！"

"你的船？"

"没错，我的船。就是这个！"他指了指放在蓝色大海上的一支钢笔头，笔尖指向粉色印度次大陆脚下的锡兰，"这支笔就是我的船。每天我都根据这本书中过去二十四小时驶过的距离把它向前推进。前天我们离开了孟买，明天将要抵达斯里兰卡的科伦坡。"

他说自己过去这两年都在以这种方式旅行。他订购了各种航行日志和相应的地图，每一天他都只读当天涉及的内容——不会多读，因为那就是作弊了。这样就好像是他亲自在航行一样。要是旅行者写他在海上度过了无甚可说的五天，法尔卡什就等五天再继续读，或是过五天再在地图上做标记。

"可是这不会很无聊吗？让你自己等五天？"

"一点儿也不无聊！时间过得有时比你想象得要快。我想想大海，想想我的旅伴们，晚上换上正装去赴晚宴——就像人们在豪华游轮上那样，你知道的。"

他告诉巴林特，如今他已经去过许多地方。去年他绕过合恩角，造访了火地群岛，"游遍了"南美洲，还去了一趟南极。那儿很美，也很有意思，尽管他原本希望这趟旅行能更久一些。

"这次旅行非常圆满。天气适宜，而且迄今为止，海上都风平浪静。"

巴林特死死盯着奥尔温齐，不知道他是不是在拿自己取乐，马上就会说这一切只是个玩笑，但是显然他说的都是真心话，而且对待这一切都是认真的。法尔卡什的相貌具有一种古典美，在他那张依然美丽却稍稍有些浮肿的脸上，表情平静而诚实。奥尔温齐家四兄弟从来都没有幽默感，如今显而易见，这个人只是在陈述事实罢了。巴林特看了看法尔卡什，发现他依然穿着时髦、讲究，刚刚才刮过胡子，头发也梳理得很光滑，他身穿一件深蓝色双排扣吸烟夹克，剪裁精良，配有金色纽扣，正是优雅时髦的男人在世界各大洋航行时会穿的那种衣服。

"你的船要去哪儿？"巴林特问，想要他继续说下去。

"东京。从东京再去菲律宾，回程时我们要去爪哇和苏门答腊。当然，航行到那一部分我就需要换一张地图了，不过我已经全部准备就绪。你有兴趣看看吗？"

他正要起身去拿地图，这时米克洛什·加尼却出现在门口，看起来很是不安。

"有专人从胡尼奥德送来一封急电，他是骑马来的。我想一定是很重要的事，不然祖托尔不会派人追着我们送来。"

"请原谅！"巴林特一边对奥尔温齐说着一边打开信封，这是当天中午发出的，上面写着：

以下是今天从绍莫什－科扎尔德发来的电报。伯爵病情严重。请马上来。雷吉娜。

巴林特跳了起来。拉斯洛！拉斯洛——他的拉斯洛——就要死了，可能已经死了。他这就动身去科扎尔德。巴林特把电报念给法尔卡什听，两人谈了一会儿这个悲伤的消息，随后巴林特和加尼便出发了。

奥尔温齐只是将他们送到门口，说了几句得体的吊唁词："太遗憾了——真是可惜——他是个老朋友了！"但是谁都看得出，这个消息对他而言并没有任何意义。其他人刚一离开，他就脚跟一转，赶紧回去看他的书和地图了。

❦

巴林特搭乘夜间快车来到科洛斯堡，那儿还有一封电报在等着他，是从科扎尔德发来的，上面写着：

尊贵的拉斯洛·耶若菲伯爵于今日下午四时驾鹤西归。小人认为，提供一切必需品是小人的神圣职责。谨向大人您致以我最深的哀悼。您永远的卑微仆人——奥兹拜伊。

第二天一早，巴林特乘车前往科扎尔德。出发前他想起潘泰拉小姐应该上周六就到布达佩斯了，所以尤丽·拉多撒也在布达佩斯。于是他往匈牙利酒店给她发了一封电报。

快到八点时，他来到科扎尔德。

老马尔通·鲍洛格坐在门前的台阶上，一副苍老疲惫的模样，他就坐在那里，愁眉苦脸地望着前方。看见巴林特来了，他既没有站起来，也没有碰碰帽子；阿巴迪问他话，他也只是用大拇指指指身后的房间，嘟哝道："喏，在后间。那个犹太小姑娘跟他在一起。"说完又继续呆望着前方。

雷吉娜坐在窗边的桌旁，桌子是她推到那儿去的，以便给屋里腾出更多地方，一会儿好让人把棺材抬进来。拉斯洛去世时，旁边只有她一个人，是她为他闭上眼睛、合起下巴、清洗身体，又刮掉了他前一天的胡茬。此刻，拉斯洛躺在床上，身上盖着被单，他的两个枕头都堆到五斗橱上去了。

小姑娘面前有一些寝具——三条毛巾、两床毯子，还有几件衬衣以及手帕和袜子。她在列清单，把每一样东西都交代清楚，可是却没想过向谁交代、为何要交代。重要的是，一切都要井然有序；所以她在这里，手握着铅笔头，为她面前的那堆衣物列清单。

光线从窗外照进来，照亮了她的一头红发。

巴林特问什么，她便答什么，镇定而理智。

长时间守夜令她那母鹿般的大眼睛看起来更大了，尽管她工作得很辛苦，看起来却毫无疲态。她冷静地讲述着当时的情况。

她说，拉斯洛就是衰弱而死的。有时候他只喝半杯牛奶，可是近来就连这也喝不下了。他并不痛苦，最近几乎都不咳嗽了。他睡得越来越多，到最后几天每次只醒来几分钟就又睡了。他睡得很安静，直到那一刻，他转身面对着墙，离开了人世。

"你为什么不早一点告诉我？你不是答应过吗？"巴林特愤怒地问。

雷吉娜没有回答，只是噘起嘴唇看着他，随后说道："你要看看他吗？"

他们走到床边，她掀起被单。

拉斯洛就好像睡着了一般，尽管这是永恒的长眠。看着他漂亮的鹰钩鼻和长长的小胡子，巴林特有种奇怪的感觉，因为他在世时从未如此平静过。他那苍白的脸庞几乎皮包骨头，可嘴角似乎还挂着一丝嘲弄的微笑，那对几乎连在一起的眉毛边缘却向上扬起，仿佛在蔑视一切。

阿巴迪对他那出人意料的奇怪表情有点反感，雷吉娜重新盖上他的脸，阿巴迪才松了一口气。

"这个橱柜里有一身漂亮的衣服。他对我说，等他死的时候给他穿上。"

巴林特吓了一跳。

"他知道自己要死了？"

"不，不是现在，是很久以前说的。"她打开橱柜，里面挂着一件铁灰色燕尾服、一件奶油色双排扣马甲和一条条纹长裤。这套衣服底下摆着一双黑色和米色的带扣靴。"他曾经说过，尽管他卖掉了自己拥有的其他一切，但是无论多么缺钱，他都绝不会卖掉这身衣服！"

雷吉娜说完便从橱柜里拿出衣服，整整齐齐地摊在椅子上。

"他们——从绍莫什-乌伊沃尔来的人——昨天晚上说，今天中午把棺材运来。所以他应该在那之前穿戴就绪。"

巴林特主动提出给她帮忙。

他们把每一件衣服都沿背后剪开，这样比较方便穿上。雷吉娜在剪马甲的时候，一张蓝色小卡片从衣兜里掉了出来。那是一张赌马票，来自一场被人遗忘已久的赛马大会。阿巴迪捡起来，看见上面印着数字九。这张票一定赌输了，如果赢了的话，拉斯洛肯定会把它交上去，虽然也赢不了多少钱，只有十克朗，不会更多了。巴林特不知道该拿它怎么办。他先是想把它扔掉，可是随后又想到，这张票也许会让拉斯洛想起一些特别的事情，所以他才留着它。

这张票对拉斯洛确实有特殊意义，不过他是否知道自己依然将这张票放在口袋里，这就很难说了。那一天，在布达佩斯的国王杯赛马大会上，他答应克拉拉·科洛尼奇再也不会赌博，从那天之后，他就再没穿过这身衣服。他在大看台上对她说"我保证！"，两人还就此握了手。站在他俩旁边的人也许会听见这番严肃的话，看见那神秘兮兮的握手，好奇这是什么意思，所以，为了误导旁人，她便给了他十克朗，请他替她去下注押一匹马，就好像他俩刚才只是在讨论下注的事。他把钱押在九号马身上。

他输掉了赛马……也输掉了女孩。拉斯洛没有信守自己对她的承诺，还在继续赌博。对他而言，这张票就象征着命运开始与他背道而驰的那一天。

阿巴迪对此虽然一无所知，但他还是本能地将这张蓝色的票放回了它掉出来的那个口袋。

❧

比希茨在屋子外面看见汽车，便向司机打听主人是谁。当他得知这人是阿巴迪伯爵，既富有且显要，又是死者的一位近亲，他立刻就琢磨起来，能不能让他为雷吉娜从店里偷出去的肥皂、煤油和白兰地买单。他知道不可能把这些东西的账目寄给希毛伊博士，这位律师精明严厉，只会说这是店主女儿偷偷拿的，他可不负责。比希茨甚至不敢确定是不是雷吉娜拿的，他只能确定店里少了一些他认为应该还在的库存，具体被拿走多少，他也不清楚。不过他心想，像阿巴迪伯爵这么一位尊贵的绅士肯定比那位难对付的律师心肠软一些，因为他透过窗户看到，伯爵这会儿正在屋里，和和气气地跟他女儿说话呢。

于是他赶紧跑回店里开始算账。身为一名诚实的店主，他很仔细，没有添加任何额外的东西——不过他的确对总价四舍五入了——只是把他觉得丢了的商品差不多全部加起来了。

阿巴迪快到中午才从屋里出来，比希茨已经等他一阵子了。他摘下帽子，进行了自我介绍，长篇大论解释一通之后，他将账单递给巴林特。他绝口不提自己以为雷吉娜偷拿东西时曾打过她多少次耳光，却亲切地说起她，仿佛她所做的一切都是经过他同意的。他甚至设法说成是自己鼓励她拿的。

巴林特正要接过那高达几千克朗的账单，一辆马车带着叮当作响的马具从北边驶来，停在他们身旁，一个又矮又胖、头发灰白的人下了车。他大约六十岁，蓄着短短的帝髯，戴着厚厚的眼镜。他微微眯起近视眼端详着阿巴迪，说话却是直接冲着店主说的。

"这是什么账单？"

比希茨吓了一跳，随后急急忙忙解释起来，有一些开销，他完全是出于谨慎，以前没有提过，同样是出于谨慎，拉斯洛伯爵还有些旧债……又欠了些新债……他原本不想用这些去烦扰任何人的。

律师的心肠可是一点都不软，来者正是希毛伊博士，他立刻吩咐店主安静。

"我曾严格指示你不得赊账。此外，凡是耶若菲伯爵所需的东西，我禁止你去向其他任何人求助。把账单给我，"他命令道，"我要检查一下。"说完他走到阿巴迪身边，自我介绍道，"鄙人盖佐·希毛伊，乐意为您效劳。"

他们握了手，巴林特解释说，他得到消息立刻就来了，为拉斯洛的葬礼准备一切必要的东西，还说他带了所需的资金。

"没有那个必要，大人，"希毛伊答道，"我全都安排好了。我的办公室已经发出通告。再过半个小时，棺材就会运到这儿，葬礼将于明天上午十点举行。本地的牧师已经同意来主持仪式。"

"可是费用怎么办？我表弟没有钱，他去世了，奥兹拜伊给他的那点微薄年金也没了。当初就是他夺走拉斯洛的一切，我绝不相信他如今会想要表现得慷慨大方、为拉斯洛的葬礼买单。"

希毛伊微微一笑。

"奥兹拜伊什么钱也不会付，大人。他从来没有给过年金，也没有给过别的东西。直到现在，都是我在为拉斯洛伯爵提供一切，所以这些费用我也会解决的。"

"什么？奥兹拜伊没给年金？可我以为……？算了，那这钱是从哪儿来的？"

希毛伊沉默了片刻，仿佛这才意识到自己也许说得太多了。随后，他镇定自若、不慌不忙地说出了部分实情。

"我曾经替已故的米哈伊·耶若菲打点一切事务，所以如今我为他儿子的利益着想也是自然而然的事情。"

"这么说是你在供养拉斯洛？"

"不是我本人，我只是把该做的事安排好。"希毛伊欲言又止，"我是听令行事。葬礼也是一样。"

"你是听令行事？"

"一点不错。您知道我是一名律师，这是我法律工作的范畴。"希毛伊的语气有点冷淡，接着，为了杜绝被问及更多的问题，他转头对比希茨说："棺材随时有可能运到，请你去找几个身强力壮的人来准备抬进屋里去。"又对阿巴迪说道："请阁下原谅我失陪，我得到家族墓地去一下。"简短告别之后，他便匆匆忙忙上山朝着庄园主宅邸走去。

刚才听到的事情让巴林特很是吃惊，他问自己，究竟是谁让拉斯洛免于挨饿？会是他的姑姑们吗？肯定不会是科洛尼奇王妃阿格尼丝·耶若菲吧？不然就是她妹妹圣捷尔吉伯爵夫人，温柔的埃莉斯？这个可能性要大一些，可是她住在亚布兰卡，远在斯洛伐克的尼特拉，她是如何这么快就安排好一切的？他估计，她也许是预先就指示好了，但这似乎也不可能。一切都很难解释得通。

这天上午，巴林特在科扎尔德也没什么事做，便上车返回科洛斯堡，发现有封电报在那儿等着他，是尤丽·拉多撒发来的，说她会搭乘夜班快车从布达佩斯赶来。

这么说她真的要来！

巴林特立刻想到，不知道她的到来是否会给参加葬礼的其他人带来什么问题。他们会如何对待这位声名狼藉的前任耶若菲伯爵夫人？是会得体地同她打招呼……还是会假装不认识她？那就太糟糕了，无论这么做的理由多么充足。巴林特这会儿才意识到，自己发出那封电报有点欠考虑；可是他既然做了，就得承担后果。他立刻暗下决心，自己对待尤丽·拉多撒要像压根不知道她的过去一样。她是拉斯洛的母亲，他会给予她应得的尊敬，仿佛她从未放弃过她与生俱来的地位。他认为，这才是正确的做法。

他到车站去接她。火车准时到站了。

她将腰背挺得笔直，就和他上次见她时一样，昂首挺胸地走下车厢。她穿的还是在维也纳那晚穿过的黑裙子，巴林特在想，不知道这是不是她唯一的好衣服。她伸出手，解释说她本应早上就到，但是因为他们没有住在匈牙利酒店，而是住在皇家酒店，所以没能立刻收到消息。

她语气平静、语调自然，丝毫没有流露出悲伤或是流泪的迹象。实际上，她的态度没有任何改变，但是巴林特觉得，变化还是有的，她的脸比他们上次见面时更加没有表情了。她前额上那道竖纹是不是更明显了一些？她的嘴唇是不是闭得更紧了，就好像她在有意识地咬紧牙关？可它是如此飘忽不定，巴林特也说不准究竟是真的如此还是他想象出来的。

他带她来到中央酒店，送她到房间，说次日早上八点半开车来接她。

"你还会带别人去吗？"她问道。

"没别人，只有您，尤丽婶婶。"

听到最后这个词，她猛地把头转开了，然后很快地嘟哝了一句"晚安"便走进房间。

✿◈✿

巴林特步行回家，走着走着，孩提时和读书时的许多事便涌上心头，在维也纳的特蕾西亚学院，他和拉斯洛曾同住一间宿舍。他心里悲痛欲绝，眼中满是泪水，渴望得到阿德里安娜的安慰，可她五天前又到洛桑去了。学校给她发电报，说她女儿又病了，她得来陪她。要是阿德里安娜在家，他就会直接去找她，对她倾诉自己的悲伤，她会倾听、会懂得、会给他安慰；可是她不在，他的满腔心事竟无一人可以倾吐。

他继续走，一直走到阿巴迪家的城中住宅，但是到门口却停下了，他知道自己还睡不着。也许长时间的散步会让他平静下来，他想，尽管天下起小雨，他还是转过身，不由自主地走向莫诺什托路，走向乌兹迪大宅。他在那儿站了很久，就在通向庭院的桥边，接着，在绿树成荫的一条条小巷里徘徊一阵之后，他返回到城中心，这时他已经走了一个半小时都不止。

走进集市广场，他吓了一跳，停住脚步。有个身穿黑衣的高个女人站在教堂前头的人行道上。她站在那儿，一动也不动，显然在凝视着被街灯照亮的大门。

巴林特一眼就认出她来：那是尤丽·拉多撒。

她将宽大的外套紧紧裹在身上，仿若一尊石像伫立在那儿。巴林特在想，不知道她已经在这儿站了多久，是否像他一样，自从他两当晚早些时候分别以后，就一直在漆黑的夜色中四处游荡。

他赶紧转过身，免得被她看见，以为他在暗中监视她。巴林特这会儿转了个弯，从老城区的街道里穿过，最后不知不觉来到市政厅旁边的过道里，市政厅面朝着集市广场，他又一次向教堂望去。

那个黑影还在那里，和之前一样，在丝丝细雨中纹丝不动。她是打算在这儿待一整夜吗？

❧

巴林特昨天来到科扎尔德的时候，小屋前面的街道还空荡荡的，这会儿却挤满了人。村民们全都站在那儿等着。

道路泥泞，但是雨已经停了，所以大家等待时也不会被淋湿。

比希茨夫妇俩都来了，穿着他们最好的衣服，仿佛今天是安息日；法比安神气活现地走来走去，用洪亮的声音发号施令；老马尔通愁容满面地在屋子附近转悠；只有雷吉娜到处都不见踪影。

奥兹拜伊全家也都来了——奥兹拜伊太太又矮又胖，胸脯饱满，有好几层双下巴；奥兹拜伊家的孩子们又矮又黑，眼睛像小小的黑李子，跟他们的父亲一模一样；至于那不老实的小个子律师本人，则是一副高人一等的派头，要是有地位显要的哀悼者到达，他就前去迎接，俨然以主人自居。

他已经接待了本地区的审判长和伊克洛德来的医生，将他们带到伫立在庄园一角、已经摇摇欲坠的谷仓那里。

当天早上，根据希毛伊博士的指示，棺材被抬到那儿，安置在棺材架上。他之所以做出这样的安排，是因为拉斯洛的村舍太小，没有足够的地方供哀悼者向遗体告别。谷仓内部装饰过了，依然是根据希毛伊的指示，用来装饰的树枝是从米哈伊·耶若菲当初种下的松树上砍的，但是这些树如今属于奥兹拜伊，小个子律师逢人就说此事，以显示他是多么的慷慨大方。

阿巴迪和尤丽·拉多撒到达时，奥兹拜伊用他那对小短腿匆忙走上前来招呼他们，谄媚地卑躬屈膝，仿佛悲痛欲绝，尽管他并不知道巴林特带来的这位女士是何许人也。"一大损失！重大损失啊！"他小声说道，小嘴一张一合的。他一手拿着帽子，另一只手不停地用一块巨大的手帕擦拭眼睛。为了领他们去谷仓，他在前面倒退着带路，一边鞠躬，一边表示自己对这位故去的尊贵伯爵忠心耿耿，他们就只能看见他那长着黑色粗硬头发茬的圆脑袋，其他的什么也没看见。

两名宪兵身着正式制服立正站在门口，他们在这儿不仅是出于礼节，也是因为棺材尚未合上，盖子靠在谷仓的墙上。审判长和医生一起站在树篱旁抽烟，身穿黑衣的殡仪馆雇员也在附近。

谷仓里只有希毛伊博士一个人，他命人从拉斯洛家里搬来几把椅子，在打开的棺材前摆成一排，他自己就坐在其中一把椅子上。

巴林特和尤丽·拉多撒走进来，他便站起身过来迎接他们。突然间，他怔住了，双手摸着眼镜仿佛不敢相信自己的眼睛。尤丽·拉多撒也停下脚步，他俩对望了一小会儿，随后希毛伊冷冷地欠了欠身，她则点点头表示认可。

他们三人向棺材架走去，阿巴迪和那位不明身份的女士走向一边，希毛伊博士则走向另一边。他在棺材头部站了片刻，随后狠狠地看了一眼尤丽·拉多撒，猛地抓起裹尸布露出尸体来。

他的动作很快，带有一丝报复的意味："看见没，这就是你干的好事！被你抛弃的儿子变成了这副模样！"

尤丽·拉多撒没有动。她久久盯着那过早老去的男子，他的脸庞消瘦枯槁，皮肤好似羊皮纸，两鬓已经花白。这分明是埃及木乃伊的面孔，可他是谁？多少个自责的漫漫长夜里，她曾忆起儿时的他，那是个尚未长大的三岁孩童，依然像婴儿一样圆润粉嫩，和眼前的竟是同一人吗？她曾经数着年岁，猜测这成长中的男人该是什么模样，将他想象成一个青年……可是这骨瘦如柴的尸体，穿着燕尾服、上浆领和漆皮鞋，鹰钩鼻锋利如剃刀，还留着长长的小胡子，这人是谁？没有任何回忆能将他和她联系在一起。他平静而僵硬，在她眼里就像某种没有生命的未知物体一样陌生。

她想要强迫自己亲吻他的脸，然而却做不到；于是她用手指在死者前额上画了个十字，然后便退回到巴林特身边。巴林特刚才将他带来的花圈放在了棺材架脚下。

外面传来汽车的声音，听起来马力强劲，原来是多多·加拉古赛到了。跟在她后面的是从德兹梅尔赶来的波格丹·拉萨尔夫人。她俩都送

了花圈，放在巴林特送的花圈旁边，两人又在棺材旁默默祈祷了一小会
儿。对她们而言，死者也像个陌生人，和她们曾经爱过的拉斯洛毫无相
似之处。随后她俩在尤丽·拉多撒身旁坐下，等着葬礼开始。

有人走上前来，用带有宽大花边的丝质裹尸布将尸体盖上。

县里的教区长到了，他带来两名执事、一名圣童和六名歌手。主持
仪式的牧师身穿黑色和银色的法衣，其他人也穿着类似的葬礼法衣。葬
礼开始了。

那天真是主震怒的日子。❶传统的安魂曲听来和以往一样优美。教
区长绕着棺材走了两周，洒上圣水，又熏了香，缕缕香气从一个镀金的
金属大香炉中飘散出来。

"你考虑得真周到，安排了这么好的葬礼！"尤丽·拉多撒对巴林
特低语道。

"不是我，"他答道，"也许是我们的好姑姑圣捷尔吉安排的。我
真的不知道是谁。一切都由盖佐·希毛伊负责，他是听令行事，却不肯
说是听谁的命令。"

听到这话，尤丽·拉多撒坐得更直了，在巴林特看来，她眼里似乎
闪过一丝秘密的喜色……他很好奇，这是为什么呢？

❦

花圈被拿起来了，棺材放在木制担架上由八个人用肩膀抬到外面，

---

❶ 原文为拉丁文 Dies iræ, dies illa，出自一首约十三世纪时的格列高利圣咏《震怒
之日》，一般在罗马天主教安魂弥撒时咏唱。

牧师和执事们在那里等着，高高举起十字架，领着送葬队伍走向耶若菲家的墓地。

巴林特向拉斯洛的母亲伸出胳膊，她却往后一缩。

"上山？到墓地去？不！不行！我不去……！"她小声说。巴林特几乎没听清她说什么，但她脸色凝重，眼中流露出恐惧的神情。于是巴林特也同样小声答道："那您就在拉斯洛家里等我。我很快就回来。"

送葬的人排好队伍出发了，村里的人挤在一起，跟在后面。尤丽·拉多撒等到他们全都走了才转身离去。

来到拉斯洛的小屋，门廊左边的门半开着，她便径直走了进去。炉子旁边的角落里，有个年轻姑娘蜷缩在地上啜泣，她弓着背，就像个受伤的动物。原来是雷吉娜。

早上别人把棺材抬走时，她就倒在那儿了。在那之前，她虽然伤心，但是还能保持平静。她本来一直在忙，确保一切都井然有序，确保拉斯洛棺材里的铺盖叠得整整齐齐，在他脑袋底下放了一个垫子，让他尽可能躺得舒服些，又替他抚平衣服、调整了领结。她始终觉得，他仍然是属于她的。她整夜都守在棺材旁，坐在他旁边的地上，他仍然是属于她的，就像他在她眼前渐渐衰弱下去时一样。在她眼里，他永远是她的白马王子，是她梦中高贵、灿烂的王子，她永远相信他、崇拜他。直到那天早上。

殡仪馆的工作人员进来了，开始把棺材往外抬，她这才第一次意识到，他们要把他从她身边带走，把她所爱的男人永远带走。她从小就爱上了他，全心全意地服侍他、照顾他、崇拜他，不顾痛苦和屈辱，不顾一切阻碍，因为他一直都属于她，只属于她，直到这可怕的最后时刻。

如今这些陌生人要进屋来，从她这里夺走拉斯洛所代表的每一份快乐、每一个梦想，就连她因为爱他而感到的痛苦，他们也要夺走。她紧紧抓着棺材，不让他们抬走，这是本该属于她的东西，只属于她，所以她拼命不让他们抢走。

那些人粗暴地把她推开，她摔倒在炉子旁边的角落里，仿佛摔成了两半。她将脑袋埋在膝盖之间，双臂紧紧抱在头上，别人只能看见她那穿着破棉布裙的单薄身体和在她肩头翻滚的火红头发。

尤丽·拉多撒看见这十多岁的小姑娘独自一人蜷缩在几乎空空如也的房间里，不由得大吃一惊。

她走到小姑娘身边，不顾她的抗拒，小心地将她扶起来，让她跟自己一起坐在床上。这会儿雷吉娜不再反抗了，她倒在尤丽腿上，又一次歇斯底里地哭起来。这种激动难抑的抽泣很快便渐渐平息，小姑娘换了一种更加平和的方式来宣泄悲伤。

这时拉斯洛的母亲也开始流下泪来。

她俩在一起坐了很久，年纪大的女人坐得笔挺，年轻姑娘则温顺地伏在她膝上。尤丽·拉多撒用手轻抚着雷吉娜的头发，平静地、轻轻地，不停地摸着、摸着……仿佛永远不会停……

最后，女人说话了，她声音很低，只说了一句："你爱他吗？"

"爱得发疯，"女孩小声说，"爱得发疯，爱得发疯！"说完她站起身，用双臂抱住身旁这位伤心的陌生女士，开始亲吻她。她俩就这样亲吻着彼此的脸颊，双臂交缠，女士穿着丝质连衣裙，可怜的女孩穿着破衣烂衫。

她俩一起哀悼着拉斯洛，做母亲的抛弃了他，小女孩则一直对他忠心耿耿，直到他死去。

※

正午的钟声刚刚敲响时，巴林特来找尤丽·拉多撒，带她回科洛斯堡。

她的眼睛睁得大大的，仿佛看见了什么幻象，嘴边的皱纹似乎也比从前更深了。

还没经过猎神之家，尤丽·拉多撒就已经开口问道："火车什么时候出发？"

"有三趟火车。一趟很快就出发，一点半；下一趟是六点，十一点还有夜班快车。您可以在夜班车上买张卧铺票。"

"如果能赶上，我想搭第一趟车。"

他们及时来到了车站。

"谢谢你……所做的一切！非常感谢……"她站在二等车厢门口说，随后迅速地跟他一握手便匆忙上车了，仿佛有人在追赶她似的。

※

巴林特在房间里走来走去，想着拉斯洛，他的过世令巴林特忆起许多往事，如今这些记忆都随他一起被埋葬了，这时他的男仆走了进来，时间大约是五点。

"有人从中央酒店来给大人您送东西。我可以叫他进来吗？"

"当然可以。"

信差拿着个用薄纸包着的长包裹进来了。

"大人，这是一家花店送来的，给拉多撒伯爵夫人；不过她没有留下地址，所以经理叫我拿到这儿来给大人您。"

"谢谢你，"巴林特说道，"就放在那儿吧，可以吗？"他说着将小费递给了这个人。

花？有人送花给尤丽·拉多撒？

他打开包裹，想看看里面有没有附卡片，好把这份礼物还给送礼人。

什么也没有，只有五枝美丽的老式玫瑰——浅金黄色的尼尔将军❶。没有名字，没有卡片。巴林特也不知该拿它们怎么办，继续叫人送到布达佩斯也没用，等送到时它们早就凋零了。实际上它们已经完全盛开并且开始枯萎了。

他把花拿到角落的桌上，想找个花瓶，就在这个过程中，有几片花瓣掉到了地上。

看来也犯不着把它们放到水里了。

---

❶ Maréchal Niel，一种黄玫瑰。

THE TRANSYLVANIAN TRILOGY

PART SIX | 第六卷

They Were Divided

第一章

戈尔内格拉特，海拔三千三百米。

狭窄的花岗岩山脊上坐落着一家小旅馆，是用木头在石头地基上搭建而成。旅馆前面延伸出一个宽敞的露台，俯瞰着万丈深渊。周围终年积雪，正下方则是冰川。更远一点有个巨大的山谷，形状就像一口巨锅，谷底很深，从上面望下去几乎有种不真实的感觉，零星的房屋只有米粒般大小。大锅另一边的群山好似一堵高墙，马特峰高耸于群山之上，这支孤峰直插云霄，近乎垂直的岩壁最终形成了一个狭小的花岗岩尖顶，锐利好似一只伸向天空的巨爪。

这家旅馆只有乘坐缆车才能到达。巴林特是正午时分到的，阿德里安娜叫他到这儿来，她之所以选择这个地方，是因为眼下正值七月中旬，几乎没有其他客人——在那个年代，游客们只有在八月份才会到海拔这么高的地区来。还有个原因就是，这儿距离蒙塔纳仅有一个多小时车程，她女儿在学校生病后便被带到了那里疗养，阿德里安娜打从二月份起就一直待在蒙塔纳。

巴林特一直在想，为什么她要把他喊来，她想告诉他什么。她电报里有这样的字眼："有一些决定性的问题，我们必须讨论……"

他心里一紧。这冷冰冰的正式用语"决定性的问题"是指什么？有什么事不能在信里说，她还非得当面告诉他？现在有什么危险会威胁到他们？在上一封信中，阿德里安娜说她女儿遭受了肺部大出血。那封信很短，随后两个星期都杳无音信，在那之前，她几乎每天都写信。

接着，五天前他收到了这封电报，她将他们见面的每一个细节都精心安排好了。

巴林特独自等待着阿德里安娜到来，仿佛怎么也等不到，他一个人想着各种悲观的事情，有种不祥的预感，觉得心烦意乱。

他在露台上至少走了五十个来回才定住心神，强迫自己想想其他事。不然我会疯的，他对自己说。

还有其他许多事都叫人忧心。

六月底，皇储在萨拉热窝遇刺，这是一起双重悲剧，丧命的不仅是弗朗茨·斐迪南，还有他的妻子——这是他唯一爱过的人，也可能是唯一爱过他的人。听到他身亡的消息，匈牙利人民放下心来，人人皆知他不喜欢匈牙利，当时还没人想到他被谋杀会引发战争。匈牙利人的感觉得到了进一步证实，因为对于皇储的死，维也纳本身的反应也是普遍漠不关心，就连他葬礼的规格都远远达不到他这个级别应有的标准。巴林特和布达佩斯的少数政客认为这是大错特错，奥匈帝国要想维持自己的大国地位，那就应该立刻意识到这次暗杀的直接起因是一起策划于贝尔格莱德的塞尔维亚阴谋并进行相应的处理。在少数有远见的人看来，未来似乎充满了不祥之兆。

前景一片黯淡。任何军事报复都将不可避免地引发战争——这场战争已经两度看似不可避免，一次是在一九〇八年兼并波黑之后，还有一次是在去年巴尔干地区爆发冲突的时候。

希望似乎只有一个。一位皇家王子被残忍杀害，任何一位欧洲君主都不太可能愿意支持那些杀害了兄弟国家储君的人。

要是奥地利外交部足够机敏，抓住危机的这个方面要求补偿，同时不至于让塞尔维亚官方共犯觉得恐惧，要是能做到这样又不会让人以为奥地利这是在找借口入侵和兼并塞尔维亚，那么也许战争还能避免。

然而这不可能。凭借娴熟的外交手段或许可以做到，但关键问题仍然没有答案——这是不是贝希托尔德真正想要的结果？他是否有足够的能力来完成这个任务？迄今为止，他对巴尔干问题的处理没有给人任何希望。也许他能做到……也许……？

他似乎一直都不希望开战，实际上，迄今为止他都在设法避免战争，即便只是通过可耻的让步来实现。现在会不会也是这样？

可要是他失败了又会怎样？匈牙利的命运将何去何从？她毫无准备，军队装备过时，领导层的那些成员从前就连提到跟国防有关的事都会遭到强烈反对。

巴林特试图强迫自己只想着这些事情，他分析国际性的问题，以此来驱散自己的个人烦恼；可是没有效果。潜意识里他总觉得自己将要遇到某种可怕的悲剧，这种感觉挥之不去，他的心都快跳到嗓子眼了。

❦

阿德里安娜到四点多才来。

"对不起，"她说，"我想走的时候没走成。克莱米焦躁不安，我只好等她平静下来。"

她脸色苍白，眼睛底下有黑眼圈，一连几天夜里没有睡觉，她累得筋疲力尽。她瘦了，颧骨上的皮肤绷得紧紧的。她的下巴似乎也更尖了，也许是因为瘦得太厉害，又或者是因为她决心要对他说的事情。她显得异常严肃，态度也很冷漠。

他俩面对面坐在露台上一张桌旁。

"是什么事……你要对我说的是什么事？"巴林特犹犹豫豫地问。他觉得很不自在，差点说不出话来。

阿德里安娜睁大眼睛，用那对金色的虹膜直盯着巴林特。沉默片刻后，她慢慢地开口了："我们不能结婚了！我得收回自己的承诺。"

"这太荒唐了！"他喊道，简直要从座位上跳起来。

"等一下！你听我解释。"

"解释？这种事你怎么解释？"

"耐心一点，巴林特……请不要打断我的话，我本来就已经很难了！"

她说，克莱米自从第一次肺出血之后就被带到了蒙塔纳的疗养院，需要二十四小时不间断的护理，一分钟都离不了人，要严格控制饮食起居和休息时间，还得躺在阳光下。这并不容易，因为小姑娘既任性又叛逆，只肯听她母亲的话，别的谁也不听。要是她母亲不在旁边，医生护士都拿她没办法。小姑娘似乎只相信她一个人。起初她就连对阿德里安娜也是心存疑虑的，但是随着她的病情大有好转，她才开始信任母亲。

过了一段时间，孩子渐渐好起来。她长胖了，反复发烧的情形也有所减少，医生说也许她很快就可以下山去气候温和一些的地方了。可就在这时，她的肺第二次出血，肺部另一侧出现了新病变。这往往是致命的，医生告诉阿德里安娜，要是她离开疗养院，这孩子几个星期就会死，只有待在那儿，严格遵守遗嘱，她的寿命才可能延长一些。如果她照做，也许还能多活几年——可能是五六年，也可能是十年甚至十二年——但是不会再久了。这是专家给出的定论，阿德里安娜根据读过的资料也得出了同样的结论，前提还是病人待在高山上并且得到最专业的护理。

"情况就是这样。我得做出选择，那我自然会选择和自己的孩子在一起。"

"可我们为什么不能结婚？为什么要让这些事妨碍我们？要是有必要，我跟你一起留在这里就是了。"

阿德里安娜打断了他的话。

"你听听这话多荒谬！"她说，"你要放弃一切，你的工作，你的家园，你所创造并为之而活的一切……就为了住在这高山上，从一个疗养院搬到另一个疗养院。这不行！我不同意！我不能同意！"

"为什么不同意，要是我想这样呢？"

"不！不行！那样不行！"

阿德里安娜这会儿放缓了语气，一边说一边伸手到桌子对面握住了巴林特的手。

"你看，"她说，"要是我们结婚并且一起住在这儿，那就还有别的事要考虑。我们还是会有同样可怕的担忧，会一直担心你我都渴望的那件事——那是来自身体的渴望！我不能这样下去！我能在这儿生下你的孩子吗？在这些肺痨病人的包围之下？"

巴林特低着头一语不发。他凝视着山谷，过了一会儿才转过头慢慢地对她说道："这种牺牲有什么意义？你都说了，她只剩下几年寿命，那么是五六年还是十年、十二年又有什么要紧呢？如果她已经没指望好起来，如果这是迟早的事——这话听起来也许有点残忍，但我必须得说——如果她没可能康复的话，我们为什么要在毫无希望的情况下毁掉自己的幸福？这一切都是徒劳的。如果这就是她的命运，是早是晚又有什么关系？"

"别以为我没有这么想过，虽说做母亲的这么想很可怕。哦，是的！我想过的，尽管我希望自己没有……可是我做不到！如果明知道我要对她的死负责，我又怎么能把她丢在这儿？如果我走了，如果我抛弃她，她很快就会死……你想一想，想一想！如果我们有了自己的孩子，那就永远没法忘记曾经做过的事。每一次我们看着自己的孩子，每一次我们亲吻他们、爱抚他们，我都会想起自己曾为了他们抛弃那个没有父亲的孩子，把她留在这儿一个人等死。不！不！不行！这太可怕了！"

他们坐在那儿，一时间谁也没有说话，各自都心事重重。最后还是巴林特打破了两人之间的沉默。

"你要为了一个并不爱你，而且从未爱过你的人抛弃自己的幸福？"

"没错，"她柔声答道，仿佛羞于承认这一点，"千真万确，可我必须如此，这是我的责任。你看，我知道她现在依赖我是因为她相信只有我才能帮她。"阿德里安娜提高了嗓门，简直是在对他大吼大叫了，

"可我又能怎么办呢？每天夜里她都紧抓着我哭道：'你不会让我死的，对吧？你不会让我死的吧？'我只能陪着她。不然还能怎么办？"

巴林特站起身，走到露台的栏杆边，倚在上面望向远方。过了一会儿，阿德里安娜也走过去站在他身边。两人并肩而立，久久不语。天色渐渐暗下来，夜幕降临了，没过多久，下方的山谷就变得一片漆黑，落日余晖只照耀在山顶上。他俩中有人时不时会说些什么，但只是支离破碎的只言片语，跟他们没说出口的话比起来，这些不过就是标点符号而已。

后来巴林特说道："我们为什么现在就要分开？为什么要做出决定？为什么是现在？世事难料……我们可以等。"

过了许久，阿德里安娜喃喃低语道："我会永远为了我们想要的目标而努力争取，尽我一切所能。"随后她又沉默了，良久之后才说："也许要等很久很久。如果护理得当，她也许可以再活十年。"隔了几分钟，她小声道："等那么久？我们已经等了这么多年。我很累了。"

"我可以一直等下去！直到……"

他俩很长一段时间没再说话。天已经黑透，几颗星星出现在夜空中。

"我很快就得回去了。我怕她在等我，怕她一定要看到我回去才睡。她必须多睡觉。这对她很重要……我得走了！"

可她并没有动，巴林特觉得她还有话要说，而且比已经说了的那些话还要令人痛苦。过了很长很长时间，她才下定决心开了口，说话的声音很轻，仿佛在自言自语，却十分坚决：

"我们已经不年轻了，没法再规划未来。你三十六岁，我也快要三十四了。时光飞逝，你不能再等很久了。"她再次加重了语气，随后停了一下才继续说道，"要是我觉得，是我逼你等我，是我让你如此……如此……孤独，这只会让我更加悲伤。所以我必须要知道你是自由的……并且不再想着我。"

巴林特没有答话，只是用手捂住了脸。夜越来越冷，他俩站在一起，一言不发。

周围的山峰白雪皑皑，在一弯新月的照耀下闪着柔光。下方的视力所及之处，一道道冰冻裂缝在巨大的冰川上延伸开来。除了冰和雪，其他什么也看不到，只有冰和雪，好似一个个不可能有生命的石化世界。到处都是冰，就像但丁笔下地狱第七层的冰封地狱。天空仿佛也是用冰雕刻而成，纯净壮丽……亘古不变……就连群星都毫无悲悯之心。

马特峰那漆黑的轮廓高耸在眼前，看起来比从前更像爪子——撒旦的爪子，朝天堂伸去。这座高大的山峰不再是天然形成的岩石金字塔，更像是某种致命的里程碑，它像剃刀一样锋利，向天空发出死亡的威胁——这是指向世界尽头的里程碑。

⁂

第二天晚上，巴林特在萨尔茨堡下了快车，后来他对这次旅行是没有印象的。他买了票去布达佩斯，却一时冲动在萨尔茨堡下了车。

他觉得没法回匈牙利去。在布达佩斯，他会遇到许多熟人；在特兰西瓦尼亚也是一样。要是去德内斯托亚，到处都会让他想起那许许多多无疾而终的计划，想起那些已成泡影的希望与梦想。人家会跟他打招呼，同他说话，他就不得不答话，用一张冷冰冰的脸藏起自己的伤痛，假装自己依然对日常生活中的滑稽闹剧感兴趣。他谁也不想见，也不想跟人说话；现在他只想躲起来，蜷缩在某个隐蔽的角落里死去。

他下了火车，乘车来到车站附近一家无名的小旅馆，他可以一个人待在这里，不用担心遇到熟人。

他并没有算日子，只是坐在旅馆窗前，漫无目的地度日，几乎连火车隆隆驶过的声音都听不见：货运火车来回转轨，慢速客运列车有时会在车站停上半个钟头左右，然后再不慌不忙地出发；快车飞速驶入附近的车站，毫无意义地匆忙刹车，发出刺耳的声响，接着立刻又匆忙离去，哐当哐当地驶过道岔。黄昏时分，灯开始亮了起来，就像一个个白色或红色的小光点，有些会移动、消失再回来，有些则一直待在原地不动。汽笛声尖锐刺耳，有的短促，有的悠长，仿佛就连发动机都在痛苦地叫喊。

晚上，巴林特会出去长途散步，既是为了逃脱他那阴暗小房间的四壁，也是为了让自己筋疲力尽，等他回来后，也许就能睡着了，睡得就像死了一样。

❧❦❧

有天下午，他眼神空洞地坐在窗前，却渐渐察觉到楼下发生了非同寻常的事情，卖报男孩们沿着大街跑来，兴奋地喊道：

"号外！号外！最后通牒被拒了！❶"路人纷纷停下买报纸，然后聚在一起讨论自己读到的内容。巴林特想象不出发生了什么事，于是也匆忙下楼买了一份报纸。他很快地将新闻读了一遍。塞尔维亚拒绝了维也纳发出的最后通牒，奥地利大使吉赛尔已经离开贝尔格莱德。

---

❶ 原文为德语。

战争！这只能表示要开战了！

他一刻也待不下去，赶紧收拾行李，搭乘第一班火车离开了。

回家！他要回家！

第二章

THE
TRANSYLVANIAN
TRILOGY
They Were Divided

铁路交通非常繁忙，巴林特花了两天才回到布达佩斯，他是下午三点到的。

首都一片沸腾，目前还只是局部动员，但是已经足够踏平塞尔维亚了。

"终于到这一天了！"人们说。"现在我们要给那些乌合之众一个教训！"人人都是这么说，旅馆的看门人，开小店的老板，就连报纸也不例外。仿佛全世界原本被施了魔法沉沉睡去，如今全都醒来了，并且因此而情绪高涨。国家赌场俱乐部里也是同样的场面，有些比较年轻的俱乐部成员已经戴上骠骑兵制服的金色穗带或是枪骑兵的红蓝穗带，神气活现地走来走去，嘴里喊道："给他们点教训！"

空气中突然间弥漫起英雄主义和荣耀的气息，人们已经忘了政治这回事。从前一点鸡毛蒜皮的小事就能引发深仇大恨，如今这些琐事全都被战争的风吹得烟消云散。

巴林特躲在图书室里读了过去几天的所有报纸，既看国内新闻，也看国际新闻，以便了解在最后通牒发出以后到对方予以拒绝之前发生了什么事。随后他来到党部，这里位于多哈尼大街和卡罗伊环路的街角，俯瞰着底下的林荫大道。他在这儿可以打听到最新的消息，但他主要还是想见见蒂萨本人，问一问他，他们是如何走到这一步的，做了哪些准备，以及他认为结果会如何。他尤其想问，如果真的开战，战火会局限在塞尔维亚境内，还是俄国有可能插手干预，让战火燃遍整个欧洲？

党部里人山人海，巴林特以前从没见过这儿有这么多人，所有的房间都挤满了，人们就像喝醉了香槟一样兴致勃勃、欢天喜地。

大多数人都在谈论同一件事，支持战争的盛大游行队伍很快就会来到大楼前，向党派的领袖蒂萨欢呼致意。他们随时可能到达，满怀热情为战争呐喊。这可太好了，政府党一下子又变得受欢迎起来，从前人们总是轻蔑地称其为"土耳其的走狗""外国人的奴隶"或是"从维也纳拿工资的监狱看守"，联合政党的报纸多年来慷慨地给他们起了很多绰号，如今他们终于可以成为爱国的正宗匈牙利人了！

通向阳台的门敞开着，许多人站在阳台上，望着沿卡罗伊环路走来的游行队伍，那都是打算来向政府欢呼的，房间里的人则不停地问，游行队伍来了没有。

突然间有人喊道："他们来了！马上就要走过大道的转角了。蒂萨在哪儿？他们随时都会到！蒂萨！蒂萨在哪儿？"

首相坐在大厅里的一张矮椅子上，抽着雪茄，看起来和以往一样漠然而内敛。对于簇拥在他周围的这些亲密伙伴，他几乎一个字也没有说。

"他们来了，他们来了！"一大群人将大街和人行道挤得满满当当，他们沿着林荫大道走来，一排又一排队列在道路两侧的房屋之间延伸开来。他们就像行军一样，举着旗帜，唱着国歌，成千上万的人一面齐声高唱，一面稳步前进。

来到党部前面，他们停下脚步；从楼上望去，这幅景象真是蔚为壮观。从戴阿克广场到威廉皇帝大街之间的林荫道上黑压压的都是人。这么多的人，简直数都数不清，至少有两三万人，也可能还不止。人群拥挤，从上方只能看见一大片帽子和挥舞的旗帜。阳台底下的某处有人喊起了口号，但是因为太吵所以听不清说的是什么。这时响起一声大吼："蒂萨！蒂萨万岁！蒂萨和战争万岁！"

这喊声是从戴阿克广场传过来的，几分钟之后，数万个嗓门一起发出回响："蒂萨和战争万岁！"

有人开始在阳台上发表演讲，尽管他演讲时和演讲结束以后人群也喝彩，但是大家很快就发现，这样是不够的。人们想见的是蒂萨，是首相本人；别人都不能叫他们满意。

"蒂萨！蒂萨！我们要见蒂萨！"阳台下的人群有节奏地喊着。

有些人从阳台上跑进来。"他们想见您，希望您去发表演讲。"他们大声说道，"今天真是个好日子！他们在呼唤您，想要您发表演讲。终于！终于！"

可是蒂萨没有动。他派别人去代替他讲。

又有人做了一次演讲；然后又是一次，接着又是几次，有一回甚至是站在侧阳台上的人在演讲，以便向那些没法在主阳台前获得一席之地的人表明同样很重视他们对于战争的狂热心情。这种情形持续了一段时间，尽管人们也听，但他们却不满意。他们是为蒂萨而来，是想听他演讲，别人都不能让他们满意，只有他可以。吼声卷土重来："蒂萨！蒂萨！"他们愤怒地不断大喊。

加博尔·丹尼尔、派卡尔和另外几个人跑回蒂萨身边。

"您得去对他们演讲！他们只想听您说！"他们喊道，然后坚持不懈地劝了很久，可他们的领袖却固执得连动都不肯动。

在远一些的地方，他的有些追随者毫不掩饰自己的不满，交头接耳地说无法理解他为何如此固执。多年来他一直是匈牙利最招人恨的人，如今一切都变了样，人群狂热地呼喊着他，他怎么能拒绝露面呢？现在大家想要为他欢呼——他却一点也不想要！而且是在现在这个最紧要的关头。他们互相嘀嘀咕咕："这纯粹是受虐狂！他只有人家恨他才高兴！"整个党派都很愤怒。

他们不可能知道，蒂萨是反战的。没人知道，除了那些参加过御前会议的人。在决定发出最后通牒的那一天，蒂萨立刻就提出了辞职。他之所以继续留任，原因仅仅是君主命令他如此。他辞职是因为他以为这么做可以缓和一下最后通牒的严厉措辞；可是他发现自己的努力只是徒劳，他永远也没法让贝希托尔德和康拉德接受自己的思维方式，这时他便决定留任了，因为他知道，只有他才足够强大，可以在这个关键时刻让国家团结一致。遵照国王的明确意愿，他同意对自己的反对意见保密，这主要是因为他心里清楚，要是人们知道他的真实想法，刚刚团结起来的匈牙利就会四分五裂。所以，尽管他曾尽力阻止这场战争，如今却承担起战争的责任。出于责任感，他接受了一项他所厌恶的任务，这任务就是组织一场战争，虽然他深知战争意味着什么。他默默地接受了，一直到死都没有说出实情。他从不曾改变自己的看法，即便对全世界都要隐瞒。在公开演讲中，他只谈到了努力、责任与自我牺牲，却从未试图为战争辩解。

蒂萨去世多年以后，维也纳公开了秘密文件，他的真实观点直到那时才被世人知晓。所以在当时，党内普通成员因为领袖拒绝发言而对他心生怨恨，这也是意料之中的事。

政府党无能为力，只好让人群离去，他们谎称首相不在，说他有急事，不得不离开。

人们大失所望、闷闷不乐，一大群人渐渐散去。许多党员也回家了。天黑下来，党部里只有少数几个人还没走。

巴林特也因为蒂萨的不肯让步而像其他人一样感到愤怒，看到围在他身边的人越来越少，便决定试着和他谈一谈。他抬脚向大厅另一边走去，走到半路时他看见蒂萨的脸，立刻停住了脚步。

那个男人坐在一把深深的扶手椅中，对谁都一言不发，脸色阴沉，牙关紧咬。他的脸看起来多么悲惨啊！阿巴迪吓了一跳，他立刻感觉到蒂萨一定是有迫不得已的理由，所以他不肯讲话，所以他拒绝了追随者的万般恳求，所以他没法让自己走到外面、发表演讲、听着人家为自己欢呼——至少这样不行，绝对不行！

巴林特知道自己不能去打扰他，所以转身回家了。但他永远忘不了自己看见蒂萨的那一刻，他坐在深深的扶手椅中，沉默不语，跷着二郎腿，厚厚的镜片使他的眼睛显得大了很多，额头上现出一道苦涩的皱纹，还有更多苦涩的皱纹延伸向他的脸颊两侧。他坐在那儿，一动不动，目视前方，仿佛眼里只看到祖国的命运，默默地嚼着雪茄。

❦

巴林特只在布达佩斯停留了一两天，这点时间足够他买一身制服以及其他所需的装备。他在合作社运动的总部将一些未完成的事务交代清楚之后便应征入伍了。

随后他动身返回科洛斯堡。

❦

在特兰西瓦尼亚，同样是人人喜气洋洋、信心十足，虽然此时局势已经明朗，他们真正的敌人乃是俄国，与此同时，法国和英国都向奥地利的盟友德国宣战了；同样可以肯定的是，他们的另一个盟友意大利是不能指望的，罗马尼亚则会保持中立。尽管如此，空气中还是弥漫着兴奋的气息，最高兴的要数小伙子们，他们都是预备军官，迫不及待想要重新加入自己的军团。只有女人们在发愁，因为家里有儿子或是兄弟要去打仗。

巴林特发现有不少老朋友都在充分利用最后这几天，他们听着吉卜赛音乐痛饮狂欢，陶醉在告别的喜悦之中。在这一刻，生活仿佛突然间更自由了——姑娘们也更顺从了。有些人还穿着日常的衣服，但大多数已经在显摆军装了。

他看见了拉若克家的儿子们和阿德里安娜的弟弟——年轻的佐尔坦·米洛特，还看见了毕玖·坎迪、约斯卡·坎迪、阿龙·科兹马和他的三个表兄弟、伊斯提·卡穆西、亚当·奥尔温齐和弟弟，就连奥尔温齐家的老大法尔卡什也放弃了他的替代式旅行，穿上他那件天蓝色的骠骑兵旧上衣，只是如今这衣服对他来说已经很紧了。

在莫诺什托大街，巴林特遇到了好性子的拉若克伯爵夫人伊达·坎迪，她是从瓦尔-希克罗德来的，看看儿子们有没有将一大堆他们不需要的东西准备妥当，比如御寒的围巾以及其他零碎物件，免得他们在前线淋湿了。巴林特遇到她时，她正好出门采购，尽管心里焦虑不已，她还是尽力掩饰起自己的不安，在巴林特和她打招呼时笑得开开心心。

可是她朝他仔细一看，笑容便消失了。"你病了吗？"她问道，"脸色好苍白啊！"

巴林特将这个问题搪塞过去，两人一起继续走，这时又遇到了奥尔温齐家三兄弟。这几个小伙子又高又帅，皮肤白皙、体格魁梧，他们正手挽着手齐步前进，脚后跟发出啪嗒啪嗒声，正是真正的军人派头，马刺也随着他们的脚步叮当作响。他们吻了伊达姨妈的手，又跟阿巴迪握了手，兴高采烈地大声聊起天来。

法尔卡什在阿巴迪肩上用力拍了几下，就像军人那样。巴林特上一次在玛雅洛克瑞看见他时，他还是一副厌世忧郁的样子，如今这些已经无迹可寻，他变得既开心又外向。奥尔温齐家三兄弟高高兴兴，对胜利充满信心，仿佛只是出发去参加舞会。"我们圣诞节前就回来！"他们大声说，德国皇帝不也是这么说的吗，他是最清楚的。"该去狂欢啦！"他们喊道，"万岁！万岁！骠骑兵来了！"

"再见了，你们三个，"伊达姨妈微笑着说，"谁都知道我们很快就会打败俄国人！"

"我们三个？"法尔卡什答道，"我们可不止三个人。我们刚刚从阜姆得到消息，阿科什已经从外籍军团逃出来了。他一听说战争爆发就跑了，后天能到这儿。到时就是我们四个啦！"

巴林特和拉若克伯爵夫人对这个消息很感兴趣，立刻问起他是怎么逃跑的、他们又是怎么知道的。这兄弟几个知道得也不多，似乎是阿科什乘坐奥地利 - 劳埃德公司的一艘轮船到了阜姆。他在卡萨布兰卡游过半个港口，小心翼翼地上了船，躲到起航才出来，然后在船上当司炉工抵偿旅费。到了阜姆，他因为没有证件遭到逮捕，但是阜姆的总督认识从前当过议员的法尔卡什·奥尔温齐，他相信了阿科什的话，发电报来向法尔卡什求证。于是一切都迎刃而解。

三兄弟立正站好，向他们道别，然后咔嗒咔嗒地走远了，仿佛他们生来就是士兵。

❦

阿巴迪和伊达姨妈走到一家商店门口，她想要进去看一看，阿巴迪便同她道别了。

他刚刚转身走向回家的方向，就听见奥雷尔·提米森对他说话："哎呀，哎呀，我的大人！您可曾想到事情会变成这样？"他语带嘲讽，笑容在浓密的白色大胡子后面若隐若现。

巴林特不喜欢他问话里毋庸置疑的讽刺意味，于是就只是稍微笼统回答了一下。随后他问道："告诉我，为什么罗马尼亚少数民族通过你的新议会游说团拒绝了蒂萨的友好表示？这是向国家合作迈出了第一步，在我看来，政府这一举动非常了不起。"

"第一步？还早得很呢！亲爱的伯爵，我们是现实主义者。在巴尔干战争之前，甚至是在和平到来之前，我们也许还会考虑。可是现在？

那都是过去的事了，我们周围的旧君主制正在分崩离析！"他在空中轻轻挥舞着两根手指，继续说道，"现如今，皇位的继承人——唯一有可能把我们团结在一起的人——已经死了。也许他……"

"他的想法太疯狂了，我从来都不相信。三元帝国？哈布斯堡帝国主义将南部的斯拉夫人全都吸收进来，一直到萨洛尼卡？唉，弗朗茨·斐迪南的计划纯粹是痴人说梦！"

"也许吧。这我不否认，不过这也是一种想法。"老提米森若有所思地说。接着，他仿佛刹那间流露出真情，说道："造化弄人啊，是不是？我们可怜的大公喜欢斯拉夫人，想要让他们成就伟业，却反被他们谋杀；如今他所痛恨的匈牙利人却要开战为他复仇。多有意思啊，不是吗？这可真是太有趣了！"

老革命者那嘲讽的笑容简直让巴林特无法容忍。两人分别以后，巴林特便回家了。

巴林特是下午回到德内斯托亚堡的，有两名马夫和八名农场工人已经收到入伍通知，还有铁匠——他什么活儿都能干——以及三名园丁也收到了，但最严重的是，他的得力干将米克洛什·加尼也要入伍。巴林特有很多事情要做，他自己第二天就要离开，到瓦劳德去加入他的军团，在这之前，他要设法找人来替代这些员工，还要做好一切安排。

书桌上有一封从维也纳寄来的挂号信，信封上印有外交部那雅致的金色圆形徽章。信是斯拉瓦塔写来的，他如今是自己部门的主管了。信上的日期是八月四日，信里通知阿巴迪，斯拉瓦塔已经安排他临时调任到总参谋部，担任外交部的联络官，要求他即刻前往维也纳，他将在那儿了解到自己的具体职责。

巴林特相信斯拉瓦塔这么做是出于老朋友的一番好意，他觉得这样可以让巴林特免于到前线服役。从信里还能看出，至少斯拉瓦塔对于事态的发展是感到满意的，因为接下来他向巴林特吐露了秘密，对他说"贝希托尔德将每一件事都处理得很出色❶，"进而又说明了到底是出色在哪里。斯拉瓦塔写道，他故意没有将最后通牒的正文给奥地利的盟友们看；不给柏林看是免得他们传给罗马，不给罗马看是因为他们会马上展示给伦敦和巴黎！即便只局限在维也纳，内阁会议以及各种讨论也会对措辞进行修改并缓和语气。他们会划掉要求赔偿的部分，可是没有这些就无法确保"最后的清算❶"……贝希托尔德用这个法子安排好一切，谁也没法阻止他。

斯拉瓦塔继续写道：意大利自然是早已抛弃了从前的朋友们，不过过去这几年奥地利也没把她考虑在内了；至于德国的外交部长贝特曼-霍尔韦格，这是个好人，他一声不吭地全盘接受了！"我们给他来了个措手不及！❶"

斯拉瓦塔写到每一件事的语气都很随意，这让巴林特大为震惊。他觉得也许这并非斯拉瓦塔的本意，只是他作为一名职业外交官在称赞贝希托尔德巧妙地智胜了盟友们。

接下来，又一句话给他一记重击。"康拉德干得也很漂亮！❶"正是他瓦解了皇帝本人的反对意见。事情是这样的：身为奥地利总参谋长的康拉德告诉弗朗茨·约瑟夫，塞尔维亚人已经强行渡过了萨瓦河。这并非实情，但只有这么说才能让君主签字。

在彼得伯爵的旧宅里，巴林特坐在祖父的书桌前读着这封信。

---

❶原文为德语。

他愤怒不已、悲痛万分。所以是贝希托尔德和康拉德的共同努力迫使国家陷入了战争。而且他们是故意选在这个时候！巴林特简直无法想象他们如何能承担起如此重大的责任，就算他承认战争迟早不可避免。

俄国已经为战争准备了很长时间，即便战争没有马上爆发，明年前后也是肯定要开战的，这场大决战最多只能推迟三年。但是眼下双元帝国处于极为不利的地位，他们却在此时挑起战争，这在巴林特看来愚蠢至极。等一等肯定会更好，局势如此动荡，情况可能会有所改善。俄国和英国在亚洲的利益总是有可能发生冲突的；而在非洲，英国、法国和意大利的目标也许会截然不同，从而对这几个国家之间结成的任何联盟都形成严重威胁。爱尔兰也有不祥的苗头，也许会让英国人伤透脑筋。假以时日，任何事都可能削弱德国和奥地利周围的重重危机。

可他们却偏偏选择了这个人人都与他们为敌的时刻！

❧❧❧

巴林特在窗前坐了很久，随后他挺直身体，摇晃了几下。他到这儿不是来浪费时间愁云惨雾的，而是要在走之前把他的事情安排妥当。

他拿起一张电报稿纸致信斯拉瓦塔，在上面写道：

"谢谢你。现在来不了。已被召回我的军团。❶"

他加入了维洛斯的骠骑兵，将在团部任职，即将被派往前线。他当然可以为了保全自己而接受总参谋部的重要职务，但他为什么要担心自

---

❶ 原文为德语。

己这条性命呢？反正它已经一文不值了——来颗子弹反而更好……

　　他和加尼开始一起工作时，脑子里主要想的就是这个。他俩把所有的文件都看了一遍，然后做出安排，就算他们不在，合作社也能继续运作。他决定把私人文件全都烧掉，于是传话到城堡，吩咐仆人在塔楼的房间里生火。

　　加尼告辞离去，巴林特本打算跟在他后面出去，却又一次想起了战争可能带来的后果。他和其他人想得不一样，他坚信战争会持续很久，而且注定会失败。虽然打从一开始就这么想，但这些想法他对谁都没有说过，因为他不想破坏大家对战争的满腔热情。俄国人很可能会打到德内斯托亚来，如果真有这一天，那么一切都会被毁掉，到时如果他还没死，那也肯定是在很远的地方。

　　他的目光此刻落到了祖父的书桌上，他觉得自己真的应该把它打开，看看里面有什么，趁着它还没被入侵的敌军劈成碎片。巴林特想到，这件朴朴素素的旧家具承载着他童年时的许多记忆，要是被人轻易毁坏，那是何等的不敬。他摸到钥匙，插进锁孔，意想不到的事情发生了，钥匙毫不费力地一转，锁就"咔嗒"一声开了。以前他也试着开过锁，但是从来没有打开过，也许他现在不知不觉变得更加熟练了。他拉开抽屉往里面瞧，一股奇怪的陈旧气息扑面而来，这是由一只旧木盒里的烟草气味和早已变成松香的火漆气味混合而成的。

　　他拿起其他钥匙，打开了旁边的几个抽屉，里面是各种各样的小纪念品——金色琥珀制成的烟斗嘴，一块精致的磨刀石——这一定是彼得·阿巴迪从英国买回来的，一个绿色皮套里面放着六把漂亮的剃刀，刚好一周里每天用一把；还有个用椴木雕成的小花环，巴林特记得父亲给他看过这个，还对他解释说这是戴阿克·费伦茨[1]许多年前亲手做了送给他的，它的来历就镌刻在底座上。

抽屉里有许多东西，如今都毫无用处了。

他在左边的抽屉里找到一双缎质舞鞋，他记得小时候见过这双鞋。这是一双平底舞鞋，鞋底单薄如纸，鞋上缝着细细的缎带，鞋子如此之小，它的主人一定是有一双薄饼般的纤纤玉足。如今巴林特拿起这双鞋，仿佛看见祖父将它们翻过来，给他看鞋底的磨损，微笑着说道："看哪！这个小可爱跳了多少场舞啊！"

鞋子底下有个厚厚的纸包，很小，大约只有三英寸宽，包装的纸已经发黄了，用细绳捆着，每一片翻盖都用黑蜡封了口。纸包上写着"在我死后焚毁"，这行字上方画着一个十字架，日期写的是一八三七年，是彼得伯爵的字迹。

这里面一定是信件——女人写来的信，透过纸包他可以摸到信纸的边缘。纸包里还能摸到别的东西，似乎是一个椭圆形的小相框，正面还装有玻璃。巴林特相信那一定是写信人的小画像。这时他想起祖父的老校友——演员米尼奥·加尔——对他说过的话，虽然那是十年前了，他却记得十分清楚。老人措辞谨慎地说起彼得·阿巴迪初恋的故事，他说那段热烈的恋情是个悲剧，因为两人被迫分开而破灭，在此之后他祖父

---

[1] 戴阿克·费伦茨（1803—1876），匈牙利政治家。1848 年任司法大臣，主持草拟《四月法案》，1867 年达成了建立二元制奥匈帝国的"奥匈协定"。

便出门旅行去，有将近三年的时间杳无音信。

这是段年代久远的爱情，它的遗迹就封存在这个仔细扎好的纸包里，而且毫无疑问，这段爱情以死亡而告终，那个十字架也许就象征着这个意思。

幸好巴林特最后还是设法打开了抽屉，这样他就可以确保老伯爵那保持多年的秘密不会被陌生人窥探到，会保证祖父的愿望得到尊重。他将舞鞋放进口袋，收拾好那包信件和他自己的一些文件——都是他想要销毁的，上山来到城堡里。

他决定到晚上再开始烧文件，那会儿火就烧得旺一些了。

窗户开着，外面天已经黑了。巴林特的灯放在远离穿堂风的地方，从他坐的地方看来，似乎火光就是唯一的光源。

巴林特首先将他自己写的东西全都丢进火里，等这些烧着以后，他又将舞鞋和祖父的纸包扔在上面。纸包似乎不想被点着，只是边缘处在冒着烟，他拿起拨火棍，想要在纸包上捅个窟窿，好让空气进去。火苗一蹿，沿着细绳烧起来，纸包散开了。一幅小小的彩色画像滑落出来，掉进下面的余烬里，玻璃碎了，金属相框在高温中卷曲起来，在它被火焰吞噬之前的几秒钟里，他看见一个年轻女子的迷人面孔，她仿佛在朝他微笑。

巴林特在壁炉旁坐了很久，一直等到一切都化为灰烬，直到这两颗年轻的心在近一个世纪前的悸动再也无迹可寻，直到他们秘密的爱恋和隐秘的悲剧都消失无踪。祖父的画像依然挂在小起居室的墙上——那是巴拉巴什早年画的，镶在法兰西第一帝国时期风格的画框里；然而另一位的画像刚刚却被焚毁了，在烧成灰之前还在对他微笑。

❦

第二天他很早就醒了。这是他住在祖宅里的最后一晚，今后很久都不会回来，也可能再不会回来了。

他去跟心爱的动物们告别，首先去看了在山坡上牧场里吃草的马儿，然后去看了年幼的种马，最后去看了母马，她们在庭园里有单独的围场。他给每匹马都喂了糖块，算是跟他们道别，几匹狩猎用的老马对他很有感情，令他十分感动，尤其是蜜露——高日·卡达乔伊的纯种马，她走上前来用丝绒般柔软的口鼻在他脸上蹭了蹭。

他在花园里转了一圈，又走到城堡上方山上的凉亭，再从那儿去巡视了菜园和果园。

最后他回到屋里，几乎走遍了这座巨大建筑中的每一个房间，包括他母亲的套间——那里还是她去世时的老样子。每到一个地方，他都在所有那些艺术瑰宝和古老家具前驻足停留，特别是用心去凝视那许许多多的家族成员画像。桌球室里挂着曾祖和高祖的画像，他们戴着假发，头发上还扑了粉，曾祖母们则用青葱玉指握着小花束或是小镜子。还有许多画像上是关系远一些的亲戚，老少都有，有些就是小孩子，刚刚学会走路的小男孩还穿着丝质的裙子，但是已经得意地戴上了匈牙利皮帽。

他在图书室里沿着柜门上装有镜子的书柜转了一圈，将两扇开着的柜门锁了起来，如此一来，在这间圆形的塔楼房间里，这个镜子魔法阵应该可以继续保持下去。

从桌球室出来，他走进二楼的大餐厅，阳光透过五扇高大的窗户照在抛光的木地板上，亮得刺眼，陈列柜的镀金表面和墙边中国漆器柜子的镀金柜脚也被照得光辉夺目。天花板上的阴影对比鲜明，更加突出了石膏上的巴洛克式浮雕。宽大的送餐桌上摆着一对铜制的俄式茶壶，巴林特在其中一只前面停下脚步，深情地抚摸着它，接着他又轻轻摸了摸一个身着匈牙利节日盛装的白色小瓷人，那是他一位曾叔祖的塑像。他向陈列柜里望去，里面有许多各式各样的小物件，他和陶瓷哈巴狗以及跳舞的小女孩打了招呼，随后又继续前进，穿过蓝色客厅来到黄色起居室里。无论走到哪里，他都喃喃自语、轻声道别，对十七世纪的四个铜胎鎏金康熙珐琅彩盘道别，对早期穆拉诺大吊灯上的一串串玻璃葡萄道别，对成套的代尔夫特精陶花瓶道别，尤其是对那幅真人大小的德奈斯·阿巴迪画像道别——那是米腾斯❶画的，画中人穿着绿色和金色相间的骑士统领制服；接着他又对在每一面墙上注视着他的直系祖先们道别——父亲、母亲和祖母。

　　同时，他也一直在和许许多多的儿时回忆道别。在这张桌子的尖角上他曾撞到过脑袋，那时他才五岁，就站在那儿，母亲则迅速地将一枚银币压在他额头上。在那块地毯的拐角处他曾经绊过一跤，打翻了油灯，差点把家里烧起来。还有这把扶手椅，每周三祖父到城堡来吃午饭时，都会跷着二郎腿坐在上面。巴林特则坐在他脚边的地板上玩自己的锡兵，就是在这儿他头一回注意到彼得伯爵长裤底下穿的是一双柔软的半高筒靴，他看到这个十分惊讶，当时他还不知道，这种靴子一直流行

---

　　❶ 丹尼尔·米腾斯（1590—1647？）或扬·米腾斯（1614—1670），两位米腾斯是叔侄关系，都是荷兰黄金时代的肖像画家。

到十九世纪上半叶。

他打开房间另一头的门，门外是一个小小的楼梯间，楼梯间另一边就通向他在春天开始进行现代化改造的城堡侧翼。改造工作一直在顺利进行，直到他收到萨尔茨堡来的电报才叫停了工程。他站在那儿，觉得自己再一次看到那些房间会受不了——原本他应该和阿德里安娜一起住在那里，凡是和那些幸福梦想有关的东西，他都不忍心看：宽敞的卧室、白天和夜间的保育室——这是为他的继承人准备的，可如今他们却永远不会出生了。

虽然有点忧郁，但他还是毅然决然地转身快步走开，穿过起居室和餐厅往回走，走下宽大的石头楼梯，天花板上的石膏有洛可可风格的图案，古老的哥白林挂毯已然褪了色。这是给国王使用的楼梯。

他慢慢地向下走，非常小心地走在地毯正中央，一步一步，缓慢而庄严，一直走到门厅的黑暗处，面无表情，仿佛在走进自己的坟墓。

❧❦❧

城堡入口的庭院是一个马蹄形，围墙顶上还雕有巴洛克式的石像，正午刚过没多久，巴林特便驾车在马蹄形的入口庭院里行驶了整整一圈，然后隆隆地迅速驶出拱形大门。

他开得很快，不到十分钟就来到主路上，可是到这儿就得减速了，公路上挤满了从托尔道来的人以及装着大捆大捆干草的四轮马车。他们也是赶往奥劳纽什-杰赖什火车站的。

有时人群太过拥挤，汽车只好停下来。路上都是被征召入伍的预备役军人，他们大多是五十到六十人为一组，也有几组的规模要大得多，恐怕有一百多人。他们像军人一样行进，四人一排，女人和女孩站在马路两边，一边哭一边等着目送男人们——丈夫、儿子、情人——走向车站，她们当中也有一些是想要最后看一眼孙子的老头。小伙子们有的背着包袱或衣箱，另外一些则将行李堆在一匹马拉的小车上。

每一群人的前面都有吉卜赛乐队和旗手。新近动员的士兵有些拿着装有乡下白兰地的扁酒瓶，还有一些在乐队前头开心地跳着舞，一面唱歌一面前进。不过没人喝多，实际上多数人的神情都庄重严肃，头脑冷静、心平气和地做着他们认为自己该做的事。

巴林特也已穿上了军装，每一次他从这样的一群人旁边经过，他们就会激动地欢呼起来。

"战争万岁！"他们喊道，"战争万岁！"

有些人认出了他，于是喊道："阿巴迪万岁！"随后又是"战争万岁！"。他们全都勇气十足，既高兴又自信。只有女人们静静地哭泣，擦拭着自己的双眼。

巴林特跟每一群人都打招呼，可是每次这么做，他心里都疼得一紧。他只能接受他们的问候，同时被他们那种简单的自信打动。他没法回应他们的欢呼，只好坐直身体，将手放在帽子上，从一群又一群人旁边驶过。

❦

从托尔道穿行而过很难走，集市里人山人海，人们都在选购山地小型马——这种漂亮的小牲口大多是菊花青马，四蹄虽小却坚硬，吃苦耐劳，积极肯干，有阿拉伯马的血统。它们得拖动机枪，还要在波斯尼亚前线的山地炮台上工作。多么了不起的牲口啊，巴林特心想，可是无一能够生还。它们全都会死，每一匹都会死。

当他终于从镇上穿过时，日头已经低垂。

汽车快速驶上多博多山口，在这儿他们又一次被迫停了下来，与主路的交界处有许多人，他们都是从托尔道-图里亚以及圣马尔通来的，也像其他人一样举着旗子奏着乐。这里的女人更多，老人和小孩也不少，巴林特估计，这些人之所以来到这里，可能是因为他们知道可以在托尔道稍事休息，然后再跟他们家里的男人最后道别。

巴林特下了车，坐在路边俯瞰着奥劳纽什河的河谷。河谷沐浴在阳光下，他拿起双筒望远镜，发现竟然连远处的毛罗什河都能看到。他看见那儿的一片浅蓝中有一小块深靛蓝，那是一小片松树林。

那里是毛罗什-西尔瓦什的花园，曾经是黛诺拉·玛尔胡伊森的产业。年轻时他经常骑马去看望她，往往都是夜里去。这是多么久远的事啊——差不多有二十年了！不知道她如今过得如何，命运为可怜的小黛诺拉做了什么样的安排？

在他的右侧，越过闪亮如缎带的奥劳纽什河，德内斯托亚堡就坐落在凯赖斯泰什-梅索低地的边缘。

城堡所在的小山上长满了树木与灌木，长长的围墙在这里露出一段、在那里又露出一段，似乎有什么东西在反射的阳光下闪闪发亮。巴林特不知道那是不是城堡西立面的一部分，也许是楼上露台的玻璃，不过他不敢确定，甚至觉得这也许只是他的幻觉。角楼上圆锥形铜顶的绿色铜锈清晰可见，无论从多远的距离之外看见这些，都能明明白白感受到这座建筑的规模有多大。它就像一座巨大的石头半岛，从周围树海的浪尖上伸了出来。长长的围墙在美景中蔓延，右边那道白色的细条是马蹄形庭院的外墙，长方形的小教堂半掩在村里杂乱的屋顶之间，和城堡以及旁边他祖父宅邸的庞大规模比起来，它显得小得出奇。

巴林特又一次跟眼前的一切道别，他自小就生活在这么美的地方，如今所有的梦想都走到了悲伤的终点。

那一群群兴高采烈、渴望战争的年轻人这会儿已经走过去了，农用大车和行李也推走了，只剩下巴林特一个人。他回到车上继续前进。

道路陡然而下进入山谷，此刻山谷已经笼罩在深深的阴影中。他驶过一座桥，然后是一个急转弯。

在这里他也忆起了往事，两年前他就是在此处与高日·卡达乔伊不期而遇，当时他正满心欢喜地返回德内斯托亚，因为头天晚上在科洛斯堡观看《蝴蝶夫人》的演出时他再一次见到了阿德里安娜。他仿佛又看见高日骑着那匹胖乎乎的小马慢慢朝他跑来。可怜的高日！他因为虚度光阴而感到绝望，似乎永远也无法企及自己所向往的文化，这位不快乐的朋友最后在家里自尽身亡，虽然从这儿看不到他家的房子。

巴林特抛开这些想法继续前行，决心不再浪费时间追悔往昔。

来到费莱克的山脚下，车又开不动了，路上到处是成群的白牛和小公牛，这些都是被赶去屠宰场的，在那儿它们将被宰杀以供给军队食用。

他慢慢地往前开，时不时就要停下来，因为路上实在太挤。在距离下一个山口大约还有一百码的时候，引擎开锅了——白色的蒸汽从散热器里喷涌而出。附近没有水，司机便沿路回去找水井。巴林特向山顶走去，在那儿等着汽车来会合。

一幅美妙的风景展现在他眼前，美景正中是科洛斯堡，绍莫什河在右侧蜿蜒曲折，一直流到阿帕希达，然后流向北方消失在视野之中。加路山谷在他左边，山谷对面就是白雪皑皑的群山。

太阳已经在他身后沉到地平线以下，但是光线还很亮，足以让他看清面前的景色。

他背靠着路边的石墙，仍然在特意和所见的一切道别。

山下不远处有一栋奶黄色的房子靠着莫诺什托路，那是乌兹迪大宅，除此之外，巴林特还能看见花园栅栏的缺口，那儿有个小门通向小桥，他以前去看阿德里安娜时经常会从桥上经过，那些时光很幸福。

有着青瓦屋顶的精神病院也在附近，帕利·乌兹迪就是在那儿去世的；偏右一点是剧院，看歌剧的那天晚上，他发现阿德里安娜坐在隔壁的包厢里，便仓皇逃了出来。还有哈宗加德的小山，他曾和阿德里安娜一起在那里走过，那是他们相爱十年的第一个春天。

眼前是他的一生，他所有的过往，他的一切。他甚至能够看到科扎尔德——拉斯洛埋葬的地方。他想跟他也道一声永别，于是透过望远镜在远处搜寻科扎尔德的庄园主宅邸和在它上方的耶若菲家族墓地。它坐落在绍莫什河谷最北端，白色的一小块，就像左岸的一个小三角。

他独自站在这里，一种深深的苦涩涌上心头，脚下就是他所熟知的世界，如今却注定要灭亡。

他脑海里浮现出自己所属的整整一代人，他们依然年轻，成长于漫长的和平时期，躲过了一八六七年之前的动荡年代。那些年的变革发生之后，他这一代才出生，他们的先辈都是戴阿克、厄特沃什❶、米科以及安德拉希这样的人，这些人经历过革命的噩梦和随之而来的镇压，他们从苦难中得到了教训，懂得如何冷静温和地应对各种麻烦。

然而到了巴林特自己这一代人，他们离祖先的实践经验越来越远。现实已渐渐被自欺欺人、骄傲自大和完全错误的固执己见所取代。

匈牙利上流社会的每一个人都有罪。

他看见被傲慢宠坏的整个大地主阶层，他们忽略了对自己的财产进行良好管理，宁愿去争夺华而不实的重要职位与政治利益。他看见教历史的教授们，这些人只想着反对哈布斯堡王朝统治的革命斗争，他们诋毁那些鼓励匈牙利人民认识自我并努力工作的人，导致年轻人满脑子都是不切实际的理想和盲目爱国的口号。从二十世纪初开始，他这一代就被灌输了各种沾沾自喜的观点，结果他们深受误导，任何批评都会立即被视为不爱国。

他看见豪门望族只在乎显赫的社会地位，却忘了自己在欧洲的身份，他们以巨大的财富和道德影响力来支持民族主义者那些废话，虽然他们对此一个字也不信，但整个国家的政治却因此受了毒害。

这一切他都看在眼里，就好像是从坟墓里回顾往昔。

如今这个可爱的国家将要灭亡，他这一代的大部分人也会随之死去。它会因这场毫无意义的战争而灭亡。到目前为止，那些激动人心的战斗口号就只是叫人打嘴仗、高谈阔论和争来争去；"坚持到最后一人"的反复劝诫也只是意味着在辩论结束之前不要发言而已，这些都和真正的

---

❶ 厄特沃什·约瑟夫（1813—1871），匈牙利作家、政治家、教育家。

残忍现实相去甚远。

如今这片土地将被毁灭，同样被毁灭的还有受到欺骗的这一代人。他们只重视各种理论、说法与惯例，却无视所有的现实；他们如同孩童一般追逐着海市蜃楼与错觉幻象，却背离了自身力量的所有基础，否认了军事力量、自我检讨以及民族团结的极端重要性。

他们只剩下一种美德：战斗的意志。

而这也将是枉然。

❧❧❧

底下的城镇已经漆黑一片。夜幕降临了。

只有西方的天空还燃烧着生命的火焰。

长条状的云彩飘在高空，色如灰烬的一条条细带仿佛带着闪亮的流苏垂向遥远的地平线。周围是火，下面是火，到处都是火。地平线以外的整个世界似乎都在燃烧。地平线本身也是血红一片，它自炽热的火舌中升起，火红的泪水从这一头流到那一头，仿佛整个宇宙哭着流下灼热的灰烬，流进一片血海。在红色炼狱般的天空下面，沉重的深紫色山峰清晰可辨，它们的轮廓线棱角分明，合并成一个无边无际的庞然大物，那是加路山和默古拉山，威武的弗莱格亚萨仁立在它们身后。

巨大的石头山脊斜斜地插入云霄。

像巨大的棺材，像一座座墓碑。

纵使头顶火光冲天，它们却庄严肃立，岿然不动。

车来了。

巴林特动身开始下山。

一九四〇年五月二十日于邦齐达

- **完** -